HEYNE BÜCHER

SCIENCE FICTION

Herausgegeben
von Wolfgang Jeschke

Von **James White** erschien in der Reihe
HEYNE SCIENCE FICTION & FANTASY:

Die Föderation · 0604826

Der ORBIT HOSPITAL-Zyklus:

1. *Hospital Station* · 0604974
2. *Star Chirurg* · 0604975
3. *Großoperation* · 0604976
4. *Ambulanzschiff* · 0604977
5. *Sector General* · 0604978
6. *Notfall Code Blau* · 0604979
7. *Der Wunderheiler* · 0604980
8. *Radikaloperation* · 0604981
9. *Chef de Cuisine* · 0604982 (in Vorb.)

JAMES WHITE

Radikaloperation

Achter Roman des Zyklus
ORBIT HOSPITAL

Aus dem Englischen übersetzt von
KALLA WEFEL

Deutsche Erstausgabe

WILHELM HEYNE VERLAG
MÜNCHEN

HEYNE SCIENCE FICTION & FANTASY
Band 0604981

Titel der amerikanischen Originalausgabe
THE GENOCIDICAL HEALER
Deutsche Übersetzung von Kalla Wefel
Das Panoramabild zu dem gesamten Zyklus
malten Boros Zoltán und Szikszai Gábor

Umwelthinweis:
Dieses Buch wurde auf
chlor- und säurefreiem Papier gedruckt

Redaktion: Wolfgang Jeschke

Erstveröffentlichung by Ballantine Books, Inc., New York
A Del Rey Book
Mit freundlicher Genehmigung des Autors und
Thomas Schlück, Literarische Agentur, Garbsen
(# T 32096)

Printed in Germany 1996
Umschlaggestaltung: Atelier Ingrid Schütz, München
Technische Betreuung: Manfred Spinola
Satz: Schaber, Satz- und Datentechnik, Wels
Druck und Bindung: Elsnerdruck, Berlin

ISBN 3-453-09462-X

Für Jeff
alias Dr. med. Jeffrey McIlwain,
Mitglied des Royal College of Surgeons,
der auch mit kränkelnden Kühlschränken hervorragend
umzugehen weiß,
in dankbarer Anerkennung

1. Kapitel

In einer vorübergehend nicht genutzten Abteilung auf der siebenundachtzigsten Ebene des Orbit Hospitals fand eine Versammlung statt. Der Saal hatte zu verschiedenen Zeiten als Beobachtungsstation für die vogelähnlichen Nallajimer der physiologischen Klassifikation MSVK gedient, als Operationssaal für die melfanischen ELNTs und erst vor kurzem als Ausweichstation für die chloratmenden illensanischen PVSJs, von deren schädlicher Atmosphäre immer noch ein Hauch vorhanden war. Jetzt fungierte der Raum zum ersten und einzigen Mal als Verhandlungsort eines Militärgerichts und würde, wie Lioren im stillen hoffte, eher zur Beendigung als zur Verlängerung von Leben genutzt werden.

Drei ranghohe Offiziere des Monitorkorps hatten vor einer aus vielen verschiedenen Spezies bestehenden Zuhörerschaft Platz genommen, die ihnen gegenüber wohlwollend oder ablehnend eingestellt sein konnte, vielleicht aber auch bloß neugierig war. Der ranghöchste Offizier, ein terrestrischer DBDG, eröffnete die Verhandlung.

»Ich bin Flottenkommandant Dermod, der Vorsitzende dieses aus besonderem Anlaß zusammengetretenen Militärgerichts«, sprach er in Richtung des Protokollführers. Indem er den Kopf erst zur einen und dann zur anderen Seite neigte, fuhr er fort: »Als Beirat unterstützen mich der Terrestrier Colonel Skempton vom Orbit Hospital und der Nidianer Lieutenant-Colonel Dragh-Nin von der Rechtsabteilung für fremde Spezies des Monitorkorps. Wir sind hier auf Wunsch von Oberstabsarzt Lioren, einem tarlanischen DRLH, zusammengekommen, der mit dem Urteil einer früheren Verhandlung seines Falls vor einem Zivilgericht der Föderation unzufrieden ist.

Der Oberstabsarzt besteht als Offizier in militärischen Diensten auf seinem Recht, vor ein Militärtribunal des Monitorkorps gestellt zu werden.

Die Anklage lautet auf grobe Verletzung der ärztlichen Sorgfaltspflicht, die zum Tod einer großen, wenn auch nicht genauer bestimmten Anzahl von Patienten führte, während sie sich bei Lioren in Behandlung befanden.«

Ohne die Aufmerksamkeit von den Anwesenden abzuwenden, machte der Flottenkommandant eine kurze Pause, wobei er es jedoch offenbar absichtlich vermied, den Angeklagten direkt anzublicken. In den Reihen von Stühlen, Hängegestellen und anderen Sitzmöbeln, die den physiologischen Anforderungen der Zuhörer entsprachen, befanden sich viele Bekannte von Lioren: der Tralthaner Thornnastor, leitender Diagnostiker der Pathologie; der nidianische Oberlehrer Cresk-Sar und der erst kürzlich zum leitenden Diagnostiker der Chirurgie ernannte Terrestrier Conway. Einige von ihnen wären bestimmt bereit, zu seiner Verteidigung zu sprechen, aber wie viele hätten ihn genauso gern anstandslos beschuldigt, verurteilt und bestraft?

»Wie es in solchen Fällen üblich ist, wird der Verteidiger die Verhandlung eröffnen und der Anklagevertreter das letzte Wort haben«, fuhr Flottenkommandant Dermod in ernstem Ton fort. »Daraufhin werden sich die Offiziere dieses Gerichts zur Beratung zurückziehen und das einstimmig gefällte Urteil samt Strafe verkünden. Die Verteidigung vertritt der Terrestrier und Major des Monitorkorps O'Mara, der an diesem Hospital bereits Leiter der psychologischen Abteilung für fremde Spezies ist, seit sie zum erstenmal ihre Arbeit aufgenommen hat. Zur Seite steht ihm die Sommaradvanerin Cha Thrat, eine Angehörige derselben Abteilung. Die Anklage wie auch sich selbst vertritt der Angeklagte, Oberstabsarzt Lioren.

Major O'Mara, Sie können beginnen.«

Während Dermods Einleitung hatte O'Mara, dessen Augen tief in den Höhlen saßen, zum Teil von dünnen

Hautlappen verdeckt wurden und im Schatten grauer Haarbüschel lagen, die in Form zweier dicker Mondsicheln über ihnen wuchsen, Lioren unverwandt gemustert. Als er sich erhob, blieb der Teleprompter dunkel. Ganz offensichtlich hatte er vor, frei zu sprechen.

In der aufgebrachten und ungehaltenen Art, wie sie für ein Wesen typisch ist, das die Notwendigkeit, höflich zu sein, nicht gewöhnt ist, sagte er: »Mit Erlaubnis des Gerichts, Oberstabsarzt Lioren wird eines Vergehens angeklagt, oder, richtiger gesagt, klagt sich selbst eines Vergehens an, von dem ihn bereits die Zivilgerichtsbehörden seines Heimatplaneten freigesprochen haben. Bei allem Respekt, Sir, weder der Angeklagte noch wir sollten hier vor Ihnen stehen, und diese Verhandlung dürfte eigentlich überhaupt nicht stattfinden.«

»Durch einen äußerst fähigen Verteidiger ist das Zivilgericht auf meinem Heimatplaneten dazu verleitet worden, mir Mitleid und unangemessene Sentimentalität entgegenzubringen, als mir nichts anderes als Gerechtigkeit hätte widerfahren müssen«, warf Lioren in barschem Ton ein. »In dieser Verhandlung hoffe ich, die ...«

»Aha! Ich werde also nicht solch einen kompetenten Verteidiger abgeben, wie?« unterbrach ihn O'Mara.

»Ich *weiß* doch, daß Sie ein fähiger Verteidiger sein werden!« reagierte Lioren unwirsch, wobei er sich durchaus bewußt war, daß bei der Übersetzung durch den Translator ein Großteil der Emotionen, die in seinem Ausruf mitschwangen, verlorenging. »Genau das ist ja meine größte Sorge. Warum verteidigen Sie mich überhaupt? Bei Ihrem Ruf und Ihrer Erfahrung auf dem Gebiet extraterrestrischer Psychologie und den hohen beruflichen Anforderungen, die Sie an Ihre Mitarbeiter stellen, hatte ich erwartet, Sie würden mich verstehen und auf meiner Seite sein, anstatt ...«

»Aber ich stehe doch auf Ihrer Seite, verdammt noch mal ...!« begann O'Mara zu protestieren. Von dem unverwechselbar terrestrischen und ekelhaften Laut, den der Flottenkommandant plötzlich von sich gab, als er seinen Hauptatemweg von Schleim befreite, wurde er jedoch zum Schweigen gebracht.

»Lassen Sie mich in aller Deutlichkeit klarstellen, daß jeder, der vor diesem Gericht etwas vorzubringen hat, das Wort direkt an den vorsitzenden Offizier richten wird und nicht an einen der anderen Beteiligten«, ergriff Dermod in leisem, aber bestimmtem Ton das Wort. »Oberstabsarzt Lioren, Sie werden Gelegenheit haben, Ihren Fall ohne Unterbrechung zu erörtern, wenn Ihr gegenwärtiger Verteidiger, mag er nun in Ihren Augen dazu befähigt sein oder nicht, seine Ausführungen beendet hat. Fahren Sie fort, Major.«

Ein Auge richtete Lioren auf die Offiziere auf der Richterbank, das zweite heftete er auf die schweigende Menge hinter sich, und mit dem dritten fixierte er unverdrossen den Terrestrier O'Mara, der – immer noch ohne die Hilfe von Notizen – gerade in allen Einzelheiten die Ausbildung, den Werdegang und die bedeutenden fachlichen Leistungen des Angeklagten während dessen Aufenthalts im Hospital im galaktischen Sektor zwölf schilderte. In der Vergangenheit hatte Major O'Mara solche Worte des Lobs über Lioren zwar nie verloren – und erst recht nicht in dessen Gegenwart –, aber jetzt wäre das, was der Chefpsychologe gerade sagte, eher für eine Lobrede geeignet gewesen, die über den sterblichen Überresten eines von allen verehrten Toten gehalten wurde. Bedauerlicherweise war Lioren weder tot, noch wurde er von allen verehrt.

Als Chefpsychologe des Hospitals galt O'Maras Hauptinteresse – früher nicht weniger als heute – der reibungslosen und rationellen Arbeitsweise der mehr als zehntausend Angehörigen des medizinischen Stabs und des Wartungspersonals. Aus administrativen Gründen bekleidete der Terrestrier O'Mara den Rang eines Majors innerhalb des Monitorkorps, das polizeiliche Aufgaben wahrnahm, den Gesetzen der galaktischen Föderation

Geltung verschaffte und außerdem für die Versorgung und Wartung des Orbit Hospitals verantwortlich war. Doch die harmonische Zusammenarbeit so vieler verschiedener und potentiell feindseliger Lebensformen aufrechtzuerhalten war eine Aufgabe, die sich – genau wie O'Maras Machtbefugnisse – nur schwer eingrenzen ließ.

Selbst bei einem Höchstmaß an Toleranz und gegenseitigem Respekt zwischen Mitarbeitern in allen Positionen und trotz der eingehenden psychologischen Durchleuchtung, der sich jeder Bewerber vor der Zulassung zur Ausbildung am namhaftesten Hospital der galaktischen Föderation mit vielfältigen Umweltbedingungen unterziehen mußte, gab es immer noch Momente, in denen durch Unwissenheit und Mißverständnisse des kulturell bedingten Sittencodexes, des Sozialverhaltens oder der evolutionsgeschichtlichen Notwendigkeiten anderer Spezies Reibereien innerhalb des Personals aufzutreten drohten. Oder, was noch gefährlicher war, womöglich entwickelte ein Mitarbeiter eine xenophobe Neurose, die, wenn sie nicht behandelt wurde, seine geistige Stabilität oder fachliche Leistungsfähigkeit oder beides zusammen beeinträchtigte.

Ein tralthanischer Arzt zum Beispiel, der sich unterbewußt vor den abstoßenden kleinen Raubtieren fürchtete, die seinen Heimatplaneten so lange unsicher gemacht hatten, sähe sich vielleicht nicht in der Lage, einem der physiologisch ähnlichen, aber hochzivilisierten Kreglinni das richtige Maß an nüchterner Gleichgültigkeit entgegenzubringen, das zu dessen Behandlung notwendig wäre. Genau so ein ungutes Gefühl hätte der Tralthaner, wenn er mit einem Kreglinni zusammenarbeiten oder – im Fall einer Unfallverletzung oder Erkrankung – von einem Arztkollegen dieser Spezies behandelt werden würde. Die Verantwortung des Chefpsychologen O'Mara bestand nun darin, derartige Probleme zu entdecken und auszuräumen, bevor von ihnen Gefahr für Leben und geistige Gesundheit ausgehen konnte, beziehungsweise, wenn alle Stricke rissen, die möglichen Störenfriede aus dem Hospital zu entfernen.

Wie sich Lioren erinnerte, hatte es Zeiten gegeben, in denen der Chefpsychologe durch dieses ständige Ausschauhalten nach Anzeichen von falscher, schädlicher oder intoleranter Denkweise, dem er sich mit einer derartigen Hingabe gewidmet hatte, zum gefürchtetsten, am meisten beargwöhnten und unbeliebtesten Lebewesen im ganzen galaktischen Sektor zwölf geworden war.

Aber jetzt schien O'Mara genau jenes untypische Verhalten an den Tag zu legen, das er bei anderen Wesen stets als Alarmsignal gewertet hatte. Indem er Liorens ungeheure und furchtbare Fahrlässigkeit gegenüber einer gesamten Planetenbevölkerung verteidigte – ein Fall von Fehleinschätzung, wie er in der Geschichte der Föderation ohne Beispiel war –, ignorierte er die Bräuche und Gepflogenheiten seines Berufs, die er sein ganzes Leben lang beachtet hatte, und stellte sie praktisch auf den Kopf.

Einen Augenblick lang starrte Lioren auf den Kopfpelz des Terrestriers, der mittlerweile einen viel helleren Grauton aufwies, als er sich erinnern konnte, und er fragte sich, ob es auf eine mit fortschreitendem Alter zunehmende Verwirrung zurückzuführen war, daß sich der Major nur selbst eine dieser psychologischen Krankheiten zugezogen hatte, vor denen er alle anderen Wesen so angestrengt zu bewahren versucht hatte. Dennoch klang das, was der Chefpsychologe von sich gab, wohldurchdacht und schlüssig.

»... zu keinem Zeitpunkt gab es einen Anhaltspunkt dafür, daß Lioren über das Maß seiner Fähigkeiten hinaus befördert worden war«, sagte O'Mara gerade. »Er ist Träger des blauen Umhangs, der höchsten beruflichen Auszeichnung, die auf Tarla verliehen werden kann. Sollte es das Gericht wünschen, kann ich bezüglich Liorens vollkommener Hingabe und seines großen Könnens als Arzt und Chirurg für fremde Spezies nähere

Einzelheiten anführen, die auf Beobachtungen beruhen, die während seiner Zeit am Hospital angestellt worden sind. Dokumentarische Belege und persönliche eidesstattliche Erklärungen, die ranghöhere und rangniedrigere Offiziere des Monitorkorps über Liorens verdientermaßen steilen Aufstieg nach seinem Weggang von uns abgegeben haben, sind ebenfalls vorhanden. Aber das Material würde sich ständig wiederholen und lediglich meine frühere Feststellung bekräftigen, daß Liorens Verhalten als Arzt vor und, wie ich behaupte, während des Vergehens, dessen er angeklagt ist, beispielhaft war.

Ich glaube, die einzige Schuld, die das Gericht dem Angeklagten vorwerfen kann, besteht darin, daß die fachlichen Anforderungen, die er an sich selbst gestellt und bis zum Vorfall auf Cromsag auch erfüllt hat, übertrieben hoch und die anschließenden Schuldgefühle unverhältnismäßig groß gewesen sind«, fuhr O'Mara fort. »Liorens einziges Verbrechen ist, daß er sich selbst mehr abverlangt hat, als er letztendlich ...«

»Aber es ist doch gar kein Verbrechen *passiert!*« fiel ihm seine Assistentin Cha Thrat energisch ins Wort und richtete sich dabei zu voller Größe auf. »Da die Regeln, die auf Sommaradva die ärztlichen Befugnisse eines Chirurgen für Krieger bestimmen, sehr streng sind, und zwar um ein erhebliches Maß strenger als diejenigen, die auf anderen Planeten gelten, kann ich die Gefühle des Angeklagten voll und ganz verstehen und auch nachempfinden. Aber anzudeuten, strenge Selbstdisziplin und hohe Maßstäbe für die Berufsausübung seien in irgendeiner Hinsicht schlecht oder ein Verbrechen oder auch nur ein entschuldbares Vergehen, ist doch vollkommener Unsinn!«

»In der Geschichte der meisten Planeten der Föderation stößt man auf viele Fälle von geradezu fanatisch rechtschaffenen politischen Führern oder religiösen Eiferern, die das Gegenteil vermuten lassen«, widersprach O'Mara mit noch lauterer Stimme, wobei die dunkler gewordene Gesichtsfarbe seinen Zorn über diese Unterbrechung durch eine Untergebene verriet. »Psychologisch gesehen ist es gesünder, nichts zu übertreiben und ein wenig Raum für ...«

»Aber das gilt doch zweifellos nicht für diejenigen Wesen, die wirklich gut sind«, unterbrach ihn Cha Thrat erneut. »Offenbar wollen Sie behaupten, das Gute sei ... sei *schlecht!*«

Cha Thrat war das erste Lebewesen der sommaradvanischen Klassifikation DCNF, das Lioren gesehen hatte. Stehend war sie noch einmal halb so groß wie O'Mara, und die Verteilung der vier Glieder zur Fortbewegung, der vier Greiforgane in Hüfthöhe und der weiteren vier Gliedmaßen für die Nahrungsaufnahme und feine Arbeiten, die rings um den Hals entsprangen, verliehen ihrer Gestalt eine angenehme Symmetrie und Standfestigkeit – anders als bei den Terrestriern, die scheinbar immer kurz davor waren, aufs Gesicht zu fallen. Lioren fragte sich, ob nicht gerade diese DCNF von allen im Raum Anwesenden seine Gefühle am besten verstand. Dann konzentrierte er sich auf die Bilder, die er mit dem Auge wahrnahm, das er auf die Offiziere auf der Richterbank geheftet hatte.

Colonel Skempton entblößte die Zähne, was bei Terrestriern ein Zeichen für Belustigung oder freundschaftliche Gefühle war, für Lioren jedoch immer wie ein lautloses Zähnefletschen wirkte, aus den Zügen des nidianischen Offiziers ließ sich unter der dichten Gesichtsbehaarung nichts herauslesen und die Miene des Flottenkommandanten blieb völlig ausdruckslos, als er das Wort ergriff.

»Diskutieren die Verteidiger untereinander über Schuld oder Unschuld des Angeklagten, oder fallen Sie sich lediglich in Ihrer Ungeduld, die Sache zu beschleunigen, gegenseitig ins Wort?« fragte er leise. »In beiden Fällen bitte ich Sie, das zu unterlassen und einzeln und nacheinander zum Gericht zu sprechen.«

»Meine verehrte Kollegin hat zwar den Angeklagten verteidigt, war aber ein bißchen übereifrig«, sagte O'Mara in einem Ton, der trotz des Übersetzungsvorgangs, der die Emotionen herausfilterte, alles andere als respektvoll klang. »Wir werden unsere Debatte zu einem anderen Zeitpunkt in privatem Kreis zu Ende führen.«

»Dann fahren Sie jetzt bitte fort«, forderte ihn der Flottenkommandant auf.

Cha Thrat nahm wieder ihren Platz ein, und der Chefpsychologe, dessen Gesicht immer noch einen dunkleren Rosaton aufwies, setzte seine Ausführungen fort. »Was ich sagen will, ist, daß der Angeklagte unabhängig von dem, was er glaubt, für den Vorfall auf Cromsag nicht voll verantwortlich ist. Um das zu beweisen, werde ich Tatsachen enthüllen müssen, die normalerweise nur meiner Abteilung bekannt sind. Diese Informationen ...«

Flottenkommandant Dermod hatte eins seiner beiden vorderen Gliedmaßen mit nach außen gedrehter Handfläche erhoben und O'Mara auf diese Weise zum Schweigen gebracht. »Wenn es sich dabei um Informationen handelt, die die Privatsphäre betreffen, Major, dürfen Sie von ihnen nicht ohne die Erlaubnis des Betroffenen Gebrauch machen. Falls der Angeklagte ihre Verwendung verbietet ...«

»Ich verbiete ihre Verwendung!« warf Lioren mit fester Stimme ein.

»... hat das Gericht keine andere Wahl, als sich dem Wunsch des Angeklagten zu fügen«, fuhr Dermod fort, als ob der Oberstabsarzt nichts gesagt hätte. »Das ist Ihnen doch sicherlich klar.«

»Ebenfalls ist mir klar – und, wie ich glaube, auch Ihnen, Sir –, daß mir der Angeklagte verbieten würde, überhaupt irgendwas zu seiner Verteidigung zu sagen oder zu tun, falls er die Gelegenheit dazu erhalten sollte«, stellte O'Mara lapidar fest.

Der Flottenkommandant senkte die Hand. »Trotzdem,

was die Privatsphäre betreffende Informationen anbelangt, hat der Angeklagte dieses Recht.«

»Ich bestreite sein Recht, gerichtlich gebilligten Selbstmord zu begehen«, widersprach O'Mara. »Sonst hätte ich mich bestimmt nicht angeboten, jemanden zu verteidigen, der eine dermaßen hohe Intelligenz besitzt, über derart große Fachkompetenz verfügt und gleichzeitig so abgrundtief dumm ist. Die fraglichen Informationen sind zwar vertraulich und nur für den Dienstgebrauch bestimmt, aber in keiner Weise verletzen sie die Privatsphäre des Angeklagten, da sie damals wie heute für jeden Berechtigten zugänglich sind, der vollständige psychologische Daten über einen Bewerber haben möchte, bevor er ihm anbietet, ihn in einer wichtigen Position zu beschäftigen oder in eine Stellung mit größerer Verantwortung zu befördern. Ohne falsche Bescheidenheit möchte ich behaupten, daß es das psychologische Persönlichkeitsdiagramm meiner Abteilung war, das Oberstabsarzt Lioren die ursprüngliche Ernennung zum Offizier des Monitorkorps und wahrscheinlich die letzten drei Beförderungen eingebracht hat. Selbst wenn wir in der Lage gewesen wären, das psychologische Persönlichkeitsdiagramm des Angeklagten nach seiner Abreise aus dem Hospital genau zu überwachen, gäbe es keine Gewißheit, daß die Tragödie auf Cromsag hätte vermieden werden können. Die Persönlichkeit und die Beweggründe desjenigen, der sie verursacht hat, waren zu dem Zeitpunkt bereits voll entwickelt, gefestigt und in sich wohlausgewogen. Zu meinem späteren Bedauern habe ich damals keinen Anlaß gesehen, sie in irgendeiner Weise zu ändern.«

Der Chefpsychologe machte eine kurze Pause, um einen Blick auf die Zuhörer zu werfen, die sich im Raum drängten, bevor er seine Aufmerksamkeit wieder den Offizieren auf der Richterbank zuwandte. Der Bildschirm auf seinem Tisch flackerte auf, aber O'Mara blickte kaum auf die von unten nach oben laufenden Symbole, als er seine Ausführungen fortsetzte.

»Das ist die Aufzeichnung des psychologischen Persönlichkeitsdiagramms eines Lebewesens mit einer vollkommenen und ganz außergewöhnlichen Hingabe an seinen Beruf«, erläuterte der Major. »Trotz der gleichzeitigen Anwesenheit von Tarlanerinnen ist kein gesellschaftlicher oder sexueller Umgang des Betreffenden mit ihnen verzeichnet, noch gibt es irgendwelche Hinweise, daß er das eine oder andere Abenteuer überhaupt gewollt hätte. Ehelosigkeit erlegen sich die Angehörigen einiger intelligenter Spezies aus unterschiedlichen persönlichen, philosophischen oder religiösen Gründen auf. Zwar ist ein solches Verhalten selten und sogar ungewöhnlich, aber keineswegs anormal.

In Liorens Persönlichkeitsdiagramm finden sich keine Vorkommnisse, Verhaltensweisen oder Gedanken, an denen ich ein fehlerhaftes Vergehen festmachen könnte«, fuhr O'Mara fort. »Er hat gegessen, geschlafen und gearbeitet. Während seine Kollegen dienstfrei hatten und sich entspannt oder amüsiert haben, hat Lioren seine Freizeit damit verbracht, zu studieren oder auf Gebieten, die er für besonders interessant gehalten hat, zusätzliche Erfahrungen zu sammeln. Nach seiner Beförderung haben zwar die ihm unterstellten Mitarbeiter des medizinischen und des Wartungspersonals für Umweltbedingungssysteme eine tiefe Abneigung gegen ihn entwickelt, weil er von ihnen genauso gute Arbeit verlangt hat wie von sich selbst, aber dafür haben die Patienten, die unter seine Obhut kamen, wirkliches Glück gehabt. Dennoch haben schon damals seine starke Hingabe und geringe Flexibilität darauf hingedeutet, daß er für die letzte Beförderung zum Diagnostiker nicht geeignet sein könnte.

Doch das war nicht der Grund, weshalb er das Orbit Hospital verlassen hat«, fügte O'Mara schnell hinzu. »Nach Liorens Auffassung verhielt sich der Großteil des Hospitalpersonals bezüglich des persönlichen Auftretens viel zu lässig, in der Freizeit furchtbar verantwortungslos und – nach seinen Maßstäben – unerträglich albern, und er wollte seine Arbeit in einer Umgebung mit strengerer Selbstdisziplin fortsetzen. Seine Beförderungen innerhalb des Monitorkorps, zu denen auch das Kommando über das Rettungsunternehmen auf Cromsag gehörte und das mit einem Desaster endete, hat er voll und ganz verdient.«

Der Chefpsychologe schaute nach unten auf seinen Schreibtisch, blickte aber nicht in den Teleprompter, sondern schloß aus irgendeinem Grund die Augen. Plötzlich sah er wieder auf.

»Dies ist das psychologische Persönlichkeitsdiagramm von jemandem, der keine andere Wahl hatte, als so zu handeln, wie er es getan hat«, fuhr O'Mara fort, »darum sind seine Maßnahmen unter den gegebenen Umständen angemessen gewesen. Lioren hat sich weder nachlässig noch fahrlässig verhalten und ist deshalb, wie ich behaupte, nicht schuldig. Denn erst nachdem die wenigen Überlebenden hier im Hospital zwei Monate lang unter Beobachtung gestanden hatten, konnten wir die sekundären Auswirkungen der Krankheit, die Lioren behandelt hatte, auf die innere Sekretion herausfinden. Wenn sich Lioren überhaupt eines Verbrechens schuldig gemacht hat, dann höchstens des leichten Vergehens zu großer Ungeduld, die wiederum auf seiner festen Überzeugung beruhte, daß die medizinische Ausstattung des Schiffs für die geforderte Aufgabe ausreichen müßte.

Eigentlich habe ich nicht mehr viel vorzubringen, außer den Hinweis an das Gericht, daß die Strafe im Verhältnis zum Verbrechen und nicht, wie der Angeklagte meint und die Anklage argumentieren wird, im Verhältnis zu den Folgen dieses Verbrechens stehen sollte«, setzte der Major seine Ausführungen fort. »So katastrophal und entsetzlich die Auswirkungen der Maßnahmen des Oberstabsarztes gewesen sein mögen, das Verbrechen selbst war nur geringfügig und sollte als solches behandelt werden.«

Während O'Maras Rede war Liorens Wut bis zu einem

Grad gestiegen, an dem er sie möglicherweise nicht mehr kontrollieren konnte. Überall auf seiner blassen, gelbgrünen Haut tauchten braune Flecken auf, und seine beiden äußeren Lungenpaare hatte er prall aufgebläht, um einen Einspruch herauszuschreien, der für eine korrekte Artikulation zu laut gewesen wäre und wahrscheinlich die Schallsensoren von vielen der Anwesenden zerstört hätte.

»Offenbar gerät der Angeklagte emotional in Bedrängnis«, sagte O'Mara schnell, »deshalb werde ich mich lieber kurz fassen. Ich bitte dringend, die Klage gegen Oberstabsarzt Lioren abzuweisen oder, falls dies nicht der Fall ist, wenigstens keine Haftstrafe auszusprechen. Im Idealfall sollte die Bewegungsfreiheit des Angeklagten auf das Hospital beschränkt werden, wo ihm im Bedarfsfall psychiatrische Hilfe geleistet werden kann und gleichzeitig unseren Patienten seine beachtlichen fachlichen Talente zugute kommen, während er ...«

»Nein!« schnitt ihm Lioren das Wort in einer solchen Lautstärke ab, daß die Wesen in seiner näheren Umgebung unwillkürlich zusammenzuckten und die Translatoren aufgrund der Schallüberlastung pfiffen. »Ich habe feierlich und bei den Heilern Sedith und Wrethin geschworen, für den Rest meines nichtswürdigen Lebens auf die Ausübung meiner ärztlichen Kunst zu verzichten.«

»Also, das wäre nun wirklich ein Verbrechen«, entgegnete O'Mara nicht ganz so laut wie Lioren. »Damit würden Sie sich unbestreitbar einer geradezu schamlosen und unverzeihlichen Vergeudung von Fähigkeiten schuldig machen.«

»Und wenn ich hundert Leben hätte, so könnte ich doch nicht einmal einen Bruchteil all der vielen Wesen retten, die durch meine Schuld gestorben sind«, widersprach Lioren barsch.

»Aber Sie könnten es wenigstens *versuchen* ...«, begann O'Mara, verstummte aber, als der Flottenkommandant erneut mit erhobener Hand um Ruhe bat.

»Wenden Sie sich mit Ihren Argumenten gefälligst an das Gericht und nicht aneinander«, ermahnte Dermod die beiden, wobei er O'Mara und Lioren der Reihe nach anblickte. »Ich werde Sie nicht noch einmal warnen. Major O'Mara, vor einiger Zeit haben Sie erklärt, Sie hätten nicht mehr viel vorzubringen. Darf das Gericht davon ausgehen, daß Sie damit jetzt alles gesagt haben?«

Einen Augenblick lang blieb der Chefpsychologe reglos stehen; dann antwortete er: »Ja, Sir« und setzte sich.

»Sehr schön«, stellte der Flottenkommandant zufrieden fest. »Dann wird das Gericht jetzt die Anklage hören. Oberstabsarzt Lioren, sind Sie bereit fortzufahren?«

Liorens Haut wies eine zunehmende und ungleichmäßige Verfärbung auf, die durch die starken Schuldgefühle hervorgerufen wurden, die er bereits bei den flüchtigsten Erinnerungen bekam. Allerdings waren die außen am Körper befindlichen Luftsäcke nicht mehr so stark aufgebläht wie zuvor, so daß der DRLH in der Lage war, leise zu sprechen.

»Ich bin bereit.«

2. Kapitel

Das Cromsag-System war von dem Aufklärungsschiff des Monitorkorps *Tenelphi* während eines Vermessungseinsatzes im galaktischen Sektor neun erforscht worden, einer der peinlichen dreidimensionalen Lücken in den Karten der Föderation. Die Entdeckung eines Systems mit bewohnbaren Planeten stellte für die Besatzung stets eine willkommene Abwechslung dar, zumal sich der Alltag durch das Vermessen und Kartographieren unzähliger Sterne normalerweise äußerst eintönig gestaltete. Als man nun auf einen Planeten stieß, der alle Anzeichen für intelligentes einheimisches Leben aufwies, herrschte an Bord freudige Erwartung.

Jedoch währte die Freude nicht lange.

Da ein Aufklärungsschiff mit seiner nur vierköpfigen Besatzung nicht über die Möglichkeiten verfügte, mit der Situation eines Erstkontakts fertig zu werden, verbaten die Vorschriften eine Landung, so daß sich die Crew mit einer rein visuellen Untersuchung aus niedriger Umlaufbahn begnügen mußte, während sie sich gleichzeitig bemühte, den technologischen Stand der Bewohner durch eine Analyse der Kommunikationsfrequenzen und anderer elektromagnetischer Strahlung, die vom Planeten ausging, nachzuweisen. Aufgrund der Erkenntnisse blieb die *Tenelphi* in der Umlaufbahn und vergeudete ihre Energiereserven auf fast leichtsinnige Weise an den energiefressenden Subraumkommunikator, indem immer dringendere Bitten um Unterstützung an die Basisstation gesendet wurden.

Jedoch hatten die Spezialisten für fremde Spezies auf dem Kontakt- und Vermessungskreuzer des Monitorkorps *Descartes*, die normalerweise die erste Annäherung an eine neu entdeckte Zivilisation durchführten, bereits auf dem sogenannten Planeten der Blinden alle Hände voll zu tun, wo die Verständigung mittlerweile in eine Phase getreten war, die einen Abbruch nicht ratsam erscheinen ließ. Zudem war der von der *Tenelphi* entdeckte Planet im Cromsag-System sowieso kein Fall für den Erstkontakt; um überhaupt irgendeine Art Kontakt zu ermöglichen, mußte nämlich zunächst dafür gesorgt werden, daß die Bewohner überlebten.

Aus diesem Anlaß wurde das Schlachtschiff der Imperatorklasse *Vespasian* – das mehr als nur dazu in der Lage war, einen größeren Krieg zu führen, obwohl es in diesem Fall einen beenden sollte – eiligst für die Katastrophenhilfe umgerüstet und in die betreffende Region entsandt. Zwar stand es unter dem Kommando des Terrestriers Colonel Williamson, aber in allen Fragen, die Hilfseinsätze auf der Planetenoberfläche betrafen, hatte Oberstabsarzt Lioren die Befehlsgewalt und trug die alleinige Verantwortung.

Innerhalb einer Stunde nach der Angleichung der Umlaufbahnen der beiden Schiffe hatte die *Tenelphi* an die *Vespasian* angekoppelt, und der Captain des Aufklärungsschiffs, der Terrestrier Major Nelson, befand sich mit seinem medizinischen Offizier Stabsarzt Dracht-Yur, einem Nidianer, im Hauptquartier und gab den neuesten Situationsbericht ab.

»Wir haben einige Beispiele für die Funksprüche der Planetenbewohner aufgenommen«, berichtete Major Nelson in lebhaftem Ton, »auch wenn dort unten ungewöhnlich wenig Funkverkehr herrscht. Da unser Bordcomputer aber nur für die Vermessungsarbeit programmiert ist und gerade noch über genügend Kapazität verfügt, um die notwendigen Übersetzungen für die Besatzung zu bewältigen, können wir die Sprüche nicht verstehen. Wie die Dinge liegen, wissen wir nicht einmal, ob den Bewohnern überhaupt bekannt ist, daß wir hier sind …«

»Von jetzt an wird der taktische Computer der

Vespasian den Funkverkehr auf der Planetenoberfläche übersetzen, und die Informationen wird man dann an Sie weiterreichen«, fiel ihm Colonel Williamson ungeduldig ins Wort. »Uns interessiert weniger, was Sie womöglich nicht gehört haben, sondern vielmehr das, was Sie wirklich gesehen haben. Also fahren Sie bitte fort, Major.«

Es war überflüssig, einen Umstand zu erwähnen, der allen Anwesenden bekannt war; denn während Williamsons gewaltiges Großkampfschiff über das größere Gehirn verfügte, besaß Nelsons winziges und hochspezialisiertes Vermessungsschiff Augen, die unübertroffen waren.

Während Nelson auf die Tasten drückte, die das Bildmaterial auf dem riesigen taktischen Bildschirm erscheinen ließen, fuhr er fort: »Wie Sie sehen, haben wir den Planeten aus einer Entfernung vermessen, die das Fünffache seines Durchmessers beträgt, bevor wir näher herangeflogen sind, um diejenigen Gebiete kartographisch zu erfassen, die bewohnt ausgesehen haben. Dies ist der dritte Planet eines Sternsystems, das aus insgesamt acht Planeten besteht, und, soweit wir wissen, der einzige, auf dem es Leben gibt. Auf diesem Planeten ist der Tag etwas über neunzehn Stunden lang, die Schwerkraft beträgt auf der Oberfläche das Eineinviertelfache der Erdanziehungskraft, der atmosphärische Druck steht dazu im richtigen Verhältnis, und die Luftzusammensetzung würde der Mehrheit unserer warmblütigen Sauerstoffatmer keine ernsthaften Unannehmlichkeiten bereiten.

Die Landmasse auf dem Planeten ist in siebzehn große, nicht zusammenhängende Kontinente aufgeteilt. Bis auf die zwei Polarkontinente sind alle bewohnbar, doch momentan ist nur der größte Äquatorialkontinent besiedelt. Jedoch weisen auch die anderen Kontinente Anzeichen auf, daß sie in der Vergangenheit bevölkert waren und es dort eine ziemlich hochentwickelte Technologie gegeben hat, zu der unter anderem motorgetriebene Beförderungsmittel zu Land und in der Luft gehört haben, wobei die Strahlungsspuren darauf hindeuten, daß man Energie mit Hilfe von Kernspaltung erzeugt hat. Die Dörfer und Städte scheinen heute aufgegeben und verlassen zu sein. An den Gebäuden sind kaum Schäden festzustellen. Spuren von Industrie- oder Hausabfällen finden sich weder auf dem Boden noch in der Atmosphäre. Hinweise auf den Anbau von Nahrungsmitteln sind nicht zu entdecken, und die Straßenbeläge und das Mauerwerk von einigen der kleineren Gebäude sind durch ungehinderten Pflanzenwuchs aufgebrochen und beschädigt worden. Sogar in den bewohnten Gebieten auf dem Äquatorialkontinent gibt es Anzeichen für dieselbe Nachlässigkeit gegenüber Bauwerken und der Landwirtschaft mit den damit zusammenhängenden Symptomen von ...«

»Offensichtlich handelt es sich um eine Seuche«, unterbrach ihn Lioren plötzlich, »um eine Epidemie, gegen die diese Wesen nur geringe natürliche Abwehrkräfte besitzen und durch die die Planetenbevölkerung so weit dezimiert wurde, daß man nicht mehr das reibungslose Funktionieren sämtlicher Städte in vollem Umfang leisten konnte, und die Überlebenden sind dann in die wärmeren Städte mit geringerem Energiebedarf am Äquator gezogen, um ...«

»Einen blutigen Krieg zu führen!« fiel ihm der Arzt des Aufklärungsschiffs, Dracht-Yur, ins Wort, wobei seine knurrende nidianische Sprache die emotionslose Übersetzung des Translators in ärgerlichem Ton untermalte. »Aber es handelt sich um eine eigenartige, altertümliche Form der Kriegsführung. Entweder lieben die Planetenbewohner den Krieg geradezu, oder sie hassen sich wie die Pest. Trotzdem scheinen sie eine ungeheure Achtung vor fremdem Eigentum zu haben. Massenvernichtungswaffen setzen sie jedenfalls nicht gegeneinander ein; für Bombardierungen aus der Luft oder Artilleriefeuer gibt es keinerlei Anzeichen, obwohl sie immer noch über sehr viele Bodenfahrzeuge und Flugzeuge verfügen. Aber die benutzen sie nur, um die Kriegsteilnehmer zum Schlachtfeld zu transportieren, wo sie Mann gegen Mann und anscheinend ohne Waffen Nahkämpfe austragen. Das ist grausam. Sehen Sie!«

Der taktische Bildschirm der *Vespasian* zeigte eine Reihe Luftaufnahmen von Lichtungen in Tropenwäldern und städtischen Straßen, die trotz starker Vergrößerung und der Tatsache, daß man sie aus einer Entfernung von achtzig Kilometern senkrecht von oben fotografiert hatte, gestochen scharf und kontrastreich waren. Normalerweise war es schwierig, aus dem Orbit verläßliche Informationen über Körpermasse und physiologische Einzelheiten einer einheimischen Lebensform zu erhalten – obwohl eine Untersuchung des Schattens, den ein Wesen warf, hilfreich sein konnte –, doch in diesem Fall waren, wie Lioren grimmig dazu einfiel, viel zu viele Planetenbewohner so zuvorkommend gewesen, sich tot auf den Boden zu legen.

Den Oberstabsarzt erschütterten die Bilder achtlos liegengelassener Toter zwar, aber sie widerten ihn nicht an, wie es bei Dracht-Yur der Fall war, da der nidianische Arzt zu einer dieser eigenartigen Zivilisationen gehörte, die die sterblichen Überreste ihrer Toten ehren. Dennoch stellte die Menge der vor kurzem und schon vor längerer Zeit Gefallenen, die auf den Straßen und Waldlichtungen herumlagen, auf jeden Fall ein Gesundheitsrisiko dar.

Lioren fragte sich unwillkürlich, ob die überlebenden Kämpfer die Gefallenen nicht begraben wollten oder einfach nicht begraben konnten. Eine weniger scharfe Filmaufnahme zeigte zwei der Planetenbewohner, die miteinander auf dem Boden kämpften, und die Schläge und Bisse, mit denen sie sich gegenseitig eindeckten, waren so sanft, daß der Kampf genausogut ein öffentlich vollzogener Geschlechtsakt hätte sein können.

Anscheinend konnte der Nidianer Liorens Gedanken lesen, denn er fuhr fort: »Die beiden sehen aus, als könnten sie sich gegenseitig gar nicht ernsthaft verletzen, und ganz zu Anfang hatte ich angenommen, dies sei eine Spezies, die über keine körperliche Ausdauer verfügt. Doch dann sind andere Planetenbewohner beobachtet worden, die mit aller Kraft und ohne Unterbrechung einen ganzen Tag lang gekämpft haben. Aber Sie werden auch bemerken, daß die Haut dieser beiden verfärbte Stellen aufweist, die sich schon weit ausgebreitet haben, während die Haut von einigen der anderen makellos ist. Zwischen dem Grad körperlicher Schwäche und der Größe des verfärbten Hautbereichs besteht ein eindeutiger Zusammenhang. Meiner Ansicht nach kann man mit ziemlicher Sicherheit davon ausgehen, daß diese beiden Kämpfer nicht müde, sondern schwer krank sind.

Aber das hält sie nicht von dem Versuch ab, sich gegenseitig umzubringen«, schloß Dracht-Yur mit einem verärgerten Knurren.

Die mittleren Finger zum tarlanischen Zeichen für Respekt und Zustimmung ausgestreckt, erhob Lioren eine Hand ein Stück über die Tischplatte. Doch bei den beiden Offizieren deutete nichts darauf hin, daß sie die Bedeutung dieser Geste verstanden hatten, und das bedeutete, die Komplimente mußten ihnen verbal gemacht werden.

»Major Nelson, Stabsarzt Dracht-Yur, Sie haben beide ausgezeichnete Arbeit geleistet«, sagte Lioren. »Aber es gibt für Sie noch mehr zu tun. Kann ich davon ausgehen, daß die übrigen Mitglieder Ihrer Besatzung ebenfalls die Möglichkeit gehabt haben, die Situation auf dem Planeten zu verfolgen, und sie untereinander erörtert haben?«

»Davon konnten wir sie gar nicht abhalten ...«, begann Nelson.

»Ja«, bestätigte Dracht-Yur bellend.

»Sehr gut«, stellte Lioren zufrieden fest. »Die *Tenelphi* ist vom momentanen Vermessungsdienst freigestellt. Lassen Sie Ihre Offiziere auf die *Vespasian* kommen. Da diese Offiziere über die Lage vor Ort besser, womöglich auch nur ein bißchen besser, im Bilde sind als wir, werden sie sich den Besatzungen der ersten vier Erkundungsfahrzeuge, die wir nach unten auf den Planeten schicken, als Berater anschließen. Die *Vespasian* wird in der Umlaufbahn bleiben, bis die wirkungsvollste Stelle für den Rettungseinsatz ausgewählt worden ist…«

In Momenten wie diesem vergeudete Lioren nur ungern Zeit mit Höflichkeiten, aber er hatte gelernt, daß jetzt verloren geglaubte Zeit, insbesondere was ranghöhere terrestrische Offiziere anging, durchaus dazu beitragen konnte, die Sache später zu beschleunigen. Und schließlich war Colonel Williamson der Kommandant der *Vespasian* und nominell der vorgesetzte Offizier.

»Falls Sie bis hierher irgendwelche kritischen Anmerkungen oder Einwände haben, Sir, würde ich mich freuen, sie zu hören«, schlug Lioren deshalb vor.

Colonel Williamson warf Nelson und Dracht-Yur einen kurzen Blick zu, bevor er sich wieder Lioren zuwandte. Die Zähne der Offiziere vom Aufklärungsschiff waren entblößt, und auch beim Colonel waren einige sichtbar, als er sagte: »Die *Tenelphi* wird die Vermessung erst dann wiederaufnehmen können, wenn wir ihre Vorräte aufgestockt haben, und es würde mich überraschen, wenn die Offiziere des Aufklärungsschiffs etwas gegen irgendeine Unterbrechung dieser todlangweiligen Routinearbeit einzuwenden hätten. Damit machen Sie sich nur Freunde, Lioren. Fahren Sie bitte fort.«

»Absolut vorrangig ist es, die Kämpfe zu beenden«, sagte der Oberstabsarzt. »Nur dann wird es möglich sein, die Kranken und Verwundeten zu behandeln. Die Aufgabe, die Einstellung aller Feindseligkeiten zu erzwingen, muß bewältigt werden, ohne weitere Opfer zu verursachen oder die Bevölkerung in allzu große psychische Bedrängnis zu bringen. Für eine Zivilisation, deren Technologie sich noch auf dem Stand vor dem Raumflug befindet, wäre das plötzliche Auftauchen eines Raumschiffs von der Größe und Stärke der *Vespasian* und der furchterregend aussehenden Insassen nicht gerade beruhigend.

Die erste Annäherung muß in einem kleinen Schiff von Besatzungsmitgliedern durchgeführt werden, die aus psychologischen Gründen über die gleiche oder eine geringere Körpermasse verfügen als die Planetenbewohner. Außerdem hat das Ganze unauffällig vor sich zu gehen, in einer abgeschiedenen Gegend, wo sich nur wenige Einheimische oder, im Idealfall, sogar nur ein einzelner Planetenbewohner aufhält, dessen vorübergehendes Verschwinden aus dem Kreis seiner Freunde nur minimale Besorgnis hervorruft ...«

Bei dem schließlich für diesen Einsatz ausgewählten Fahrzeug handelte es sich um die Kurzstrecken-Transportfähre der *Vespasian*, die sowohl im Raum fliegen als auch ausgedehnte Flugmanöver in der Atmosphäre durchführen konnte. Zwar war sie nach Liorens Auffassung relativ klein, aber dafür ausgesprochen komfortabel ausgestattet – wenn man zufällig Terrestrier war; im Moment war sie allerdings völlig überladen und überfüllt.

Mit abgeschalteten Triebwerken und reduzierter Geschwindigkeit glitten sie gerade aus dem orangefarbenen Licht des Sonnenaufgangs steil in eine dunkle, noch nicht in der Dämmerung liegende Wolkendecke hinab, damit sie den Planetenbewohnern nicht durch einen Überschallknall unnötige Sorgen bereiteten, und bis auf die Strahlen aus den Infrarotsensoren, die die Einheimischen vielleicht sehen konnten, vielleicht aber auch nicht, war die Fähre völlig verdunkelt.

Lioren starrte auf das vergrößerte Bild von der Waldlichtung, in der sich ein einzelnes Haus mit einem Flachdach und den Nebengebäuden befand, die nun auf die Fähre zuzustürzen schienen. Ohne Antrieb erfolgte der Anflug der Fähre offenbar zu steil und viel zu schnell und allem Anschein nach mit der Flugcharakteristik eines Körpers, der aerodynamisch gesehen voll und ganz einem Felsbrocken entsprach. Dann wurden auf einmal an drei Stellen die Pflanzen, die auf dem Boden der Lichtung wuchsen, nach unten gebogen und in flache Krater von geringem Durchmesser hineingedrückt, als die Pressorstrahlen zu Boden schossen, um die Fähre auf immateriellen Stelzen zu tragen, die zugleich als Stoßdämpfer dienten. Die Landung ging zwar urplötzlich vonstatten, aber dennoch geräuschlos und sehr sanft.

Mißbilligend wandte Lioren ein Auge dem Piloten zu und fragte sich nicht zum erstenmal, warum es einige Fachleute offenbar für nötig hielten, ihr fachliches Können auf so dramatische Weise unter Beweis stellen zu müssen; bevor ihm jedoch dazu eine Äußerung einfiel, die sowohl schmeichelhaft als auch kritisch gewesen wäre, glitt schon die Bordrampe zu Boden.

Die Besatzung trug schwere Raumanzüge, von denen man die Luftbehälter und die Helmvisiere entfernt hatte, weil man der Überzeugung war, daß dieser behelfsmäßige Körperpanzer genügend Schutz vor jedem mit bloßen Händen unternommenen Angriff einer intelligenten Lebensform bieten müßte, die sich nur natürlicher Waffen bediente. Die fünf Terrestrier und drei Orligianer in der Gruppe liefen gleich los, um die Nebengebäude zu durchsuchen, während sich Dracht-Yur und Lioren eiligst zum Haus begaben, in dem trotz der frühen Stunde bereits das Licht brannte. Indem sie sich geduckt an den geschlossenen Fenstern vorbeischlichen, hinter denen sich keine Vorhänge befanden, umkreisten sie einmal das Haus und blieben schließlich vor dem einzigen Eingang stehen.

Dracht-Yur stellte seinen Scanner auf den Türmechanismus und den Biosensor auf die Räume dahinter ein; dann bediente er sich des Anzugfunks, um leise zu sagen: »Hinter der Tür befindet sich ein großer Raum, in dem sich zur Zeit niemand aufhält. Der Raum ist mit drei kleineren Kammern verbunden. In der ersten Kammer ist kein Lebenszeichen festzustellen, aber in der zweiten entdecke ich Spuren von Lebewesen, die sich nicht bewegen und so nah beieinander sind, daß ich mir nicht sicher bin, ob die leisen, unübersetzbaren Laute, die typisch für

Schlafende sind, von zwei oder drei Wesen stammen. Vielleicht sind sie krank oder verletzt. In der dritten Kammer befindet sich ein Lebewesen, dessen Bewegungen langsam und bedächtig erscheinen, und die Geräusche aus dieser Kammer sind gedämpft, aber ausgeprägt und klingen wie das periodisch auftretende Aneinanderschlagen von Kochgeräten. Insgesamt deutet alles darauf hin, daß sich die Hausbewohner unserer Anwesenheit nicht bewußt sind.

Der Türmechanismus ist ganz schlicht, und der große Metallriegel auf der Innenseite ist nicht vorgelegt«, beendete der nidianische Arzt seine Ausführungen. »Sie können einfach den Schnappriegel anheben und hineingehen, Sir.«

Lioren war erleichtert. Die Tür aufzubrechen hätte ihm die Aufgabe, die Hausbewohner von seinen guten Absichten zu überzeugen, sehr viel schwerer gemacht. Aber bei bis zu vier Einheimischen im Haus und mit nur einem einzigen übereifrigen und winzigen Nidianer an seiner Seite wollte sich Lioren vorerst lieber nicht hineintrauen. Er verhielt sich still, bis die anderen eintrafen, um zu berichten, daß sich in den Nebengebäuden lediglich landwirtschaftliche Geräte und einige nicht vernunftbegabte Nutztiere befänden.

Lioren beschrieb ihnen rasch die Anlage des Hauses und fuhr dann fort: »Die größte Gefahr droht uns von der Gruppe aus zwei oder drei Lebewesen, die sich in dem Raum direkt gegenüber dieser Eingangstür aufhalten und ihn auf keinen Fall verlassen dürfen, bevor wir diesen Aliens nicht die Situation erklärt haben. Vier von Ihnen bewachen die Innentür und noch mal vier das Fenster, falls diese Wesen versuchen sollten, auf diesem Weg zu entkommen. Dracht-Yur und ich werden uns mit dem anderen Hausbewohner unterhalten. Und vergessen Sie nicht, seien Sie die ganze Zeit über leise, vorsichtig und keinesfalls aggressiv. Beschädigen Sie keine Möbel oder Gebrauchsgegenstände, und fügen Sie vor allem den

Aliens selbst keinen Schaden zu, und tun Sie nichts, was die Bewohner auf die Idee bringen könnte, daß wir keine Freunde sind.«

Mit äußerster Vorsicht hob er leise den Schnappriegel an, öffnete die Tür und ging ins Haus voran.

In der Mitte des Raums hing eine brennende Öllampe von der Decke und beleuchtete die Wände, die mit bildhaften Reliefs und Gebinden geschmückt waren, die offenbar aus getrockneten, duftenden Pflanzen bestanden, obwohl das Aroma, das sie verbreiteten, für Liorens tarlanischen Geruchssinn alles andere als angenehm war. Vor der gegenüberliegenden Wand stand ein langer Eßtisch, unter den vier Stühle mit hohen Rückenlehnen geschoben waren. Zudem waren noch an den anderen Wänden einige kleinere Tische und größere Stühle mit dickerem Sitzpolster zu sehen sowie ein gewaltiger Bücherschrank und andere Gegenstände, die Lioren nicht auf Anhieb erkennen konnte. Der Großteil der Möbel bestand aus Holz und war zwar recht solide, aber nicht sonderlich fachmännisch gebaut, und einige der Gegenstände wiesen Anzeichen von Massenfertigung auf. Ganz offensichtlich handelte es sich bei ihnen um das uralte, zerkratzte und verbeulte Vermächtnis besserer Zeiten. In der Mitte des Raums lag lediglich ein dicker Teppich aus irgendeinem Gewebe oder pflanzlichen Stoff auf dem Boden und dämpfte die Schritte der Eindringlinge, als sie über ihn gingen.

Die drei Innentüren waren nur angelehnt, und die leisen Geräusche von gegen Geschirr stoßenden Kochutensilien, die aus dem Raum drangen, in dem sich der einzelne Einheimische aufhielt, wurden von einem gedämpften, klagenden Laut begleitet, der unübersetzbar war. Lioren fragte sich, ob das Wesen aufgrund von Krankheit oder Verletzungen Schmerzen hatte oder vielleicht nur auf seine Art sang. Er wollte gerade in den Raum gehen, um dem Einheimischen gegenüberzutreten, als Dracht-Yur eine von Liorens mittleren Händen ergriff und auf die Tür der anderen Kammer deutete, in der sich die übrigen Bewohner befanden.

Einer der Terrestrier hatte den Griff fest gepackt, um zu verhindern, daß die Tür von innen geöffnet wurde. Jetzt streckte er die freie Hand mit drei abgespreizten Fingern in Höhe der Taille aus, dann senkte er sie mit nach unten gekehrter Fläche auf Hüfthöhe, streckte nur noch zwei Finger aus und führte sie schließlich fast bis zum Kniegelenk hinab, bevor er nur noch einen Finger sehen ließ. Schließlich ließ er kurz den Türgriff los, drückte beide Handteller zusammen, legte die Hände in dieser Haltung an eine Seite des Gesichts, neigte dann den Kopf und schloß für einen Sekundenbruchteil die Augen.

Einen Augenblick lang war Lioren über diese Gesten vollkommen verblüfft, bis ihm einfiel, daß die Terrestrier der Klassifikation DBDG und noch ziemlich viele andere Lebensformen diese seltsame Stellung beim Schlafen einnahmen. Die übrigen Handzeichen konnten nur bedeuten, daß sich in der Kammer drei Kinder befanden, von denen eins kaum älter als ein Säugling war, und alle drei schliefen.

Darüber erleichtert, daß die Kinder ohne Schwierigkeiten in ihrer Kammer zurückgehalten werden konnten und somit keine Möglichkeit bestand, daß uninformierte und zu Tode erschrockene Ausreißer in der Gegend Panik verbreiten konnten, senkte Lioren nach terrestrischer Manier anerkennend den Kopf. Zufrieden und zuversichtlicher geworden schritt er voran, um die Verständigung mit dem Wesen aufzunehmen, das, nach den Geräuschen zu urteilen, die aus dem Raum drangen, in dem die Mahlzeiten zubereitet wurden, mit an Sicherheit grenzender Wahrscheinlichkeit der einzige Erwachsene im Haus war.

Der Hausbewohner hatte der Tür den Rücken zugekehrt und zeigte Lioren den Kopf im Dreiviertelprofil von hinten, während er sich mit etwas beschäftigte, das von seinem Oberkörper verdeckt wurde. Da auf seinem Schädel keine unabhängig voneinander beweglichen Augen an Stielen saßen und er somit auch nicht über einen Rundumblick verfügte, war es Lioren möglich, ihn einen Moment lang zu beobachten, ohne selbst von ihm gesehen werden zu können.

Bezüglich des Körperbaus wies der Bewohner mehr Ähnlichkeit mit Lioren als mit den Terrestriern, Nidianern und Orligianern auf, die den Oberstabsarzt begleiteten, wodurch der visuelle Schock des Erstkontakts wesentlich geringer ausfallen dürfte. Bis auf den Unterschied, daß der Hausbewohner drei Gliederpaare besaß – zwei zur Fortbewegung, zwei starke Greiforgane in der Mitte des Körpers und zwei weitere in Höhe des Halses, die zum Essen und zur Verrichtung feiner Arbeiten dienten – sowie einen Schädel, den ein dichtes blaues Fell bedeckte, das sich in einem schmalen Streifen an der Wirbelsäule entlang bis zum rudimentären Schwanz fortsetzte, waren die allgemeinen körperlichen Merkmale auffallend ähnlich. Seine Haut wies die blaßgelb verfärbten Stellen auf, die für die Seuche symptomatisch waren, die, begünstigt durch den grausamen und barbarischen Krieg, alles intelligente Leben vom Planeten zu vertilgen drohte. Die physiologische Klassifikation des Wesens lautete DCSL, und zumindest die Heilung seines Leidens dürfte sich relativ einfach gestalten, sobald sich Lioren erst einmal seiner Mitarbeit versichert hatte.

Zuerst ganz sacht, aber dann mit wachsender Entschlossenheit klatschte Lioren mit zweien seiner in Handschuhen steckenden mittleren Hände, um die Aufmerksamkeit des DCSL zu erregen, und als dieser schließlich herumfuhr, um ihn anzusehen, sagte der Oberstabsarzt: »Wir sind Freunde. Wir sind gekommen, um Sie ...«

Zwischen dem Bauch und einer der mittleren Hände hatte der DCSL eine große Schale eingeklemmt gehabt, die zum Teil mit einer blaßgrauen, zähflüssigen Substanz gefüllt gewesen war, während er mit der zweiten mittleren Hand eine kleinere Schale getragen und ihren Inhalt in die erste gegossen hatte. Lioren war noch Zeit geblieben zu bemerken, daß beide Gefäße dickwandig und aus einer harten, aber offensichtlich äußerst zerbrechlichen Keramik gefertigt waren, was durch die Art bewiesen wurde, in der sie zersprangen, als sie zu Boden fielen. Das Klirren war laut genug, um die drei Kinder im anderen Zimmer aus dem Schlaf zu reißen, und eins von ihnen, höchstwahrscheinlich der Säugling, fing an, laute Angstschreie von sich zu geben, die der Translator nicht übersetzte.

»Wir werden Ihnen nichts tun«, begann Lioren aufs neue. »Wir sind gekommen, um Sie von der furchtbaren Krankheit zu heilen, die …«

Der DCSL stieß eine Folge schriller Kollerlaute aus, die vom Translator als »Die Kinder! Was haben Sie mit meinen Kindern gemacht?« übersetzt wurde, und stürzte sich auf Lioren und Dracht-Yur.

Es handelte sich nicht um einen Angriff mit bloßen Händen.

Aus der Reihe von Küchengeräten, die auf dem in der Nähe stehenden Tisch lagen, hatte sich der DCSL ein Messer geschnappt, mit dem er gegen Liorens Brust ausholte. Die Klinge war lang und spitz, an der einen Seite gezackt und immerhin so scharf, daß sie im Gewebe von Liorens schwerem Raumanzug einen tiefen Riß hinterließ. Doch der DCSL lernte schnell, denn die zweite Attacke bestand aus einem mit gestrecktem Arm geführten Stoß, durch den das Messer in den Anzug eingedrungen wäre, wenn Lioren nicht aufgepaßt hätte. Mit zwei mittleren Händen packte er das Handgelenk des DCSL und zog ihm die Waffe mit der dritten aus den Fingern, wobei er sich an einem der eigenen Finger eine leichte Schnittwunde zuzog, und gleichzeitig hielt er die beiden oberen Hände des DCSL von sich fern, die ihm offenbar ganze Stücke aus dem Gesicht reißen wollten.

Durch die Heftigkeit des Angriffs taumelte Lioren mitsamt dem DCSL rückwärts in den großen Vorraum und erhaschte einen flüchtigen Blick auf den winzigen Dracht-Yur, der sich an die Beine des DCSL warf und seine kurzen, stark behaarten Arme fest um sie schlang. Der DCSL verlor das Gleichgewicht, und alle drei stürzten krachend zu Boden.

»Worauf warten Sie denn noch? Stellen Sie ihn endlich ruhig!« befahl Lioren den anderen in scharfem Ton. Dann sagte er aus plötzlicher Besorgnis um den DCSL heraus: »Bis jetzt bin ich mit Ihrer inneren Physiologie zwar nicht vertraut, aber ich hoffe, mein Körpergewicht, das auf Ihren unteren Brustkorb drückt, verletzt keine darunter befindlichen Organe.«

Die Reaktion des DCSL bestand in noch heftigerem Widerstand gegen die terrestrischen, orligianischen und tarlanischen Hände, von denen er am Boden gehalten wurde, und nur wenige der Laute, die er ausstieß, waren übersetzbar. Während der Oberstabsarzt das offensichtlich völlig verwirrte und verängstigte Wesen anblickte, machte er sich im stillen und in höchst kritischen Worten ernste Vorhaltungen. Diese Aktion, seinen ersten Kontakt mit einem Mitglied einer neu entdeckten intelligenten Spezies, hatte er alles andere als zufriedenstellend durchgeführt.

»Wir werden Ihnen nichts tun«, redete Lioren auf den Alien ein, wobei er sich bemühte, seiner Stimme einen beruhigenden Klang zu geben, obwohl er lauter schreien mußte als der DCSL und die drei Kinder im Nebenraum, die inzwischen allesamt wach waren und nun ebenfalls ihre unübersetzbaren Laute zu dem allgemeinen Lärm beisteuerten. »Auch Ihren Kindern werden wir nichts tun. Bitte beruhigen Sie sich. Wir wollen Ihnen und allen anderen doch nur helfen, bis an Ihr Ende ohne Krieg und ohne die Krankheit zu leben, von der Sie befallen …«

Der DCSL mußte die Übersetzung von Liorens Beteuerungen verstanden haben, denn er hatte währenddessen aufgehört zu schreien, auch wenn er die Anstrengungen, sich zu befreien, unvermindert fortsetzte.

»Aber wenn wir für dieses unglückselige Leiden ein Heilverfahren finden sollen, müssen wir den Erreger, der die Krankheit verursacht, in Ihrem Körper isolieren und identifizieren«, fuhr Lioren mit leiserer Stimme fort, »und um das zu tun, brauchen wir Blutproben und Proben anderer Körperflüssigkeiten von Ihnen …«

Wenn sowohl der Krieg als auch die Krankheit mit minimaler Verzögerung und geringstmöglichem Verlust von Leben gestoppt werden sollten, benötigte man diese Proben auch, um große Mengen sicherer Betäubungsmittel, gasförmiger Beruhigungsmittel und synthetischer Nahrungsmittel herzustellen, die sich für den Metabolismus der Spezies eigneten. Aber jetzt schien nicht der richtige Moment zu sein, um dem DCSL die ganze Wahrheit zu sagen, denn er hatte seine Bemühungen, sich zu befreien, verstärkt.

Lioren blickte Dracht-Yur an und deutete auf einen der mittleren Arme des DCSL, wo durch die Anspannung der Muskulatur und den erhöhten Blutdruck eine der Adern angeschwollen war, die somit eine ideale Stelle bot, um Blutproben zu entnehmen.

»Wir werden Ihnen nichts tun«, wiederholte Lioren. »Haben Sie keine Angst. Und hören Sie bitte auf, Ihren Arm zu bewegen.«

Doch das große, glitzernde Instrument mit mehreren Kolben, das der nidianische Arzt gerade hervorgeholt hatte, war, auch wenn es bei Gebrauch keinerlei Schmerz verursachte, nicht gerade ein Gegenstand, der Vertrauen einflößte. Wie Lioren nur zu gut wußte, hätte er von dem, was er gerade gesagt hatte, auch kein einziges Wort geglaubt, wenn die Rollen von ihm und dem DCSL vertauscht gewesen wären.

3. Kapitel

Mit Ausnahme von einigen wenigen Gewalttätigkeiten gestalteten sich alle nachfolgenden Kontaktaufnahmen mit den Einheimischen, die ihren Planeten ›Cromsag‹ nannten, einfacher. Das war in erster Linie das Verdienst der *Vespasian*, deren Sender auf die Frequenzen der cromsaggischen Rundfunkkanäle eingestellt worden war, so daß ausführlich erklärt werden konnte, um wen es sich bei den fremden Außerplanetariern handelte, woher sie gekommen waren und weshalb sie sich hierherbegeben hatten. Und als das riesige Großkampfschiff schließlich landete und man sich daranmachte, Fertigteile auszuladen, um damit Krankenhäuser und Zentralstellen zur Verteilung von Nahrungsmitteln für die Überlebenden des Kriegs zu errichten, nahmen die bisher rein mündlich geäußerten Beteuerungen Form und konkrete Gestalt an, und jegliche Feindseligkeit gegenüber den fremden Eindringlingen wurde eingestellt.

Das bedeutete allerdings nicht, daß Einheimische und Außerplanetarier zu Freunden wurden.

Lioren war sich sicher, daß er alles über die Cromsaggi wußte, außer wie ihr Verstand funktionierte. Durch die Leichen erst kurz zuvor gefallener DCSLs, die in den Kriegsgebieten liegen gelassen worden waren, hatte er ein vollständiges und genaues Bild von der Physiologie und dem Metabolismus der Spezies gewonnen. Dadurch wiederum war es möglich geworden, die Wunden der Cromsaggi mit zuverlässigen Medikamenten zu behandeln und den Krieg unrühmlich mit Schwaden von Betäubungsgas zu beenden. Das Aufklärungsschiff *Tenelphi* war als schnelles Kurierschiff eingespannt worden und flog zwischen Cromsag und dem Orbit Hospital hin und her. In der einen Richtung beförderte es tote DCSLs, die eingehender untersucht werden mußten, und in der anderen die Ergebnisse des Leiters der Pathologie, Thornnastor, der Liorens Hypothesen häufiger bestätigte als widerlegte.

Doch selbst für den Diagnostiker Thornnastor stellte es sich als äußerst schwierige Aufgabe heraus, die cromsaggische Krankheit zu isolieren und zu identifizieren. Für die Untersuchung wurden eher lebende als tote DCSLs benötigt, die nach Möglichkeit das gesamte Spektrum der Symptome vom ersten Auftreten bis kurz vor dem tödlichen Ausgang des Leidens abdeckten, und darum entsandte man die *Rhabwar*, das spezielle Ambulanzschiff des Hospitals, um sich in diesen verschiedenen Stadien erkrankte Cromsaggi zu beschaffen. Aber noch verwirrender als die Seuche selbst, der die Opfer stets erlagen, bevor sie ein mittleres Alter erreicht hatten, war ihre innere Einstellung dazu.

Zwar hatte sich ein an der Seuche Erkrankter bereit erklärt, mit Lioren über sich selbst zu sprechen, aber durch seine Äußerungen war die Verwirrung des Oberstabsarztes nur noch größer geworden. Vom Patienten kannte Lioren nur die Nummer der Krankenakte, denn die Cromsaggi betrachteten sowohl die mündliche als auch schriftliche Bezeichnung ihrer Identität als das allerwichtigste persönliche Eigentum, und obwohl dieser DCSL nicht mehr lange zu leben hatte, hätte er seinen Namen einem Fremden niemals preisgegeben. Als ihn Lioren fragte, warum viele der Cromsaggi die Außerplanetarier mit jeder Waffe angegriffen hätten, die ihnen in die Finger gekommen sei, sich untereinander aber ausschließlich mit Zähnen, Händen und Füßen bekämpften, antwortete der DCSL, daß es einem weder Ehre mache noch Nutzen bringe, ein Mitglied der eigenen Spezies zu töten, sofern es nicht mit großer Anstrengung und höchster Gefahr für das eigene Leben verbunden sei. Aus demselben Grund würden sie grundsätzlich davor haltmachen, einen schwerkranken, stark geschwächten oder bereits sterbenden Gegner umzubringen.

Ein anderes intelligentes Lebewesen zu ermorden war nach Liorens fester Überzeugung die unehrenhafteste Tat, die man sich überhaupt vorstellen konnte. Eigentlich hätte er in seiner Position die Ansichten anderer respektieren müssen, egal, wie seltsam und schockierend sie auch für jemanden mit seiner strengen tarlanischen Erziehung sein mochten, aber diesen Standpunkt der Cromsaggi konnte und wollte er nicht respektieren.

Um schnell das Thema zu wechseln, fragte er: »Warum werden die Verwundeten nach einem Kampf weggebracht? Um sie zu pflegen, während die Toten unangetastet dort liegen bleiben, wo sie gefallen sind? Wie wir wissen, besitzt Ihre Spezies einige Kenntnisse über Medizin und Heilung. Weshalb lassen Sie die Toten also unbegraben liegen und riskieren die Ausbreitung weiterer Seuchen in Ihrer schon von Krankheit geplagten Bevölkerung? Wieso setzen Sie sich dieser vollkommen unnötigen Gefahr aus?«

Aufgrund der verheerenden Auswirkungen der Krankheit, die die gesamte Haut mit den blaßgelben Flecken überzogen hatte, war der Patient sehr geschwächt, und einen Augenblick lang fragte sich Lioren, ob der DCSL imstande war, ihm zu antworten, oder ob er die Fragen überhaupt gehört hatte.

Doch plötzlich entgegnete der Patient: »Eine verwesende Leiche stellt tatsächlich ein großes Gesundheitsrisiko für diejenigen dar, die nahe an ihr vorbeikommen. Die Gefahr und die Angst sind notwendig.«

»Aber *warum?*« hakte Lioren nach. »Welchen Nutzen bringt es Ihnen, wenn Sie sich absichtlich angst machen, Schmerzen zufügen und sich einer Gefahr aussetzen?«

»Das gibt uns Kraft«, antwortete der Cromsaggi. »Eine Zeitlang, eine sehr kurze Zeit lang, fühlen wir uns wieder stark.«

»Wir werden dafür sorgen, daß Sie sich in kürzester

Zeit auch ohne diese Kämpfe kräftig und stark fühlen«, beteuerte Lioren mit der Zuversicht eines Arztes, dem sämtliche Hilfsmittel der ärztlichen Wissenschaft der Föderation zur Verfügung standen. »Sie würden doch bestimmt lieber auf einem Planeten leben, auf dem es weder Krieg noch Krankheiten gibt, oder?«

Aus irgendeinem Teil seines geschwächten Körpers schien der Patient Kräfte zu sammeln, dann antwortete er: »So weit sich die Lebenden oder deren Vorfahren zurückerinnern können, hat es nie eine Zeit ohne Krieg und die Krankheit gegeben. Bei den Geschichten, die aus solchen Zeiten erzählt werden, als die mittlerweile über den ganzen Planeten verteilten Ruinen von Groß- und Kleinstädten noch von gesunden und glücklichen Cromsaggi bewohnt wurden, handelt es sich um Märchen, die man erzählt, um hungrige Kleinkinder zu trösten, Kinder, die bald groß genug sein werden, um zu kämpfen und nicht mehr an diese Märchen zu glauben.

Sie sollten uns weiterhin auf die Art überleben lassen, auf die wir immer überlebt haben, Fremder«, fuhr der Patient fort, während er sich bis zum äußersten anstrengte, sich auf der Trage aufzurichten. »Die Vorstellung von einer Welt ohne Krieg ist zu furchtbar, um sich darüber Gedanken machen zu können.«

Lioren stellte noch mehr Fragen, aber der Patient wollte nicht mehr mit ihm sprechen, obwohl er bei vollem Bewußtsein war und sein Gesundheitszustand sogar Anzeichen einer leichten Besserung aufwies.

Der Oberstabsarzt hatte keinerlei Zweifel, daß für das Leiden, von denen die etwas über zehntausend überlebenden Cromsaggi befallen worden waren, rasch ein medizinisches Heilverfahren entdeckt werden würde. Doch ob eine Spezies es wert war, gerettet zu werden, die Kriege ausschließlich mit den natürlichen Waffen führte, die ihr die Evolution zur Verfügung gestellt hatte, weil sie sich dadurch eine Zeitlang wohler fühlte, dessen war er sich nicht sicher. Durch die strengen Regeln, nach denen sich die Kämpfe richteten, stellte sich die Situation nicht weniger barbarisch dar. Zwar kämpften die DCSLs nicht gegen schwächere Gegner oder Kinder und auch nicht gegen die wenigen Cromsaggi, die sich in einem fortgeschrittenen Alter befanden, aber nur deshalb nicht, weil das persönliche Gefahrenelement – und somit wahrscheinlich auch die emotionale Befriedigung – geringer war. Lioren war froh, daß er nur die Verantwortung dafür trug, die an der Seuche Erkrankten körperlich gesund zu machen, und nicht dafür, den offenbar noch stärker in Mitleidenschaft gezogenen Verstand zu kurieren, der in ihren Körpern steckte.

Und dennoch gab es hin und wieder Augenblicke, in denen er sich bemühte, die Gedanken seiner Patienten von ihrem besorgniserregenden Gesundheitszustand auf andere Dinge zu lenken und ihnen den interstellaren Raumflug und die galaktische Föderation zu erklären. Er beschrieb ihnen die verblüffende Vielfalt an Gestalten und Größen, die intelligentes Leben annehmen konnte, und versuchte ihnen klarzumachen, daß der Planet, auf dem sie lebten, nur einer von vielen Hunderten von bewohnten Planeten war. Wie er dabei immer wieder feststellen konnte, besaß der Verstand der Cromsaggi trotz dieser furchterregenden und unerklärlichen Einstellung zum Tod fast dieselbe Beweglichkeit und Intelligenz wie sein eigener, wenn auch nicht das gleiche Maß an Bildung und Wissen.

In solchen Augenblicken trat im Gesundheitszustand der Patienten eine leichte und vorübergehende Besserung ein, und das brachte Lioren auf die Frage, ob nicht eines Tages ihr heftiges Verlangen nach der Gefahr und der emotionalen Erregung des Krieges und des Zweikampfs durch die vielen und noch schwierigeren Herausforderungen des Friedens gestillt werden könnte. Aber die DCSLs weigerten sich – oder waren vielleicht aufgrund ihrer durch die Kultur bedingten geistig-seelischen Ausrichtung nicht dazu in der Lage –, persönliche

Informationen über ihr Sozialverhalten, ihren Sittencodex oder ihre Ansichten zu irgendeinem Thema preiszugeben, es sei denn, der betreffende Patient war, wie im gegenwärtigen Fall, schwer erkrankt und verfügte nur noch über geringe geistige Widerstandskraft.

Die Wahrheit war, daß Lioren keine Ahnung hatte, was die Patienten empfanden, weder in bezug auf sich selbst noch auf jemanden anderen oder sonst irgend etwas, und die Standardfrage des behandelnden Arztes »Wie geht es Ihnen heute?« wurde nie beantwortet.

In zwei Tagen wurde das Eintreffen der *Rhabwar* erwartet, und Lioren entschied, daß der Patient, mit dem er das persönliche Gespräch geführt hatte, zu denjenigen gehörte, die mit dem Ambulanzschiff zur Untersuchung und Behandlung ins Orbit Hospital geflogen werden sollten.

Als die *Rhabwar* schließlich eintraf, bat er den ranghöchsten medizinischen Offizier des Schiffs um eine Unterredung. Dabei handelte es sich um einen gewissen Doktor Prilicla, einen Cinrussker, der als Mitglied der einzigen empathischen Spezies der Föderation die Gefühle all der Wesen kannte, die sich in seiner näheren Umgebung aufhielten.

Sowohl aus praktischen als auch aus persönlichen Gründen wollte Lioren Prilicla nicht in das überfüllte Schiffslazarett der *Vespasian* kommen lassen, sondern bat darum, die Besprechung auf dem Unfalldeck der *Rhabwar* abzuhalten. Denn auf der *Vespasian* war die allgemeine emotionale Ausstrahlung durch die Patienten viel stärker und hätte dem Besucher zweifellos zu schaffen gemacht – einem Fachkollegen gegenüber rücksichtsvoll zu sein konnte ja nicht schaden. Außerdem bestand auf dem Ambulanzschiff eine geringere Wahrscheinlichkeit, daß Liorens Untergebene seine eigene Unsicherheit gegenüber den Cromsaggi bemerkten. Nach der festen Überzeugung des Oberstabsarztes mußte man nämlich in leitender Stellung stets einen sicheren und überzeugenden Eindruck machen, wenn einem die Untergebenen Respekt und unbedingten Gehorsam entgegenbringen sollten.

Vielleicht teilte der Empath diese Ansicht, aber es war wahrscheinlicher, daß Prilicla selbst aus der Ferne Liorens emotionale Ausstrahlung wahrgenommen und richtig gedeutet hatte und ihm deshalb versicherte, ihre Besprechung werde rein privat sein. Dafür war ihm der Oberstabsarzt zwar dankbar, aber es überraschte ihn nicht. Schließlich lag es im eigenen Interesse des kleinen Empathen, die Ausstrahlung unangenehmer Emotionen um sich herum auf ein Mindestmaß zu reduzieren, da er sich selbst sonst genauso starken Unannehmlichkeiten ausgesetzt hätte.

Der Cinrussker, ein riesiges, ungeheuer zerbrechlich wirkendes Fluginsekt, das erst durch Liorens noch gewaltigere Körpergröße klein erschien, flog über einen der Behandlungstische und schwebte dann in Augenhöhe darüber. An seinem röhrenförmigen Körper mit Ektoskelett befanden sich sechs bleistiftdünne Beine, vier noch feiner gebaute Greiforgane und zwei breite, schimmernde und fast durchsichtige Flügelpaare, mit denen er langsam schlug, um mit Hilfe des G-Gürtels, den er umgeschnallt hatte, ruhig in der Luft zu schweben. Nur auf seinem Heimatplaneten Cinruss, der eine dichte Atmosphäre besaß und auf dem weniger als ein Achtel der Erdanziehungskraft herrschte, hatte eine Insektenspezies Intelligenz, eine Zivilisation und die Fähigkeit zu Raumflügen entwickeln können, und Lioren kannte in der ganzen Föderation keine Spezies, die die Cinrussker nicht für die schönste aller intelligenten Lebensformen hielt.

Aus einer der engen Öffnungen im Kopf Priliclas, der – bildlich gesprochen – eine feine, spiralförmig gewundene Eierschale war, drang eine Folge von melodischen, rollenden Schnalzlauten, die der Translator als »Danke für die schmeichelhaften Ansichten, die Sie mir gegenüber hegen, Freund Lioren. Es ist mir ein Vergnügen, Sie endlich einmal persönlich kennenzulernen« übersetzte. »Die Emotionen, die ich außerdem noch wahrnehme, deuten darauf hin, daß unser Treffen weniger ein geselliges Beisammensein darstellen soll, sondern vielmehr berufliche Gründe hat und überaus dringend ist.

Allerdings bin ich ein Empath, kein Telepath«, schloß er die Begrüßung freundlich. »Deshalb müssen Sie mir schon erzählen, was Sie beunruhigt, Freund Lioren.«

Über den dauernden Gebrauch des Wortes ›Freund‹ durch seinen Gesprächspartner empfand Lioren auf einmal eine gewisse Verärgerung. Immerhin war er der medizinische und verwaltungstechnische Leiter des Einsatzes zur Katastrophenhilfe auf Cromsag und ein Oberstabsarzt im Monitorkorps, während Prilicla nur den zivilen Rang eines Chefarztes am Orbit Hospital bekleidete. Sein Ärger brachte den gesamten Körper des Empathen zum Zittern und ließ dessen Schwebeflug weniger ruhig und gleichmäßig werden. Plötzlich wurde Lioren bewußt, daß er soeben ein anderes Lebewesen mit einer Waffe, nämlich mit seinen Empfindungen, angegriffen hatte, gegen die es sich nicht schützen konnte.

Selbst die krankhaft kriegerischen Cromsaggi hätten es verschmäht, einen derart schwachen und schutzlosen Feind anzugreifen.

Folglich verwandelte sich Liorens Verärgerung rasch in Scham. Dies war einmal eine Gelegenheit, den berechtigten Stolz auf seinen hohen Rang, den er sich aufgrund seiner enormen fachlichen Fertigkeiten redlich verdient hatte, zu vergessen. So, wie er es in der Vergangenheit schon oft getan hatte, sollte er nun lieber versuchen, die eigenen Empfindungen unter Kontrolle zu bringen, um sich die Fähigkeiten eines Untergebenen, dessen Gefühle leicht verletzt werden konnten, möglichst wirkungsvoll zunutze zu machen.

»Danke für die innerliche Selbstdisziplin, die Sie gerade bewiesen haben, Freund Lioren«, fuhr Prilicla fort, bevor Lioren etwas sagen konnte. Dann ließ sich der Empath, der jetzt nicht mehr zitterte, wie eine Feder auf dem Untersuchungstisch nieder und fügte hinzu: »Aber ich nehme bei Ihnen noch weitere starke Emotionen im Hintergrund wahr, die Sie nicht so leicht unterdrücken können und die, da bin ich mir sicher, die Cromsaggi betreffen. Über die hiesige Lage bin auch ich höchst besorgt, vielleicht ebensosehr wie Sie, und Empfindungen gegenüber Lebewesen oder Situationen, die ich mit jemand anderem teile, bereiten mir sehr viel weniger Unbehagen. Falls es also eine Möglichkeit gibt, wie ich Ihnen helfen kann, dann zögern Sie nicht, mich davon in Kenntnis zu setzen.«

Erneut ärgerte sich Lioren, diesmal darüber, die Erlaubnis erhalten zu haben, über die Cromsaggi sprechen zu dürfen, wo gerade das ohnehin den einzigen Zweck seines Besuchs auf der *Rhabwar* darstellte, aber der Ärger war nur gering und verflog rasch. Als er zu sprechen begann, war dem Oberstabsarzt zwar klar, daß er nur eine kurze Zusammenfassung seines letzten Berichts vortrug, den er bereits für seine Vorgesetzten beim Monitorkorps und für Prilicla selbst vervielfältigt hatte und den die *Rhabwar* auch für Thornnastor mitnehmen würde, dennoch war es notwendig, den Empathen schon jetzt mit der gegenwärtigen Lage vertraut zu machen, wenn dieser die Bedeutung der späteren Fragen verstehen sollte.

Lioren berichtete von den ständig ausgeweiteten Untersuchungen der unbewohnten Gebiete des Planeten, die Ergebnisse geliefert hatten, die sich allenfalls für Industriearchäologen eigneten. Spuren von Leben, die aus jüngerer Zeit stammten, gab es nicht. Viele der verlassenen Städte, Bergwerksbetriebe und Produktionskomplexe in den klimatisch gemäßigten Zonen des Nordens und Südens waren viele Jahrhunderte alt und so gut gebaut, daß nur geringe Anstrengungen unternommen werden müßten, um sie wieder instand zu setzen; zumal dies lohnenswert wäre, da die großen Mineralvorkommen des Planeten noch lange nicht erschöpft waren. Aber diese Mühe hatten sich die Cromsaggi nie gemacht, weil sich diese Spezies mit ihrer ganzen Energie auf die Kämpfe konzentrierte, und zwar in einem Ausmaß, daß viele DCSLs keine Nahrungsmittel mehr angebaut oder nicht mehr die Kraft gehabt hatten, nach dem zu suchen, was wild wuchs. Zu guter Letzt hatte sich die zusammengeschrumpfte Bevölkerung in einer einzigen Region versammelt, damit man dort weiterkämpfen konnte, ohne erst weite Reisen unternehmen zu müssen, bevor man auf einen Gegner traf.

»Als wir den Krieg beendet haben, oder richtiger, als unsere Betäubungsgranaten einen Schlußstrich unter die vielen hundert Auseinandersetzungen zwischen kleinen Gruppen und einzelnen Cromsaggi gezogen haben, bestand die noch lebende Bevölkerung nach unseren Schätzungen aus etwas weniger als zehntausend DCSLs, eine Zahl, die bereits sämtliche Erwachsenen sowie deren Kinder und einige Neugeborene umfaßt«, fuhr Lioren verbittert fort. »Aber seit kurzem liegt die Sterblichkeit der Cromsaggi bei etwa einhundert Toten pro Tag.«

Wieder hatte Prilicla angefangen zu zittern. Lioren war sich nicht sicher, ob das eine Folge seiner eigenen emotionalen Ausstrahlung war oder die Reaktion des Empathen auf die Nachricht von der wachsenden Zahl von Todesfällen. Als er fortfuhr, bemühte sich der Oberstabsarzt, sowohl ruhige und sachliche Gedanken zu fassen, als auch in einem ebensolchen Ton zu sprechen.

»Obwohl wir den Cromsaggi helfen, indem wir ihnen Unterkunft bieten, sie mit Kleidung und synthetischen Nährstoffen versorgen und sogar so weit gehen, für sie Vorräte von Nahrungsmitteln anzulegen, die vor Ort wachsen und die sie, weil sie zu schwach waren, nicht selbst einbringen konnten, setzen sich die Sterbefälle unvermindert fort. Der Tod von Erwachsenen ist ausnahmslos auf die Seuche zurückzuführen, auch wenn er manchmal durch Kriegsverletzungen beschleunigt wird, die den Körper zusätzlich schwächen. Die Kinder und Jugendlichen sterben allerdings an anderen Krankheiten, für die wir bisher noch keine spezifischen Heilmittel besitzen. Zwar nehmen die Cromsaggi unsere Hilfe und die Lebensmittel an, aber nur ihre Kinder scheinen dafür auch dankbar zu sein. Für das, was wir für sie zu tun versuchen, zeigen sie keinerlei Interesse. Ich glaube, die Erwachsenen dulden uns lediglich als eine zusätzliche und unwillkommene Last, gegen die sie sowieso nichts unternehmen können. Meinem Eindruck nach haben sie an ihrem Überleben kein Interesse und wollen schlichtweg in Ruhe gelassen werden, um auf die blutigste Art, die man sich überhaupt vorstellen kann, den Selbstmord ihrer Spezies zu betreiben. Manchmal gibt es sogar Augenblicke, in denen ich finde, daß eine dermaßen kriegerische und bis zum letzten Mitglied durch und durch gewalttätige Spezies davon nicht abgehalten werden sollte. Welche Gedanken und Gefühle die Cromsaggi zu irgendwelchen Anlässen empfinden, weiß ich nicht.«

»Und jetzt möchten Sie, daß ich meine empathischen Fähigkeiten gebrauche, um Ihnen zu sagen, was die Cromsaggi empfinden, nicht wahr?« erkundigte sich Prilicla.

»Ganz genau«, bestätigte Lioren mit solch innerer Anteilnahme, daß der Cinrussker einen Moment lang zittern mußte. »Ich habe gehofft, daß Sie, Doktor, bei den DCSLs vielleicht Triebe, Instinkte und Empfindungen bezüglich der eigenen Person, der Kinder oder der momentanen Situation wahrgenommen haben. Von den Gedanken und den Motivationen der DCSLs habe ich überhaupt keine Ahnung. Ich würde gerne etwas sagen oder tun, das bei ihnen – wie bei jemandem, der aus dem seelischen Gleichgewicht geraten ist und im Begriff steht, von einem hohen Gebäude zu springen – den Willen wachruft zu leben, anstatt zu sterben. Was ist es, das die DCSLs fürchten oder brauchen und das bei ihnen den Wunsch wachrufen würde, weiterleben zu wollen?«

»Die DCSLs fürchten sich, wie jedes andere Lebewesen, das sich selbst bewußt ist, durchaus vor dem Tod und wollen sehr wohl weiterleben, Freund Lioren«, antwortete Prilicla, ohne zu zögern. »Selbst bei den ernsthaftesten Fällen hat es keine Anzeichen für den Wunsch gegeben, zu sterben oder die eigene Spezies auszurotten, und man sollte die Cromsaggi nicht wegen ihrer ...«

»Meine Bemerkung von vorhin tut mir aufrichtig leid«, fiel ihm Lioren ins Wort. »Ich meine, daß ich manchmal angeblich das Gefühl habe, man sollte die DCSLs nicht am Selbstmord ihrer Spezies hindern ...«

»Das haben Sie ja nur aus Hilflosigkeit und Frustration heraus gesagt, Freund Lioren, und es hat in völligem Widerspruch zu Ihrer gleichzeitigen emotionalen Ausstrahlung gestanden«, unterbrach ihn Prilicla, wie es liebenswürdiger gar nicht möglich war. »Weder die Entschuldigung für Ihre Bemerkung von vorhin noch Ihre jetzige Verlegenheit wäre nötig gewesen.

Aber ich wollte gerade sagen, daß man die Cromsaggi nicht wegen ihrer mangelnden Bereitschaft zur Mitarbeit und ihrer großen Undankbarkeit kritisieren sollte, bevor man nicht den Grund für ihre undankbaren Gefühle kennt«, fuhr er fort. »Bei allen erwachsenen Patienten, deren emotionale Ausstrahlung ich auf dem Transport zum Orbit Hospital und während meiner Anwesenheit bei den darauffolgenden Befragungsversuchen überwacht habe, waren diese Undankbarkeitsgefühle sehr stark ausgeprägt. Zwar wissen die DCSLs, daß wir versuchen, ihnen zu helfen, aber sie werden uns dabei nicht mit medizinischen oder persönlichen Auskünften über sich selbst unterstützen. Sobald man immer weiter mit Fragen nachgebohrt hat, wurden die DCSLs aufgeregt und bekamen Angst, und in solchen Momenten wurde stets ein deutliches, wenn auch nur vorübergehendes Abklingen der Symptome bemerkt.«

»Dieselbe Beobachtung habe ich auch gemacht«, meinte Lioren. »Allerdings hatte ich angenommen, das sei darauf zurückzuführen, daß für die DCSLs statt physischer plötzlich seelische Probleme in den Mittelpunkt gerückt sind, also praktisch jener psychologische Mechanismus eingesetzt hat, der manchmal körperliche Leiden allein durch vertrauensvolles Zureden, gedankliche Ablenkung oder auch durch schockhafte Erlebnisse lindern kann«, sagte Lioren. »Für ein wichtiges Faktum habe ich es nicht gehalten.«

»Wahrscheinlich haben Sie recht«, sagte Prilicla. »Aber Chefpsychologe O'Mara ist der Ansicht, das deutliche Abklingen der Symptome, das auf die Stimulierung durch Angst zurückzuführen ist, deute zusammen mit der geradezu fanatischen Weigerung der DCSLs, über den Wechsel einiger weniger Worte hinaus mit uns zu kommunizieren, auf das Vorhandensein einer äußerst starken und tief verwurzelten geistig-seelischen Ausrichtung hin, deren sich die Cromsaggi, als Individuen, womöglich gar nicht bewußt sind. Diesen Zustand vergleicht Freund O'Mara mit der Rassenpsychose, an der auch die Gogleskaner leiden. Wie er sagte, bemühe er sich darum, in diesen äußerst sensiblen Bereich der Cromsaggi vorzudringen, um den die seelischen Narben praktisch eine sehr dicke Mauer aus geistigem Bindegewebe gebildet hätten. Schon deshalb rät er jedem, der sich mit diesem Problem beschäftigt, äußerst behutsam und vorsichtig vorzugehen.«

Durch ihre Psychose waren die Gogleskaner gezwungen, für den Großteil ihres Lebens als Erwachsene den direkten Körperkontakt untereinander zu vermeiden, was ganz sicher nicht das Problem bei den Cromsaggi war. Lioren bemühte sich redlich, seine Ungeduld zu unterdrücken, und sagte: »Wenn wir nicht schnellstens eine Heilmethode für diese Seuche finden, werden Ihrem Chefpsychologen wegen seiner langsamen und vorsichtigen Untersuchungsweise noch die Patienten ausgehen. Welche Fortschritte sind denn seit Ihrem letzten Besuch im Orbit Hospital erzielt worden?«

»Seitdem sind bedeutende Fortschritte gemacht worden, Freund Lioren«, antwortete Prilicla freundlich. »Aber ich spüre Ihr Bedürfnis, jede Zeitverschwendung zu vermeiden, und stimme Ihnen in diesem Punkt voll und ganz zu. Deshalb schlage ich vor, daß Sie sich die Ergebnisse nicht nur durch mich ausrichten lassen, sondern Ihnen Pathologin Murchison persönlich Bericht erstattet, da Sie zweifellos Fragen haben werden und ich aufgrund meines egoistischen Bedürfnisses, mich mit angenehmer emotionaler Ausstrahlung zu umgeben, die bedauerliche Angewohnheit habe, immer die positiven Seiten der Umstände hervorzuheben.«

Jetzt schien Liorens ursprünglicher Grund, eine private Unterredung mit Prilicla zu wünschen, nicht mehr stichhaltig zu sein, und ohne sowohl sich selbst als auch den Empathen in große Verlegenheit zu bringen, konnte er den Vorschlag seines Gesprächspartners nicht zurückweisen. Er hatte das Gefühl, das der Empath zweifellos teilte, irgendwie die Entschlußkraft verloren zu haben.

Pathologin Murchison war eine warmblütige Sauerstoffatmerin der physiologischen Klassifikation DBDG mit einem Körper, der die weichen, runden und kopflastigen Formen vieler terrestrischer Frauen aufwies, obwohl sie erheblich kleiner und weniger massiv als Lioren war. Wenn sie nicht für Sonderaufgaben auf dem Ambulanzschiff gebraucht wurde, war sie Thornnastors erste Assistentin. Sie drückte sich klar und präzise aus und verhielt sich respektvoll, ohne unterwürfig zu sein. Zudem hatte sie die etwas ärgerliche Angewohnheit, Fragen zu beantworten, bevor Lioren sie stellen konnte.

Nach den Worten der Pathologin war die Identifikation, Isolierung und Neutralisierung von Krankheitserregern fremder Spezies für Thornnastors Abteilung ein Routineverfahren, aber die Verhaltensmerkmale des cromsaggischen Virus – wie es übertragen wurde, wie es den Körper infizierte und sich in ihm festsetzte und wie es sich vermehrte – waren mit keiner der herkömmlichen Untersuchungsmethoden zu bestimmen. Erst vor kurzer Zeit, als man herausgefunden hatte, daß die Viren entweder bei der Empfängnis oder vor der Geburt durch die Mutter übertragen wurden, waren einige Fortschritte erzielt worden.

»Die Auswirkungen auf die erwachsenen Cromsaggi sind Ihnen ja bekannt, und so, wie es im Moment aussieht, ist jedes einzelne Mitglied der Spezies infiziert«, fuhr Murchison fort. »Bevor die Krankheit ins Endstadium tritt, ist der größte Teil des Körpers von einem blassen Ausschlag und von Entzündungen bedeckt, die von einer zunehmenden, schweren Entkräftung und Mattigkeit begleitet werden, die nur manchmal für einen gewissen Zeitraum durch starke psychische Reize wie Angst und Gefahr überwunden werden können. Die Auswirkungen auf die Kinder sind nicht so offensichtlich, und das hat uns anfänglich zu der Annahme verleitet, sie seien immun, was sich aber als Irrtum herausstellte.

Inzwischen haben wir nämlich festgestellt, daß auch die Kinder und Jugendlichen an Entkräftung und Mattigkeit leiden, obwohl es schwierig ist, dazu Genaues zu sagen, weil wir keine Ahnung haben, wie lebhaft ein junger, nicht infizierter Cromsaggi sein sollte«, setzte Murchison ihren Bericht fort. »Auch zum Alter dieser jungen Patienten können wir – so unglaublich es auch erscheinen mag – keine exakten Angaben machen. Allerdings gibt es physiologische und sprachliche Hinweise, nach denen viele der Kinder nicht annähernd so jung sind, wie sie erscheinen, und nach denen das Alter, das wir anfänglich geschätzt hatten, mit zwei oder drei multipliziert werden müßte, weil die Seuche, außer der allgemeinen Schwächung, die sie hervorruft, die physiologische Entwicklung insgesamt hemmt und den Beginn der Pubertät stark verzögert. Wahrscheinlich hat sie außerdem noch psychologische Auswirkungen, die eine Erklärung für das extrem asoziale Verhalten der Erwachsenen sein könnten, aber auch das bleibt wiederum nichts als reine Spekulation, weil ein normaler und gesunder Cromsaggi von uns erst noch gefunden werden muß.«

»Daß es so einen DCSL gibt, bezweifle ich«, sagte Lioren. »Aber Sie haben davon gesprochen, sowohl auf sprachliche als auch auf physiologische Anhaltspunkte gestoßen zu sein. Wo es die Cromsaggi doch strikt ablehnen, Auskünfte über sich zu erteilen, wie haben Sie denn diese Anzeichen entdecken können?«

»Ein Großteil der Patienten, die Sie zu uns geschickt haben, war jung oder, soweit wir wissen, körperlich noch nicht voll entwickelt«, antwortete Murchison. »Zwar verweigern die Erwachsenen nach wie vor jegliche Zusammenarbeit, aber dafür ist es O'Mara gelungen, mit einigen der jungen Patienten ins Gespräch zu kommen, die in bezug auf sich selbst weniger zurückhaltend waren. Weil der Standpunkt dieser DCSLs jedoch sehr unreif ist, bleiben die Motivationen der Erwachsenen weiterhin unklar, und das Bild, das sich allmählich von der cromsaggischen Zivilisation entwickelt, ist verwirrend und voller ...«

»Pathologin Murchison«, schnitt ihr Lioren das Wort ab, »mich interessiert mehr das klinische als das kulturelle Bild, also beschränken Sie sich bitte darauf. Der Grund, warum ich die *Rhabwar* gebeten habe, so viele junge – oder anscheinend nicht mehr so junge – Patienten ins Orbit Hospital zu bringen, war der, daß sie zu der großen Zahl Cromsaggi gehörten, die entweder ihre Eltern verloren hatten oder von keinem Erwachsenen versorgt worden sind. Sie haben nicht nur an Unterernährung und unter dem ständigen Leben im Freien gelitten – unter Zuständen also, die man erfolgreich behandeln kann –, sondern auch Symptome einer Infektion der Atemwege gezeigt, zu denen auch erhöhte Körpertemperatur zählte, sowie einer Auszehrung, die das äußere Gefäß- und das Nervensystem angegriffen hatte. Wenn Thornnastors Untersuchung der Seuche zu keinen

Ergebnissen führt, was ist dann mit diesen anderen und – wie ich doch meinen möchte – medizinisch weniger komplizierten Krankheiten, die anscheinend nur die jungen DCSLs bekommen?«

»Oberstabsarzt Lioren«, sagte die Pathologin in bestimmtem, aber höflichem Ton, wobei sie Liorens Rang und Namen zum erstenmal aussprach, »ich habe nicht behauptet, daß wir keine Fortschritte machen.

Sämtliche junge DCSLs werden untersucht, und dabei erzielen wir sogar bedeutende Fortschritte«, fuhr sie schnell fort. »Einer unserer jungen Patienten, der Symptome dieser typischen Infektion der Atemwege aufweist, hat zwar vorerst nur schwach, aber durchaus positiv auf die Behandlung angesprochen. Doch unsere Hauptbemühungen sind darauf gerichtet, ein spezifisches Heilmittel für das Leiden der Erwachsenen zu finden, weil deutlich geworden ist, daß die Krankheiten, von denen die jungen Cromsaggi derzeit befallen sind, von den natürlichen Abwehrkräften ihres Körpers bekämpft werden und nicht länger lebensbedrohend sein würden, wenn man die starke Schwächung und die Hemmung des Wachstums durch die Seuche beseitigen könnte.«

Wenn man schon so viel wußte, dann waren wirklich Fortschritte erzielt worden, dachte Lioren anerkennend.

»Allerdings sind die bisher durchgeführten Versuche erfolglos gewesen«, fuhr Murchison fort. »Anfangs ist das Medikament in winzigen Mengen verabreicht und der Zustand der Patienten die üblichen fünfzig Stunden lang laufend überwacht worden, bevor die Dosis erhöht wurde, bis beide Patienten am neunten Tag innerhalb weniger Augenblicke nach der Injektion das Bewußtsein verloren haben.«

Sie machte eine kurze Pause, um Prilicla einen Blick zuzuwerfen, und setzte dann, nachdem sie offenbar ein Zeichen bekommen hatte, das Lioren nicht wahrnehmen konnte, ihre Ausführungen fort. »Daraufhin sind beide

Patienten in einiger Entfernung von den übrigen und auch voneinander isoliert worden, um auf diese Weise die Überlagerung ihrer emotionalen Ausstrahlung durch die der anderen DCSLs auf ein Mindestmaß zu reduzieren. Nach Doktor Priliclas Bericht ist die Bewußtlosigkeit der beiden Patienten außerordentlich tief gewesen, aber es hat keine Anzeichen für eine unterbewußte Verzweiflung gegeben, die vorhanden gewesen wäre, wenn sie im Sterben gelegen hätten. Doktor Prilicla hat die Ansicht geäußert, daß diese Bewußtlosigkeit die Patienten vielleicht stärke, da sie alle Merkmale des Schlafs nach einer langen körperlichen Belastungsphase aufweise, und hat deshalb eine intravenöse Ernährung vorgeschlagen. Wenige Tage nachdem man diesen Vorschlag in die Tat umgesetzt hatte, ist bei den Patienten ein geringfügiges Abklingen der Symptome und Anzeichen für eine leichte Geweberegeneration festzustellen gewesen, obwohl sich beide weiterhin in tiefer Bewußtlosigkeit und kritischem Zustand befunden haben.«

»Das bedeutet doch bestimmt...!« begann Lioren, brach den Satz jedoch ab, als Murchison die Hand hob, als bekleidete sie den höheren Rang und nicht er. Aber auf einmal war er zu aufgeregt, um ihr durch die entsprechenden Worte den aufsässigen Kopf zu waschen, wie er es eigentlich hätte tun sollen.

»Das bedeutet, Oberstabsarzt, daß wir sehr vorsichtig vorgehen müssen und den klinischen und psychologischen Zustand der beiden Testpersonen, falls sie nicht sterben, sondern das Bewußtsein wiedererlangen, ganz genau zu überwachen haben, bevor wir den Versuch auf die anderen Patienten ausweiten können«, sagte Murchison. »Diagnostiker Thornnastor glaubt – genau wie alle anderen in seiner Abteilung –, daß wir uns auf dem besten Weg befinden, ein Heilverfahren zu entdecken, und Doktor Prilicla ist sich dessen sogar sicher. Aber bis wir Gewißheit haben, müssen wir uns eine Zeitlang in Geduld üben, erst dann...«

»Wie lange, Murchison?« verlangte Lioren in rüdem Ton zu wissen.

Priliclas zerbrechlich wirkender Körper wurde geschüttelt, als ob ein starker Wind über das Unfalldeck fegte, aber Lioren hätte den Gefühlssturm aus Ungeduld, Eifer und Aufgeregtheit, der in ihm tobte, genausowenig unterdrücken können, wie er in der Lage gewesen wäre, mit den zarten Flügeln des Empathen zu fliegen. Bei Prilicla wollte er sich später entschuldigen, doch im Moment konnte er an nichts anderes denken als an die ständig abnehmende Zahl von Cromsaggi, die sich immer noch an das Leben auf diesem von der Seuche geplagten Planeten klammerten und jetzt vielleicht eine Überlebenschance hatten. Leiser fragte er: »Wie lange muß ich warten?«

»Das weiß ich nicht, Sir«, antwortete die Pathologin. »Ich weiß nur, daß die *Tenelphi* angewiesen worden ist, beim Orbit Hospital zu bleiben und sich startbereit zu halten, bis das Medikament für den allgemeinen Gebrauch zugelassen worden ist, um Ihnen unverzüglich den ersten Schub, den wir hergestellt haben, hierherzubringen.«

4. Kapitel

Die *Rhabwar* flog zum Orbit Hospital mit einem Unfalldeck zurück, das vor allem mit noch nicht erwachsenen Cromsaggi belegt war. Zwar befanden sich im Schiffslazarett der *Vespasian* – und auf den weit verstreuten Krankenstationen, auf denen Lioren jeden Tag Visite machte – viele erwachsene Patienten, deren Zustand sehr viel ernster war, aber bei jeder Spezies hing das zukünftige Überleben von den Kindern ab, und diejenigen, die das Glück hatten, von Thornnastor behandelt zu werden, würden die ersten sein, die als geheilt entlassen werden könnten.

Colonel Skempton, der Leiter der Ingenieursdivision, die in erster Linie für das Nachschub- und Nachrichtenwesen und die Wartung des Orbit Hospitals verantwortlich war, erinnerte mit höflichen, aber zunehmend sarkastischen Mitteilungen den Oberstabsarzt daran, daß das Hospital – so leer es im Moment auch sein mochte – nicht die gesamte Bevölkerung von Cromsag aufnehmen könne und man für Forschungszwecke schon mehr als genug Mitglieder dieser Spezies geschickt bekommen habe. Doch Lioren ignorierte Skemptons eindringliche Hinweise einfach. Schließlich dürften der gesamten Besatzung der *Rhabwar* Skemptons unverschlüsselte Nachrichten und die Unterbringungsschwierigkeiten, in die man aufgrund des Platzmangels auf den Hospitalstationen geriet, bekannt gewesen sein, aber Prilicla hatte keinerlei Einwände dagegen erhoben, auch die zusätzlichen zwanzig Patienten zum Hospital zu befördern.

Nach Liorens Dafürhalten mußte es sich bei Prilicla um das am wenigsten unausstehliche Wesen im bekannten Universum handeln, ganz im Gegensatz zu den Cromsaggi, die zwar seine Patienten waren, aber nie seine

Freunde werden konnten – es sei denn, die vielen Gottheiten der galaktischen Föderation, an deren Existenz er ohnehin die stärksten Zweifel hegte, nähmen bei der gesamten Spezies eine Umgestaltung des Charakters vor.

Trotzdem verbrachte er die ganze Zeit, die ihm neben dem Essen und Schlafen blieb, damit, die schlimmsten seiner unliebenswürdigen Patienten zu besuchen oder die zweihundert über den Kontinent verteilten Ärzte und Lebensmitteltechniker des Korps anzuspornen, die – nicht immer erfolgreich – versuchten, diese Spezies am Leben zu erhalten. Ständig hoffte er, die Cromsaggi würden ihre Haltung ändern und endlich Bereitschaft zeigen, sich mit ihm zu unterhalten und ihm Auskünfte zu erteilen, die es ihm ermöglicht hätten, ihnen zu helfen, oder daß sich auch nur ein winziger Riß in der anscheinend undurchdringlichen Mauer des unkooperativen Verhaltens zeigen würde, aber vergebens. Das Sterben sowohl der erwachsenen als auch der jungen Cromsaggi ging in stetig wachsender Zahl unablässig weiter, weil der Oberstabsarzt – genau wie das Orbit Hospital – nicht über die Möglichkeiten verfügte, die gesamte Bevölkerung intravenös zu ernähren.

Einmal gelang es den DCSLs sogar, sich trotz der Überwachung vom Boden und vom Orbit aus gegenseitig im Kampf umzubringen.

Zu dem Zwischenfall war es gekommen, als Lioren über eine der Waldsiedlungen geflogen war, die schon lange vorher abgesucht und für von jeder intelligenten Lebensform verlassen erklärt worden war, was sich als ein fataler Irrtum herausstellen sollte, denn die Bewohner hatten sich einfach in den Wald zurückgezogen, um dem Suchtrupp zu entgehen. Als Lioren den kleinen Krieg entdeckte, der von sechs DCSLs auf einer mit Gras bewachsenen Lichtung zwischen zwei Gebäuden ausgetragen wurde, ließ er den Piloten des Flugzeugs, in der normalerweise eine Besatzung von vier Nidianern gesessen hätte, wären nicht seine langen tarlanischen Beine gewesen, einen Halbkreis drehen und landen. Doch bis Dracht-Yur dem Oberstabsarzt dabei geholfen hatte, sich aus dem winzigen Sitz des Flugzeugs herauszuwinden, war der Nahkampf bereits beendet, und vier Cromsaggi lagen reglos auf dem Boden.

Trotz der zahlreichen Bißwunden und der von Händen verursachten Verletzungen, von denen die Körper übersät waren, konnten Lioren und Dracht-Yur sie als drei tote Männer und eine Frau erkennen, deren Lebenserwartung sich nur noch in Sekunden messen ließ. Auf einmal deutete Dracht-Yur auf eine nahe Stelle auf dem Boden, von der aus sich zwei getrennte Spuren im niedergetretenen und blutbespritzten Gras zur offenstehenden Tür von einem der beiden Gebäude hinzogen.

Der Vorteil eines längeren Schritts bedeutete in diesem Fall, daß Lioren Sekunden vor dem Nidianer durch die Tür ging, und der Anblick der beiden sich windenden, blutigen Körper, die sich im tödlichen Kampf auf dem Boden ineinander gekrallt hatten, verstärkten die Wut und den Ekel, die ihn angesichts derart tierischen Verhaltens zwischen angeblich intelligenten Lebewesen befielen. Mit einem Schritt nach vorne schob er schnell einen seiner mittleren Arme zwischen die beiden sich fest zusammenpressenden Körper und versuchte, sie auseinanderzudrücken. Erst da machte er die bestürzende Entdeckung, daß es sich nicht, wie er zuerst angenommen hatte, um zwei Männer handelte, die bis auf den Tod miteinander kämpften, sondern um einen Mann und eine Frau, die gerade Geschlechtsverkehr hatten.

Lioren ließ sie höchst peinlich berührt los und zog sich schleunigst zurück, aber plötzlich lösten sich die beiden DCSLs voneinander und warfen sich auf den Oberstabsarzt, gerade als Dracht-Yur hereinkam und ihm in die Hinterbeine rannte. Durch die Wucht des doppelten Angriffs stürzte Lioren nach hinten, so daß er schließlich ausgestreckt auf dem Boden lag, wobei sich die beiden Cromsaggi über ihm befanden und der Nidianer irgendwo unter ihm. Innerhalb von Sekundenbruchteilen kämpfte er um sein Leben.

Da sich nach den ersten paar Tagen auf Cromsag gezeigt hatte, daß die Einheimischen durch die Seuche zu stark geschwächt waren, um das Tragen schwerer Schutzanzüge zu rechtfertigen, war das gesamte Personal des Korps dazu übergegangen, die leichteren Bordoveralls anzuziehen, die zwar die Bewegungsfreiheit weniger einschränkten, aber ansonsten nur Schutz vor Sonne, Regen und Insektenstichen boten.

Voller Empörung wurde Lioren bewußt, daß zum erstenmal in seinem Leben ein anderes Wesen gegen ihn im Zorn die Hand erhoben hatte – von den Füßen, Knien und Zähnen ganz zu schweigen. Auf Tarla wurden Auseinandersetzungen nicht auf diese barbarische Weise beigelegt. Und obwohl er genauso viele Glieder hatte wie die beiden DCSLs zusammengenommen, verhielten sich seine Gegner alles andere als Cromsaggi, die von der Seuche geschwächt waren. Sie brachten seinem Körper schwere Verletzungen bei und fügten ihm mehr Schmerzen zu, als er es jemals für möglich gehalten hätte.

Während er die Schläge auf den Körper abwehrte, die ihn am ehesten kampfunfähig gemacht hätten, und die beiden Cromsaggi verzweifelt davon abzuhalten versuchte, ihm die beweglichen Augenstiele abzureißen, merkte Lioren, wie sich Dracht-Yur unter ihm hervorwand und auf die Tür zukroch. Daß seine Gegner den Stabsarzt gar nicht beachteten, beruhigte ihn, denn die kurzen, stark behaarten Gliedmaßen des Nidianers verfügten weder über die Kraft noch über die Reichweite, um einen nützlichen Beitrag zum Kampf leisten zu können. Einige Sekunden später erhaschte er einen flüchtigen Blick auf Dracht-Yurs Kopf, der inzwischen in einem durchsichtigen Helm steckte, hörte den leisen Knall einer detonierenden Schlafgasgranate und spürte, wie die Körper seiner Gegner plötzlich schlaff wurden und über ihm zusammenbrachen, bevor sie langsam auf den Boden rollten.

In den wenigen Augenblicken, in denen die Körper – so bedeckt sie von den blassen, verfärbten Flecken und nässenden Entzündungen waren, die ein Kennzeichen für Seuchenopfer kurz vorm Endstadium darstellten – schwer auf ihm gelastet und ihn auf beinahe intime Weise berührt hatten, war es für ihn eine große Erleichterung gewesen, sich daran zu erinnern, daß die Krankheitserreger eines bestimmten Planeten bei den Mitgliedern einer außerplanetarischen Spezies keine Wirkung hatten.

Auch wenn das Betäubungsgas für maximale Wirkung auf den Metabolismus der Cromsaggi ausgelegt war, hatte es für andere warmblütige Sauerstoffatmer die gleichen, allerdings weniger unmittelbaren Folgen. Zwar konnte sich Lioren nicht bewegen, aber er war sich des Nidianers bewußt, der eindringlich irgendwelche Laute in sein Anzugmikrofon knurrte und bellte, während er die schlimmsten Wunden versorgte. Vermutlich forderte er gerade den Flugzeugpiloten auf, ärztliche Hilfe zu rufen, da Liorens Translator beim Kampf jedoch beschädigt worden war, konnte er kein einziges Wort verstehen. Allerdings scherte ihn das nur wenig, zumal er die starken Beschwerden der vielen Wunden inzwischen nur noch als leichte Reizungen empfand und sich der harte Boden unter ihm wie das weichste Bett anfühlte. Dennoch war sein Verstand klar und wollte dem Körper offenbar nicht in den Schlaf folgen.

Die beiden Cromsaggi beim Geschlechtsakt zu stören, war zwar sicherlich ein schwerer Fehler gewesen, aber auch ein verständlicher, denn seit der Ankunft auf Cromsag war noch keiner von Liorens Leuten Zeuge von etwas Ähnlichem wie einer Paarung geworden, und alle, einschließlich Lioren selbst, hatten angenommen, die Spezies wäre durch die Seuche körperlich zu stark geschwächt, als daß man derartige Betätigungen noch für möglich gehalten hätte. Und die heftige Reaktion der DCSLs, die schiere Stärke und Wildheit ihres Angriffs, hatten ihn überrascht und erschüttert.

Während der sehr kurzen Fortpflanzungsperiode auf Tarla galt ein solcher Vorgang, insbesondere unter den Älteren, die seit vielen Jahren zusammenlebten, eher als ein Grund zum Feiern und zur öffentlichen Zurschaustellung als eine Sache, die man verheimlichte – wenngleich Lioren wußte, daß viele Spezies der Föderation, die ansonsten hochintelligent und philosophisch weit fortgeschritten waren, den Paarungsvorgang als Privatangelegenheit zwischen den Betreffenden betrachteten.

Natürlich verfügte Lioren auf diesem Gebiet über keinerlei persönliche Erfahrungen, da ihn seine vollkommene Hingabe an die Heilkunst schlichtweg daran hinderte, in irgendwelchen Genüssen zu schwelgen, die zugelassen hätten, daß durch emotionale Faktoren die nüchterne Objektivität seines Verstands in Mitleidenschaft gezogen worden wäre. Wenn er hingegen ein ganz gewöhnlicher Tarlaner gewesen wäre, ein Handwerker oder Angehöriger einer der unverheirateten Berufsstände, und hätte man ihn dann unter den gleichen Umständen gewaltsam am Geschlechtsakt gestört, wäre es sicherlich zu ein paar unfreundlichen Worten gekommen, aber ganz sicher nicht zu Gewalttätigkeiten.

Zumal dieser Zwischenfall so erschütternd und unangenehm gewesen war, würde Liorens Verstand erst dann ruhen, wenn er den Grund für ein derart unvernünftiges Verhalten gefunden hatte, egal, wie fernliegend oder unzivilisiert dieser Grund auch sein mochte. Konnte es wirklich sein, daß sich die beiden DCSLs in ihrem schwerkranken Zustand und mit den ernsthaften Verletzungen aus dem Kampf auf der Lichtung ins Haus geschleppt hatten, um sich vor dem Sterben gegenseitig noch eine letzte kurze Freude zu bereiten? Wie Lioren wußte, mußte es in gegenseitigem Einverständnis zur Paarung gekommen sein, denn der Fortpflanzungsmechanismus der Cromsaggi war physiologisch gesehen zu kompliziert, als daß ein DCSL den anderen zum Geschlechtsverkehr hätte zwingen können.

Das schloß jedoch nicht die Möglichkeit aus, daß der Geschlechtsakt die letztliche Folge des Kampfs darstellte, die Hingabe eines weiblichen Wesens an den im Gefecht siegreichen Kämpfer. Für ein solches Verhalten gab es viele geschichtliche Beispiele, zum Glück allerdings nicht in der Geschichte von Tarla. Allerdings war diese Erklärung nicht befriedigend, da sowohl männliche als auch weibliche Cromsaggi kämpften, wenn auch nicht gegeneinander.

Für den Fall, daß irgendein DCSL überleben sollte und man der Spezies anbot, der Föderation beizutreten, nahm sich Lioren vor, für die Kulturkontaktspezialisten, die das cromsaggische Problem letztendlich zu lösen hatten, einen ausführlichen Bericht über den Zwischenfall abzufassen.

Plötzlich gingen die vier einzelnen Bilder von der näheren Umgebung, die ihm seine gelähmten Augen nach wie vor lieferten und zu denen auch das von Dracht-Yur gehörte, der mit den beiden DCSLs beschäftigt war, in vollkommene Dunkelheit über, und der Oberstabsarzt erinnerte sich nur noch an das Gefühl leichten Schmerzes, bevor er mitten im Gedankengang in tiefen Schlaf fiel.

Dracht-Yur sperrte ihn im Lazarett auf der *Vespasian* ein, und zwar so lange, bis seine schlimmsten Wunden verheilt seien, wie er meinte. Zudem erinnerte er Lioren daran – wie es nur ein behaarter, engstirniger und sarkastischer Zwerg von einem Nidianer wagen konnte –, daß ihr Verhältnis bis dahin das zwischen einem Arzt und dessen Patienten sei und er in der gegenwärtigen Lage in seiner Funktion als Stabsarzt das Sagen habe.

Sooft Dracht-Yur auch betonte, wie ratsam nach dem seelischen Schock Ruhe und psychische Erholung seien, konnte er Lioren dennoch nicht den Mund verbieten oder ihn davon abhalten, neben seinem Bett ein Kommunikationssystem aufstellen zu lassen.

Wie eine schwangere *Strulmer*, die einen Berg hinaufklettert, schlich die Zeit dahin, und weiterhin verschlechterte sich die medizinische Situation auf Cromsag, bis die tägliche Sterblichkeitsrate von einhundert Toten auf fast einhundertfünfzig stieg – und immer noch keine Spur von der *Tenelphi*. Mit einem notwendigerweise kurzen Hyperraumfunkspruch, den er vorher aufgenommen hatte und oft wiederholte, damit die einzelnen Worte rekonstruiert werden konnten, nachdem sie sich mühsam einen Weg durch die Interferenzen der dazwischen liegenden Sterne gebahnt hatten, bat Lioren das Orbit Hospital um Nachricht. Als der Funkspruch nicht beantwortet wurde, war Lioren nicht überrascht, denn der von einem langen Zwischenbericht benötigte Energieaufwand wäre wirklich verschwenderisch gewesen. In einem zweiten Funkspruch teilte Lioren nur noch mit, er selbst sowie das medizinische und das Hilfspersonal auf Cromsag fühlten sich allmählich so hilflos, wütend und ungeduldig, daß es schon ans Psychotische grenze, aber das war im Hospital wahrscheinlich schon bekannt.

Fünf Tage später erhielt er endlich eine Antwort, nach der die *Tenelphi* losgeschickt worden sei und auf Cromsag in schätzungsweise fünfunddreißig Stunden eintreffen werde. Sie befördere ein Medikament, das noch nicht vollständig auf seine Langzeitwirkungen hin getestet sei und bei dem es sich um ein spezifisches Heilmittel gegen die schwereren, lebensbedrohlicheren Symptome der Seuche handle. Die Einzelheiten der pathologischen Untersuchung und die Behandlungshinweise seien dem Medikament beigelegt.

Während der darauffolgenden Aufregung überdachte Lioren seine Pläne für die schnelle Verteilung des Medikaments. Dracht-Yur ließ sich sogar dazu erweichen, ihm zu gestatten, sich vom Lazarett ins Kommunikationszentrum der *Vespasian* verlegen zu lassen, erlaubte ihm aber nicht, eine Verschlimmerung seiner Verletzungen zu riskieren, indem er auf Cromsag in Beförderungsmitteln, die für die tarlanische Physiologie vollkommen ungeeignet waren, durch die Luft flog oder übers Land fuhr. Doch die allgemeine Erleichterung und Euphorie hielt nur bis zum Eintreffen der *Tenelphi* an.

Zwar hatte das Aufklärungsschiff mehr als genug von dem Spezifikum gegen die Seuche an Bord, das nur ein einziges Mal intravenös verabreicht werden mußte, um jeden Cromsaggi auf dem Planeten zu behandeln, doch Lioren war die Benutzung des Mittels so lange untersagt, bis man weitere Feldversuche durchgeführt hatte.

Thornnastor, dem Leiter der Pathologie, zufolge hatte man mit der Verabreichung einer minimalen Dosis sehr gute physiologische Erfolge erzielt, aber es gab auch Hinweise auf die Möglichkeit schädlicher Nebenwirkungen. So hatte man Anzeichen von geistiger Verwirrung und Zeiträume, in denen die Patienten nicht bei vollem Bewußtsein gewesen waren, beobachtet. Zwar könnten sich diese Begleiterscheinungen als nur vorübergehend herausstellen, aber auf jeden Fall waren noch weitere Untersuchungen erforderlich.

Nach der einmaligen Injektion waren in den darauffolgenden Tagen ein leichtes, aber stetiges Abklingen der Symptome, eine allmähliche Verbesserung der Lebenszeichen und Spuren einer Regeneration von Gewebe und Organen zu verzeichnen. In den Zeiträumen, in denen sie nicht bei vollem Bewußtsein gewesen waren, hatten die Versuchspersonen Nahrungsmittel in Mengen verlangt und verzehrt, die angesichts des Magenvolumens und des Gesundheitszustands der Betreffenden ungewöhnlich groß erschienen waren. Das Körpergewicht der Patienten hatte dabei ständig zugenommen.

In ähnlicher Weise hatten die noch nicht erwachsenen Testpersonen auf das Spezifikum angesprochen, auch was die vorübergehende Bewußtlosigkeit betraf, die von kurzen Phasen unterbrochen worden war, in denen die Patienten nur halb bewußtlos und geistig verwirrt gewesen waren, mit dem einen Unterschied, daß die jungen

DCSLs im Verhältnis zu ihrer Größe noch mehr zu essen verlangt hatten als die erwachsenen. Tägliche Messungen hatten ergeben, daß sowohl ihre Körpergröße als auch Länge und Umfang der Gliedmaßen zugenommen hatten.

Daß sich die noch nicht erwachsenen Patienten mit dem allmählichen Abklingen der Seuche, die das körperliche Wachstum gebremst hatte, wieder zu der für das jeweilige Alter optimalen Größe entwickeln würden, hielt man für wahrscheinlich. Die Zeitspannen, in denen sie bewußtlos waren und das Denken beeinträchtigt wurde, stellten eine Reaktion auf das Verlangen des Körpers nach größter Ruhe während dieser Regenerationsphasen dar und waren somit nur von geringer klinischer Bedeutung. Das Medikament wurde nur in geringsten Mengen angewandt, doch durch eine ganz minimale Erhöhung der Dosis bei einer Versuchsperson verstärkten und beschleunigten sich die bereits festgestellten Wirkungen. Trotz der bisherigen ausgezeichneten physiologischen Erfolge gaben die mit ihnen verbundenen Perioden geistiger Verwirrung zu der Sorge Anlaß, daß die Nebenwirkungen des Medikaments zu langfristigen Gehirnschäden führen könnten.

Thornnastor entschuldigte sich für die Übersendung eines Medikaments, das er noch nicht vollständig für die Anwendung freigegeben habe, erklärte aber, Liorens Hyperraumfunksprüche hätten nachdrücklich die Dringlichkeit der Lage betont, und deshalb sollten die letzten Tests gleichzeitig auf Cromsag und im Orbit Hospital durchgeführt werden, um zwischen der Zulassung des Medikaments und der Verabreichung an die Patienten mehrere Tage Transportzeit einzusparen.

»Ich bin angewiesen worden, Versuche an maximal fünfzig Cromsaggi vorzunehmen«, sagte Lioren, als er Thornnastors Bericht an die höheren medizinischen Offiziere weitergab. »Der Kreis der Testpersonen soll eine möglichst große Bandbreite an verschiedenen Altersgruppen und Gesundheitszuständen abdecken, genauso wie die innerhalb dieser Gruppe verabreichte Dosis geringfügig variieren soll. Besondere Aufmerksamkeit müssen wir dem Geisteszustand der Probanden in den Zeiträumen zuwenden, in denen sie nicht bei vollem Bewußtsein sind, in der Hoffnung, daß sich das Maß der geistigen Verwirrung vermindert, wenn sie sich nicht in der fremden und zweifellos verunsichernden Umgebung des Orbit Hospitals befinden, sondern unter Mitgliedern der eigenen Spezies auf ihrem Heimatplaneten. Die Anfangsphase des Tests wird zehn Tage in Anspruch nehmen, woraufhin eine weitere ...«

»In zehn Tagen würden wir ein Viertel der restlichen Bevölkerung verlieren, die ohnehin schon um zwei Drittel geschrumpft ist, seit die *Tenelphi* diesen von Crutath verfluchten Planeten entdeckt hat«, fiel ihm Dracht-Yur plötzlich ins Wort, dessen bellende Redeweise sogar durch den Translator wütend klang. »Die sterben da draußen wie ... wie die ...«

»Genau das habe ich auch gedacht«, sagte Lioren, wobei er sich den Verweis verkniff, den der Nidianer für seine schlechten Manieren verdient gehabt hätte, und sich vornahm, die Bedeutung des Worts ›Crutath‹ herauszufinden. »Das ist eine Überlegung, die Sie sicherlich alle angestellt haben. Aber nicht unsere gemeinsamen Ansichten sind der Grund dafür, weshalb ich Thornnastor nicht gehorchen und seine Empfehlungen mißachten werde. Die Entscheidung liegt nicht bei Ihnen. Natürlich werde ich Ihrem fachlichen Rat Gehör schenken und ihn annehmen, falls er begründet ist, aber die Anweisung, die Sache in Angriff zu nehmen, und die Verantwortung für alles, was sich daraus ergibt, liegt voll und ganz bei mir.

Was ich vorhabe zu tun, ist folgendes ...«

Da Lioren seinen Plan mit großer Sorgfalt und Aufmerksamkeit fürs Detail aufgestellt hatte, rief er keine Kritik hervor, und die ihm angebotenen Ratschläge waren – eigenartigerweise, da sie einem Vorgesetzten von Untergebenen erteilt wurden – eher persönlicher als fachlicher Natur. Man riet ihm, Thornnastor zwar zu gehorchen, aber gleichzeitig einen Kompromiß einzugehen, indem er den Versuch nicht bloß an fünfzig, sondern an ein paar hundert oder vielleicht sogar tausend DCSLs durchführen solle, und behauptete, daß das von ihm zuvor befürwortete Verfahren kaum dazu beitragen werde, sich auf eine spätere Beförderung Hoffnungen machen zu können. Lioren war stark versucht, diesem Rat zu folgen, wenn auch weniger aus irgendeiner Sorge um seine zukünftige Laufbahn heraus als vielmehr aus Respekt für die Worte eines Lebewesens, bei dem es sich, wie es hieß, um den führenden Pathologen der Föderation handelte, aber er war sich nicht sicher, ob Diagnostiker Thornnastor die Dringlichkeit des cromsaggischen Problems voll bewußt war. Bei dem Leiter der Pathologie am Hospital handelte es sich um einen Perfektionisten, der es nie zulassen würde, daß eine unvollständige Arbeit seine Abteilung verließ, und Lioren die Erlaubnis zu erteilen, bei dem Versuchsprogramm behilflich zu sein, war wahrscheinlich der einzige Kompromiß, den er überhaupt eingehen konnte. Aber einem großen massigen Tralthaner, der, wie es hieß, in seinem mit Daten vollgestopften Kopf permanent die Gehirnaufzeichnungen von wenigstens zehn medizinischen Kapazitäten fremder Spezies gespeichert hatte, konnte man ein gewisses Maß an geistiger Verwirrung verzeihen.

Die Sterblichkeitsrate der Cromsaggi stieg stetig auf bis zu zweihundert Tote täglich an, und lediglich fünfzig von ihnen mit unangebrachter Vorsicht zu behandeln, wenn praktisch die gesamte Bevölkerung eine Überlebenschance bekommen konnte, anstatt langsam und qualvoll sterben zu müssen, war ein großes, erbärmliches und vollkommen unannehmbares Unrecht.

In dieser verzweifelten Situation fiel es Lioren im Gegensatz zu Thornnastors Abteilung nicht schwer, sich mit Unvollkommenheiten abzufinden. Die psychologischen Auswirkungen, die sich im Verlauf der Behandlung einstellten, würden vielleicht nur vorübergehend sein, und selbst wenn es nicht so sein sollte, könnten auch sie möglicherweise rechtzeitig zu heilen sein. Falls es jedoch zum Schlimmsten kommen und Gehirnschäden das Resultat sein sollten, wäre es äußerst unwahrscheinlich, daß dieses Leiden auf einen Nachkommen übertragen würde, da O'Mara selbst erklärt hatte, die Schäden seien nicht körperlich. Jedes cromsaggische Kind, das geheilte, aber schwachsinnige Eltern in die Welt setzten, müßte körperlich und geistig gesund aufwachsen können.

Zumindest geistig so gesund, wie es jedem Mitglied dieser blutdürstigen Spezies möglich war.

Seinen Mitarbeitern hatte Lioren gesagt, es handle sich um ein Unternehmen, das größte Anstrengungen mit höchster Dringlichkeit verbinde, und jeder Cromsaggi auf dem Planeten müsse auf eine Wirkung hin behandelt werden und dürfe nicht zeitraubenden Versuchen ausgesetzt werden, und innerhalb von einer Stunde nach dem Ende der Besprechung wurde der Plan bereits durchgeführt. Das Medikament und die synthetischen Nahrungsmittel wurden von jedem verfügbaren Mitglied des Monitorkorps zu Fuß an die Patienten, die in der Nähe der gelandeten *Vespasian* untergebracht waren, und mit Boden- oder Luftfahrzeugen an die in größerer Entfernung liegenden Unterkünfte verteilt, das heißt von allen bis auf die wachhabenden und Kommunikationsoffiziere des Großkampfschiffs und diejenigen, die mit der Wartung der Boden- und Luftfahrzeuge beauftragt waren. Lioren, dessen Beweglichkeit immer noch durch die Verletzungen behindert wurde, kümmerte sich sowohl um die Koordinierung des Großeinsatzes als auch um das Schiffslazarett, wo er der einzige diensthabende Arzt war.

Die verabreichte Dosis des Medikaments schwankte im Verhältnis zum Alter, zur Körpermasse und zum Gesundheitszustand der Patienten. Bei den ganz jungen DCSLs handelte es sich um das Dreifache der von Thornnastor für Versuchszwecke empfohlenen Menge, und bei denjenigen, die kurz vorm Tod standen, war die Dosis – unter gebührender Berücksichtigung der Wirkung des Medikaments – geradezu enorm. Zwar hätten die ernsthafteren Fälle vordringlich behandelt werden müssen, doch selbst innerhalb kleiner Gruppen trat ein solcher Unterschied im Ausmaß der Krankheit auf, daß es zeitsparender war, jeden Kranken sofort dort zu behandeln, wo man ihm begegnete.

Zwar entwickelte sich die Behandlung schnell zu einer Routine, doch war derartige Eile geboten, daß alles andere als Langeweile bei den Beteiligten aufkam. Man sprach einige erklärende und beruhigende Worte zu dem Patienten, der normalerweise zu krank war, um etwas anderes als einen verbalen Einwand zu machen, gab ihm die Injektion und stellte ihm das Essen und das Wasser so hin, daß er es leicht erreichen konnte; dann war schon der nächste an der Reihe.

Am Ende des dritten Tages war die gesamte Bevölkerung behandelt worden, und die zweite Phase begann, nämlich die – wenn möglich tägliche – Visite bei den Patienten, um die Lebensmittel zu ergänzen, den Kranken zu beobachten und über jede Veränderung seines Gesundheitszustands zu berichten. Der medizinische Stab und das Hilfspersonal arbeiteten Tag und Nacht, aßen nur selten von derselben faden synthetischen Nahrung, mit der die Patienten versorgt wurden, und schliefen kaum. Durch die zunehmende Erschöpfung der Mitarbeiter wurden eine Notlandung und zwei Unfälle zwischen Bodenfahrzeugen verursacht, bei denen es zwar keine Toten, aber Verletzte gab, so daß im Schiffslazarett nicht mehr ausschließlich Seuchenkranke versorgt werden mußten.

Am vierten Tag starb im Lazarett einer von Liorens erwachsenen Cromsaggi, doch die Todesfälle außerhalb des Schiffs gingen auf einhundertundfünfzehn zurück. Am fünften Tag fiel die Zahl bereits auf sieben, und am sechsten Tag wurde sogar kein einziger Todesfall mehr gemeldet.

Bis auf den Unterschied in der Größenordnung und die fortgesetzten Anstrengungen, die nötig waren, um die weit verstreuten Patienten mit Nahrung zu versorgen, spiegelte die Situation im Lazarett die klinischen Umstände außerhalb des Schiffs wider.

Wie es Thornnastor vorausgesagt hatte, war sowohl ein allmähliches Abklingen der äußeren Symptome als auch ein Anstieg des Nahrungsbedürfnisses der Patienten offensichtlich, und der Umstand, daß sämtliche Lebensmittel künstlich hergestellt waren, änderte am Appetit der DCSLs nichts. So gern Lioren auch die seelischen Fortschritte der Patienten überwacht hätte, sie wollten nicht kooperieren und weigerten sich sogar, sich von ihm auch nur berühren zu lassen. Da sein gesamtes medizinisches Personal und der Großteil der Schiffsbesatzung über den gesamten Kontinent verteilt waren, hielt er es für besser, keine Entscheidung zu erzwingen, zumal die Patienten mit jedem Tag, der verstrich, kräftiger wurden. Trotz des unterschiedlichen Körpergewichts aßen die jungen DCSLs mehr als die erwachsenen, und die Geschwindigkeit ihres körperlichen Wachstums war – wie Thornnastor ebenfalls beobachtet hatte – wirklich als phänomenal zu bezeichnen.

Daß die Krankheit, mit der die Cromsaggi schon geboren worden waren, das gesamte innere Sekretionssystem in Mitleidenschaft gezogen haben mußte, um eine derart massive Wachstumshemmung hervorzurufen, lag klar auf der Hand. Jetzt, wo der Vorgang umgekehrt worden war und die DCSLs nicht nur wuchsen, sondern sich auch entwickelten, trat eine weitere, nichtklinische Veränderung auf. Die jungen Patienten, die, nachdem ihre anfängliche Furcht erst einmal der Neugier gewichen war und sie sich an Liorens merkwürdigen Körper und seine vielen Glieder gewöhnt hatten, offen und mit der sorglosen Begeisterung von Kindern mit ihm gesprochen hatten, verhielten sich zusehends zurückhaltender.

Wie Lioren bald feststellen mußte, unterhielten sie sich mit ihm weniger, weil die sich erholenden älteren DCSLs mehr Gespräche mit ihnen führten, und diese sprachen mit ihnen nur während seiner Abwesenheit.

Inzwischen waren seine Unfallpatienten vom Monitorkorps wieder soweit gewesen, um entlassen zu werden und sich in ihren eigenen Unterkünften weiter zu erholen, so daß Lioren über keine Informanten mehr verfügte, die ihm verrieten, worüber sich die DCSLs unterhielten. Nachdem er an einem der nachfolgenden Tage die Lebensmittelvorräte ergänzt hatte und seine wenigen freundschaftlichen und beruhigenden Worte von den Cromsaggi überhört worden waren, ließ er deshalb absichtlich einen der Lazarettsender eingeschaltet, um die Gespräche der Patienten aus seiner eigenen Unterkunft heraus verfolgen zu können.

Wie alle, die heimlich einen Lauschangriff starten, rechnete er fest damit, unfreundliche Dinge über sich selbst und die ›bösen Träume vom Himmel‹ zu hören, wie die wörtliche Übersetzung der Bezeichnung der Cromsaggi für ihre Retter lautete. Doch diesbezüglich schien er völlig falsch zu liegen, denn statt dessen sprachen, trällerten und sangen sie nur miteinander, so daß sein Translator die verschiedenen Stimmen nicht voneinander trennen konnte. Erst als ein einzelner Cromsaggi allein sprach – ein Erwachsener, der sich an einen oder mehrere der jungen DCSLs wandte, wurde Lioren klar, was er da hörte.

Es handelte sich um den Teil einer Einführungszeremonie, um eine Vorbereitung und eine formalisierte sexuelle Aufklärung, die den frisch geschlechtsreif gewordenen Jugendlichen vor dem Eintritt ins Erwachsenenleben gegeben wurde, wozu auch eine Belehrung über das Verhalten gehörte, das man danach von ihnen erwartete.

Hastig brach Lioren die Verbindung ab. Der Ritus des Übergangs von der Pubertät ins Erwachsensein galt in den Kulturen vieler intelligenter Spezies als ein hochsensibler Bereich, einer, in den einzudringen er nicht berechtigt war. Wenn er wirklich vorhaben sollte, nur noch aus lüsterner Neugier weiter zuzuhören, könnte er plötzlich seine Selbstachtung verlieren.

Nichtsdestoweniger war er erleichtert, daß sich im Lazarett bis auf zwei noch recht kleine Kinder, die nur wenig älter als Säuglinge waren, ausschließlich männliche Cromsaggi befanden.

In den folgenden Tagen wurden keine Todesfälle gemeldet, aber den Boden- und Luftfahrzeugen, die seit über acht Tagen und Nächten ständig im Einsatz gewesen waren, ging es nicht so gut. Die Nahrungssynthesizer auf der *Vespasian* und den medizinischen Stationen außerhalb des Schiffs liefen auf maximal zulässiger Überbelastung, ein Zustand, der normalerweise nicht für mehr als ein paar Stunden zulässig war. Sämtliche Mitarbeiter des Unternehmens wiesen Anzeichen von Stress und schwerer Erschöpfung auf, arbeiteten aber mit nahezu optimaler Leistungsfähigkeit, obwohl sie nur selten die Muße fanden, sich miteinander zu unterhalten, und hin und wieder im Stehen zu schlafen schienen. Allen Beteiligten wurde rasch klar, daß sich dieser Großeinsatz als ein Erfolg erwies, da kein einziger Angehöriger der mittlerweile nur noch aus Patienten bestehenden Bevölkerung mehr im Sterben lag. Dieses Wissen war für alle der Treibstoff und das Schmiermittel, durch die sie selbst und die gesamte Maschinerie in Gang gehalten wurden.

Zwar war es für sie alle ärgerlich, aber nicht wichtig, daß die Cromsaggi keine Dankbarkeit für das zeigten, was man für sie tat, wenn man davon absah, daß die DCSLs die am Vortag bereitgestellten Lebensmittelvorräte stets restlos zu verdrücken pflegten. Die kurze Erklärung der Behandlung und den beruhigenden Hinweis auf den letztendlich erfolgreich verlaufenden Heilprozeß, die die Patienten bei jedem Besuch erhielten, den man ihnen abstattete, um die Nahrungsvorräte aufzufüllen, überhörten sie einfach. Unverhohlen feindlich waren sie nicht, es sei denn, einer der Ärzte versuchte, ihren Kreislauf zu überprüfen oder ihnen eine Blutprobe zu entnehmen; in solchen Fällen wehrten sie sich sogar sehr heftig gegen die betreffende Person.

Sie waren wirklich eine äußerst undankbare und alles andere als liebenswerte Spezies, wie Lioren nicht zum erstenmal dazu einfiel. Doch sein Problem war ihr physiologischer und nicht ihr psychologischer Zustand, und dieses Problem löste sich allmählich.

Von seiten des Orbit Hospitals herrschte zu diesem Thema weiterhin Schweigen.

Wie sich Thornnastor bei seinen relativ wenigen Patienten langsam und vorsichtig einer Behandlungsphase näherte, über die Lioren bereits bei der gesamten Planetenbevölkerung hinaus war, konnte sich der Oberstabsarzt gut vorstellen. Damit wollte er gar nichts über den tralthanischen Pathologen gesagt haben, bei dem es sich schließlich um jene Person handelte, die für die Herstellung des Heilmittels gegen die Seuche verantwortlich war. Hätte Lioren jedoch Thornnastors Empfehlungen nicht ignoriert und das Mißfallen seiner Vorgesetzten aufs Spiel gesetzt, wären inzwischen viele hundert Cromsaggi gestorben. Und die Lösung, die er sich für das Problem ausgedacht hatte, war – ohne falsche Bescheidenheit seinerseits – wahrhaft elegant gewesen.

Durch die von ihm berechneten unterschiedlichen Stärken der verabreichten Dosen, die auf Alter, Körpergewicht und klinischen Faktoren beruhten, war sichergestellt worden, daß sich junge wie alte DCSLs gleichzeitig auf dem Weg zu einer vollständigen Heilung befanden. Trotz seines Ungehorsams war sich Lioren sicher, daß seine Maßnahme eher Lob als Tadel verdiente.

Am folgenden Tag sandte er in aller Frühe eine kurze Nachricht an den Stützpunkt des Monitorkorps auf Orligia sowie ans Orbit Hospital, in der er um zusätzliche Nahrungssynthesizer und Ersatzteile für die Boden- und Luftfahrzeuge bat und außerdem mitteilte, daß seit acht Tagen kein einziger Cromsaggi mehr gestorben sei und ein vollständiger Bericht zusammen mit einem medizinischen Offizier, der die Situation auf Cromsag aus eigener Erfahrung kenne, von der *Tenelphi* zum Hospital gebracht werde. Die Bitte um weitere Nahrungssynthesizer und der plötzliche Rückgang der Sterblichkeit würden Thornnastor verraten, was Lioren getan hatte, und der medizinische Offizier des Aufklärungsschiffs wäre dann in der Lage, die Wissenslücken des Tralthaners mit Einzelheiten zu stopfen.

Dracht-Yur hatte die ganze Zeit sehr gute und harte Arbeit geleistet und ihm zu befehlen, sich wieder den normalen Aufgaben auf der *Tenelphi* zuzuwenden, wäre für ihn sowohl eine Erholung als auch eine wohlverdiente Belohnung für seine Anstrengungen. Darüber hinaus würde der Stabsarzt durch diese Maßnahme von der Bildfläche verschwinden und Lioren, dessen Wunden gut verheilten, somit die Möglichkeit verschaffen, endlich der lästigen medizinischen Quarantäne zu entrinnen, die ihm von dem kleinen Nidianer auferlegt worden war.

Bevor sich Lioren an diesem Abend zur Ruhe begab, stellte er draußen vorm Schiffslazarett die übliche Wache auf. Eigentlich war diese Vorsichtsmaßnahme überflüssig, da sich bisher keiner der Cromsaggi dafür interessiert hatte, was sich außerhalb des Eingangs befand, doch Captain Williamson hielt sie für notwendig, für den Fall, daß sich einer der jungen DCSLs entschloß, auf Entdeckungsreise zu gehen, und sich womöglich an der Schiffsausrüstung verletzte. Morgen wollte Lioren zu den außerhalb gelegenen medizinischen Unterkünften fliegen und die Lage zum erstenmal seit dem peinlichen Mißgeschick mit den beiden sich paarenden Cromsaggi selbst in Augenschein nehmen.

Glückwunsch, mein Junge, dort wirst du endlich Zeuge wer-

den, wie sich die Heilung der Cromsaggi ihrem Abschluß nähert, gratulierte sich Lioren mit einer Mischung aus Freude und Stolz selbst.

Am nächsten Morgen stattete er noch kurz vor dem Abflug des bereitstehenden Flugzeugs dem Lazarett einen Besuch ab, weil er den Zustand seiner Patienten überprüfen wollte. Doch zu seinem großen Entsetzen mußte er feststellen, daß Boden und Wände vom Blut der Cromsaggi bespritzt und alle erwachsenen DCSLs tot waren. Nachdem der Wachmann am Eingang von heftigem Brechreiz übermannt worden war, berichtete er, bis weit in die Nacht hinein leise Stimmen und Singen gehört zu haben, woraufhin für eine Zeitlang ununterbrochene Stille eingetreten sei, die er darauf zurückgeführt habe, daß die Patienten eingeschlafen seien. Doch aus dem Zustand, in dem sich die Leichen befanden, wurde jetzt klar ersichtlich, daß die DCSLs statt dessen gekämpft und sich gegenseitig in aller Stille getreten, gebissen, zerfleischt und erschlagen hatten, bis nur noch die beiden kleinen Mädchen übriggeblieben waren.

Lioren versuchte noch, sich von dem Schock zu erholen und sich klarzumachen, daß er nicht schlief und gerade einen besonders entsetzlichen Traum hatte, als plötzlich der Wandlautsprecher neben ihm geräuschvoll zum Leben erwachte. Der Oberstabsarzt wurde aufgefordert, sich sofort ins Kommunikationszentrum zu begeben, und darüber informiert, daß sich das von den DCSLs selbst inszenierte Blutbad im Schiffslazarett überall auf Cromsag wiederholt habe.

Schon sehr bald wurde deutlich, daß Oberstabsarzt Lioren nicht für die Heilung, sondern für die Tötung der gesamten Bevölkerung eines Planeten verantwortlich war.

5. Kapitel

Als Lioren seinen Bericht beendet hatte, herrschte vollkommene Stille im Saal. Auch wenn allen Anwesenden bereits jede schreckliche Einzelheit der Vorgänge auf Cromsag und Liorens Verantwortlichkeit für diese Katastrophe bekannt war, reichte die bloße Wiederholung aus, um jedes zivilisierte Lebewesen vor Schreck verstummen zu lassen.

»Die Schuld für diesen Vorfall liegt voll und ganz bei mir«, fuhr Lioren fort. »Falls jemand irgendeinen Zweifel daran hat, bitte ich Thornnastor, den leitenden Diagnostiker der Pathologie, seine Aussage zu machen.«

Gleich darauf stampfte der Tralthaner auf seinen sechs elefantenartigen Beinen schwerfällig nach vorn, um in den Zeugenstand zu treten. Indem er je ein Auge auf den Gerichtspräsidenten sowie auf Lioren, O'Mara und seine schriftlichen Aufzeichnungen richtete, begann er zu sprechen. Nur wenige Minuten später bat Flottenkommandant Dermod mit erhobener Hand um Ruhe.

»Der Zeuge ist nicht dazu verpflichtet, sich mit seiner Aussage derart in medizinische Einzelheiten zu verlieren«, sagte er. »Zweifellos werden das seine Arztkollegen interessant finden, aber für das Gericht ist das nicht mehr verständlich. Bitte drücken Sie sich einfacher aus, Diagnostiker Thornnastor, und erklären Sie, weshalb sich die Cromsaggi so verhalten haben, wie es der Fall gewesen ist.«

Mit den beiden mittleren Füßen stampfte Thornnastor auf – eine Geste, die Ungeduld verriet, deren genaue Bedeutung aber nur einem zweiten Tralthaner klar gewesen wäre – und willigte schließlich mit einem »Also gut, Sir« ein.

Laut seiner Aussage war aufgrund der vorsichtigeren

Methode des Versuchsprogramms am Orbit Hospital und den sich daraus ergebenden langsameren Fortschritten bis zu einer vollständigen Heilung der Hyperraumfunkspruch von der *Vespasian* noch rechtzeitig empfangen worden, um eine Wiederholung der Katastrophe, die sich auf Cromsag ereignet hatte, zu verhindern. Sämtliche Cromsaggi waren im Hospital verteilt und in Einzelunterkünfte gesperrt worden, und die Abteilung für ET-Psychologie hatte ihre Bemühungen verstärkt, die geradezu fanatische Weigerung der Patienten zu jedweder Form von Zusammenarbeit zu überwinden, weil man sie dazu bringen wollte, endlich Fragen über sich selbst zu beantworten.

Doch erst als man – höchst widerwillig und nicht ohne lange über mögliche psychologische Schäden nachzudenken – den Entschluß faßte, den Patienten die ganze Wahrheit darüber zu sagen, was auf ihrem Heimatplaneten geschehen war, wozu auch der Umstand gehörte, daß es sich bei ihnen um die einzigen erwachsenen Mitglieder ihrer Spezies handelte, die überlebt hatten, begannen sie über sich selbst zu sprechen. Die DCSLs reagierten verständlicherweise sehr zornig, und es gab gegenseitige Schuldzuweisungen, dennoch lieferten die Cromsaggi genügend Informationen, um es zu ermöglichen, eine Theorie aufzustellen, die durch archäologische Beweise gestützt wurde.

Nach der genauesten Schätzung war die Seuche vor knapp tausend Jahren zum erstenmal aufgetreten, als der technologische Stand auf Cromsag bis zum Flug durch die Atmosphäre gediehen war und der philosophische Fortschritt eine Zivilisation hervorgebracht hatte, die keine Kriege mehr führte. Über den Ursprung und die Entwicklung der Seuche war keine andere Auskunft zu erhalten, als daß sie beim Geschlechtsakt durch einen Elternteil übertragen wurde und ihre Auswirkungen anfänglich eher schwach als lebensbedrohlich und lediglich unangenehm waren. Die Mehrheit der Cromsaggi unternahm keine weiten Reisen, und wenn sie erst einmal eine Bindung zum anderen Geschlecht eingegangen waren, nahmen die DCSLs diese sehr ernst und gingen auch nicht fremd. Eine Anzahl der umsichtigeren Cromsaggi schloß sich zwar zu Gemeinschaften zusammen, die seuchenfrei waren, aber der Paarungsvorgang hing eher von emotionalen als von medizinischen Faktoren ab, und so machte die Krankheit schließlich auch diesen von vornherein unverläßlichen Schutz zunichte. Weitere drei Jahrhunderte sollten vergehen, bevor sich die Seuche unkontrolliert über ganz Cromsag ausbreitete und jeder einzelne Angehörige der Bevölkerung, Erwachsene wie Kinder, sich infizierte. Zu dieser Zeit hatte sie an Bösartigkeit zugenommen, und Todesfälle im mittleren Alter waren alltäglich geworden.

Die gemeinsamen Anstrengungen der medizinischen Wissenschaftler waren erfolglos, und am Ende des darauffolgenden Jahrhunderts war die Zivilisation der DCSLs auf einen vortechnologischen Stand zurückgesunken. Nur selten lebte ein Cromsaggi nach der Geschlechtsreife noch länger als zehn Jahre. Als Spezies sahen die Cromsaggi dem Aussterben entgegen, und zwar einem sehr raschen Aussterben, da sich die Seuche negativ auf die Geburtenziffer auswirkte.

»Die vollständige Symptomatologie der Krankheit ist einschließlich der Beeinträchtigung des inneren Sekretionssystems und den daraus resultierenden Auswirkungen auf die Geschwindigkeit des Wachstums und die Entwicklung des Kranken bereits untersucht worden und kann in aller Ausführlichkeit erörtert werden«, erklärte Thornnastor, »doch werde ich sie im Interesse des Gerichts kurz zusammengefaßt und vereinfacht darstellen.

Bei den erwachsenen DCSLs beider Geschlechter hat der für Gesichts- und Tastsinn unangenehme Zustand der Haut zwar einen negativen Einfluß auf den Geschlechtstrieb und somit auf die sinkende Geburtenrate gehabt, aber nur einen geringen«, fuhr er fort. »Denn selbst wenn die Haut beider Partner makellos und ästhetisch ansprechend wäre, ist die Leistung des inneren Sekretionssystems so sehr eingeschränkt, daß der Geschlechtsakt und die Empfängnis ohne eine vorherige, abnorm starke emotionale Stimulation unmöglich ist.«

Thornnastor machte eine Pause. Zwar verfügte er nicht über Gesichtszüge, die seine Mimik zu ändern vermochten, aber es war, als könne er wegen der Bilder, die ihm in seiner gewaltigen, unbeweglichen Kuppel von einem Kopf vor dem geistigen Auge schwebten, einen Moment lang nicht weitersprechen. Dann fuhr er fort: »Im Bemühen, diese Schwierigkeit mit medizinischen Mitteln zu umgehen, haben sich die DCSLs Substanzen verabreicht, die aus natürlich vorkommenden Pflanzen gewonnen wurden und zur Sinnessteigerung oder zu Halluzinationen geführt haben. Doch dieses Verfahren erwies sich als unwirksam und wurde wegen der Probleme aufgegeben, die mit einer unheilbaren Sucht, mit Todesfällen wegen Überdosen und mit stark mißgebildeten und nicht lebensfähigen Kindern entstanden. Die Lösung, die die Cromsaggi schließlich gefunden haben, liegt im außermedizinischen Bereich und hat für sie bedeutet, im Sozialverhalten in die finstersten Zeiten der cromsaggischen Geschichte zurückzukehren.

Die Cromsaggi sind in den Krieg gezogen ...«

Die Gründe für den Krieg bestanden nicht darin, Territorien auszudehnen oder Vorteile für den Handel zu erzielen. Der Krieg wurde auch nicht von weitem aus befestigten Stellungen heraus oder von Soldaten geführt, die gemeinsam vorgingen oder durch gepanzerte Maschinen oder Kriegsgeräte geschützt waren. Bei diesem Krieg ging es nicht um Leben und Tod, denn beide Seiten hatten keineswegs die Absicht, einen Gegner zu töten, der sehr gut ein Familienangehöriger oder ein Freund sein konnte. Genaugenommen gab es gar keine Seiten, da nur Zweikämpfe zwischen Paaren von unbewaffneten Cromsaggi ausgetragen wurden. Es handelte sich um einen Krieg, dessen einziger Zweck es war, ein Höchstmaß an Angst, an Schmerzen und Gefahr herbeizuführen, aber – wenn möglich – nicht den Tod der Kämpfer. Von einem besiegten oder schwerverwundeten Gegner ging keine Bedrohung oder Gefahr aus, und die Besiegten wurden, obwohl die Opponenten noch Augenblicke zuvor verzweifelt versucht hatten, sich gegenseitig umzubringen, dort zurückgelassen, wo sie lagen und hofften, sich von den Wunden zu erholen, um wieder kämpfen zu können und ein anderes Mal einem Gegner Angst einzujagen.

Für die Cromsaggi war das Leben etwas Großartiges und Kostbares, und diese Wertschätzung stieg noch mit jeder zusammengeschrumpften Generation, die verging; ansonsten hätten sich die DCSLs nicht so angestrengt darum bemüht, ihre Spezies am Leben zu erhalten.

Denn nur dadurch, daß die Cromsaggi ihren Sinnesapparat mit Schmerzen übermäßig belasteten, die Muskulatur stark beanspruchten und sich dem größtmöglichen Maß an emotionaler Anspannung aussetzten, konnte das innere Sekretionssystem, das durch die Seuche fast gänzlich lahmgelegt worden war, wieder zu einer annähernd normalen Tätigkeit angeregt werden. Unabhängig von den Verletzungen, die der betreffende DCSL im Kampf davongetragen hatte, konnte dieser Zustand so lange beibehalten werden, wie es für eine erfolgreiche Paarung und Zeugung nötig war.

Doch trotz dieser furchtbaren Lösung, die die DCSLs gefunden hatten, nahm die Zahl der an der Seuche gestorbenen Erwachsenen weiterhin zu und die Geburtenrate stetig ab. Die Bevölkerungszahl wurde genauso wie das bewohnte Gebiet immer kleiner, da sämtliche Cromsaggi auf einen Kontinent zogen, um das wenige zu erhalten, das von ihrer Zivilisation und ihren Errungenschaften übriggeblieben war, und um in bequemer Entfernung zum Kämpfen zueinander zu sein. Archäologische Spuren deuten darauf hin, daß die Cromsaggi anfangs nicht kriegerisch gewesen waren, doch die Notwendigkeit, zu kämpfen und sich oftmals auch gegenseitig umzubringen, damit die Spezies insgesamt überleben konnte, hatte sie dazu gemacht; und zu dem Zeitpunkt, als die *Tenelphi* sie entdeckt hatte, war der Brauch des Zweikampfs zwischen allen erwachsenen DCSLs der Spezies schon seit vielen Jahrhunderten in Fleisch und Blut übergegangen.

»Obwohl die Entscheidung aus dem verständlichsten aller medizinischen Gründe heraus, nämlich viele Leben zu retten, getroffen worden ist, waren die Folgen der Einleitung einer vollständigen und kurzzeitigen Heilbehandlung gegen die Seuche ohne vorherige Kenntnis dieser geistig-seelischen Ausrichtung nicht vorauszusehen«, fuhr Thornnastor fort. »Möglicherweise – und darin stimmt Chefpsychologe O'Mara mit mir überein – haben die Cromsaggi, die behandelt worden sind, gemerkt, daß sie sich besser und kräftiger gefühlt haben als je zuvor, und unterbewußt muß ihnen klar geworden sein, daß für sie keine Notwendigkeit mehr bestand, zu kämpfen und sich gegenseitig in größtmögliche Gefahr zu bringen, um zu sexueller Erregung zu kommen. Aber seit vielen Jahrhunderten war ihnen von Kindesbeinen an beigebracht worden, der Paarung mit einem Angehörigen des anderen Geschlechts gehe ein Zweikampf mit einem gleichgeschlechtlichen Cromsaggi voraus, und das stellt einen Grad der geistig-seelischen Ausrichtung dar, der der Macht eines evolutionären Gebots unterliegt. Je mehr sich daher ihr Gesundheitszustand verbesserte, desto stärker wurde der Drang, zu kämpfen und sich fortzupflanzen. Die vielen jungen DCSLs, bei denen die Auswirkungen der Seuche die körperliche Entwicklung gehemmt hatten und die plötzlich geschlechtsreif geworden waren, haben denselben Zwang zu kämpfen verspürt.

Doch die eigentliche Tragödie hat darin bestanden,

daß die DCSLs einzeln wie auch als Gruppe vollständig geheilt waren und über mehr Kraft verfügten, als ein Cromsaggi seit dem Ausbruch der Seuche je zuvor besessen hatte«, setzte der Tralthaner seine Ausführungen fort. »Vorher waren sie schwach und krank gewesen und hatten nur einen Bruchteil der körperlichen Leistung vollbringen können, zu der sie jetzt in der Lage waren. Ihre neugewonnene Kraft hat die Angst vor Schmerzen und vor dem Tod verringert und es ihnen zugleich erschwert, das Ausmaß der dem Gegner zugefügten oder der von ihm erhaltenen Verletzungen im voraus abzuschätzen. Da der Kontrahent auf einmal genauso stark und somit ebenbürtig war, haben sich als Folge davon sämtliche Erwachsenen auf Cromsag gegenseitig umgebracht, und nur die Säuglinge und Kinder sind am Leben geblieben.

Das sind in aller Kürze und Einfachheit die Hintergründe des Vorfalls auf Cromsag«, schloß Thornnastor.

Das Schweigen, das auf Thornnastors Bericht folgte, wurde immer länger und tiefer, bis das schwache Blubbern, das das tiefkühlende Lebenserhaltungssystem eines SNLU unter den Zuhörern von sich gab, in der Stille laut erschien. Es war wie das auf Tarla übliche Schweigen zum Gedenken an einen verstorbenen Freund, nur daß es sich hier um die gesamte Bevölkerung eines Planeten handelte, die umgekommen war, und es hatte den Anschein, als ob keiner der Anwesenden diesen feierlichen Moment stören wollte.

»Bei allem Respekt gegenüber dem Gericht bitte ich, das Verfahren ohne weitere Diskussion und Zeitvergeudung hier und jetzt einzustellen«, ergriff Lioren plötzlich das Wort. »Ich bin des fahrlässigen Völkermords angeklagt. Es steht außer Frage und gibt keinen Zweifel, daß ich schuldig bin und die Schuld voll und ganz bei mir liegt. Deshalb fordere ich für mich die Todesstrafe.«

Bevor Lioren zu Ende gesprochen hatte, war O'Mara

aufgesprungen. »Die Verteidigung möchte den Angeklagten gern in einem sehr wichtigen Punkt korrigieren«, sagte der Chefpsychologe. »Oberstabsarzt Lioren hat keinen Völkermord begangen. Als sich der Vorfall ereignete, hat er unter den gegebenen Umständen schnell und richtig reagiert, indem er das Hospital gewarnt und die Rettung und Betreuung der gerade zu Waisen gewordenen cromsaggischen Kinder organisiert hat, und das, obwohl viele seiner eigenen Leute von den kriegerischen Auseinandersetzungen dermaßen überrascht worden waren, daß sie nicht rechtzeitig das Betäubungsgas einsetzen konnten und bei ihren Versuchen, die Kämpfe zu beenden, schwer verwundet worden sind. In dieser Zeit hat sich der Oberstabsarzt beispielhaft verhalten, und auch wenn die Zeugen hier nicht zugegen sind, ihre Aussagen sind dem Zivilgericht auf Tarla vorgelegt und von ihm zugelassen worden und sind in den Akten ...«

»Diese Aussagen werden ja gar nicht bestritten«, fiel ihm Lioren ungeduldig ins Wort. »Sie sind für diesen Prozeß aber nicht von Belang.«

»Aufgrund dieser rechtzeitigen Warnung und der sich daran anschließenden Maßnahmen sind die im Hospital behandelten Cromsaggi voneinander getrennt worden, bevor sie sich gegenseitig angreifen konnten«, fuhr O'Mara fort, ohne auf Liorens Einwand einzugehen, »und die jungen DCSLs wurden sowohl hier als auch auf Cromsag gerettet. Insgesamt siebenunddreißig Erwachsene und zweihundertdreiundachtzig Kinder sind gesund und munter, wobei der Anteil der beiden Geschlechter in etwa ausgeglichen ist. Ich habe keinen Zweifel, daß die Cromsaggi nach einer langen Zeit der Umerziehung, Wiederansiedlung und fachlichen Hilfe bei der Überwindung der geistig-seelischen Ausrichtung wieder ganz Cromsag bevölkern können und zu einem friedlichen Zusammenleben zurückkehren werden.

Daß der Angeklagte in dieser Angelegenheit eine geradezu erdrückende Schuld empfindet, ist verständlich«, fuhr der Psychologe mit leiserer Stimme fort. »Wäre das anders, hätte er nicht dieses Militärgericht zusammentreten lassen. Aber möglicherweise hat ihn die schwere Schuld, die er an dem Vorfall auf Cromsag zu haben glaubt, zusammen mit seinem dringenden Bedürfnis, sich von dieser Schuld zu befreien, sowie dem ungeduldigen Verlangen, für das angebliche Verbrechen bestraft zu werden, dazu veranlaßt, seinen Fall derart übertrieben darzustellen. Als Psychologe kann ich seine Gefühle und die Bemühungen, der Belastung durch die Schuld zu entkommen, verstehen und nachempfinden. Und ich bin mir sicher, ich brauche das Gericht nicht daran zu erinnern, daß von den fünfundsechzig intelligenten Spezies, aus denen die Föderation besteht, keine einzige an einem Gefangenen eine gerichtlich angeordnete Exekution oder körperliche Bestrafung vornimmt.«

»Selbstverständlich haben Sie diesbezüglich recht, Major O'Mara«, stellte der Flottenkommandant fest. »Dieser Hinweis ist allerdings überflüssig und reine Zeitverschwendung. Fassen Sie sich also kurz.«

O'Maras Gesichtsfarbe wurde etwas dunkler, und er sagte: »Die Cromsaggi sind nicht ausgestorben und werden auch weiterhin als Spezies überleben. Oberstabsarzt Lioren ist also allenfalls der Übertreibung schuldig, aber nicht des Völkermords.«

Ganz plötzlich wurde Lioren von Wut, Verzweiflung und einer furchtbaren Angst gepackt. Er heftete ein Auge auf O'Mara, richtete die anderen drei jeweils auf einen Offizier des Gerichts und zwang sich innerlich zur Ruhe und Klarheit, als er sagte: »Die Übertreibung – diese kleine Ungenauigkeit, die nur eine furchtbare Wahrheit vereinfachen sollte – spielt keine Rolle, weil die Ungeheuerlichkeit meiner Schuld gar nicht mehr zu ermessen ist. Und ich brauche Major O'Mara wohl nicht an die Strafe zu erinnern, die jedes Mitglied des Ärztestabs erhält, dessen Unachtsamkeit oder mangelnde Beobachtung zur Verschlechterung des Gesundheitszustands oder gar zum Tod eines Patienten führt, und die zwar nicht darin besteht, den Betreffenden zu exekutieren, aber immerhin darin, seine berufliche Zukunft zu zerstören.

Ich bin der Fahrlässigkeit schuldig«, fuhr Lioren fort, wobei er sich wünschte, der Translator könnte die Verzweiflung in seiner Stimme wiedergeben, »und der Versuch des Verteidigers, das, was ich getan habe, herunterzuspielen und zu entschuldigen, ist geradezu lächerlich. Daß andere ebenfalls von dem Verhalten der Cromsaggi überrascht worden sind, einschließlich des Hospitalpersonals, das sich mit den Versuchen mit dem Medikament beschäftigt hat, ist keine Entschuldigung. Ich hätte mich nicht überraschen lassen dürfen, denn mir haben sämtliche Informationen zur Verfügung gestanden, und ich wäre im Besitz aller Teile des Puzzles gewesen, wenn ich die Zeichen richtig gedeutet hätte. Ich habe sie jedoch nicht einmal wahrgenommen, weil ich vor Stolz und Ehrgeiz blind gewesen bin; ein Teil von mir hat nämlich geglaubt, durch eine schnelle und vollständige Heilung würde sich mein Ruf als Arzt verbessern. Ich habe die Zeichen nicht wahrgenommen, weil ich mich fahrlässig und unachtsam verhalten habe und in geistiger Beziehung so verwöhnt war, daß ich die Gespräche der Patienten über die sexuellen Praktiken der Cromsaggi nicht hören wollte, die eine deutliche Vorwarnung vor dem gewesen wären, was schließlich passiert ist, und weil ich mich über Vorgesetzte hinweggesetzt habe, die zur Vorsicht geraten haben ...«

»Ehrgeiz, Stolz und Ungehaltenheit sind keine Verbrechen«, warf O'Mara ein, wobei er rasch aufstand. »Und zweifellos ist es der Grad an beruflicher Fahrlässigkeit, den, falls man von einem solchen Delikt überhaupt sprechen kann, das Gericht bestrafen muß, und nicht die zugegebenermaßen schrecklichen und weitreichenden Folgen dessen, was bestenfalls eine geringfügige Übertretung ist.«

»Das Gericht läßt sich vom Verteidiger weder Vorschriften machen, noch wird es eine weitere derartige Unterbrechung des Schlußplädoyers der Anklage dulden«, sagte Flottenkommandant Dermod. »Setzen Sie sich, Major. Oberstabsarzt Lioren, Sie können fortfahren.«

Innerlich war Lioren derart von Schuldgefühlen, Angst und Verzweiflung erfüllt, daß ihm die wohldurchdachten Beweisgründe, die er sich zurechtgelegt hatte, vollkommen entfallen waren. Deshalb konnte er einfach nur darüber sprechen, wie er sich fühlte, und hoffen, daß das ausreichte.

»Ich habe nur noch wenig hinzuzufügen«, sagte er. »Ich bin eines furchtbaren Unrechts schuldig. Ich habe den Tod vieler tausend Lebewesen verursacht und verdiene es nicht zu leben. Ich bitte das Gericht um Gnade und um das Todesurteil.«

Abermals sprang O'Mara auf. »Mir ist klar, daß die Anklage das letzte Wort hat. Aber bei allem Respekt, Sir, ich habe dem Gericht zu diesem Fall eine ausführliche Eingabe gemacht und bisher noch keine Gelegenheit gehabt, diese zur Diskussion zu stellen.«

»Ihre Eingabe ist entgegengenommen und angemessen berücksichtigt worden«, entgegnete der Flottenkommandant. »Eine Kopie wurde dem Angeklagten zur Verfügung gestellt, der es aber aus naheliegenden Gründen vorgezogen hat, sie nicht einzubringen. Darf ich den Verteidiger außerdem daran erinnern, daß noch immer ich es bin, der das letzte Wort haben wird? Setzen Sie sich bitte, Major O'Mara. Das Gericht wird sich jetzt beraten, bevor es zur Urteilsverkündung schreitet.«

Die drei Offiziere des Gerichts wurden von der neblig grauen Halbkugel eines schalldichten Felds eingehüllt, und es schien, als seien auch alle anderen Anwesenden in dieselbe Schweigezone eingeschlossen worden, als sie ihre Augen auf Lioren richteten. Obwohl sich Prilicla unter den ganz hinten sitzenden Zuhörern für seine empathischen Fähigkeiten in äußerster Entfernung befand, konnte Lioren den Cinrussker zittern sehen. Doch dies war bestimmt kein geeigneter Augenblick, in dem der Oberstabsarzt seine emotionale Ausstrahlung kontrollieren konnte. Als er sich an den Inhalt von O'Maras Eingabe erinnerte, spürte er, wie er innerlich von den furchtbarsten Extremen von Angst und Verzweiflung überwältigt wurde, und zum erstenmal in seinem Leben packte ihn eine solch gewaltige Wut, daß er am liebsten ein anderes intelligentes Lebewesen umgebracht hätte.

O'Mara erkannte, daß der Oberstabsarzt mit einem der Augen in seine Richtung blickte, und bewegte leicht den Kopf zur Seite. Wie Lioren wußte, war O'Mara kein Empath, aber als hochqualifizierter Psychologe mußte er auch so wissen, was in Lioren vorging.

Plötzlich löste sich das schalldichte Feld von oben nach unten auf, und der Gerichtspräsident beugte sich in seinem Stuhl vor.

»Vor der Urteilsverkündung wünscht das Gericht von dem Verteidiger Aufklärung und Bestätigung darüber, wie sich der Angeklagte aller Voraussicht nach verhalten wird, wenn er nicht mit dem Tode, sondern mit Freiheitsentzug bestraft werden würde«, sagte der Flottenkommandant und blickte O'Mara dabei fragend an. »Ist es angesichts des momentanen Geisteszustands von Oberstabsarzt Lioren nicht wahrscheinlich, daß beide Urteile rasch zum Tod des Angeklagten führen könnten?«

Erneut erhob sich O'Mara. »Da ich den Angeklagten während seiner Ausbildung am Orbit Hospital beobachtet und auch sein Verhalten nach dem Vorfall auf Cromsag untersucht habe, würde das nach meiner Ansicht als Fachmann nicht der Fall sein«, antwortete er, wobei er weniger den Flottenkommandanten, sondern vielmehr Lioren ansah. »Der Oberstabsarzt ist ein von ethischen und moralisch einwandfreien Grundsätzen geleitetes Wesen und empfände es als unehrenhaft, sich durch Selbstmord einer Strafe zu entziehen, die er für sein Verbrechen als gerecht ansehen würde, auch wenn Freiheitsentzug hinsichtlich der anhaltenden psychischen Anspannung des Angeklagten die härteste Strafe wäre, die verhängt werden könnte. Allerdings ziehe ich, wie sich das Gericht aus meiner Eingabe erinnern wird, der Bezeichnung ›Freiheitsentzug‹ den Begriff ›psychische Heilbehandlung‹ vor. Ich wiederhole nochmals, der Angeklagte würde sich nicht das Leben nehmen, wäre jedoch, wie Sie sich bestimmt schon gedacht haben werden, äußerst dankbar, wenn ihm das Gericht diese Arbeit abnähme.«

»Danke, Major«, sagte der Flottenkommandant. Dann wandte er sich Lioren zu und fuhr fort: »Oberstabsarzt Lioren, dieses Militärgericht bestätigt die früheren Urteilssprüche der medizinischen und der Zivilgerichte auf Tarla, Ihrem Heimatplaneten, und erklärt Sie eines verzeihlichen Irrtums bei der Beobachtung und Einschätzung der Lage für schuldig, der bedauerlicherweise zu einer schweren Katastrophe geführt hat. Obwohl es unter diesen Umständen gnädiger wäre, werden wir nicht von der seit dreißig Jahren bestehenden gerichtlichen Praxis in der Föderation abweichen oder, wenn sich die Therapie als erfolgreich erweisen sollte, ein möglicherweise nützliches Leben vergeuden, indem wir über Sie die Todesstrafe verhängen, die Sie sich so offenkundig wünschen. Statt dessen sprechen wir über Sie ein heilungsförderndes Urteil, nach dem Ihnen für zwei Jahre Ihr Rang im Monitorkorps und Ihr medizinischer Dienstgrad aberkannt werden und Sie dieses Hospital nicht verlassen dürfen, das aber als Gebäude so groß ist, daß Ihnen dieser Freiheitsentzug nicht lästig werden wird. Aus naheliegenden Gründen wird Ihnen zudem verboten, die Station zu betreten, auf der die Cromsaggi liegen. Sie werden unter Aufsicht und Befehl des Chefpsychologen

O'Mara gestellt. Der Major rechnet damit, Sie in dieser Zeit psychologisch und emotional wieder ins Gleichgewicht zu bringen, was Sie dann in den Stand setzen wird, eine neue Laufbahn zu beginnen.

Das Gericht spricht Ihnen als ehemaligem Oberstabsarzt sein tiefstes Mitgefühl aus und wünscht Ihnen für die Zukunft alles Gute.«

6. Kapitel

Lioren stand, auf drei Seiten von den seltsam geformten Sitzmöbeln umgeben, die für die Bequemlichkeit von Lebewesen anderer physiologischer Klassifikationen als seiner eigenen konstruiert waren, auf der freien Fläche vor O'Maras Schreibtisch und starrte mit sämtlichen Augen auf den Psychologen hinunter. Seit die Strafe gegen ihn verhängt und ihm eine kurähnliche Heilbehandlung aufgezwungen worden war, an der er mit nichts, was in seiner Macht stand, etwas ändern konnte, hatte sich der unbändige Haß gegenüber diesem untersetzten kleinen Zweifüßer mit dem grauen Kopfpelz und den Augen, die nie einem Blick auswichen, zwar zu einer Abneigung abgeschwächt, die sich bei Lioren dennoch so tief in der Seele verwurzelt hatte, daß er nicht glaubte, sie jemals überwinden zu können.

»Mich zu mögen ist zum Glück keine Voraussetzung für die Behandlung«, stellte O'Mara fest, der anscheinend Liorens Gedanken lesen konnte, »ansonsten hätte das Orbit Hospital schon längst kein medizinisches Personal mehr. Ich habe für Sie die Verantwortung übernommen, und da Sie eine Kopie meiner schriftlichen Eingabe an das Militärgericht gelesen haben, kennen Sie auch die Gründe, die ich dafür hatte. Oder muß ich sie Ihnen noch einmal nennen?«

In der Eingabe hatte O'Mara behauptet, der Vorfall auf Cromsag sei hauptsächlich bestimmten Charakterfehlern von Lioren zuzuschreiben, Fehlern, die während seiner Ausbildung in ET-Medizin am Orbit Hospital hätten entdeckt und korrigiert werden müssen; dabei habe es sich um ein Versäumnis gehandelt, an dem allein die psychologische Abteilung die Schuld trage. Angesichts dieses Sachverhalts und angesichts des Umstands, daß das

Orbit Hospital keine psychiatrische Klinik war, konnte Lioren nicht als Patient angesehen werden, sondern wie ein Auszubildender, der das Schulungsprogramm über die Beziehungen zu anderen Spezies nicht zufriedenstellend beendet hatte und der psychologischen Abteilung unter O'Maras Leitung zugeteilt worden war. Als Auszubildender nahm Lioren trotz seiner medizinischen und chirurgischen Fähigkeiten, die er bereits bei vielen Lebensformen unter Beweis gestellt hatte, einen niedrigeren Rang als eine ausgebildete Stationsschwester ein.

»Nein«, antwortete Lioren.

»Gut«, sagte O'Mara. »Ich vergeude nämlich weder gerne Zeit noch Arbeitskraft. Im Augenblick habe ich keine besonderen Anweisungen für Sie, außer daß Sie sich frei im Hospital bewegen dürfen – am Anfang allerdings nur in Begleitung von jemandem aus dieser Abteilung – oder daß Sie, falls es Momente geben sollte, in denen diese Maßnahme Sie in nicht mehr tragbarer Weise in Verlegenheit bringt oder belastet, die üblichen Büroarbeiten erledigen werden. Dazu wird auch gehören, daß Sie sich mit der Arbeit dieser Abteilung und den psychologischen Akten der medizinischen Mitarbeiter vertraut machen, von denen Ihnen die meisten zum Studium zugänglich gemacht werden. Sollten Sie dabei irgendein Anzeichen für ungewöhnliches Verhalten, für untypische Reaktionen gegenüber Mitarbeitern einer anderen Spezies oder für ein unerklärliches Nachlassen der beruflichen Leistungsfähigkeit aufspüren, werden Sie mir dies mitteilen. Allerdings nur dann, wenn Sie Ihre Entdeckung vorher mit einem Ihrer Kollegen aus dieser Abteilung diskutiert haben, damit sichergestellt ist, daß sie meiner Aufmerksamkeit wert ist.

Es ist wichtig, nicht zu vergessen, daß mit Ausnahme einiger weniger Patienten, die besonders schwer erkrankt sind, jeder im Hospital über Ihren Fall voll und ganz im Bilde ist«, fuhr der Psychologe fort. »Viele Patienten und Mitarbeiter werden Ihnen Fragen stellen, die zum größten Teil höflich und rücksichtsvoll sein werden, außer den Kelgianern, die den Begriff ›Höflichkeit‹ nicht verstehen. Zudem werden Ihnen viele gutgemeinte Hilfsangebote, ermunternde Worte und reichlich Mitgefühl zuteil werden.«

O'Mara machte eine kurze Pause; dann sagte er in sanfterem Ton: »Ich werde alles tun, was ich kann, um Ihnen zu helfen. Sie haben wirklich große Seelenqualen erlitten und erleiden sie noch und haben mit einer drückenden Schuld zu kämpfen, wie sie mir größer weder in der Literatur noch in meiner eigenen langjährigen Erfahrung jemals vorgekommen ist; mit einer Bürde, die so schwer ist, daß sie jeden anderen Geist als den Ihren vollkommen zugrunde gerichtet hätte. Von Ihrer Gefühlsbeherrschung bin ich tief beeindruckt, und bei dem Gedanken daran, wie sehr Sie im Moment psychisch angespannt sein müssen, wird mir angst und bange. Ich werde alles mögliche tun, um diese Anspannung abzubauen, und auch ich, der ich außer Ihnen selbst am besten in der Lage bin, Ihre Position zu verstehen, spreche Ihnen hiermit mein Mitgefühl aus.

Doch Mitgefühl ist bestenfalls ein Linderungsmittel, und obendrein noch eins, dessen Wirkung bei wiederholter Anwendung nachläßt«, fuhr er fort. »Deshalb verabreiche ich es Ihnen nur dieses eine Mal. Von jetzt an werden Sie genau das tun, was man Ihnen sagt, und sämtliche routinemäßigen, niedrigen und langweiligen Arbeiten verrichten, die man Ihnen aufträgt, und Sie werden von niemandem in dieser Abteilung auch nur einen einzigen Funken Mitgefühl bekommen. Haben Sie mich verstanden?«

»Ich sehe ein, daß mein Stolz gebrochen und mein Vergehen bestraft werden muß, denn das habe ich verdient«, antwortete Lioren.

O'Mara stieß einen unübersetzbaren Laut aus. »Was Sie so meinen, alles verdient zu haben, Lioren, interessiert mich nicht die Bohne. Erst wenn Sie anfangen zu glauben, daß Sie das alles vielleicht *nicht* verdient haben, befinden Sie sich wirklich auf dem Weg der Besserung. Und jetzt werde ich Sie Ihren Mitarbeitern im Vorzimmer vorstellen.«

Wie es O'Mara angekündigt hatte, war die Büroarbeit reine Routine und wiederholte sich ständig, doch in den ersten paar Wochen war sie für Lioren noch zu neu, um langweilig zu sein. Von den Zeiten abgesehen, in denen er geschlafen oder sich zumindest ausgeruht oder den Essensspender in seiner Unterkunft benutzt hatte, hatte Lioren weder die Abteilung verlassen noch irgend etwas anderes getan, als sein Gehirn zu beschäftigen. Er konzentrierte sich voll und ganz auf seine neuen Aufgaben, wodurch sich die Qualität seiner Arbeit, die Menge, die er bewältigte, und sein Verständnis für das, was er tat, in einem Maß steigerte, daß er sowohl von Lieutenant Braithwaite als auch von der Auszubildenden Cha Thrat gelobt wurde, allerdings nicht von Major O'Mara.

Wie ihm der Chefpsychologe mitgeteilt hatte, lobe er nie jemanden, weil es seine Aufgabe sei, die Leute auf den Boden der Tatsachen zurückzuholen und nicht, sie abheben zu lassen. In dieser Bemerkung konnte Lioren weder einen medizinischen noch einen semantischen Sinn erkennen, weshalb er zu dem Schluß gelangte, es müsse sich um das handeln, was die terrestrischen DBDGs als Witz bezeichneten.

Seine wachsende Neugier gegenüber den beiden Wesen, mit denen er so viel Zeit verbrachte, konnte Lioren nicht einfach übergehen, aber die Mitarbeiter der Abteilung durften ihre psychologischen Akten nicht gegenseitig einsehen, und seine beiden Kollegen stellten weder persönliche Fragen, noch beantworteten sie welche. Vielleicht war das in der Abteilung Vorschrift, oder O'Mara hatte die beiden aufgefordert, ihre natürliche Neugier aus Rücksicht auf Liorens Gefühle im Zaum zu halten.

Doch dann gab Cha Thrat eines Tages zu verstehen, daß diese Vorschrift außerhalb des Büros nicht gelte.

»Sie sollten den Bildschirm mal für eine Weile vergessen und Ihrem Kopf eine Ruhepause von Cresk-Sars endlosen Berichten über die Fortschritte der Auszubildenden gönnen, Lioren«, riet ihm die Sommaradvanerin, als sie gerade zum Mittagessen gehen wollte. »Lassen Sie uns doch gemeinsam eine Kleinigkeit zu uns nehmen.«

Einen Augenblick lang zögerte Lioren, da er an die ständig überfüllte Kantine für warmblütige Sauerstoffatmer im Hospital dachte und vor allem an die vielen Wesen, denen er auf dem Weg dorthin auf den belebten Korridoren begegnen mußte. Er war sich nicht sicher, ob er dafür schon bereit war.

Bevor er antworten konnte, fuhr Cha Thrat fort: »In den Versorgungscomputer für Speisen und Getränke ist bereits ein vollständiges tarlanisches Menü einprogrammiert worden, das natürlich synthetisch ist, aber trotzdem viel besser als diese geschmacklose Pampe schmeckt, die aus dem Essensspender in der Unterkunft kommt. Wenn der Computer von dem einzigen tarlanischen Personalangehörigen links liegengelassen wird, muß er sich doch verletzt, gekränkt, ja sogar beleidigt fühlen. Warum kommen Sie nicht einfach mit und machen ihn glücklich?«

Computer hatten keine Gefühle, und das mußte Cha Thrat genausogut wissen wie er. Vielleicht hatte sie einen sommaradvanischen Witz gemacht.

»Also gut, ich komme mit«, willigte Lioren schließlich ein.

»Ich auch«, sagte Braithwaite.

Nach Liorens Wissen blieb das Vorzimmer zum erstenmal unbeaufsichtigt, und er fragte sich, ob dadurch nur einer seiner Kollegen oder beide O'Maras Mißfallen riskierten. Doch aufgrund ihres Verhaltens auf dem Weg zur Kantine und durch die bestimmte, aber unauffällige Art, in der sie jedes Mitglied des medizinischen Personals abschreckten, das geneigt schien, Lioren aufzuhalten und mit ihm zu sprechen, wurde klar, daß sie mit Zustimmung des Chefpsychologen handelten. Und als sie an einem Tisch, der für melfanische ELNTs konstruiert war, drei freie Plätze fanden, stellten Braithwaite und Cha Thrat sicher, daß Lioren zwischen ihnen blieb. Außer ihnen befanden sich noch fünf kelgianische DBLFs am Tisch, die lautstark den Ruf einer nicht namentlich genannten Oberschwester ruinierten, während sie gerade aufstehen wollten, um die Kantine zu verlassen. Vor diesen Wesen gab es kein Entrinnen, denn gegen kelgianische Neugier ist kein Kraut gewachsen.

»Ich bin Schwester Tarsedth«, stellte sich eine der DBLFs vor, wobei sie Lioren den schmalen, kegelförmigen Kopf zuwandte. »Ihre sommaradvanische Freundin ist zwar eine gute Bekannte von mir, weil wir zusammen in der Ausbildung gewesen sind, erkennt mich aber nie, da sie, wie sie beharrlich behauptet, trotz ihrer vier Augen die Kelgianer nicht auseinanderhalten kann. Doch meine Fragen sind an Sie gerichtet, Oberstabsarzt. Wie fühlen Sie sich? Offenbaren sich Ihre Schuldgefühle in psychosomatischen Anfällen? Was für eine Therapie hat sich O'Mara für Sie ausgedacht? Zeigt sie schon Wirkung? Wenn das nicht der Fall sein sollte, kann ich vielleicht etwas tun, um Ihnen zu helfen?«

Auf einmal fing Braithwaite an, unübersetzbare Laute von sich zu geben, und seine Gesichtsfarbe war von einem blaßgelben Rosa in ein sattes Rot übergegangen.

Tarsedth warf einen kurzen Blick auf Braithwaite und sagte dann zu Lioren: »Denken Sie sich nichts dabei. Das kommt oft vor, wenn Luft- und Speiseröhre eine gemeinsame Öffnung haben. Anatomisch gesehen ist die terrestrische DBDG-Lebensform eine Katastrophe.«

Anatomisch gesehen war die Kelgianerin eine Schönheit, dachte Lioren, während er sich angestrengt bemühte, sich auf die Fragestellerin selbst zu konzentrieren, um den Qualen zu entgehen, die ihre Fragen verursachten. Sie gehörte zur physiologischen Klassifikation DBLF und war eine warmblütige Sauerstoffatmerin mit zahlreichen Beinen und einem biegsamen, zylinderförmigen Körper, der vollständig von einem äußerst beweglichen, silbrigen Fell bedeckt war. Das Fell befand sich in ständiger Bewegung, und breite Kräuselungen, die gelegentlich von kleinen Strudeln und Wellen durchkreuzt wurden, verliefen langsam vom kegelförmigen Kopf bis zum Schwanz hinab, als ob der unglaublich feine Pelz eine Flüssigkeit wäre, die von einem nicht spürbaren Wind aufgewühlt wurde. Dieses Fell erklärte und entschuldigte zugleich die ungehobelte und direkte Art, in der die Kelgianerin ein Thema angesprochen hatte, das, wie sie wissen mußte, sehr heikel war.

Aufgrund der unzulänglichen Anatomie der kelgianischen Sprechorgane wies die Sprechweise der DBLFs keine Intonation und Akzentuierung und damit keinerlei emotionale Ausdrucksfähigkeit auf. Doch das wurde durch das äußerst bewegliche Fell ausgeglichen, das die Empfindungen des Sprechers, zumindest für einen Kelgianer, vollständig, aber auch unwillkürlich widerspiegelte. Deshalb waren diesen Wesen Begriffe wie Lüge, Diplomatie, Taktgefühl oder gar Höflichkeit vollkommen fremd. Ein Kelgianer sagte immer genau das, was er meinte oder fühlte, da das Fell ständig seine Empfindungen verriet und er es als Dummheit und reine Zeitverschwendung betrachtet hätte, sich anders zu verhalten. Aber die Kelgianer hatten es auch mit den meisten anderen Lebensformen nicht gerade leicht, denn durch die Höflichkeit und die sprachlichen Umschreibungen, der sich viele Spezies bedienten, ließen sie sich wiederum leicht verwirren und irritieren.

»Schwester Tarsedth, ich fühle mich sehr unwohl, aber eher in psychologischer als in körperlicher Hinsicht«, reagierte Lioren mit leichter Verspätung. »Über die Therapie, die O'Mara in meinem Fall anwendet, bin ich mir bisher selbst nicht ganz im klaren, doch da ich zum erstenmal seit der Urteilsverkündung in die Kantine gehen durfte, wenn auch nur in Begleitung von zwei Beschützern, liegt es nahe, daß sie entweder allmählich eine Wirkung zeigt oder sich mein Zustand vielleicht trotz der Therapie verbessert. Falls Sie nicht nur aus reiner Neugier gefragt haben und Ihr Hilfsangebot mehr als bloß ein freundliches Wort sein soll, schlage ich Ihnen vor, zu Einzelheiten der Therapie und der Fortschritte – wenn es welche gibt – den Chefpsychologen höchstpersönlich zu befragen.«

»Sind Sie verrückt geworden?« entgegnete die Kelgianerin aufgebracht, wobei sich ihr silbriges Fell plötzlich zu Stacheln bündelte. »Ich werde mich schwer hüten, ihm diesbezüglich irgendwelche Fragen zu stellen. O'Mara würde mir jedes Haar einzeln aus dem Fell reißen!«

»Und das wahrscheinlich ohne Betäubung«, fügte Cha Thrat hinzu, als sich Tarsedth entfernte.

Begleitet von einem akustischen Signal, das Lioren daran hinderte, die Antwort der Kelgianerin zu hören, glitten die Tabletts mit den Gerichten aus der Ausgabeöffnung im Tisch. »Ach, so was essen also die Tarlaner«, staunte Braithwaite und vermied es von da an, auf Liorens Teller zu sehen.

Obwohl er mit derselben Körperöffnung essen und sprechen mußte, führte der Terrestrier mit Cha Thrat ununterbrochen ein Gespräch, in dem er und die Sommaradvanerin verlockende Pausen einlegten, damit sich Lioren an der Unterhaltung beteiligen konnte. Ganz offensichtlich taten sie beide ihr Bestes, ihn zu beruhigen und seine Aufmerksamkeit von den Nachbartischen abzulenken, von denen aus er allgemein beobachtet wurde, doch bei einem Tarlaner, der sich ganz bewußt und mit aller Kraft darauf konzentrieren mußte, *nicht* gleichzeitig in alle Richtungen zu blicken, hatten sie damit nur wenig Erfolg. Ebenfalls klar war, daß er hier einer nicht gerade subtilen Psychotherapie unterzogen wurde.

Wie er wußte, waren Cha Thrat und Braithwaite über seinen Fall voll und ganz informiert, dennoch versuchten sie, ihn dazu zu bringen, diese Auskünfte noch einmal selbst zu wiederholen, um seine momentane Einstellung gegenüber sich selbst und denen, die ihn umgaben, besser einschätzen zu können. Dabei bedienten sie sich der Methode, sich über scheinbar höchst vertrauliche und oft persönliche Dinge zu unterhalten: über ihr vergangenes Leben, ihre persönlichen Ansichten über die Abteilung und ihre Einstellung zu O'Mara und anderen Mitarbeitern des Hospitals, zu denen sie angenehme oder unangenehme Kontakte gehabt hatten, in der Hoffnung, Lioren würde sich dafür revanchieren. Der Tarlaner hörte zwar mit großem Interesse zu, sagte jedoch kein Wort, es sei denn, er beantwortete direkt an ihn gerichtete Fragen von seinen beiden Mitarbeitern oder von anderen Personalmitgliedern, die von Zeit zu Zeit an seinem Tisch stehen blieben.

Die Fragen der silberpelzigen Kelgianer beantwortete er so einfach und direkt, wie sie gestellt wurden. Bei einem gewaltig großen sechsbeinigen Hudlarer mit der Armbinde eines fortgeschrittenen Krankenpflegeschülers, dessen Körper lediglich von einer erst kürzlich aufgetragenen Schicht Nahrungspräparat bedeckt war und der ihm im Vorbeigehen schüchtern »Alles Gute« zugerufen hatte, bedankte er sich höflich. Genauso wie bei einem Terrestrier namens Timmins, der die Uniform des Monitorkorps mit dem Rangabzeichen eines Wartungsoffiziers trug. Dieser DBDG sagte ihm, er hoffe, daß die tarlanischen Umweltbedingungen in seiner Unterkunft richtig nachgebildet worden seien, und falls er noch etwas bräuchte, um sich wohler zu fühlen, solle er nicht zögern, ihn darum zu bitten. Ein Melfaner, der die goldgeränderte Binde eines Chefarztes am einen krabbenartigen Arm hatte, blieb stehen, um Lioren mitzuteilen, daß er sich freue, ihn beim Essen in der Kantine anzutreffen, weil er sich schon längst einmal mit ihm habe unterhalten wollen, diesmal aber leider keine Zeit habe, da er in der ELNT-Chirurgie erwartet werde. Daraufhin erklärte ihm Lioren, daß er vorhabe, in Zukunft regelmäßig in der Kantine zu essen, wodurch sich ihnen in nächster Zeit bestimmt häufiger die Gelegenheit zu einer Unterhaltung böte.

Offenbar befriedigte diese Antwort Braithwaite und Cha Thrat, und als der melfanische Arzt die Kantine verließ, setzten sie das Gespräch fort, dessen Pausen sich Lioren weiterhin standhaft zu füllen weigerte. Hätte er sich in diesem Moment dafür entschieden, zu sprechen und seine Ansichten darzulegen, hätte er gestehen müssen, daß er diese ständigen Mahnungen an seine Schuld als Teil der Strafe akzeptieren müsse, weil er schließlich dazu verurteilt worden sei, mit dem furchtbaren Verbrechen zu leben, das er begangen hatte.

Lioren glaubte nicht, daß seine beiden Kollegen erfreut gewesen wären, dies zu hören.

Wie er aus ihren Erzählungen entnehmen konnte, stand es den Mitarbeitern der psychologischen Abteilung frei, im Hospital überall hinzugehen und mit jedem Personalangehörigen – vom untersten Krankenpflegeschüler oder Wartungslehrling bis zu den fast gottgleichen Diagnostikern höchstpersönlich – zu sprechen oder ihn auszufragen, und das zu jeder Zeit, solange es sich nicht nachteilig auf die Ausübung der beruflichen Pflichten der betreffenden Person auswirkte. Folglich überraschte es nicht, daß sie sich mit ihrer Befugnis, sich in jedermanns ganz private Angelegenheiten einzumischen, beim Personal nicht gerade viele Freunde machten. Was hingegen überraschte, war, auf welche Weise diese Psychologen aus den verschiedensten Spezies angeworben wurden, und über welche Fähigkeiten, wenn man sie überhaupt als solche bezeichnen konnte, sie aus ihren früheren Berufen verfügten.

So war O'Mara als Bautechniker ans Orbit Hospital gekommen, kurz bevor es in Dienst gestellt worden war, und die Akte über die Arbeit, die er inmitten des ursprünglichen Personals und der ersten Patienten geleistet und die ihm die Beförderung zum Major und Chefpsychologen eingebracht hatte, durfte nicht mehr eingesehen werden. Allerdings gab es ein Gerücht, nach dem er einst ganz allein und ohne Hilfe von schweren Hebemaschinen oder Translatoren für einen hudlarischen Säugling, der zur Waise geworden war, die Amme gespielt hatte. Doch diese Geschichte hielt Lioren für zu unwahrscheinlich, als daß sie auf Tatsachen hätte beruhen können.

Nach dem, was ausgesprochen wurde oder auch unausgesprochen blieb, hatte Lieutenant Braithwaites Laufbahn in der Abteilung für die Verständigung mit fremden Spezies und Kulturkontakt des Korps begonnen, in der er anfangs Anlaß zu den größten Hoffnungen gegeben und noch größere Ungeduld gegenüber seinen Vorgesetzten an den Tag gelegt hatte. Seine Arbeit schien er damals voller Begeisterung, Hingabe, Selbstvertrauen und Intuition zu verrichten, und unabhängig davon, ob sich diese Intuition – wie in der Mehrzahl der Fälle – als zuverlässig oder als unsicher herausstellte, das Ergebnis erwies sich für die Verantwortlichen jedesmal als eine starke Belastung. Braithwaites Versuch, das Erstkontaktverfahren auf Keran dadurch zu beschleunigen, daß die philosophisch konservative Priesterschaft übergangen wurde, führte beispielsweise zu einem landesweiten religiösen Aufruhr, in dem viele Kerani verletzt wurden und umkamen. Daraufhin erhielt Braithwaite eine Disziplinarstrafe und durchlief eine Reihe von untergeordneten Stellungen in der Verwaltung, von denen sich sowohl für Braithwaite als auch für seine Vorgesetzten keine als geeignet erwies, bis er schließlich ans Orbit Hospital versetzt wurde. Für kurze Zeit arbeitete er in der Sektion ›Hauskommunikation‹ innerhalb der Wartungsabteilung, wo er bei dem Versuch, das Übersetzungsprogramm für die vielen verschiedenen Sprachen, die im Hospital gesprochen wurden, zu überarbeiten und zu vereinfachen, den Hauptcomputer zum Absturz brachte und sämtlichen Mitarbeitern des Krankenhauses und den Patienten die Möglichkeit nahm, etwas anderes zu tun, als sich mehrere Stunden lang gegenseitig in unverständlichen Lauten anzubellen, anzukollern oder anzupiepsen. Colonel Skempton war von dem, was Braithwaite zu erreichen gehofft hatte, weniger beeindruckt gewesen als von dem Chaos, das von ihm angerichtet worden war, und hatte ihn schon auf den einsamsten und entferntesten Außenposten des Monitorkorps in der Föderation verbannen wollen, als letztendlich O'Mara zugunsten des Lieutenants eingeschritten war.

Ebenso war auch Cha Thrats Laufbahn von persönlichen und beruflichen Schwierigkeiten überschattet worden. Sie war die erste und bislang einzige Sommaradvanerin, die die Eignung zur Chirurgin für Krieger erworben und diese Tätigkeit ausgeübt hatte, womit sie in einem Beruf, der ansonsten ausschließlich männlichen Mitgliedern ihrer Spezies vorbehalten war, eine sehr bedeutende Stellung eingenommen hatte. Zwar war sich Lioren nicht sicher, was ein Chirurg für Krieger von Sommaradva sein oder tun sollte, aber Cha Thrat war es gelungen, ein Mitglied einer außerplanetarischen Spezies erfolgreich zu behandeln, nämlich einen terrestrischen Offizier vom Monitorkorps, der bei einem Flugzeugabsturz sehr schwer verletzt worden war und den Cha Thrat noch nie zuvor gesehen hatte. Da das Korps von ihrem chirurgischen Können und ihrer geistigen Beweglichkeit beeindruckt war, bot es ihr damals die Möglichkeit, sich am Orbit Hospital im galaktischen Sektor zwölf in der Chirurgie vieler verschiedener Spezies ausbilden zu lassen. Dieses Angebot nahm Cha Thrat an, weil sie wußte, daß die zu fremden Spezies gehörenden Ärzte am Hospital ihre Arbeit – anders als es auf Sommaradva üblich war – nach dem fachlichen Wert beurteilen würden, ohne sich darum zu kümmern, ob Cha Thrat männlich oder weiblich war.

Doch die leidenschaftliche Hingabe und die strengen medizinischen Regeln eines Chirurgen für Krieger von Sommaradva, die in vieler Hinsicht denen von Liorens tarlanischer Ärzteschaft ähnelten, hatten nicht denen des Orbit Hospitals entsprochen. Cha Thrat ging zwar nicht auf nähere Einzelheiten ihrer Vergehen ein, sondern deutete nur an, daß jedes Personalmitglied erpicht darauf wäre, Liorens Neugier in dieser Angelegenheit zu stillen, aber nach dem Eindruck, den er gewann, hatte sie als Auszubildende zu viel medizinische Initiative an den Tag gelegt und ihren nominellen Vorgesetzten zu oft bewiesen, daß sie sich im Irrtum befanden. Nach einem besonderen Zwischenfall, bei dem sie vorübergehend einen Arm verlor, wollte keine Station im Hospital sie mehr zur Ausbildung annehmen. Deshalb wurde Cha Thrat – wie Braithwaite – zur Wartungsabteilung versetzt und arbeitete dort, bis ein schwerwiegender Akt des Ungehorsams, der durch die damaligen medizinischen Umstände gerechtfertigt war, zu ihrer Entlassung führte. Und wieder wie bei Braithwaite war es letztendlich O'Mara gewesen, der Cha Thrat davon abgehalten hatte, das Hospital zu verlassen, indem er sie für die psychologische Abteilung angeworben hatte.

Im weiteren Verlauf des Gesprächs, das ihn sowohl informieren als auch aus der Reserve locken sollte, spürte Lioren eine wachsende Zuneigung zu diesen beiden Wesen. Wie er selbst waren auch sie mit zuviel Intelligenz, Individualität und Initiative gestraft und hatten schwer darunter gelitten.

Natürlich waren ihre Vergehen im Vergleich zu Liorens Verbrechen geringfügig, weil es sich bei den beiden eher um Außenseiter mit psychologischen Defekten als um Kriminelle handelte und sie für das Unrecht, das sie begangen hatten, nicht voll verantwortlich waren. Aber gestanden sie ihm diese Delikte in der Form einer scheinbar belanglosen Plauderei ein, damit er sie beide und auch die Situation in der psychologischen Abteilung wirklich besser verstand? Oder handelte es sich eher um den Versuch, lediglich die eigenen Schuldgefühle durch das Bemühen, ihm zu helfen, zu mindern? Da die beiden im Gegensatz zu Lioren ihre wahren Gefühle verbargen, indem sie nicht schwiegen, sondern fortwährend redeten, konnte er sich dessen nicht sicher sein. Es ging ihm sogar der beunruhigende Gedanke durch den Kopf, daß Braithwaite und Cha Thrat womöglich gar nicht unter Schuldgefühlen litten und durch ihre Bemühen, Lioren zu helfen, sowie durch ihre anderen Aufgaben in der Abteilung ihre früheren Vergehen vergaßen. Allerdings verwarf er diesen Gedanken sogleich als völlig absurd, da man ein einst begangenes Verbrechen ebensowenig vergessen konnte wie den eigenen Namen.

»Lioren, was ist denn?« fragte Braithwaite plötzlich. »Sie essen nichts und unterhalten sich auch nicht mit uns. Möchten Sie lieber wieder ins Büro?«

»Nein, jetzt noch nicht«, antwortete Lioren. »Mir ist übrigens durchaus klar, daß es sich bei diesem Kantinenbesuch um einen psychologischen Test gehandelt hat und Sie genauestens auf meine Äußerungen und mein Verhalten geachtet haben. Außerdem haben Sie, was ganz bestimmt auch zum Test gehört hat, Fragen über sich selbst beantwortet, ohne daß ich sie stellen mußte, auch wenn einige davon so persönlich gewesen sind, daß ich es für höchst unhöflich gehalten hätte, sie an Sie zu richten. Doch jetzt werde ich Ihnen eine ganz direkte Frage stellen. Zu welchen Schlußfolgerungen sind Sie durch Ihre Beobachtungen gekommen?«

Braithwaite blieb stumm, deutete jedoch mit einer leichten Kopfbewegung an, daß Cha Thrat antworten sollte.

»Sie haben davon gehört und werden verstehen, daß

ich meine eigentliche Tätigkeit als Chirurgin für Krieger nicht ausüben darf und bisher noch keine voll ausgebildete Zauberin bin«, sagte die Sommaradvanerin. »Deshalb mangelt es meinen Zaubersprüchen, wie es Ihre Äußerungen vorhin schon bewiesen haben, noch an Raffinesse, und sie sind darum ziemlich leicht zu durchschauen. Somit besteht die Gefahr, daß meine Beobachtungen und Schlußfolgerungen ebenfalls allzusehr vereinfacht und ungenau sind. Nach meinen Beobachtungen ist der Zauberspruch, der Sie aus der Abgeschiedenheit des Büros und Ihrer Unterkunft herausholen und in die Kantine bringen sollte, insofern erfolglos gewesen, als daß Sie auf alle, die an Sie herangetreten sind, ruhig und ohne offensichtliche emotionale Anspannung reagiert haben. Er ist erfolglos gewesen, weil er nicht Ihren Widerwillen bezwungen hat, Ihre persönlichen Ansichten darzulegen, was ein weiterer und noch wichtigerer Zweck des Tests gewesen ist. Daher lautet meine Schlußfolgerung, daß Sie ab jetzt immer ohne Begleitung in die Kantine gehen sollten, es sei denn, man schließt sich Ihnen nicht an, um Sie zu therapieren, sondern um Ihnen Gesellschaft zu leisten.«

Braithwaite nickte mit dem Kopf, eine Geste, mit der die Terrestrier wortlos zustimmten. »Wie sehen denn Ihre eigenen Schlußfolgerungen als Gegenstand dieses nur zum Teil erfolgreichen Tests aus, Lioren? Sprechen Sie Ihre Ansichten darüber wenigstens genauso freimütig wie ein Kelgianer aus, und schonen Sie dabei bitte nicht unsere Gefühle.«

Einen Augenblick lang schwieg Lioren. Dann entgegnete er: »Ich würde gerne wissen, wieso sich Cha Thrat in einer Zeit fortschrittlicher Medizin und Technologie für eine Zauberin hält, sei sie nun ausgebildet oder nicht. Außerdem bin ich über die persönlichen Auskünfte, die Sie mir über sich erteilt haben, erstaunt und beunruhigt zugleich. Auch auf die Gefahr hin, Sie beide schwer zu beleidigen, kann ich daraus nur schließen, daß Sie auch... Besteht das Personal der psychologischen Abteilung eigentlich nur aus aufsässigen Außenseitern und Wesen, die in der Vergangenheit emotional in Aufruhr geraten sind?«

Cha Thrat gab einen unübersetzbaren Laut von sich, und der Terrestrier bellte leise.

»Ohne Ausnahme«, antwortete Braithwaite lächelnd.

7. Kapitel

Weder in all den Jahren als Student auf Tarla noch während der gesamten Ausbildung für Fortgeschrittene am Orbit Hospital hatte Lioren derart verworrene und ungenaue Anweisungen erhalten.

Eigentlich hätte Major O'Mara, der als einer der scharfsinnigsten und analytischsten Köpfe im Hospital galt, keinesfalls imstande sein dürfen, solche Anweisungen zu erteilen. Nicht zum erstenmal fragte sich Lioren, ob der Chefpsychologe, so sehr dieser auch unter der großen Verantwortung leiden mochte, die geistige Gesundheit von nahezu zehntausend Mitgliedern des medizinischen und des Wartungspersonals aus über sechzig verschiedenen Spezies aufrechtzuerhalten, allmählich nicht selbst von einer der schleichenden nichtkörperlichen Krankheiten befallen worden sein könnte, die er eigentlich behandeln sollte. Oder lag es einfach daran, daß Lioren als neuestes und somit als das am wenigsten informierte Mitglied der Abteilung die Anweisungen des Chefpsychologen mißverstanden hatte?

»Darf ich die Anweisungen noch einmal laut wiederholen, um sie mir besser klarzumachen und die Möglichkeit von Mißverständnissen zu verringern?« erkundigte sich Lioren vorsichtig.

»Wenn Sie das für notwendig halten, ja«, antwortete der Chefpsychologe. Aus seiner zunehmenden Erfahrung, den Klang der Stimme und den Ausdruck auf den schlaffen gelbrosa Gesichtern der Terrestrier zu deuten, wußte Lioren, daß O'Mara allmählich die Geduld verlor.

Ohne den in der Antwort mitschwingenden Unterton zu beachten, fuhr Lioren fort: »Ich soll also Chefarzt Seldal so lange und so oft beobachten, wie es dessen Dienstplan und meine anderweitigen Arbeiten zulassen, und zwar ohne Aufmerksamkeit zu erregen. Dabei habe ich auf Anzeichen für unnormales oder atypisches Verhalten zu achten, obwohl Sie genau wissen, daß einem tarlanischen DRLH wie mir das normale und typische Verhalten eines Nallajimer der physiologischen Klassifikation MSVK genauso seltsam vorkommen würde. Das alles soll ich tun, ohne vorher einen Hinweis zu erhalten, worauf ich zu achten habe oder ob es zunächst einmal überhaupt etwas gibt, auf das ich achten müßte. Falls ich ein solches Verhalten feststellen kann, muß ich versuchen, heimlich den Grund dafür herauszufinden, und mein anschließender Bericht sollte Vorschläge für eine Heilbehandlung enthalten, nicht wahr?«

O'Mara sah ihn schweigend an.

»Aber was ist, wenn ich nichts Unnormales entdecken kann?« fragte er noch, als feststand, daß der Major nicht sprechen würde.

»Auch negative Hinweise können wertvoll sein«, antwortete O'Mara geheimnisvoll.

»Ist es Ihre Absicht, daß ich mich an die Arbeit mache, ohne auch nur das Geringste von Seldal zu wissen, oder darf ich mir vorher seine psychologische Akte ansehen?« hakte Lioren nach, wobei er in seiner Wut einen Moment lang die Achtung vergaß, die jemandem gebührte, der dem Namen nach ein Vorgesetzter war.

»Sie können die Akte nach Herzenslust durchsehen«, antwortete O'Mara. »Wenn Sie keine weiteren Fragen haben, Oberschwester Kursenneth wartet draußen bereits.«

»Ich habe noch eine Bemerkung und eine Frage«, sagte Lioren schnell. »Das Ganze scheint mir eine besonders ungenaue Methode zu sein, einen Auszubildenden über seinen ersten Fall zu informieren. Ich müßte doch zumindest einen Hinweis bekommen, was mit Seldal nicht stimmt. Ich meine, wodurch hat der Chefarzt zuerst Ihr Mißtrauen erregt?«

O'Mara atmete geräuschvoll aus. »Ich habe Ihnen den

Fall Seldal übertragen und Ihnen nicht gesagt, was zu tun ist, weil ich ganz einfach selbst nicht weiß, was ich damit anfangen soll.«

Lioren stieß einen überraschten Laut aus, der nicht übersetzt wurde. »Ist es möglich, daß sich der erfahrenste Psychologe für fremde Spezies im Hospital einem Problem gegenübersieht, das er nicht lösen kann?«

»Eine andere Möglichkeit, die Sie vielleicht in Betracht ziehen sollten, ist die, daß dieses Problem gar nicht existiert«, antwortete O'Mara, wobei er sich im Schreibtischsessel zurücklehnte. »Oder daß es sich um einen so unbedeutenden und unwichtigen Fall handelt, daß kein ernsthafter Schaden entstehen kann, wenn er von einem Auszubildenden verpatzt werden sollte. Möglich ist auch, daß mich dringendere Probleme in Anspruch nehmen und dies der Grund ist, weshalb Sie diesen unbedeutenden und gar nicht dringlichen Fall bekommen haben.

Zum erstenmal dürfen Sie Einsicht in die psychologische Akte eines Chefarztes nehmen«, fuhr er fort, bevor Lioren etwas sagen konnte. »Es könnte auch sein, daß Sie als Auszubildender selbst herausfinden sollen, was mein Mißtrauen erregt hat, und Sie aufgrund der Erkenntnisse aus Ihrer anschließenden Untersuchung zu entscheiden haben, ob es berechtigt war oder nicht.«

Peinlich berührt ließ Lioren die vier mittleren Gliedmaßen kraftlos herabhängen, so daß die Fingerspitzen den Boden berührten, und signalisierte damit, daß er der gerechten Kritik seines Vorgesetzten nichts entgegenzusetzen hatte. O'Mara mußte die Bedeutung dieser Geste verstehen, zog es jedoch vor, sie nicht zu beachten, und fuhr fort: »Der wichtigste Teil der Arbeit in dieser Abteilung besteht darin, ständig nach unnormalem und atypischem Verhalten bei jedem einzelnen Personalmitglied – unabhängig von der Spezies oder den Umständen – Ausschau zu halten und zu guter Letzt ein Gespür dafür zu entwickeln, den Grund dieser Probleme herauszufinden, bevor sie dem Betreffenden selbst, anderen Mitarbeitern oder den Patienten ernsthaft schaden können. Beruhen Ihre Einwände darauf, daß Sie eine Abneigung gegen lange, ausführliche Gespräche haben und lieber den notgedrungen kurzen Small talk wie in der Kantine führen, weil sonst Ihre früheren Vergehen zur Sprache kommen könnten und Ihnen das emotional schwer zu schaffen machen würde?«

»Nein«, antwortete Lioren mit Entschiedenheit. »Jedes derartige Unbehagen wäre nichts im Vergleich zu der Strafe, die ich verdiene.«

O'Mara schüttelte den Kopf. »Das ist keine befriedigende Antwort, Lioren, aber vorläufig werde ich sie erst einmal akzeptieren. Schicken Sie Kursenneth herein, wenn Sie rausgehen.«

In wellenförmigen Bewegungen begab sich die kelgianische Oberschwester rasch in O'Maras Büro, wobei sich ihr Fell ungeduldig kräuselte, während Lioren die Tür hinter sich schloß und sich mit solcher Wucht auf den Platz fallen ließ, an dem er arbeitete, daß das Sitzgestell vernehmlich protestierte. Der einzige weitere Anwesende im Vorzimmer war Braithwaite, der sich voll und ganz auf den vor ihm stehenden Monitor konzentrierte. Wütend murmelnd beugte sich Lioren über die Tastatur, um sein persönliches Paßwort und den Bevollmächtigungscode der Abteilung einzugeben, und bat den Computer um das vorhandene Material über Seldal, wobei er sich nicht für die akustische Übersetzung, sondern lieber für die in tarlanischer Schrift dargestellte Form entschied.

»Sprechen Sie mit mir oder mit sich selbst?« fragte Braithwaite, der plötzlich von seiner Arbeit aufblickte und seine Zähne entblößte. »Entweder sprechen Sie ein bißchen lauter, so daß ich Sie verstehen kann, oder leiser, damit ich Sie nicht mehr höre.«

»Ich habe mit niemandem gesprochen«, antwortete Lioren. »Ich denke nur laut über O'Mara und die übertriebenen Erwartungen nach, die er in mich setzt. Irrtümlicherweise hatte ich angenommen, mit gedämpfter Stimme zu sprechen. Entschuldigen Sie, daß ich Sie von der Arbeit abgelenkt habe.«

Braithwaite lehnte sich im Stuhl zurück, blickte auf die engbedruckten Blätter, die sich auf Liorens Schreibtisch häuften, und sagte: »Aha, also hat er Ihnen den Fall Seldal übertragen. Aber dann gibt es doch gar keinen Grund, sich aufzuregen, denn niemand erwartet von Ihnen, daß Sie über Nacht zu einem Ergebnis gelangen, falls Sie in diesem Fall überhaupt weiterkommen können. Und sollten Sie das Herumstöbern in den nicht besonders dunklen Tiefen der Seele eines nallajimischen Chefarztes irgendwann satt haben, dann liegt der neueste Stapel Berichte über die Fortschritte der Auszubildenden von Cresk-Sar bereits auf Ihrem Tisch. Mir wäre es lieb, wenn Sie die entsprechenden Personalakten noch vor Ende der nächsten Schicht auf den neuesten Stand bringen könnten.«

»Selbstverständlich«, willigte Lioren ein. Daraufhin entblößte Braithwaite erneut die Zähne und wandte sich wieder seiner Arbeit zu.

In Liorens erstem Jahr am Orbit Hospital war Cresk-Sar sein Ausbilder gewesen, und der Nidianer war noch immer jemand, den man unmöglich zufriedenstellen konnte. Als Lioren den für Cresk-Sar typisch pessimistischen Bericht über die offensichtlich mangelnden Fortschritte der gerade neu aufgenommenen Lernschwestern und Krankenpflegeschüler las, fragte sich Lioren kurz, ob er die todlangweiligen, aber wichtigen Unterlagen des Chefausbilders oder die interessantere, aber wahrscheinlich weniger ergiebige psychologische Akte Seldals vorrangig behandeln sollte. Pflichtbewußt, wie es sich für die meisten untergeordneten Mitarbeiter der Abteilung gehörte, entschied er sich für Cresk-Sars Bericht.

Wenige Augenblicke später, als er die Beurteilung der medizinischen Fähigkeiten und die Beförderungsmöglichkeiten einer kelgianischen Lernschwester las, deren Name ihm vertraut war, änderte er plötzlich seine Meinung und ließ sich die Seldal-Akte ausdrucken. Er fing an, sie so genau zu lesen, daß er kaum bemerkte, wie Kursenneth O'Maras Büro verließ und ein tralthanischer Assistenzarzt eintraf, der auf seinen sechs massiven Beinen schwerfällig ins Vorzimmer stampfte. Doch der Lärm hatte Braithwaite veranlaßt aufzusehen, und Lioren gab einen höflichen, nicht übersetzbaren Laut von sich, um die Aufmerksamkeit des Lieutenants auf sich zu lenken.

»Diese Akte ist zwar recht interessant, aber das einzige, was ich davon wirklich verstehe, sind die Daten über die Physiologie und die Umweltbedingungen der MSVKs«, sagte er zu Braithwaite. »Über das Verhalten der Nallajimer untereinander im allgemeinen und von Seldal im besonderen weiß ich nicht genug, um irgend etwas Unnormales zu entdecken. Es wäre besser, wenn ich Seldal eine Zeitlang direkt beobachten und mit ihm sprechen könnte, falls dies möglich ist, ohne seinen Verdacht zu erregen, damit ich ein klareres Bild von dem Wesen bekomme, das ich überprüfe.«

»Es ist Ihr Fall«, meinte Braithwaite.

»Gut, dann werde ich genau das tun«, sagte Lioren, indem er Cresk-Sars Unterlagen und die über Seldal vor dem Zugriff Unbefugter sicherte und sich anschickte, das Vorzimmer zu verlassen.

»Und ich bin übrigens auch der Meinung, daß jede Tätigkeit angenehmer ist, als sich mühsam durch Cresk-Sars scheußliche und langweilige Zwischenberichte kämpfen zu müssen…«, stellte der Lieutenant fest und kehrte an seine Arbeit zurück.

Ein kurzer Blick in den Dienstplan des höheren Personals verriet Lioren, daß Seldal im melfanischen OP auf der achtundsiebzigsten Ebene zu finden sein würde. Wenn er die Verkehrsdichte auf den Korridoren, die er zu durchqueren hatte, und eine weitere Verzögerung für das Anlegen eines Schutzanzugs einkalkulierte, bevor er die Abkürzung durch die Ebene der chloratmenden PVSJs von Illensa nahm, müßte er es schaffen, den Chefarzt anzutreffen, bevor dieser zum Mittagessen ging.

Bis jetzt hatte Lioren noch keine klare Vorstellung, was er sagen oder tun sollte, wenn er schließlich seinem ersten nichtchirurgischen Fall gegenüberstehen würde, und auf dem Weg zum melfanischen OP bot sich keine Gelegenheit, an etwas anderes zu denken, als peinliche Situationen oder Verletzungen zu vermeiden, die sich ergeben hätten, wenn er über andere Personalmitglieder gestolpert oder heftig mit ihnen zusammengestoßen wäre.

Theoretisch hatten diejenigen Vorrang, die den höheren medizinischen Dienstgrad besaßen, doch nicht zum erstenmal sah Lioren, wie ein Chefarzt, der zu einer der kleineren Lebensformen gehörte, ein hastiges Ausweichmanöver durchführte, als eine sechsbeinige Oberschwester der physiologischen Klassifikation FROB von Hudlar auf ihn zustürmte, die über sein achtfaches Körpergewicht verfügte und offenbar eine dringende Arbeit zu erledigen hatte. Auch wenn es in solchen Fällen nicht zu einem heftigen körperlichen Zusammenstoß, sondern nur zu einer kurzen verbalen Attacke kam, war es doch beruhigend zu sehen, daß der Überlebenstrieb dem Dienstgrad vorgezogen wurde.

Für Lioren gab es jedoch kein Problem. Seine Armbinde des Auszubildenden zeigte an, daß er überhaupt keinen Dienstgrad innehatte und jedem aus dem Weg gehen mußte.

Als er sich an der Kreuzung zweier Korridore blitzschnell zwischen zwei krabbenähnlichen ELNTs von Melf IV und einem chloratmenden PVSJ von Illensa hindurchzwängte, gaben ihm die drei zwitschernd und zischend ihr Mißfallen zu verstehen; dann sprang er beiseite, als ein tralthanischer Diagnostiker auf ihn zugestampft kam, der nicht nur in die eigenen Gedanken versunken war, sondern auch in diejenigen, die ihm von den Schulungsbändern in den Kopf übertragen worden waren, und rempelte dabei aus Versehen einen kleinen nidianischen Assistenzarzt mit rotem Fell an, der ihn daraufhin mißbilligend anbellte.

Obwohl die physiologischen Klassifikationen sehr unterschiedlich waren, gehörten die meisten Mitarbeiter des Hospitals wie Lioren selbst zu den warmblütigen Sauerstoffatmern. Ein weit größeres Risiko beim Gehen durch die Korridore stellten die Lebensformen dar, die in einem Schutzanzug eine für sie fremde Ebene durchquerten. Der Schutzpanzer, den in dieser Umgebung ein TLTU-Arzt brauchte, der überhitzten Dampf atmete und einen viel größeren Druck und eine beträchtlich höhere Schwerkraft als auf den Ebenen der Sauerstoffatmer benötigte, wirkte wie ein großer, scheppernder Lastwagen, dem man um jeden Preis aus dem Weg gehen mußte.

In der Zwischenschleuse zur PVSJ-Ebene legte Lioren einen leichten Schutzanzug an, bevor er sich in die neblige, gelbe Welt der Chloratmer begab. Hier waren die Korridore weniger überfüllt, und diesmal waren die stacheligen, membranartigen und ungeschützten Bewohner von Illensa in der Mehrheit, während die Tralthaner, Kelgianer und ein einzelner Tarlaner, nämlich er selbst, in Schutzkleidung steckten oder sich sogar in Spezialfahrzeugen fortbewegen mußten.

Durch den stark verminderten Fußgängerverkehr hatte Lioren die Möglichkeit, noch einmal über seine merkwürdig verschwommene Aufgabe sowie über die psychologische Abteilung und die Arbeit nachzudenken, zu der er verurteilt worden war.

Selbst wenn er beweisen könnte, daß O'Maras Verdacht unbegründet war, wäre es für ihn eine einzigartige Erfahrung, Seldal zu überprüfen. Unabhängig von der untergeordneten Rolle, die dem Fall wahrscheinlich zukam, wollte er ihn wirklich sehr ernst nehmen, und wenn seine Beobachtungen ergeben sollten, daß Seldal tatsächlich ein Problem hatte …

Kurz richtete Lioren die Augen nach oben, um seinem lichtjahreweit entfernten Gott von Tarla, an dessen Existenz er eigentlich längst nicht mehr glaubte, ein Gebet darzubringen, in dem er um Belehrung bat, welches Verhalten bei einem hochintelligenten, dreibeinigen, zwar vogelähnlichen, aber flugunfähigen Bewohner von Nallajim als unnormal angesehen werden mußte und welches nicht. Gerade noch rechtzeitig senkte er wieder den Blick, um sich gegen die Wand zu drücken, als aus einem Seitengang ein fahrbarer, tiefgekühlter Druckbehälter lautlos auf ihn zugerollt kam, in dem ein unter extremer Kälte lebender SNLU steckte. Verärgert über dieses vorübergehende Nachlassen der Aufmerksamkeit, setzte Lioren seinen Weg fort.

Bis jetzt bestand das einzige unnormale und gefährliche Verhalten, das er festgestellt hatte, in unvorsichtiger Fahrweise – und dieses rücksichtslose Benehmen schien im Hospital weit verbreitet zu sein.

8. Kapitel

Lioren durchquerte die chirurgische Station für Melfaner mit einem Tempo, daß man den Eindruck bekam, er wüßte genau, wohin er ging und was er vorhatte, sobald er dort angekommen war. Die diensthabende illensanische Oberschwester blickte von ihrem Tisch auf und bewegte sich unruhig im Schutzanzug hin und her, beachtete ihn aber nicht weiter, und die übrigen Schwestern und Krankenpfleger waren viel zu sehr damit beschäftigt, sich um die frisch operierten ELNT-Patienten zu kümmern, als daß sie überhaupt etwas von ihm bemerkt hätten. Doch als er zwischen der Doppelreihe gepolsterter Stützgestelle hindurchging, die bei den Melfanern die Funktion von Krankenbetten erfüllten, stellte sich heraus, daß Chefarzt Seldal gar nicht anwesend war, obwohl sein Name an der Tafel auf der Station gestanden hatte, auf der das diensthabende Personal aufgeführt wurde. Auch die Lernschwester Tarsedth fehlte.

Unter den illensanischen, kelgianischen und tralthanischen Schwestern und Krankenpflegern, die rings um ihn arbeiteten, wäre ein Nallajimer nur schwer zu übersehen gewesen, und das bedeutete, Seldal mußte sich noch in dem an die Station angrenzenden Operationssaal befinden. Über die nach oben führende Rampe stieg Lioren zur Zuschauergalerie hinauf – viele medizinische Mitarbeiter waren physiologisch nicht in der Lage, Treppen zu steigen – und sah von dort aus, daß er mit seiner Vermutung richtiggelegen hatte. Zudem stellte er fest, daß sich noch zwei weitere Zuschauer auf der Galerie befanden. Wie er gehofft und insgeheim auch erwartet hatte, handelte es sich bei einem der beiden um Tarsedth, die kelgianische Krankenschwester, die ihn bei seinem ersten Besuch in der Kantine vor einigen Tagen angesprochen hatte.

»Was machen *Sie* denn hier?« erkundigte sich die Kelgianerin auch sogleich neugierig, wobei ihr Fell vor Überraschung unregelmäßige Wellen schlug. »Nach dem Schlamassel, den Sie auf Cromsag angerichtet haben, hat man uns gesagt, Sie würden in nächster Zeit nichts mehr mit Aderlässen bei fremden Spezies zu tun haben.«

Nach Liorens Ansicht wäre es höchst niederträchtig, eine Angehörige einer anderen Spezies zu belügen, die selbst nicht einmal dazu imstande war, auch nur leise zu flunkern, und deshalb entschied er sich für den Kompromiß, nicht die ganze Wahrheit zu sagen.

»Für die chirurgische Kunst fremder Spezies interessiere ich mich immer noch, Schwester Tarsedth, auch wenn ich selbst nicht mehr operieren darf«, antwortete er. »Ist diese Operation denn interessant?«

»Für mich jedenfalls weniger«, entgegnete Tarsedth und wandte ihre Aufmerksamkeit wieder den Vorgängen unterhalb der Galerie zu. »Mein Hauptinteresse gilt hier dem Vorgehen des OP-Personals, der künstlichen Schwerkraftregulierung, der operativen Vorbereitung des Patienten sowie dem Einsatz der Instrumente und bestimmt nicht diesem ganzen chirurgischen Herumgestochere in irgendwelchen unseligen melfanischen Eingeweiden.«

Der andere Zuschauer auf der Galerie, ein FROB, ließ seine Sprechmembran vibrieren – das war die Art, auf die sich ein Hudlarer räusperte – und sagte: »Ich interessiere mich allerdings schon für die Operation, Lioren. Wie Sie sehen können, nähert sie sich allmählich dem Abschluß. Aber falls für Sie irgendein Teil der vorher vorgenommenen Eingriffe von besonderem Interesse ist, würde ich mich freuen, Sie Ihnen darlegen zu dürfen.«

Lioren richtete sämtliche Augen auf den Sprecher, war aber wie die meisten Mitarbeiter des Hospitals nicht in der Lage, einen Hudlarer vom anderen zu unterscheiden.

Die durchsichtigen Augendeckel waren genau wie der untersetzte, massige Körper und die sechs spitz zulaufenden, ungeheuer starken Tentakel, die ihn trugen, vollkommen glatt. Die Haut, die vom Aussehen und von der Struktur her einem nahtlosen Panzer glich, war von verfärbten Flecken aus getrocknetem und aufgebrauchtem Nahrungspräparat übersät, ein Anzeichen dafür, daß sich der Hudlarer dringend neu besprühen mußte. Doch der FROB schien Lioren zu kennen oder zumindest von ihm gehört zu haben. War es möglich, daß sich dieser freundliche Hudlarer wie Tarsedth schon einmal mit ihm unterhalten hatte?

»Das ist sehr nett von Ihnen«, bedankte sich Lioren. Indem er die Worte sorgsam wählte, fuhr er fort: »Natürlich interessiert mich die chirurgische Vorgehensweise der Nallajimer und besonders, wer dieser ...«

»Ich dachte, ihr Psychologen wißt immer alles über jeden«, unterbrach ihn Tarsedth, deren Fell durch ihre starken Gefühle in heftige Bewegung geriet. »Sie haben Cresk-Sars Bericht über uns gelesen, wußten also, daß ich hier bin und meine Freizeit dafür opfere, mich mit den Operationsverfahren fremder Spezies vertraut zu machen. Daß ich mich bemühe, unseren miesen, kleinen nidianischen Ausbilder mit meinen Kenntnissen und meinem Interesse für dieses Fachgebiet zu beeindrucken, damit er mir den Wunsch erfüllt, im neuen ELNT-OP auf der dreiundfünfzigsten Ebene zu arbeiten, und auch wegen der frühzeitigen Beförderung, die das mit sich bringen würde, ist Ihnen ebenfalls bekannt. Es würde mich nicht überraschen, wenn Sie von O'Mara oder Cresk-Sar hierhergeschickt worden wären.

Ihr Psychologen wißt zwar alles«, schloß Tarsedth, wobei sich ihr Fell beunruhigt zu Stacheln aufrichtete, »sagt aber nie einen Ton.«

Lioren unterdrückte seine Wut, indem er sich noch einmal vor Augen hielt, daß die Kelgianerin nicht anders konnte, als offen ihre Meinung zu sagen, und seine Antwort fiel diesbezüglich genauso schonungslos und ehrlich aus.

»Ich bin hergekommen, um Seldal bei der Arbeit zuzusehen, und interessiere mich weder für Ihre Zukunftspläne noch für Ihre Methoden, diese voranzutreiben«, antwortete er. »Cresk-Sars letzten Bericht habe ich heute morgen bekommen, und durch die Lektüre habe ich, wie auch schon aus früheren Berichten, in peinlichster Genauigkeit und in den langweiligsten Einzelheiten von Ihren Fortschritten erfahren. Zudem bin ich mir bewußt, daß die Informationen in Ihrer Akte vertraulich sind und mit niemandem außerhalb meiner Abteilung besprochen werden dürfen. Dennoch möchte ich Ihnen sagen, daß Sie ausgesprochen …«

Plötzlich vibrierte die Sprechmembran des Hudlarers. »Lioren, seien Sie vorsichtig!« fiel er dem Tarlaner ins Wort. »Falls Sie über Informationen verfügen, die nicht bekanntgemacht werden dürfen, obwohl Ihnen die Gründe dafür nicht als therapeutisch zweckvoll, sondern als völlig unsinnig und rein verwaltungstechnisch erscheinen, erinnern Sie sich bitte daran, daß Sie wieder ein Auszubildender sind und Ihre Zukunft genau wie unsere davon abhängt, unsere Abteilungsleiter bei guter Laune zu halten oder sie zumindest nicht durch Ungehorsam oder Aufsässigkeit mutwillig gegen uns aufzubringen.

Tarsedth bemüht sich wirklich ernsthaft um diese Beförderung und ist über das, was sie für eine unnötige Geheimnistuerei hinsichtlich ihrer Chancen hält, äußerst verärgert«, fuhr der FROB schnell fort. »Dennoch würde selbst sie nicht wollen, daß Sie ihre Hoffnungen bestätigen oder zunichte machen, wenn diese Auskunft zu Ihrer Entlassung führen würde. Wie die anderen Lernschwestern und Krankenpflegeschüler, die sich ausnahmslos in aller Ausführlichkeit über Sie unterhalten haben, glaubt auch Tarsedth, daß für Sie die einzige Hoffnung, sich mit Ihrem furchtbaren Problem abzufinden, darin besteht, am Hospital zu bleiben.

Hüten Sie also bitte Ihre Zunge, Lioren!« warnte er zum Schluß.

Für einen Augenblick legte ein plötzlicher Gefühlsausbruch Liorens Sprachzentrum lahm. Anscheinend war die Abneigung des medizinischen Personals gegenüber den Mitarbeitern der psychologischen Abteilung nicht allgemein. Doch durfte er nicht vergessen, daß er eigentlich hierhergekommen war, um Informationen über Seldal zu sammeln, und die beste Möglichkeit, das zu tun, wäre vielleicht, diese beiden Wesen in eine Situation zu bringen, durch die sie ihm verpflichtet wären.

»Wie ich vorhin sagen wollte, darf ich nicht über geheime Unterlagen sprechen«, fuhr Lioren fort, »ob sie sich nun auf die verborgenen Gedankengänge einer Krankenschwester in der Ausbildung beziehen oder auf den fähigen und hochgeachteten Chefarzt Cresk-Sar ...«

Tarsedth stieß einen Laut aus, der vom Translator nicht übersetzt wurde, doch dafür machte ihr sich unregelmäßig kräuselndes Fell deutlich, was sie von ihrem Hauptausbilder hielt.

»Trotzdem hindert Sie das keineswegs daran, solche Fragen mit Ihresgleichen zu erörtern oder Theorien über die eigene zukünftige Laufbahn aufzustellen, die auf dem Wissen beruhen, das man sich in der Vergangenheit durch die persönliche Bekanntschaft mit dem betreffenden Wesen aus erster Hand angeeignet hat«, setzte Lioren seine Ausführungen fort. »Sie könnten damit beginnen, sich zu überlegen, daß Cresk-Sar schon seit unzähligen Jahren dafür bekannt ist, der fachlich kompromißloseste und persönlich unangenehmste Ausbilder des ganzen Personals zu sein, der mehr als alle anderen mit Leib und Seele bei der Sache ist und dessen peinliche Genauigkeit sämtliche Rekorde bricht; und daß seine Auszubildenden zwar die schwersten geistigen und emotionalen Qualen erleiden müssen, ihre Prüfungen aber nur selten nicht bestehen. Vielleicht aus Angst, von den vielversprechendsten Schülern enttäuscht zu werden, weil sie nicht ihre volle Leistungsfähigkeit erreichen, läßt er gerade sie die schlimmsten Unannehmlichkeiten erdulden. Vielleicht halten Sie sich auch vor Augen, daß Cresk-Sar ausschließlich an seinen Lehrauftrag denkt und deshalb seine Schüler sogar häufig in ihrer Freizeit stört und nach ihren Fortschritten fragt. Außerdem könnten Sie über den Eindruck nachdenken, den irgendein hypothetischer Schüler, der offenbar ehrgeizig, begeistert oder dumm genug ist, seine gesamte Freizeit zu opfern und sogar auf eine Mahlzeit zu verzichten, wie Sie es tun, bei einem derartigen Ausbilder hinterläßt, indem er durch dieses Verhalten dessen Bestreben unterstützt.

Nachdem Sie selbst all diese Umstände sorgsam erwogen haben«, fügte Lioren hinzu, »könnten Sie zu der Überzeugung gelangen, daß Ihr hypothetischer Schüler keinen Grund zur Sorge hat, und rein hypothetisch sähe ich mich dann gezwungen, Ihnen zuzustimmen.«

»Lioren, Sie verletzen die Vorschriften oder legen Sie zumindest sehr weit aus«, sagte Tarsedth, deren Fell sich beruhigte und jetzt langsame, erleichterte Wellen schlug. »Und ehrgeizig mag ich ja sein, aber dumm bin ich nicht; ich habe nämlich ein Lunchpaket eingepackt. Aber der da ...« – sie deutete mit dem Kopf auf den Hudlarer – »ist hierhergekommen, ohne sich sein Nahrungspräparat mitzunehmen. Entweder wird er sich gegenüber der Oberschwester äußerst höflich und zurückhaltend – was immer das für einen Hudlarer heißt – benehmen und sie darum bitten müssen, ihn schnell zu besprühen, oder er wird unsere nächste Unterrichtsstunde nicht mehr erleben.«

»Ich bin immer höflich und zurückhaltend, besonders Oberschwestern gegenüber, die von vergeßlichen und hungrigen FROBs, die auf der Suche nach einer milden Gabe zu den unmöglichsten Zeiten auftauchen, allmählich genug haben«, wehrte sich der Hudlarer scherzhaft. »Zwar wird mir die Schwester kritische, vielleicht sogar persönlich beleidigende Worte an den Kopf werfen, mir meine Bitte aber nicht abschlagen. Schließlich würde ihre Station keine guten Eindruck machen, wenn mitten auf dem Flur ein Hudlarer aus Nahrungsmangel zusammenbricht.«

Lioren musterte den FROB jetzt genauer, dessen glatter und unglaublich massiger Körper trotz der sechs weit auseinandergesetzten Tentakel allmählich absackte. Die FROBs lebten auf einem Planeten mit großer Schwerkraft und einem verhältnismäßig hohen atmosphärischen Druck. Die Atmosphäre des Planeten ähnelte einer dickflüssigen Suppe, in der es von winzigen, schwebenden Nahrungspartikeln wimmelte, die die FROBs durch einen Absorptionsmechanismus aufnahmen, der den gesamten Rücken und die Seiten des Körpers bedeckte. Da es sich bei den Hudlarern um eine Spezies mit einem hohen Energieverbrauch handelte, mußte diese Nahrungsaufnahme ununterbrochen erfolgen. In den Umweltbedingungen auf anderen Planeten und im Hospital selbst hatte es sich als praktischer herausgestellt, sie in regelmäßigen Abständen mit dem Nahrungspräparat zu besprühen. Möglicherweise hatte dieser Hudlarer seine Energiereserven gefährlich gering werden lassen, weil er Seldals Operation so spannend gefunden hatte.

»Warten Sie hier, während ich die Oberschwester um eine Sprühdose bitte«, forderte Lioren den FROB in energischem Ton auf. »Es wäre für alle Beteiligten weniger lästig, wenn Sie nur auf der Zuschauergalerie für Chaos sorgen, anstatt womöglich auf der Hauptstation zusammenzubrechen. Und hier oben riskieren wir es nicht, Ihr übelriechendes hudlarisches Nahrungspräparat auf den blankpolierten Fußboden oder auf die Patienten zu sprühen.«

Als er mit dem Behälter und der Sprühdose mit dem Nahrungspräparat zurückkam, war der Hudlarer zu Boden gesunken. Seine Tentakel zuckten schwach, und aus der Sprechmembran drangen nur noch kaum hörbare, unübersetzbare Laute. Lioren setzte die Sprühdose gekonnt und genau ein – zusammen mit seinen Offizierskameraden vom Monitorkorps hatte er gelernt, FROBs diesen Gefallen zu erweisen, die im luftleeren Raum mit Bauarbeiten beschäftigt waren –, und innerhalb weniger Minuten hatte sich der Hudlarer wieder vollkommen erholt. Im OP unter der Galerie war von Seldal und seinem Patienten keine Spur mehr zu sehen, und auch das OP-Personal verließ nach und nach den Saal.

»Durch diesen besonderen Akt der Nächstenliebe haben Sie den Abschluß der Operation verpaßt«, stellte Tarsedth fest, und ihr Fell richtete sich mißbilligend in Richtung des Hudlarers auf. »Seldal ist in die Kantine gegangen und wird erst zurückkehren, wenn es ...«

»Entschuldigung, Tarsedth«, schnitt ihr der Hudlarer das Wort ab, »aber Sie vergessen, daß ich die gesamte Operation aufgenommen habe. Ich würde mich freuen, wenn Sie beide nach dem Unterricht in meine Unterkunft kommen würden, um sich das Video anzusehen.«

»Nein!« weigerte sich Tarsedth. »Hudlarer benutzen keine Betten oder Stühle, und für mich und meinen weichen Körper oder selbst für den von Lioren gäbe es nichts, worauf man es sich bequem machen könnte. Und meine eigene Unterkunft ist viel zu klein, um zwei riesige *Thrennigs* wie Sie beide hineinzulassen. Wenn Lioren die Operation so brennend interessiert, kann er sich ja irgendwann das Band von Ihnen ausleihen.«

»Sie könnten beide auch gern zu mir kommen«, schlug Lioren schnell vor. »Ich habe noch nie einem nallajimischen Chirurgen bei der Operation zugesehen, und irgendwelche Anmerkungen, die Sie womöglich dazu machen können, wären bestimmt hilfreich für mich.«

»Wann?« fragte Tarsedth.

Kaum hatte er mit den beiden einen Termin ausgemacht, der allen dreien paßte, fragte ihn der Hudlarer: »Lioren, sind Sie sich denn wirklich sicher, daß Sie ein Gespräch über die chirurgische Kunst einer fremden Spezies – denn genau darum wird es ja gehen – emotional nicht zu sehr belastet oder daß Sie durch das Getratsche mit Mitarbeitern, die nicht zu Ihrer Abteilung gehören, keinen Ärger mit O'Mara bekommen werden?«

»Unsinn«, widersprach Tarsedth für ihn. »Tratschen ist die befriedigendste nichtkörperliche Tätigkeit, die ich mir mit anderen Lebewesen vorstellen kann. Also bis dann, Lioren, und diesmal werde ich dafür sorgen, daß mein übergewichtiger Freund hier daran denkt, einen Reservebehälter mit Nahrungspräparat mitzunehmen.«

Als die beiden gegangen waren, brachte Lioren den leeren Behälter zur Oberschwester zurück, der er versichern mußte, mit dem Nahrungspräparat nicht die durchsichtigen Wände der Zuschauergalerie verschmiert zu haben. Warum jede Oberschwester einer Station unabhängig von Größe, Spezies und den Umweltbedingungen, die sie benötigte, so blindwütig darauf bestand, daß ihr medizinischer Herrschaftsbereich jederzeit in einem gepflegten, ordentlichen und peinlich sauberen Zustand gehalten werden mußte, hatte Lioren sich schon oft gefragt. Doch erst jetzt wurde ihm allmählich klar, daß die Station einer Oberschwester, die Perfektion im kleinsten Detail verlangte, besonders gut geeignet war, größere Notfälle zu bewältigen, egal, was das ihr unterstellte Pflegepersonal persönlich von seiner Vorgesetzten hielt.

Im Magen spürte Lioren ein schwaches, keineswegs schmerzhaftes Rumoren, das gewöhnlich Aufregung, einem nichtkörperlichen Vergnügen oder Hunger zuzuschreiben war – in diesem Fall glaubte er, daß es sich um eine Kombination aus allen drei Möglichkeiten handeln könnte. Im Bestreben, wenigstens einen dieser drei möglichen Gründe zu beseitigen, überlegte er sich einen Weg, der ihn so schnell wie möglich zur Kantine führte, auch wenn er nicht damit rechnete, dadurch das Rumoren im Magen voll und ganz loszuwerden, weil ihn sein erster Fall, der nichts mit praktischer Chirurgie zu tun hatte, zu sehr beschäftigte.

Sich als ehemaliger Oberstabsarzt beim Monitorkorps

auf das berufliche Niveau von Auszubildenden herablassen zu müssen war ihm entgegen seinen Befürchtungen weder sonderlich schwergefallen, noch hatte es ihn in dem Maße beschämt, wie er es seiner Ansicht nach eigentlich verdient gehabt hätte. Er war sogar mit sich zufrieden, vorhin aus Cresk-Sars Bericht richtig gefolgert zu haben, daß sich Tarsedth Seldals Operation bestimmt ansehen würde. Nach dem Mittagessen wollte Lioren dann ins Büro zurückkehren, um den Terrestrier Braithwaite bei Laune zu halten und sich mit dem restlichen Bericht des Chefausbilders zu beschäftigen.

Alles in allem versprach es ein langer, arbeitsreicher Tag und ein noch längerer Abend zu werden, in dessen Verlauf er sich die Videoaufnahme von Seldals Operation ansehen und das Vorgehen des Nallajimers ausführlich besprechen könnte. Da die beiden Auszubildenden von Liorens beständigem Interesse für die Chirurgie fremder Spezies gehört hatten, würden sie viele Fragen von ihm erwarten. Unter diesen Umständen wäre es nur natürlich, wenn sich das Gespräch von der Operation auf die Persönlichkeit, die Gewohnheiten und das Verhalten des Chirurgen verlagerte. Jeder tratschte gern über seinen Vorgesetzten, und die Menge der vorhandenen, ganz persönlichen Informationen nahm normalerweise direkt proportional zum Dienstgrad des Betreffenden zu. Wenn er vorsichtig ans Werk ging, könnte er dem FROB und Tarsedth das, was sie über Seldal wußten, vielleicht so geschickt entlocken, daß weder seine beiden Informanten noch der Gegenstand seiner Untersuchung selbst merken würden, worum es in Wirklichkeit ging.

Für eine verdeckte Ermittlung war das ein vielversprechender Anfang, dachte Lioren und beglückwünschte sich mit einem leichten Schaudern selbst.

9. Kapitel

Bei Nallajimern weiß ich nie so recht, ob ich dabei zusehe, wie ein Patient operiert wird, oder ob ich Zeuge bin, wie er gerade vom Chirurgen verspeist wird«, stellte Tarsedth angewidert fest, als sie sich spät abends zu dritt die Videoaufzeichnung von Seldals Operation ansahen.

»In der Frühzeit der MSVKs, bevor es Geld gegeben hat, ist das für einen nallajimischen Arzt wahrscheinlich die einzige Möglichkeit gewesen, um von seinem Patienten das Honorar zu bekommen«, meinte der Hudlarer, wobei der Tonfall seiner eigenen Stimme, die trotz der Übersetzung des Translators zu hören war, zu verstehen gab, daß diese Bemerkung nicht ganz ernst genommen werden durfte.

»Zunächst einmal finde ich es äußerst bewundernswert, daß eine Lebensform, die drei Beine und zwei nicht ganz verkümmerte Flügel hat, aber über keinerlei Hände verfügt, Chirurgen hervorbringen konnte«, sagte Lioren. »Beziehungsweise überhaupt dazu in der Lage ist, irgendeine der anderen Tätigkeiten auszuüben, die äußerst knifflige Handgriffe erfordern und die früher einmal zur Entwicklung von Intelligenz und einer auf Technologie gegründeten Zivilisation geführt haben. Die MSVKs haben ihre Entwicklung mit so vielen physiologischen Nachteilen angefangen, daß man ...«

»Das haben die geschafft, indem sie ihre Schnäbel in die unmöglichsten Dinge gesteckt haben«, unterbrach ihn Tarsedth, deren Fell vor Ungeduld in heftige Bewegung geriet. »Wollen Sie sich die Operation ansehen oder sich über den Chirurgen unterhalten?«

Sowohl als auch, dachte Lioren, sprach es aber nicht laut aus.

Bei der physiologischen Klassifikation MSVK, zu der

Seldal gehörte, handelte es sich um eine Spezies von warmblütigen Sauerstoffatmern, die sich auf Nallajim entwickelt hatte, einem Planeten, auf dem aufgrund der hohen Rotationsgeschwindigkeit, der dichten Atmosphäre und der geringen Schwerkraft in den äußerst fruchtbaren Gebieten am Äquator Umweltbedingungen entstanden waren, die flugfähigen Lebensformen eine starke Vermehrung ermöglicht hatten. Dank dieser äußeren Umstände konnten sich sehr große Raubvogelarten entwickeln, die zwar sehr unterschiedlich waren, jedoch alle über so viele natürliche Waffen und eine derart schwere Panzerung verfügten, daß sie sich schließlich nach und nach gegenseitig ausrotteten. Im Verlauf des Jahrtausends, in dem sich diese gewaltsamen Vorgänge abspielten und schließlich von selbst ein Ende fanden, waren die relativ kleinen MSVKs dazu gezwungen, ihren Lebensraum in der Luft und ihre in großer Höhe gebauten und relativ ungeschützten Nester zu verlassen und Zuflucht in Bäumen, tiefen Schluchten und Höhlen zu suchen.

Sehr schnell paßten sie sich daran an, den Lebensraum auf und über dem Boden mit den kleinen Tieren und Insekten zu teilen, die vorher ihre Beute gewesen waren.

Nach und nach verloren die Nallajimer die Fähigkeit, längere Zeit zu fliegen, und ihre Evolution als Spezies war bereits zu weit fortgeschritten, als daß sich ihre Flügel noch zu Armen hätten entwickeln können oder auch nur eine Aufspaltung der Flügelspitzen in Finger möglich gewesen wäre, die sich für die Herstellung von Werkzeugen oder Waffen geeignet hätten. Doch die große, sinnlose und ständige Bedrohung durch kleine und große Insekten, die über das Land herfielen und es durch ihre bloße Masse beherrschten, so, wie die großen Raubvögel den Aufstieg in die Luft unmöglich machten, rief die kleinen Veränderungen im Knochenbau und an der Schnabelmuskulatur hervor, durch die die Nallajimer letztendlich Intelligenz entwickelten.

Ohne Hände, aber nicht mehr hilflos, waren die MSVKs dazu gezwungen worden, ihren Kopf zu benutzen.

Auf Nallajim waren die Fluginsekten, die in Schwärmen auftraten und ihre Beute zu Tode stachen, gegenüber denjenigen Insekten in der Minderheit, die in Löchern in der Erde lebten und die Eier tief im Körper ihrer schlafenden Opfer ablegten. Die einzige Möglichkeit, diese in der Erde lebenden Insekten aus dem Körper zu entfernen, bestand für die Nallajimer darin, sie mit dem langen, dünnen und äußerst biegsamen Schnabel herauszupicken.

Anfangs nur ein einfaches Mittel, um sich in der Familie oder im Stamm gegenseitig von Schädlingen zu befreien, hatte sich der Schnabel bald so weit entwickelt, daß die MSVKs mit ihm ziemlich komplizierte, vor Insekten geschützte Wohnungen, Werkzeuge, Waffen zum Töten von Insekten, Städte und schließlich Raumschiffe hatten bauen können.

»Seldal arbeitet ja ungeheuer schnell«, staunte Lioren nach einem besonders komplizierten chirurgischen Eingriff voller Bewunderung, »und er erteilt dem OP-Personal außerordentlich wenige Anweisungen.«

»Haben Sie keine Augen im Kopf?« fragte ihn Tarsedth. »Er braucht gar nicht erst mit dem Personal zu sprechen, weil es sowieso mehr damit beschäftigt ist, dem Patienten beizustehen als dem Chirurgen. Sehen Sie sich nur mal an, mit welcher Geschwindigkeit Seldals Schnabel überall auf den Instrumentenkasten einsticht. In der Zeit, in der er der Schwester die entsprechende Anweisung gegeben hätte und ihm das richtige Instrument in den Schnabel gesteckt worden wäre, kann sich Seldal das Instrument selbst nehmen, den Schnitt durchführen und sich schon auf den nächsten Schritt vorbereiten.

Bei diesem Chirurgen ist es die genaue Auswahl und die richtige Anordnung der Instrumente in den Fächern, die zählt«, fuhr die Kelgianerin fort. »Da gibt es kein Jonglieren mit Klammern und Messern, keine Ablenkungen durch irgendwelche Bemerkungen oder Zwischenfragen und keine Wutanfälle, weil irgendeine OP-Schwester zu langsam ist oder wieder mal etwas falsch versteht. Ich glaube, mit diesem flügellahmen Chefarzt würde ich gerne zusammenarbeiten.«

Allmählich entfernte sich das Gespräch von der Operation und ging zu Seldal selbst über, was genau das war, worauf Lioren gehofft hatte. Doch bevor er die Lage ausnutzen konnte, versuchte sich der Hudlarer, der zweifellos ebenfalls ein begeisterter Anhänger nallajimischer Operationskunst war, nützlich zu machen, indem er nun seine Fachkenntnis an den Tag legte.

»Der Eingriff geht sehr schnell vor sich und mag Ihnen verwirrend erscheinen, Lioren«, sagte er, »besonders deshalb, weil Sie, wie Sie uns erzählt haben, bisher über keine chirurgische Erfahrung mit melfanischen ELNTs verfügen. Wie Sie sehen, sind die sechs Gliedmaßen und der gesamte Körper des Patienten von einem Ektoskelett umhüllt. Die lebenswichtigen Organe befinden sich innerhalb dieses Knochenpanzers und sind derart gut geschützt, daß gewaltsame Verletzungen nur selten auftreten, obwohl diese Organe bedauerlicherweise für mehrere Funktionsstörungen anfällig sind, die einen operativen Eingriff erfordern ...«

»Langsam klingen Sie schon wie Cresk-Sar«, unterbrach ihn Tarsedth, deren Fell sich zu verärgerten Stacheln aufrichtete.

»Tut mir leid«, entschuldigte sich der Hudlarer. »Ich wollte nur erklären, was Seldal gerade getan hat, und keineswegs unangenehme Erinnerungen an unseren Ausbilder wachrufen.«

»Ach, machen Sie sich deswegen keine Gedanken«, beschwichtigte ihn Lioren. Zwar waren die FROBs von Hudlar körperlich die anerkanntermaßen kräftigste Lebensform in der galaktischen Föderation und besaßen die undurchdringlichste Haut, doch emotional hatten sie ein äußerst dünnes Fell. »Fahren Sie bitte ruhig fort – solange Sie mir hinterher keine Fragen stellen, um zu überprüfen, ob ich auch alles verstanden habe«, fügte er hinzu.

Aus der vibrierenden Sprechmembran des Hudlarers drang ein unübersetzbarer Laut. »Keine Angst, das werde ich nicht. Aber ich hatte gerade zu erklären versucht, weshalb Geschwindigkeit bei der Operation an einem Melfaner so eine große Rolle spielt. Die wichtigen inneren Organe schwimmen zur Dämpfung von Erschütterungen in einer Körperflüssigkeit und sind nur lose mit der Innenseite des Panzers und der Körperunterseite verbunden. Wird diese Flüssigkeit vor der Operation vorübergehend abgelassen, werden die Organe nicht mehr abgestützt und senken sich aufeinander, wodurch sie zusammengedrückt und verformt werden, was unter anderem wiederum die Blutzufuhr einschränkt. Dabei treten bleibende Veränderungen auf, die zum Tod des Patienten führen können, wenn man diesen Zustand länger als ein paar Minuten andauern läßt.«

Mit einer Intensität, die seinen Sinnesapparat wie eine gewaltsame Verletzung erschütterte, verspürte Lioren plötzlich den Wunsch nach dem Unmöglichen, nach seiner jüngsten Vergangenheit, die es ihm, wenn es nicht für ihn zu solch einer tragischen Wendung gekommen wäre, ermöglicht hätte, die Begeisterung dieses Auszubildenden für die Chirurgie fremder Spezies zu teilen, anstatt ein erniedrigendes und wahrscheinlich unergiebiges Interesse für den Verstand eines Chirurgen hegen zu müssen. Der Gedanke, daß dieser Kummer, egal, wie groß er war und wie oft er auch wiederkehren mochte, immer noch sehr viel geringer sein würde, als er ihn wegen seines Verbrechens verdiente, war dabei nur ein geringer Trost.

»Normalerweise braucht man für den operativen Eingriff an einem ELNT ein großes Operationsfeld und viele Assistenten, deren Hauptaufgabe es ist, die nicht mehr in der Flüssigkeit schwimmenden Organe mit speziell geformten Pfannen abzustützen, während der leitende Chirurg die eigentliche Operation durchführt«, fuhr der Hudlarer fort. »Solch ein Eingriff hat den Nachteil, eine unnötig große Öffnung in den Panzer sägen zu müssen, damit die Pfannen unter die Organe geführt werden können. Zudem verläuft die Heilung einer derartigen Wunde nur langsam und hinterläßt manchmal an der Stelle, an dem das Panzerstück vorübergehend entfernt worden war, häßliche Vernarbungen und Verfärbungen. Das wiederum kann beim Patienten zu einem schweren seelischen Trauma führen, da der Panzer, der Reichtum und die Abstufungen seiner Farben und die Besonderheit seiner Muster bei der Partnersuche eine wichtige Rolle spielen. Operiert jedoch ein einzelner Nallajimer, verringert sich durch die höhere Geschwindigkeit des Eingriffs und die kleinere Zugangsöffnung im Panzer sowohl die Größe als auch die Wahrscheinlichkeit einer nach der Operation auftretenden Verunstaltung erheblich.«

»Das ist auch gut so«, merkte Tarsedth an, deren Fell sich vor starkem Mitgefühl kräuselte; denn zu ihrem beweglichen silbernen Fell hatten kelgianische DBLFs die gleiche Einstellung wie melfanische ELNTs zu ihren prächtig gezeichneten Panzern. »Aber schauen Sie sich doch nur mal an, wie der auf das Operationsfeld einhackt, manchmal mit dem bloßen Schnabel, wie ein astigmatischer Geier!«

Seldals Instrumentenkasten hing direkt hinter dem Operationsfeld senkrecht von oben herab und war somit für den Schnabel des Chirurgen leicht zu erreichen. In jedem Fach steckte ein spezielles Instrument mit einem hohlen, kegelförmigen Griff, der es dem Nallajimer ermöglichte, die obere oder untere Schnabelhälfte oder auch den ganzen Schnabel hineinzustecken und die Instrumente mit verblüffender Schnelligkeit zu nehmen, zu benutzen, zu wechseln oder wieder in das entsprechende Fach zu stecken. Hin und wieder näherte sich Seldal auch nur mit den beiden langen, zylindrischen Linsen dem Operationsfeld, die für die Dauer der Operation vor seine winzigen Augen geschnallt waren und sich fast bis zur Schnabelspitze erstreckten, um die Weitsichtigkeit zu korrigieren, zu der er wie alle vogelartigen Lebensformen neigte. Mit den Krallen an den drei Beinen klammerte er sich an der Stange fest, die am Operationsgestell angebracht war, und um sich zusätzliche Stabilität zu verschaffen, wenn er mit dem Schnabel zustieß, schlug er ständig mit den verkümmerten Stummelflügeln.

»Sowohl die Eier als auch die eierlegenden Insekten, die in früheren Zeiten aus dem Körper der Patienten entfernt werden mußten, sind eßbar, und damals hat man es für richtig gehalten, daß der Chirurg sie gegessen hat«, erklärte der Hudlarer. »Melfanisches Zellgewebe wäre für einen Nallajimer nicht schädlich, und aus der Grundausbildung werden Sie noch wissen, daß keiner der ELNT-Krankheitserreger, die vielleicht darin enthalten sind, ein Lebewesen befallen oder infizieren könnte, das sich auf einem anderen Planeten entwickelt hat. Doch in einem Krankenhaus mit vielfältigen Umweltbedingungen wie dem Orbit Hospital kann der Verzehr von Teilen eines Patienten, wie klein diese Partikel auch sein mögen, auf Zuschauer äußerst abstoßend wirken. Deshalb werden Sie feststellen, daß solche Stellen aus dem Video herausgeschnitten werden, bevor die Aufzeichnung allgemein zugänglich gemacht wird.

Ziel der Operation ist die Entfernung von …«

»Was mich trotz der vorhin geschilderten Vorteile, die eine Operation durch einen Nallajimer für einen ELNT hat, überrascht«, fiel ihm Lioren ins Wort, um zu versuchen, das Gespräch wieder von der Operation weg auf den Chirurgen selbst zu lenken, »ist, daß man den Eingriff keinem Chirurgen derselben Spezies, wie zum Beispiel Chefarzt Edanelt, übertragen hat, sondern einer Lebensform, der das erforderliche physiologische Wissen erst durch ein melfanisches Schulungsband vermittelt werden muß, bevor sie …«

»Das wäre ja dasselbe, als würde man von Diagnostiker Conway erwarten, auf alle Operationen an fremden Spezies zu verzichten, bis er die terrestrischen DBDGs im Hospital behandelt hat«, unterbrach ihn Tarsedth. »Seien Sie doch nicht albern, Lioren. Patienten einer fremden Spezies zu operieren ist weit interessanter und spannender als einen Angehörigen der eigenen Art, und je mehr physiologische Unterschiede es gibt, desto größer ist die berufliche Herausforderung. Aber das wissen Sie doch selbst am besten. Schließlich haben Sie auf Cromsag ja auch eine Spezies behandelt, die ...«

»Es ist nicht nötig, mich an die Folgen zu erinnern«, schnitt ihr Lioren in scharfem Ton das Wort ab. Obwohl ihm klar war, daß die Kelgianerin nichts dafür konnte, andere aufzuregen, ärgerte er sich. »Ich wollte damit sagen, daß bei Seldal, der im Gegensatz zu einem ELNT einen Schnabel, aber keine Arme hat, keinerlei Anzeichen für geistige Verwirrung zu bemerken sind, obwohl sich sein Verstand zum Teil unter der Kontrolle eines Wesens befindet, das gewohnt ist, sechs Gliedmaßen zu benutzen, mit denen es völlig unterschiedliche Handgriffe ausführen kann. Da muß Seldal doch unter beträchtlichem psychischen und emotionalen Druck stehen, ganz zu schweigen von den Impulsen, die von den nicht willkürlich innervierten Muskeln ausgehen.«

»Das stimmt allerdings«, pflichtete ihm der Hudlarer bei. »Offensichtlich hat er beide Gehirne gut im Griff. Aber ich frage mich, wie ich mich, als jemand der ebenfalls sechs Extremitäten besitzt, umgekehrt fühlen würde, wenn ich ein nallajimisches Band im Kopf speichern müßte. Ich besitze nichts, was auch nur entfernt einem Schnabel ähnelt, ja nicht einmal einen Mund.«

»Vergeuden Sie keine Zeit damit, sich darüber den Kopf zu zerbrechen«, riet ihm Tarsedth. »Schulungsbänder werden nur dieser lernbegierigen, hochintelligenten und charakterlich gefestigten Sorte von Mitarbeitern angeboten, die zur Beförderung zum Chefarzt oder in eine noch höhere Position in Betracht gezogen werden. Können Sie sich vorstellen, daß einem von uns jemals ein solches Schulungsband angeboten wird, Lioren? Ich meine, so, wie er ständig an unserer Arbeit herumkrittelt, ist das doch wohl eher unwahrscheinlich, oder finden Sie nicht?«

Lioren entgegnete erst einmal nichts darauf. Zwar hatte sich im Orbit Hospital schon viel Merkwürdigeres ereignet – aus den Personalakten ging beispielsweise hervor, daß Thornnastors erste Assistentin, die zur physiologischen Klassifikation DBDG gehörende terrestrische Pathologin Murchison, am Hospital als Lernschwester angefangen hatte –, aber in der psychologischen Abteilung war es strenge Vorschrift, mit Auszubildenden, die für eine langfristige Beförderung ins Auge gefaßt wurden, weder über dieses Thema zu sprechen noch – außer in ganz allgemeinen Worten – irgendwelche Probleme zu erörtern, die mit dem Schulungsbandverfahren zusammenhingen.

Das Hauptproblem, von dem alle anderen Schwierigkeiten herrührten, bestand darin, daß, obwohl das Orbit Hospital die notwendige Ausstattung besaß, jede bekannte intelligente Lebensform zu behandeln, kein einzelnes Wesen auch nur einen Bruchteil der für diesen Zweck benötigten physiologischen Daten hätte im Kopf behalten können. Chirurgisches Geschick war eine Frage der Begabung, der Ausbildung und der Erfahrung, doch sämtliches Wissen über die physiologische Beschaffenheit eines Patienten konnte einzig und allein künstlich durch ein sogenanntes Schulungsband vermittelt werden. Auf einem solchen Band waren die Gehirnströme einer medizinischen Kapazität aufgezeichnet worden, die derselben oder einer ähnlichen Spezies angehörte wie der zu behandelnde Patient.

Wenn zum Beispiel ein melfanischer Arzt einen kelgianischen Patienten zu behandeln hatte, speicherte er ein DBLF-Physiologieband im Gehirn und behielt es so lange bei sich, bis die Behandlung abgeschlossen war. Danach ließ er es wieder löschen. Die einzigen Ausnahmen von dieser Regel stellten Chefärzte wie Seldal dar, deren Charakterfestigkeit erwiesen war, sowie die Diagnostiker.

Ein Diagnostiker war eines jener seltenen Wesen, dessen Psyche und Verstand als ausreichend stabil erachtet wurden, permanent sechs, sieben und in einem Fall sogar bis zu zehn Bänder gleichzeitig im Kopf gespeichert zu haben. Ihren mit Daten vollgestopften Hirnen oblag in erster Linie die Aufgabe, medizinische Grundlagenforschung zu leisten und neue Krankheiten bislang unbekannter Lebensformen zu diagnostizieren und zu behandeln.

Mit einem Schulungsband wurden einem aber nicht nur die physiologischen Fakten einer Spezies ins Gehirn eingeimpft, sondern auch die gesamte Persönlichkeit und das komplette Gedächtnis des Wesens, das dieses Wissen einst besessen hatte. Praktisch setzte sich ein Diagnostiker somit freiwillig einer höchst drastischen Form multipler Schizophrenie aus. Die fremden Persönlichkeiten, die seinen Geist scheinbar mit ihm teilten, konnten durchaus unangenehme, aggressive Wesen mit allen Arten von Reizbarkeit und Phobien sein – schließlich sind Genies nur selten charmante Persönlichkeiten. Bei der Durchführung einer Operation oder Behandlung machte sich das normalerweise nicht bemerkbar, weil sich sowohl der Diagnostiker als auch der Geist des Bandurhebers auf die rein medizinischen Aspekte der Arbeit konzentrierte. Die schlimmsten Auswirkungen wurden erst spürbar, wenn der Bandbesitzer schlief.

Wie Lioren aus eigener Erfahrung mit einigen wenigen Schulungsbändern wußte, konnten Alpträume von Aliens wirklich entsetzlich alptraumhaft sein. Die sexuellen Phantasien und Wunschträume von Aliens reichten aus, um in demjenigen, der das Band im Kopf gespeichert hatte, den Wunsch hervorzurufen, lieber tot zu sein – falls die betreffende Person überhaupt noch imstande war, einen zusammenhängenden Wunsch zu äußern. Und der körperliche und emotionale Einfluß des Empfindungsvermögens einer riesigen intelligenten Lebensform mit Ektoskelett auf die Psyche und den Verstand eines unglaublich feingliedrigen, aber genauso intelligenten vogelähnlichen Wesens konnte Lioren nicht einmal erahnen.

Er beobachte weiterhin den fieberhaft geschäftigen Seldal, während er sich die Redensart ins Gedächtnis zurückrief, die oft vom Hospitalpersonal wiederholt wurde und besagte, daß jeder geistig Zurechnungsfähige, der freiwillig Diagnostiker werden wollte, schon von vornherein verrückt sein mußte; ein Ausspruch, der angeblich von O'Mara selbst stammte.

»Seldals Operation am ELNT fasziniert mich«, sagte Lioren, womit er entschlossen zum Gegenstand seiner Untersuchung zurückkehrte. »Er zeigt keinerlei Unschlüssigkeit, macht keine Pausen, um zu überlegen oder alles noch einmal zu überdenken, und bewegt sich nicht übervorsichtig, wie man es sonst bei Chirurgen sieht, die mit einem Schulungsband im Kopf arbeiten. Ist das bei Nallajimern immer so, wenn sie an fremden Speziesangehörigen Operationen vornehmen?«

»Bei allem Respekt, Lioren«, sagte der Hudlarer, »aber könnten Sie bei der Geschwindigkeit, mit der Seldal operiert, überhaupt irgendeine Verlegenheitspause erkennen, wenn er tatsächlich eine einlegen würde? Wir haben ihm schon dabei zugesehen, wie er an einem Terrestrier eine Magenresektion vorgenommen und gleichzeitig irgend etwas mit einer DBLF angestellt hat, das Ihnen besser Tarsedth erklären sollte, weil ich den Fortpflanzungsmechanismus der Kelgianer schwer zu verstehen finde ...«

»Sie müssen gerade reden!« unterbrach ihn Tarsedth mit ungehaltenem Fell. »Jedesmal, wenn eine hudlarische Mutter ein Kind zur Welt bringt, wechselt sie das

Geschlecht und wird männlich. Das ist... schlichtweg *unanständig!*«

»Vermutlich mußte Seldal für die beiden Patienten, von denen ich eben gesprochen habe, nur kurzfristig die Schulungsbänder im Kopf speichern«, fuhr der Hudlarer fort, »aber trotzdem hatte er sich ohne ersichtliche Mühe auf sie eingestellt. Die letzten sechs Wochen ist er vor allem mit Operationen an Tralthanern beschäftigt gewesen, und nach seinen eigenen Worten findet er diese Arbeit äußerst interessant, anregend und angenehm, und sie rangiert auf seiner Beliebtheitsskala gleich nach den chirurgischen Eingriffen an anderen Nallajimern an zweiter Stelle...«

»An anderen Nallajimer*innen*, meint er«, warf Tarsedth ein, deren Fell sich mißbilligend oder sogar eifersüchtig kräuselte. »Wissen Sie, daß in den drei Jahren, die Seldal jetzt hier ist, fast jede weibliche MSVK-Auszubildende mit ihm angebändelt hat? Was die an so einem dürren Federgewicht finden, ist mir völlig unbegreiflich.«

»Funktioniert mein Translator nicht richtig oder soll das heißen, daß Seldal mit einigen Auszubildenden über seine Probleme mit den Schulungsbändern diskutiert hat? Oder was meinen Sie damit, daß fast jede Auszubildende mit ihm ›angebändelt‹ hat?« fragte Lioren, wobei er versuchte, seine Aufregung darüber zu verbergen, von diesem neuen und womöglich nützlichen Umstand erfahren zu haben.

»Die Diskussionen selbst waren wahrscheinlich immer nur zweitrangig«, antwortete der Hudlarer rasch, bevor Tarsedth etwas sagen konnte, »und haben sich wohl eher um persönliche Vorlieben als um Probleme gedreht. Jedenfalls ist Seldal für einen Chefarzt sehr zugänglich, und normalerweise bittet er nach der Operation jeden, der von der Zuschauergalerie aus zugesehen hat, um Fragen. Heute morgen ist dafür leider keine Zeit gewesen, sonst hätten Sie ihm selbst Fragen stellen können.

Und was Seldals Liebesleben angeht, das in den letzten Wochen anscheinend weniger auffällig geworden ist, so ist mein Interesse dafür bestenfalls akademisch«, fuhr er fort, indem er sich schwerfällig zur Seite wandte, um auch Tarsedth in das Gespräch einzubeziehen. »Doch selbst bei meiner eigenen Spezies ist es nichts Ungewöhnliches, wenn sich FROBs, die gerade zum weiblichen Geschlecht gehören, von männlichen Hudlarern angezogen fühlen, die eine genauso schüchterne und zurückhaltende Persönlichkeit haben wie Seldal. Solche Wesen sind häufig sensibler, zurückhaltender und als Liebhaber einfach interessanter.«

Er wandte sich wieder Lioren zu und fuhr fort: »Um eine Redensart von einem unserer Klassenkameraden abzuändern, die auf Betätigungen zu passen scheint, die mit der Fortpflanzung innerhalb einer Spezies zusammenhängen: ›Wer nicht wagt, der gewinnt auch manchmal.‹«

»Er spricht von Hadley, einem terrestrischen Auszubildenden«, erläuterte Tarsedth. »Der soll mal in einem Wartungstunnel verschwunden sein, und zwar mit ...«

Von diesem Gerücht speziell war Lioren bisher noch nichts zu Ohren gekommen, da man wahrscheinlich von dem Vorfall offiziell keine Notiz genommen hatte oder das Nachrichtensystem für den Hospitalklatsch an dem Tag mit noch skandalöseren Neuigkeiten überlastet gewesen war. Der Geschichte von Hadleys Fehlverhalten folgten weitere, von denen bereits viele als aktualisierende Nachträge zur entsprechenden psychologischen Akte den Weg in Liorens Abteilung gefunden hatten; wenn auch in einer weit weniger unterhaltenden Form und – bedauerlicherweise – frei von Tarsedths schöpferischen Übertreibungen. Um das Gespräch wieder auf den nallajimischen Chefarzt zu bringen und weitere Abschweifungen zu verhindern, sah er sich allmählich gezwungen, sich aller sprachlichen Tricks zu bedienen, die ihm einfielen. Dabei fand Lioren viel Interessantes über Seldals Verhalten sowie über dessen Persönlichkeit und Interessen heraus. Das waren Informationen, die er sich aus der Akte des Chefarztes nicht hätte verschaffen können. Was seinen Auftrag betraf, so verlief dieser Abend sehr einträglich und, wie er mit zunehmenden Schuldgefühlen dachte, auch sehr vergnüglich.

10. Kapitel

Als am folgenden Morgen Liorens Arbeitstag schon so weit fortgeschritten war, daß sich sein Verdauungstrakt bereits über Beschäftigungslosigkeit zu beklagen begann, trat Braithwaite langsam und bedächtig an den Schreibtisch des Tarlaners heran. Mit seinen wabbeligen, rosa Handflächen nach unten stützte er sich auf einer Stelle der Schreibtischplatte ab, die nicht völlig überfüllt war, winkelte dabei die Arme mit den Ellbogen nach außen an, so daß sich sein Kopf nahe Liorens befand, und sagte leise: »Sie haben jetzt seit mehr als vier Stunden kein einziges Wort gesprochen. Ist was?«

Darüber verärgert, daß ihm der Terrestrier unaufgefordert so nah auf die Pelle gerückt war und bei früheren Gelegenheiten mehrmals an ihm kritisiert hatte, zu viel zu reden, lehnte sich Lioren zurück. Obwohl Braithwaite besorgt war und nur versuchte, hilfsbereit zu sein, hätte es der Tarlaner lieber gesehen, wenn das Verhalten seines unmittelbaren Vorgesetzten nicht so wechselhaft gewesen wäre. Es gab sogar Momente, in denen er es bei weitem vorzog, wenn O'Mara an ihn herantrat, zumal der Chefpsychologe wenigstens durchweg gehässig war.

Am Nebentisch tat Cha Thrat so, als hörte sie nicht zu, indem sie sich noch stärker auf ihren Bildschirm konzentrierte. Aus irgendeinem Grund waren die Probleme, mit denen sich Lioren durch seinen Auftrag konfrontiert sah, sowie einige der Lösungen, die er vorgeschlagen hatte, in den vergangenen Tagen Anlaß für beträchtliche Belustigung gewesen, doch diesmal sollten Braithwaite und die Sommaradvanerin eine Enttäuschung erleben.

»Ich bin die ganze Zeit so schweigsam gewesen, weil ich mich darauf konzentriert habe, die Routinearbeiten zu erledigen, damit mir mehr Zeit für Seldal zur Verfügung steht«, antwortete Lioren. »Ein spezielles Problem habe ich nicht, mich entmutigt nur, daß ich in keiner Richtung irgendwelche Fortschritte erziele.«

Braithwaite nahm die Hände vom Schreibtisch, richtete sich auf und fragte mit entblößten Zähnen: »In welcher Hinsicht kommen Sie denn am wenigsten voran?«

Mit zwei seiner mittleren Glieder machte Lioren eine ungeduldige Geste. »Negative Fortschritte zu messen ist schwierig«, antwortete er. »In den vergangenen Tagen habe ich Seldal bei größeren Operationen beobachtet und mit anderen Zuschauern Gespräche über sein Verhalten geführt, in deren Verlauf sich Informationen ergeben haben, die aus seiner psychologischen Akte nicht hervorgegangen sind. Allerdings beruhen diese Neuigkeiten auf unbestätigten Gerüchten und entsprechen vielleicht nicht ganz den Tatsachen. Bei seinen medizinischen Untergebenen ist Seldal äußerst geachtet und beliebt. Diese Beliebtheit scheint er jedoch nicht bewußt angestrebt, sondern sich eher verdient zu haben. Ich kann an Seldal einfach nichts Unnormales feststellen.«

»Aber offenbar ist das nicht Ihre endgültige Schlußfolgerung, denn sonst würden Sie ja nicht versuchen, sich mehr Zeit für die weitere Untersuchung zu verschaffen«, meinte Braithwaite. »Wie beabsichtigen Sie denn diese Zeit zu verbringen?«

Lioren dachte kurz nach und entgegnete dann: »Da es nicht für immer und ewig möglich sein wird, Zuschauer bei den Operationen oder Seldals OP-Personal auszuhorchen, ohne die Gründe für meine Fragen zu verraten, werde ich mich an ...«

»Nein!« fiel ihm Braithwaite in scharfem Ton ins Wort, wobei sich die buschigen Halbmonde in seinem Gesicht so weit senkten, daß sie fast die Augen verdeckten. »Seldal selbst dürfen Sie auf keinen Fall direkt fragen. Sollten Sie irgendeine Unstimmigkeit entdecken, berichten Sie O'Mara davon, und erwähnen Sie sie Seldal gegenüber mit keinem Wort. Denken Sie bitte stets daran.«

»Was das letztemal passiert ist, als ich die Initiative ergriffen habe, werde ich wohl kaum vergessen können«, erwiderte Lioren leise.

Einen Augenblick lang waren Cha Thrat und Braithwaite wie erstarrt und sagten keinen Ton, aber das Gesicht des Terrestriers hatte eine deutlich dunklere Farbe angenommen.

»Ich wollte eben sagen, daß ich mich an Seldals Patienten wenden muß, und zwar diskret«, fuhr Lioren fort. »Durch belanglose Plaudereien mit ihnen erfahre ich vielleicht, ob an Seldals Verhalten bei seinen Visiten vor und nach den Operationen irgendwelche ungewöhnlichen Veränderungen stattgefunden haben. Dafür brauche ich eine Liste der Patienten, die Seldal operiert hat, und Angaben darüber, auf welchen Stationen sie gegenwärtig liegen. Außerdem muß ich wissen, zu welchen Zeiten er seine Rundgänge durch die Stationen macht, damit ich mit den Patienten sprechen kann, ohne Seldal persönlich zu begegnen. Um Gerede beim Personal der betreffenden Stationen zu vermeiden, wäre es besser, wenn nicht ich, sondern jemand anders um diese Auskünfte bitten würde.«

Braithwaite nickte. »Eine vernünftige Vorsichtsmaßnahme. Aber unter welchem Vorwand wollen Sie mit diesen Patienten sprechen, noch dazu über Seldal?«

»Als Grund für meinen Besuch werde ich den Patienten gegenüber angeben, daß ich mich nach Anmerkungen oder eventueller Kritik zum Ambiente der verschiedenen Genesungsstationen erkundigen möchte, da die Umgebung einen wichtigen nichtmedizinischen Beitrag zur Genesung leiste und die Abteilung derartige Kontrollen von Zeit zu Zeit durchführe«, antwortete Lioren. »Nach ihrem Gesundheitszustand und ihrem Chirurgen werde ich die Patienten gar nicht fragen. Aber ich habe keine Zweifel, daß beide Themen ganz automatisch zur

Sprache kommen, und dann werde ich, während ich mich völlig desinteressiert gebe, so viele Informationen wie möglich sammeln.«

»Eine glänzend inszenierte, ausgeklügelte und gut kaschierte Beschwörung«, lobte ihn Cha Thrat, bevor Braithwaite etwas sagen konnte. »Kompliment, Lioren. Schon jetzt zeigen Sie erste Ansätze, mal ein großer Zauberer zu werden.«

Braithwaite nickte erneut. »Sie scheinen alle Eventualitäten bedacht zu haben. Gibt es noch weitere Informationen oder Hilfsmittel, die Sie benötigen?«

»Im Moment nicht«, antwortete Lioren.

Ganz ehrlich war er nicht, denn er wäre gern über Cha Thrats Kompliment aufgeklärt worden, das für einen hochqualifizierten ehemaligen Arzt wie ihn an eine Beleidigung gegrenzt hatte. Vielleicht bedeuteten ›Beschwörung‹ und ›Zauberer‹ – Begriffe, die Cha Thrat häufig benutzte – auf Sommaradva etwas anderes als auf Tarla. Doch hatte es ganz den Anschein, daß seine Neugier schon bald befriedigt werden sollte, denn die Sommaradvanerin wollte es sich nicht nehmen lassen, einem tarlanischen Zauberlehrling bei der Arbeit zuzusehen.

Den ersten Patienten hatte Lioren gezwungenermaßen ausgewählt, weil für die anderen beiden gerade die angeordnete Schlafenszeit begonnen hatte und Mitarbeiter der psychologischen Abteilung nicht befugt waren, sich in laufende medizinische Behandlungen einzumischen, wozu auch gehörte, nicht den Schlaf eines Patienten zu stören. Von den vier Kranken, die ihm Braithwaite aufgelistet hatte, versprach das Gespräch mit diesem Patienten das schwierigste und kitzligste zu werden.

»Sind Sie sich wirklich sicher, daß Sie sich mit dem hier unterhalten wollen, Lioren?« fragte Cha Thrat mit den leichten Bewegungen der oberen Gliedmaßen, die, wie Lioren gehört hatte, große Besorgnis ausdrückten. »Das ist ein äußerst heikler Fall.«

Lioren antwortete nicht sofort. Auf jedem bewohnten

Planeten der Föderation war es eine Binsenwahrheit, daß Ärzte die schlechtesten Patienten abgaben. Dieser hier war nicht nur ein Arzt von bestem fachlichen Ruf, obendrein würde das Gespräch mit großer Vorsicht geführt werden müssen, weil der Patient Mannon unheilbar krank war.

»Für Zeitvergeudung habe ich nichts übrig, und eine Gelegenheit lasse ich mir genauso ungern entgehen«, erwiderte Lioren schließlich.

»Heute vormittag haben Sie Braithwaite noch gesagt, daß Sie Ihre Lektion gelernt hätten, was das voreilige Ergreifen von Initiative betrifft«, gab Cha Thrat zu bedenken. »Bei allem Respekt, Lioren, am Vorfall auf Cromsag waren in erster Linie Ihre Ungeduld und Ihre Weigerung, Zeit zu verlieren, schuld.«

Lioren antwortete nicht.

Mannon war ein terrestrischer DBDG, der sich für seine vergleichsweise kurzlebige Spezies in einem fortgeschrittenen Alter befand. Er war ans Orbit Hospital gekommen, nachdem er seine Ausbildung an einem der führenden medizinischen Lehrinstitute seines Heimatplaneten mit den höchsten Auszeichnungen abgeschlossen hatte. Rasch war er erst zum Chefarzt und wenige Jahre später zum Chefausbilder befördert worden, zu dessen Schülern solch illustre Mitarbeiter wie Conway, Prilicla und Edanelt gehört hatten, die heute in der medizinischen Hierarchie ganz oben standen, bevor er diese Stellung wegen seiner Beförderung zum Diagnostiker Cresk-Sar hatte überlassen müssen. Schließlich war unvermeidlicherweise die Zeit gekommen, wo die fortschrittlichsten medizinischen und mechanischen Hilfsmittel des Hospitals sein Leben nicht mehr verlängern konnten, auch wenn sein Verstand so scharfsinnig und klar wie der eines jungen Erwachsenen geblieben war.

Der ehemalige Diagnostiker und augenblickliche Patient Mannon lag mit Biosensoren, die seine Körperfunktionen überwachten, aber auf eigenen Wunsch ohne die üblichen Lebenserhaltungsmechanismen in einem Privatzimmer abseits der medizinischen Hauptstation für DBDGs. Sein Gesundheitszustand war beinahe kritisch, aber stabil, und als Lioren und Cha Thrat das Zimmer betreten hatten, waren seine Augen geschlossen geblieben, was darauf hindeutete, daß er entweder bewußtlos war oder schlief. Daß sie den Patienten unbeaufsichtigt antrafen, hatte Lioren zunächst gleichzeitig gefreut und überrascht, denn die Terrestrier wurden zu jenen intelligenten Spezies gezählt, die sich gern im Kreis der Familie oder unter Freunden befinden, wenn ihr Leben zu Ende geht. Doch seine Überraschung hatte sich gelegt, als ihnen von der Oberschwester der Station mitgeteilt worden war, daß sich zahlreiche Besucher beim Patienten aufgehalten hätten, die erst wenige Augenblicke vor Liorens und Cha Thrats Ankunft gegangen oder fortgeschickt worden seien.

»Lassen Sie uns gehen, bevor er aufwacht«, drängte Cha Thrat sehr leise. »Der Vorwand für Ihren Besuch, ihn zu fragen, ob er mit der Atmosphäre des Zimmers zufrieden sei, ist unter diesen Umständen nicht nur albern, sondern auch gefühllos. Außerdem kriegt es nicht mal O'Mara hin, einen Bewußtlosen zu beschwören.«

Einen Moment lang betrachtete Lioren die Bildschirme, aber er konnte sich nicht mehr an die vor so langer Zeit gelernten Meßwerte der Lebensvorgänge bei Terrestriern erinnern. Dieses Zimmer war ein sehr ruhiger und ungestörter Ort, der sich nach seinem Dafürhalten dazu eignete, persönliche Fragen zu stellen.

»Cha Thrat, was genau meinen Sie mit ›beschwören‹?« erkundigte er sich leise.

Es handelte sich um eine einfache Frage, für die eine lange und komplizierte Antwort erforderlich war, die von Cha Thrat nicht gerade dadurch verkürzt oder vereinfacht wurde, indem sie alle paar Minuten innehielt, um einen beunruhigten Blick auf den Patienten zu werfen.

Die sommaradvanische Zivilisation gliederte sich in drei verschiedene gesellschaftliche Klassen – Sklaven, Krieger und Herrscher –, und die medizinische Zunft, die für ihr Wohlergehen verantwortlich war, teilte sich genauso auf.

Auf der untersten Stufe befanden sich die Sklaven, Sommaradvaner, die nicht nach Beförderung streben wollten. Ihre Arbeit stellte keine großen Anforderungen, hatte immer die gleichen Abläufe und war vollkommen ungefährlich, weil die Sklaven im täglichen Leben vor schweren körperlichen Schäden geschützt waren. Bei den für ihre gesundheitliche Versorgung verantwortlichen Heilern handelte es sich um Ärzte, die rein medizinische Behandlungsmethoden anwandten. Die zweite Klasse, bei weitem nicht so groß wie die der Sklaven, bildeten die Krieger, die höchst verantwortungsvolle Positionen bekleideten und in der Vergangenheit häufig beträchtlichen körperlichen Gefahren ausgesetzt gewesen waren.

Zwar hatte es seit vielen Generationen keinen Krieg mehr auf Sommaradva gegeben, aber die Krieger hatten trotzdem ihre Bezeichnung beibehalten, weil sie die Nachfahren der Sommaradvaner waren, die gekämpft hatten, um ihre Heimatländer zu schützen. Sie lebten damals von der Jagd und errichteten Verteidigungsanlagen, während sich um ihre körperlichen Bedürfnisse die Sklaven kümmerten. Heutzutage waren die Angehörigen dieser Klasse Techniker, Ingenieure und Wissenschaftler, die nach wie vor die lebensgefährlichen Arbeiten leisteten oder die Aufgaben mit dem höchsten Prestigewert erfüllten, zu denen auch das Schützen der Herrscher gehörte. Aus diesem Grund lag es in der Natur der Sache, daß die Verletzungen der Krieger normalerweise durch Gewalteinwirkung zustande gekommen waren und eher chirurgische Eingriffe als medizinische Behandlungen erforderlich machten. Und diese Aufgabe fiel in den Verantwortungsbereich der Chirurgen für Krieger. An der Spitze der medizinischen Hierarchie von Sommaradva standen die Heiler für Herrscher, die eine noch größere Verantwortung trugen, die ihnen aber zuweilen viel weniger Belohnung oder Befriedigung einbrachte.

Gegen sämtliche Unfälle und Verletzungen geschützt, stellte die Klasse der Herrscher die Administratoren, Akademiker, Forscher und Planer auf Sommaradva. Sie waren diejenigen, die mit der reibungslosen Führung der Städte, Kontinente und des gesamten Planeten betraut waren, und die Krankheiten, von denen sie befallen wurden, entsprangen ausnahmslos Trugbildern ihrer Phantasie. Ihre Heiler beschäftigten sich ausschließlich mit Zauberei, Beschwörungen, Wunderheilung und all den anderen Seiten nichtnaturwissenschaftlicher Medizin.

»Natürlich ist es mit den sozialen und wissenschaftlichen Fortschritten unserer Zivilisation zu einer zunehmenden Überschneidung der Verantwortungsbereiche gekommen«, fuhr Cha Thrat fort. »Hin und wieder brechen sich Sklaven eine Gliedmaße. Manchmal bedroht auch der psychische Stress, in den ein Sklave gerät, der für die Prüfung lernt, die er zur Beförderung innerhalb seiner Klasse oder zum Aufstieg in eine höhere Klasse ablegen muß, seine geistige Gesundheit, oder ein Herrscher bekommt eine simple Magenverstimmung. All das sind Fälle, die eine Behandlung durch Heiler erforderlich machen, die eigentlich für eine andere gesellschaftliche Klasse zuständig sind.

Schon seit frühester Zeit sind unsere Heiler in die drei Kategorien Ärzte, Chirurgen und Zauberer unterteilt«, schloß Cha Thrat.

»Danke«, sagte Lioren. »Jetzt verstehe ich. Meine Verständnisschwierigkeiten haben lediglich auf einer gewissen Verwirrung bezüglich der Wortbedeutungen und einer zu wörtlichen Übersetzung beruht. Für Sie beschreibt der Begriff ›Beschwörung‹ eine Psychotherapie, die kurz und einfach oder langwierig und kompliziert sein kann, und bei dem dafür verantwortlichen ›Zauberer‹ handelt es sich nach Ihrem Verständnis um einen Psychologen, der …«

»Nein, es handelt sich eben *nicht* um einen Psychologen!« widersprach Cha Thrat in scharfem Ton; dann fiel ihr wieder der Patient ein, und mit gesenkter Stimme fuhr sie fort:

»Jeder Nicht-Sommaradvaner, den ich kennengelernt habe, begeht den gleichen Fehler. Auf meinem Heimatplaneten ist ein Psychologe ein Wesen von niedrigem gesellschaftlichen Rang, das sich um wissenschaftliche Erkenntnisse bemüht, indem es durch körperliche und seelische Anspannung hervorgerufene Gehirnströme oder Veränderungen im Körper mißt oder eingehende Beobachtungen bezüglich des nachfolgenden Verhaltens des Betreffenden anstellt. Ein Psychologe versucht, auf dem Gebiet der Alpträume und wechselnden subjektiven Realitäten unumstößliche Gesetze aufzustellen und aus *dem* eine Wissenschaft zu machen, was schon immer eine Kunst gewesen ist, und zwar eine ausschließlich von Zauberern ausgeübte Kunst.

Ein Zauberer hingegen kann sich für seine Beschwörungen die Hilfsmittel und tabellarischen Aufstellungen des Psychologen zunutze machen, um die komplizierten, unstofflichen Strukturen des Bewußtseins zu beeinflussen, muß es aber nicht unbedingt«, fuhr die Sommaradvanerin fort, bevor Lioren etwas sagen konnte. »Ein Zauberer wendet Worte, Schweigen, sehr genaue Beobachtungen und – am allerwichtigsten – die eigene Intuition an, um die anormale subjektive Wirklichkeit des Patienten zum Vorschein zu bringen und sie der objektiven Wirklichkeit schrittweise anzupassen. Zwischen einem bloßen Psychologen und einem Zauberer besteht ein Riesenunterschied.«

Cha Thrats Stimme war im Verlauf ihrer Erklärungen wieder lauter geworden, doch die Sensoren zeigten beim Patienten keine Veränderung des Zustands an.

Lioren leuchtete ein, daß sich der Sommaradvanerin

nur wenig Gelegenheit bot, ungehindert über ihren Heimatplaneten und die wenigen Freunde zu sprechen, die sie dort zurückgelassen hatte, oder ihren Gefühlen über die Intoleranz ihrer gleichrangigen Berufskollegen Luft zu machen, durch die sie gezwungen worden war, ans Orbit Hospital zu kommen. Cha Thrat fuhr fort, ausführlich von den Irrungen und Wirrungen zu erzählen, die durch ihr außerordentlich strenges Berufsethos überall im Hospital verursacht worden waren, bis sie schließlich vom Zauberer O'Mara gerettet worden war, und verschwieg dabei auch ihre persönlichen Gefühle und Reaktionen auf all diese Vorfälle nicht. Ganz offensichtlich wollte Cha Thrat über sich selbst reden – und mußte es vielleicht sogar dringend.

Aber Vertrauen erweckt Vertrauen, und langsam fragte sich Lioren, ob er, wo er als einziges Mitglied der tarlanischen Spezies beim Hospitalpersonal schon einmal dabei war, sich so offen mit der einzigen sommaradvanischen Mitarbeiterin zu unterhalten, nicht dasselbe Bedürfnis verspürte. Nach und nach entwickelte sich ein beiderseitiger Gedankenaustausch, in dem die Fragen und Antworten in der Tat sehr persönlich wurden.

Lioren ertappte sich dabei, wie er Cha Thrat von seinen Empfindungen während und nach dem Vorfall auf Cromsag berichtete, von seinen Schuldgefühlen, die unglaublich und unbeschreiblich schrecklich gewesen waren, und von seiner hilflosen Wut auf den Monitorkorps und O'Mara, weil sie ihm den voll und ganz verdienten Tod verweigert und ihn statt dessen zur allergrößten Grausamkeit des Lebens verurteilt hatten.

An diesem Punkt lenkte Cha Thrat, die seine wachsende emotionale Anspannung gespürt haben mußte, das Gespräch zielstrebig auf O'Mara und die Gründe des obersten Zauberers, sie und Lioren in die psychologische Abteilung aufzunehmen, und von dort aus weiter auf die Aufgabe, die Lioren in der Hoffnung hierhergeführt hatte, Auskünfte von einem Patienten einzuholen, der zweifellos nicht in der Verfassung war, diese zu erteilen.

Sie unterhielten sich immer noch über Seldal und fragten sich gerade laut, ob es nicht besser wäre, am nächsten Tag noch einmal einen Versuch zu unternehmen, mit Mannon zu sprechen, falls er noch so lange leben sollte, als der vermeintlich bewußtlose Patient die Augen aufschlug und die beiden ansah.

»Ich, das heißt, wir möchten uns entschuldigen, Sir«, sagte Cha Thrat schnell. »Wir hatten angenommen, Sie seien bewußtlos, weil Sie seit unserer Ankunft mit geschlossenen Augen dagelegen und die Biosensoren keine Veränderung angezeigt haben. Ich kann nur vermuten, daß Sie unseren Irrtum bemerkt haben und, weil sich unser Gespräch um vertrauliche Dinge gedreht hat, aus Höflichkeit weiterhin so getan haben, als würden Sie schlafen, um uns nicht in große Verlegenheit zu bringen.«

Langsam bewegte sich Mannons Kopf von einer Seite zur anderen, eine Geste, die bei Terrestriern ›nein‹ bedeutete, und es schien, als wären die Augen, mit denen er sie von unten musterte, auf irgendeine medizinisch unerklärliche Weise jünger als die unglaublich runzligen Züge und der von der Zeit schwer gezeichnete Körper. Als er sprach, klangen seine Worte wie das Flüstern des Winds in hochwüchsigen Pflanzen; durch die Anstrengung beim Sprechen wurden sie zudem gebremst.

»Eine weitere … falsche Vermutung«, sagte er. »Ich bin … nie höflich.«

»Höflichkeit verdienen wir auch gar nicht, Diagnostiker Mannon«, rügte sich Lioren selbst, indem er seine Stimme und Gedanken aus einem großen, tiefen Meer der Verlegenheit an die Oberfläche zerrte. »Ich allein bin für diesen Besuch verantwortlich, und die Schuld dafür liegt ganz und gar bei mir. Der Grund für unser Kommen scheint mir nicht mehr einleuchtend zu sein, deshalb werden wir sofort gehen. Nochmals Entschuldigung.«

Eine der dürren, abgezehrten Hände, die neben der Bettdecke lagen, zuckte schwach, als hätte der Terrestrier sie, wenn die Armmuskulatur kräftig genug gewesen wäre, erhoben, um wortlos um Ruhe zu bitten. Lioren schwieg.

»Ich weiß, warum … Sie gekommen sind«, sagte Mannon mit einer Stimme, die kaum laut genug war, um die paar Zentimeter bis zum Translator neben dem Bett zurückzulegen. »Ich habe alles … gehört, was Sie … über Seldal und … sich selbst … gesagt haben. Das war sehr interessant … Aber die Anstrengung, die … es mich … gekostet hat, Ihnen … fast zwei Stunden lang … zuzuhören, hat mich … erschöpft, und bald wird mein Schlaf … nicht mehr bloß Verstellung sein. Sie müssen jetzt gehen.«

»Sofort, Sir«, sagte Lioren.

»Und falls Sie … wiederkommen möchten, suchen Sie sich eine … bessere Zeit dafür aus«, fuhr Mannon fort, »denn ich möchte Ihnen nicht nur zuhören, sondern … auch Fragen stellen. Aber warten Sie nicht … zu lange mit Ihrem Besuch.«

»Ich verstehe«, sagte Lioren. »Ich werde schon sehr bald wiederkommen.«

»Vielleicht kann ich Ihnen … bei der Sache mit Seldal helfen, und als Gegenleistung … können Sie mir von Cromsag erzählen … und mir noch einen anderen kleinen Gefallen tun.«

Der Terrestrier Mannon war viele Jahre lang Diagnostiker gewesen. Seine Hilfe und sein Verständnis für das Problem mit Seldal wären unschätzbar, weil er sie vor allem bereitwillig leisten würde und Lioren keine Zeit damit zu vergeuden bräuchte, die Gründe für seine Fragen zu verheimlichen. Aber der Tarlaner wußte auch, daß der Preis, den er selbst für diese Hilfe zu bezahlen hätte, nämlich als Gegenleistung von den Ereignissen auf Cromsag zu erzählen, höher wäre, als es dem Patienten klar war.

Bevor Lioren darauf etwas erwidern konnte, verzogen sich Mannons Lippen und Gesichtszüge langsam zu der eigenartigen terrestrischen Grimasse, die manchmal entweder eine Reaktion auf etwas Witziges oder der stumme Ausdruck von Freundschaft oder Zuneigung sein konnte.

»Und ich dachte, ich hätte Probleme«, seufzte Mannon.

11. Kapitel

Liorens nachfolgende Besuche bei Mannon verliefen länger, vollkommen ungestört und nicht annähernd so schmerzlich, wie er befürchtet hatte.

Er hatte Hredlichi, die Oberschwester auf Mannons Station, gebeten, ihn immer sofort zu informieren, wenn der Patient bei Bewußtsein war und sich in der Verfassung befand, Besucher zu empfangen, egal, wie spät am Tag oder in der Nacht es nach der willkürlich festgelegten Zeit des Hospitals war. Vor ihrer Zustimmung hatte Hredlichi beim Patienten nachgefragt, der mit Ausnahme der Visite seines Chirurgen bisher jeglichen Besuch abgelehnt hatte oder sich einfach schlafend zu stellen pflegte, wenn sich trotzdem jemand nicht davon abhalten ließ, das Krankenzimmer zu betreten. Entsprechend war die Oberschwester äußerst überrascht gewesen, als sich Mannon einverstanden erklärt hatte, Lioren als einzigen nichtmedizinischen Besucher zu empfangen.

Wie Cha Thrat dem Tarlaner erklärt hatte, sei sie zwar nicht genügend motiviert, um für die Untersuchung in Sachen Seldal – die schließlich in Liorens Verantwortungsbereich falle – immer sofort den Schlaf zu unterbrechen oder andere, dringendere Beschäftigungen aufzugeben, aber solange es dem Terrestrier keine größeren persönlichen Unannehmlichkeiten bereite, werde sie Lioren auch weiterhin in jeder Hinsicht unterstützen. Aus diesem Grund war Liorens erster Besuch bei Mannon der einzige geblieben, auf dem ihn die Sommaradvanerin begleitet hatte.

Beim dritten Besuch war Lioren zwar erleichtert, daß sich Mannon nicht ausschließlich über die Cromsaggi unterhalten wollte, aber gleichzeitig enttäuscht, weil er Seldals Verhalten noch keinen Deut besser verstand, und verlegen, da der Patient bei jedem Besuch immer länger über sich selbst sprach.

»Bei allem Respekt, Doktor«, sagte Lioren nach einer besonders strittigen Selbstdiagnose Mannons, »ich habe weder ein terrestrisches Schulungsband im Kopf gespeichert, durch das ich mir in Ihrem Fall eine Meinung bilden könnte, noch darf ich als Mitarbeiter der psychologischen Abteilung als Arzt praktizieren. Der für Sie verantwortliche Mediziner ist Seldal, und der ...«

»Sie reden mit mir, als ob ich ... ein plapperndes Kleinkind wäre«, unterbrach ihn Mannon. »Beziehungsweise ein verängstigter Patient ... der im Sterben liegt. Wenigstens ... versuchen Sie nicht, mir eine ... tödliche Überdosis ... Mitleid einzuflößen. Sie sind hier, um ... Auskünfte über Seldal einzuholen und als Gegenleistung dafür ... meine Neugier über Sie zu befriedigen. Nein, ich habe nicht so sehr Angst davor zu sterben ... sondern vielmehr davor ... zuviel Zeit zu haben, darüber nachzudenken.«

»Haben Sie Schmerzen, Doktor?« fragte Lioren.

»Sie wissen doch, daß ich keine Schmerzen habe, verdammt noch mal!« antwortete Mannon mit einer Stimme, die durch den Unwillen kräftiger klang. »In den schlechten alten Zeiten hat es vielleicht Schmerzen ... und unwirksame Schmerzmittel gegeben, die die Funktion der unwillkürlichen Muskulatur dermaßen ... eingeschränkt haben, daß ... die größeren Organe versagten und ... das Medikament für den Tod des Patienten ... genauso verantwortlich war wie die Schmerzen. Dadurch ist der behandelnde Arzt ... mit einem Minimum an moralischen Gewissensbissen davongekommen und ... seinem Patienten ein langsamer und qualvoller Tod erspart geblieben. Doch inzwischen haben wir gelernt, Schmerzen ohne schädliche Nebenwirkungen zu vertreiben, ... und ich kann nichts anderes tun, als abzuwarten, welches von meinen lebenswichtigen Organen ... als erstes aus Altersschwäche den Dienst versagt.

Ich hätte Seldal nicht auf meine Eingeweide loslassen

sollen«, schloß Mannon, wobei seine Stimme wieder ins Flüstern verfiel. »Aber diese Verstopfungen... waren wirklich unangenehm.«

»Ich kann das durchaus nachempfinden«, sagte Lioren, »denn auch ich wünsche mir den Tod. Doch Sie können mit Stolz und ohne Kummer auf Ihr vergangenes Leben zurückblicken und einem Ende entgegensehen, das sich nicht lange hinauszögern wird. Dagegen liegt in meiner Vergangenheit und Zukunft nichts als Schuld und Elend, die ich ertragen muß, bis...«

»Können Sie wirklich nachempfinden, was in mir vorgeht, Lioren?« fiel ihm Mannon ins Wort. »Sie machen auf mich eher den Eindruck... nichts als eine stolze und gefühllose... aber sehr effektive Heilungsmaschine zu sein. Der Vorfall auf Cromsag... hat gezeigt, daß diese Maschine einen Defekt aufweist. Sie wollen die Maschine zerstören... während O'Mara sie reparieren will. Wer von Ihnen beiden letztlich Erfolg haben wird, weiß ich nicht.«

»Nur um einer Strafe zu entgehen, würde ich mich niemals selbst zerstören!« widersprach Lioren entschieden.

»Einem durchschnittlichen Personalmitglied würde ich solche... persönlich verletzenden Dinge nicht sagen«, fuhr Mannon fort. »Ich weiß, daß Sie glauben, solche Beleidigungen... und noch Schlimmeres verdient zu haben... und Sie erwarten keine Entschuldigung von mir. Aber ich entschuldige mich trotzdem... weil ich Sie auf eine Art verletze, die ich nicht für möglich gehalten habe... und Sie regelrecht attackiere. Aus diesem Grund ignoriere ich auch meine Freunde, wenn sie mich besuchen, damit sie nicht merken... daß ich nichts als ein rachsüchtiger alter Mann bin.«

Bevor Lioren eine Entgegnung darauf einfiel, sagte Mannon mit schwacher Stimme: »Ich habe jemanden verletzt, der mir nichts angetan hat... Das kann ich bei Ihnen nur wiedergutmachen, indem ich... Ihnen mit Auskünften über Seldal helfe. Wenn er mich morgen früh besucht … werde ich ihm ganz bestimmte und sehr persönliche Fragen stellen. Aber die Verbindung zu Ihnen … werde ich ihm gegenüber natürlich nicht erwähnen, und von selbst … wird er in dieser Richtung keinerlei Verdacht hegen.«

»Danke«, sagte Lioren. »Aber ich verstehe nicht, wie Sie ihm solche Fragen …«

»Das ist ganz einfach«, unterbrach ihn Mannon, dessen Stimme plötzlich wieder kräftiger wurde. »Seldal ist Chefarzt, und ich bin bis zu meiner unverhofften Degradierung zum Patienten Diagnostiker gewesen. Aus folgenden drei Gründen wird sich Seldal freuen, alle meine Fragen zu beantworten: aus Achtung vor meinem früheren Rang als Diagnostiker; dann, weil er einem Sterbenden, der, was sehr gut möglich ist, zum letztenmal fachsimpeln will, seinen Willen lassen möchte; und besonders deshalb, weil ich schon seit drei Tagen vor der Operation kein einziges Wort mehr mit ihm gesprochen habe. Sollte ich nach einer solchen Art des Vorgehens immer noch keine nützlichen Informationen für Sie herausbekommen haben, dann gibt es auch keine.«

Nur weil er Lioren gegenüber ein paar unhöfliche Worte gebraucht hatte, wollte der Terrestrier durch diese womöglich letzte konstruktive Tat seines Lebens dem Tarlaner bei den Untersuchungen zu Seldal helfen, wie es niemand sonst konnte. Lioren hatte es schon immer für falsch gehalten, sich bei einem Krankheitsfall auch nur ansatzweise emotional zu engagieren, da nach seinem Dafürhalten den Interessen des Patienten am besten durch die unpersönliche, medizinisch-sachliche Einstellung gedient war – und Mannon war nicht einmal sein Patient. Doch irgendwie gewann er allmählich den Eindruck, als wäre die Untersuchung über das Verhalten des nallajimischen Chefarztes nicht mehr seine einzige Aufgabe.

»Ich möchte Ihnen nochmals für Ihre Hilfe in dieser Angelegenheit danken«, sagte Lioren schließlich.

»Aber ich wollte eben sagen, daß ich nicht verstehe, warum Sie andere in einer Weise verletzen, die Sie selbst nicht für möglich gehalten hätten, wo Sie doch dank des Medikaments keine Schmerzen mehr haben dürften. Handelt es sich womöglich um ein nichtmedizinisches Problem?«

Mit starrem Blick sah ihn Mannon eine scheinbar ewig lange Zeit schweigend an, und Lioren wünschte, er könnte den Ausdruck auf dem ausgezehrten und tief zerfurchten Gesicht lesen. Er versuchte es noch einmal.

»Falls es ein nichtmedizinisches Problem ist, wäre es Ihnen dann lieber, wenn ich O'Mara holen lassen würde?«

»Nein!« wehrte Mannon mit schwacher, aber sehr bestimmter Stimme ab. »Ich will mich nicht mit dem Chefpsychologen unterhalten. Der ist schon etliche Male hiergewesen, bis er es endlich aufgegeben hat zu versuchen, mit jemandem ins Gespräch zu kommen, der sich die ganze Zeit schlafend stellt. Seither ist er, wie meine anderen Freunde auch, weggeblieben.«

Es lag auf der Hand, daß Mannon zwar mit jemandem reden wollte, sich bislang aber noch nicht dazu durchgerungen hatte. Nach Liorens Ansicht könnte sich Schweigen als die sicherste Form herausstellen, ihn danach zu fragen.

»In Ihrem Kopf steckt zu viel, das Sie vergessen möchten«, fuhr Mannon schließlich mit einer Stimme fort, die von irgendwoher neue Kraft geschöpft hatte. »Umgekehrt gibt es in meinem noch mehr, an das ich mich nicht erinnern kann.«

»Ich verstehe Sie immer noch nicht ganz«, warf Lioren ein.

»Muß ich Ihnen das wirklich erklären, als ob Sie ein Krankenpflegeschüler am ersten Tag wären?« fragte der Terrestrier. »Den größten Teil meines Berufslebens bin ich Diagnostiker gewesen. Als solcher mußte ich – oft für einen Zeitraum von mehreren Jahren – das Wissen, die

Persönlichkeiten und die medizinischen Erfahrungen von bis zu zehn Lebewesen gleichzeitig im Kopf gespeichert haben. Dabei hat man das Gefühl, daß der eigene Verstand von vielen fremden Persönlichkeiten in Besitz genommen wird, die – weil es sich bei den Spezialisten, von denen diese Aufzeichnungen gemacht werden, selten um schüchterne und zurückhaltende Wesen handelt – gegeneinander um die Vorherrschaft ringen. Das ist ein subjektives geistig-seelisches Phänomen, das man überwinden muß, wenn man Diagnostiker bleiben will, doch am Anfang scheint der eigene Verstand eine Art Schlachtfeld mit zu vielen Kämpfern zu sein, die sich gegenseitig bekriegen, bis schließlich ...«

»Das verstehe ich gut«, unterbrach ihn Lioren. »Während meiner Zeit als Chefarzt hier am Hospital hat man mal von mir verlangt, drei Bänder gleichzeitig im Kopf gespeichert zu haben.«

»Aber der Hausherr ist in der Lage, Ruhe und Ordnung zu schaffen«, fuhr Mannon langsam fort, »normalerweise, indem er lernt, diese fremden Persönlichkeiten zu verstehen, sich auf sie einzustellen und sich mit ihnen zu befreunden, ohne irgendeinen Teil des eigenen Verstands aufzugeben, bis er die notwendige Anpassung vollziehen kann. Das ist der einzige Weg, um einem schweren psychischen Trauma und der Streichung vom Dienstplan der Diagnostiker zu entgehen.«

Kurz schloß Mannon die Augen, bevor er weitersprach. »Doch jetzt ist das geistige Schlachtfeld leer, verlassen von den einstigen Kämpfern, die Freunde geworden sind. Ich bin ganz allein mit dem Wesen namens Mannon und habe nur noch Mannons Erinnerungen, zu der auch die Erinnerung gehört, noch viele andere Erinnerungen gehabt zu haben, die mir genommen worden sind. Wie man mir gesagt hat, ist das beabsichtigt, weil einem der Verstand vor dem Tod eine Zeitlang allein gehören sollte. Aber ich fühle mich einsam, einsam und leer und umsorgt und vollkommen schmerzfrei, während ich den subjektiven Eindruck habe, eine Ewigkeit damit zu verbringen, auf mein Ende zu warten.«

Lioren geduldete sich, bis er ganz sicher war, daß Mannon zu Ende gesprochen hatte; dann sagte er: »In einer Zeit wie dieser werden Terrestrier, die an unheilbarer Altersschwäche leiden, und eigentlich auch die Mitglieder der meisten anderen Spezies durch die Anwesenheit von Freunden getröstet. Aus irgendeinem Grund haben Sie sich dafür entschieden, solche Besuche von sich fernzuhalten, aber wenn Sie die Gesellschaft der Bandurheber, die einmal Ihre geistigen Freunde gewesen sind, vorziehen, wäre doch die einzig vernünftige Lösung, sich wieder Schulungsbänder Ihrer Wahl ins Gehirn einspielen zu lassen. Ich werde das dem Chefpsychologen vorschlagen, der dann vielleicht ...«

»Schlagen Sie sich bloß Ihre psychologischen Ambitionen aus dem Kopf«, fiel ihm Mannon ins Wort. »Oder ist Ihrem tarlanischen Verstand schon entgangen, daß Sie Seldals Verhalten untersuchen sollen und nicht einen seiner Patienten namens Mannon? Vergessen Sie die Bänder, Lioren. Sollte O'Mara nämlich jemals herausfinden, was Sie als Auszubildender der psychologischen Abteilung hier zu tun versucht haben, werden Sie ernste Probleme bekommen.«

»In größere Schwierigkeiten zu geraten als in die, in denen ich ohnehin schon stecke, kann ich mir nicht vorstellen«, reagierte Lioren in ernstem Ton.

»Tut mir leid«, entschuldigte sich Mannon, wobei er eine der Hände ein paar Zentimeter weit über die Decke hob und wieder sinken ließ. »Einen Augenblick lang hatte ich den Vorfall auf Cromsag ganz vergessen. Verglichen mit der Strafe, die Sie über sich selbst verhängt haben, wäre eine Standpauke von O'Mara das reinste Zuckerschlecken.«

Lioren reagierte nicht auf Mannons Entschuldigung, da eine Person, die Schuld auf sich geladen hatte, nach seiner Auffassung keine Entschuldigung verdiente, und sagte statt dessen: »Sie haben recht, wieder die Schulungsbänder in Ihrem Gehirn zu speichern ist keine gute Lösung. Zwar besitze ich nur dürftige Kenntnisse über terrestrische Psychologie, aber wäre es nicht besser, wenn Ihr Kopf in dieser Zeit allein Ihnen gehören und nicht mit anderen Persönlichkeiten gefüllt sein würde, deren Gehirnströme aufgezeichnet worden sind, bevor die Betreffenden überhaupt von Ihrer Existenz gewußt haben, und deren scheinbare Freundschaft zu Ihnen nichts als eine Selbsttäuschung gewesen ist, die Ihnen die Anwesenheit dieser fremden Wesen erträglicher machen sollte? Müßten Sie nicht in dieser Zeit das, was in Ihrem Kopf steckt, Ihre Gedanken, Erfahrungen, Ihre richtigen und falschen Entscheidungen und die beachtlichen Kenntnisse, die Sie im Laufe Ihres Lebens gesammelt haben, in Ordnung bringen? Das würde Ihnen bestimmt dabei helfen, die verbleibende Zeit sinnvoll zu nutzen. Und wenn Sie Ihre Freunde nicht mehr davon abhalten würden, Sie zu besuchen, könnte das auch eine Verkürzung der Zeit ...«

»Ein intelligentes Lebewesen, das sich kein langes Leben und einen schnellen Tod gewünscht hat, muß ich erst noch kennenlernen«, unterbrach ihn Mannon. »Doch solche Wünsche werden nur selten erfüllt, nicht wahr, Lioren? Zwar läßt sich mein Leiden nicht mit Ihrem vergleichen, aber ich werde noch eine lange Zeit in einem Körper verbringen müssen, der aller Gefühle beraubt ist und in dem ein Verstand steckt, der für mich fremd und furchterregend ist, weil es sich um meinen eigenen Geist handelt, den ich nicht mehr auszufüllen vermag.«

Die beiden tiefliegenden Augen des ehemaligen Diagnostikers hefteten sich auf dasjenige Sehorgan von Lioren, das ihnen am nächsten war. Mehrere Minuten lang erwiderte der Tarlaner den starren Blick des Patienten, wobei er sich Mannons Worte ins Gedächtnis zurückrief und jedes einzelne auf unausgesprochene Bedeutungen hin abklopfte, doch bevor er etwas sagen konnte, ergriff der Terrestrier das Wort.

»Seit vielen Wochen habe ich nicht mehr so lange geredet, und ich bin sehr müde«, sagte er. »Bitte gehen Sie jetzt, sonst werde ich noch so unhöflich sein, mitten im Satz einzuschlafen.«

»Bitte haben Sie nur noch etwas Geduld mit mir, denn ich habe noch eine Frage an Sie«, bat Lioren. »Könnte es sein, daß Sie glauben, jemand, der bereits das ungeheuerliche Verbrechen des Völkermords begangen hat, würde nicht zusätzlich darunter leiden, wenn er einem Kollegen zu Gefallen eine einzelne und – im Verhältnis gesehen – verzeihlichere Straftat verüben soll? Wollen Sie mir nahelegen, Ihnen die Wartezeit zu verkürzen?«

Mannon schwieg so lange, daß Lioren schon die Anzeigen der Biosensoren überprüfte, um sicherzugehen, ob der Terrestrier nicht mit offenen Augen das Bewußtsein verloren hatte; dann fragte Mannon: »Falls das mein Vorschlag wäre, was würden Sie darauf antworten?«

Lioren wartete mit der Entgegnung nicht so lange. »Meine Antwort wäre ein klares Nein. Wenn möglich, muß ich versuchen, meine Schuld zu verringern und sie auf keinen Fall zu vergrößern, in welch geringem Ausmaß auch immer. Über die ethischen und moralischen Aspekte einer solchen Tat kann man zwar diskutieren, doch aus medizinischen Gründen kann ich sie nicht billigen, weil Sie keinerlei körperliche Schmerzen haben. Ihre Beschwerden sind rein subjektiv und das Produkt eines von fremden Gedanken befreiten Verstandes, der nur noch ein einziges Wesen beherbergt, nämlich Sie selbst, und Sie sind dort nicht mehr glücklich.

Doch das ist keine neue Erfahrung für Sie, weil es bei Ihnen der Normalzustand gewesen ist, bevor Sie Chefarzt und schließlich Diagnostiker geworden sind«, fuhr Lioren fort. »Ich habe Ihnen bereits vorgeschlagen, Ihren Verstand wieder mit alten Erinnerungen, Erlebnissen oder fachlichen Entscheidungen aufzufüllen, die Ihnen Spaß gemacht haben, oder mit Problemen, die von Ihnen mit Vergnügen gelöst worden sind. Oder würden Sie ihn lieber weiterhin mit neuen Physiologiebändern trainieren?«

Das, was er nun sagen wollte, würde sich gefühllos und selbstsüchtig anhören und könnte den Patienten sehr gut so erzürnen, daß er die weitere Zusammenarbeit verweigerte, aber Lioren sprach es trotzdem aus.

»Beispielsweise wäre da das ungelöste Rätsel des Verhaltens von Seldal«, fügte er hinzu.

»Verschwinden Sie«, forderte ihn Mannon mit schwacher Stimme auf, wobei er die Augen schloß. »Lassen Sie mich jetzt allein.«

Lioren ging erst, nachdem die Biosensoren die Veränderungen angezeigt hatten, die ihm verrieten, daß der Schlaf des Patienten in diesem Fall keine Verstellung war.

Als er am nächsten Morgen wieder ins Büro kam, konzentrierte sich Lioren bewußt auf die Routinearbeiten, um ein Gespräch mit Cha Thrat über Mannon zu vermeiden. Seiner Ansicht nach sollten die Äußerungen eines todkranken Patienten weder zu streng beurteilt noch anderen gegenüber wiederholt werden, insbesondere, da sie keinen direkten Bezug zur Untersuchung von Seldals Verhalten hatten.

Von den anderen drei postoperativen Patienten Seldals, die er fragte, waren zwei bereit, sich ausführlich mit ihm zu unterhalten – über sich selbst, über das Krankenhausessen und über die Schwestern, deren Pflege manchmal so sanft wie die Hände eines Elternteils war und dann wieder so gefühllos wie ein Tritt vom Hinterbein eines Tralthaners –, aber zu ihrem nallajimischen Chirurgen wollten sie sich fast überhaupt nicht äußern. Während der kurzen Zeit, die Seldal bei ihnen verbrachte, pflegte der MSVK offensichtlich selbst kaum etwas zu sagen, sondern hauptsächlich zuzuhören, was für einen Chefarzt zwar ein wenig ungewöhnlich sein mochte, aber keinesfalls eine charakterliche Anomalie darstellte, die schwerwiegend genug gewesen wäre, um O'Mara damit zu belästigen. Darum war Lioren zwar enttäuscht, aber keineswegs überrascht, als seine allgemeinen und notwendigerweise unbestimmten Fragen zu keinen Ergebnissen führten.

Für die postoperative Pflege des dritten Patienten waren tralthanische und hudlarische Schwestern verantwortlich, denen man verboten hatte, den Fall außerhalb der Station zu besprechen. Desgleichen hatte Seldal sämtlichen Mitgliedern anderer Spezies, die eine geringere Körpermasse als die der Hudlarer oder Tralthaner aufwiesen, untersagt, sich auch nur ansatzweise in die Nähe des Patienten zu begeben. Durch diesen geheimnisvollen Patienten wurde Liorens Neugier geweckt, und als er sich entschloß, per Computer dessen Krankenakte abzurufen, mußte er feststellen, daß ihm der Zugriff auf die Daten verweigert wurde.

Als sich Oberschwester Hredlichi mit ihm kurz darauf in Verbindung setzte, um ihm mitzuteilen, Mannon habe sie angewiesen, Lioren von nun an jederzeit den Besuch bei dem ehemaligen Diagnostiker zu gestatten, war er angenehm überrascht. Noch mehr überraschte ihn jedoch das, was ihm der Terrestrier beim nächsten Besuch gleich zu Anfang verkündete.

»Diesmal werden wir uns über Chefarzt Seldal, über Ihre Untersuchung und über Sie selbst unterhalten, nicht über mich«, entschied Mannon.

Er sprach langsam und mit schwacher Stimme, die gerade noch zu hören war, doch er machte keine langen Atempausen und verhielt sich nach Liorens Auffassung keinesfalls wie ein todkranker Patient, sondern eher wie ein leicht kränkelnder Diagnostiker.

Mit dem Nallajimer hatte sich Mannon unterhalten, als Seldal auf seinen zweimal täglich durchgeführten Rundgängen durch die Station bei ihm vorbeigekommen war.

Laut Mannon sei Seldal beide Male hocherfreut gewesen, daß sich der Patient wieder mit ihm unterhalten und Interesse am allgemeinen Geschehen und an anderen Lebewesen als sich selbst gezeigt habe. Beim ersten Gespräch sei offenkundig gewesen, daß sich Seldal seinem Patienten anpassen wollte, indem er Mannons bewußt allgemein gehaltene Fragen nach dem neuesten Hospitalklatsch und den übrigen Patienten beantwortet habe, und der nallajimische Chefarzt habe sich bei ihm viel länger aufgehalten, als dies aus medizinischer Sicht notwendig gewesen sei.

»Natürlich hat er das nur aus beruflicher Höflichkeit gegenüber der Person getan, die ich mal gewesen bin«, fuhr Mannon fort. »Zu den Leuten, über die wir gesprochen haben, hat aber auch der neue Auszubildende der psychologischen Abteilung gehört – dieser Lioren, der anscheinend ohne klare Vorstellung von dem, was er da eigentlich treibt, durchs Hospital umherirrt.«

Unwillkürlich und ruckartig nahmen Liorens mittlere Gliedmaßen die tarlanische Verteidigungshaltung ein, doch die Bedrohung wurde schon durch die nächsten Worte des Patienten beseitigt.

»Keine Sorge«, beruhigte ihn Mannon. »Wir haben über Sie selbst gesprochen, nicht über Ihr Interesse an Seldal. Oberschwester Hredlichi, die vier Münder hat und nicht einen davon halten kann, hat Seldal von Ihren häufigen Besuchen bei mir berichtet, und der Chefarzt wollte gerne von mir wissen, warum ich das erlaubt hätte und welches unsere Gesprächsthemen gewesen seien. Da ich ihm so kurz vor meinem Ende keine glatte Lüge auftischen wollte, habe ich behauptet, wir hätten uns über unsere Schwierigkeiten unterhalten und daß mir im Vergleich zu Ihren Problemen meine eigenen geradezu lächerlich klein erscheinen würden.«

Einen Moment lang schloß Mannon die Augen, und Lioren fragte sich, ob der Terrestrier durch die Anstrengung des langen, ununterbrochenen Monologs erschöpft sein könnte, doch dann schlug der ehemalige Diagnostiker sie wieder auf und fuhr fort: »Bei seiner zweiten Visite habe ich ihn nach seinen Schulungsbändern gefragt. Hören Sie doch mal auf, so mit den Armen herumzufuchteln, Sie stoßen noch irgendwas um! Bald wird sich Seldal nämlich den medizinischen und psychologischen Prüfungen unterziehen müssen, die für die Beförderung zum Diagnostiker erforderlich sind, und wie ich weiß, wäre ihm dafür jeder Ratschlag von einem ehemaligen Diagnostiker mit jahrzehntelanger Erfahrung willkommen. Meine Fragen nach den Methoden, mit denen er sich auf seine momentanen Gehirnpartner einstellt und sich an sie anpaßt, kamen für ihn also nicht ganz unerwartet und haben deshalb auch nicht seinen Verdacht erregt. Ob Ihnen die Informationen, die Sie bis jetzt erhalten haben, bei der Untersuchung weiterhelfen, kann ich nicht sagen.«

Im Laufe der letzten Sätze war Mannons Stimme so leise geworden, daß sich Lioren unbeholfen bis auf die Knie vorgebeugt hatte, um den Kopf näher an die Lippen des Terrestriers zu bringen. Ob die Informationen nützlich waren, wußte Lioren zwar nicht, aber durch sie hatte er zweifellos eine ganze Menge zum Nachdenken bekommen.

»Jedenfalls bin ich Ihnen äußerst dankbar, Doktor«, sagte er.

»So, nun habe ich Ihnen einen Gefallen getan, Oberstabsarzt. Sind Sie jetzt bereit, mir auch einen zu tun?« erkundigte sich Mannon.

Ohne zu zögern, antwortete Lioren: »Nicht diesen.«

»Und wenn ich mich ... ab jetzt weigere, mit Ihnen zusammenzuarbeiten?« fragte Mannon mit einer Stimme, die von seinen Lippen aus nur wenige Zentimeter weit zu hören war. »Oder mich wieder schlafend stelle? Oder wenn ich Seldal alles erzähle?«

Ihre Köpfe befanden sich mittlerweile so dicht beieinander, daß Lioren drei seiner Augen ausstrecken mußte, um den unglaublich ausgemergelten Körper des ehemaligen Diagnostikers in seiner ganzen Länge übersehen zu können. »Dann würde ich in eine peinliche Lage geraten, einiges Leid ertragen müssen und vielleicht bestraft werden«, entgegnete er. »Gegen die Strafe, die ich verdiene, wäre das alles nichts. Aber Sie leiden in einer Weise, die ich mir kaum vorstellen kann, und Sie haben es *nicht* verdient. Wie Sie selbst sagen, finden Sie weder Trost, wenn Sie sich in Gesellschaft von Freunden befinden, noch wenn Sie vor dem Tod noch einmal Ihr vergangenes Leben an sich vorüberziehen lassen. Es mag ja sein, daß Ihr vereinsamter Verstand entsetzlich für Sie ist, nicht weil er wirklich verlassen ist, sondern weil der einzige, der noch in ihm steckt, für Sie zum Fremden geworden ist; aber dieser Verstand ist ein wertvolles Hilfsmittel, das wertvollste Hilfsmittel, das Sie je besessen haben, und sollte nicht einfach durch ein frühzeitiges Ende vergeudet werden, sosehr Sie sich das auch wünschen. Sie sollten Ihren Verstand so lange wie möglich benutzen.«

Sanft strich ein langer Atemzug des Terrestriers über Liorens Gesicht, und dann murmelte Mannon kraftlos: »Lioren, in Ihren Adern fließt … Fischblut.«

Innerhalb weniger Minuten war er eingeschlafen, und Lioren befand sich auf dem Rückweg ins Büro. Da er mit den Gedanken mehr beim Patienten als beim sich ewig stellenden Problem war, heil und unversehrt durch die Korridore zu kommen, stieß er mehrmals mit anderen Lebensformen zusammen, wobei beide Seiten zum Glück jedesmal von Verletzungen verschont blieben.

Die letzten Stunden oder Tage eines emotional gequälten und todkranken Patienten benutzte er als Mittel, eine einfache, unwichtige und überhaupt nicht dringende Untersuchung voranzutreiben, als würde er sich eines x-beliebigen geeigneten Werkzeugs bedienen, das ihm zufällig in die Hände geraten war und es ihm ermöglichte, eine Arbeit fertigzustellen. Wenn er dabei das Werkzeug veränderte oder dessen Leistungsfähigkeit steigerte, spielte das keine besondere Rolle. Oder doch?

Lioren erinnerte sich daran, daß er auf Cromsag an der Lösung eines Problems beteiligt gewesen war. Auch damals hatte er die Lösung für wichtiger gehalten als die einzelnen Beteiligten, und durch seinen geistigen Stolz und seine Ungeduld war ein ganzer Planet entvölkert worden. Auf seinem Heimatplaneten Tarla hatten dieser Stolz und seine hohe Intelligenz eine Barriere dargestellt, die von niemandem durchbrochen werden konnte, und er hatte zwar Vorgesetzte und Untergebene und eine Familie gehabt, aber keine Freunde. Vielleicht war Mannons eigentümlich falsche physiologische Beschreibung, die Lioren zunächst einer geistigen Verwirrung durch die Überanstrengung zugeschrieben hatte, sogar richtig gewesen, und in seinen Adern floß tatsächlich Fischblut. Möglicherweise war sie aber auch nicht ganz korrekt.

Lioren dachte an das ausgezehrte und kaum noch lebende Wesen, das er gerade verlassen hatte, an das bedauernswerte und zerbrechliche Werkzeug, das vorbildliche Arbeit leistete, und wunderte sich über die eigentümlichen Empfindungen von Schmerz und Traurigkeit, die in ihm aufstiegen.

Sollte seine erste Erfahrung mit Freundschaft genauso kurzlebig sein wie sein erster Freund?

Kaum hatte Lioren das Büro betreten, war ihm klar, daß etwas nicht stimmte, denn sowohl Cha Thrat als auch Braithwaite schnellten herum und starrten ihn an. Als erster ergriff der Terrestrier das Wort.

»O'Mara befindet sich gerade in einer Besprechung und darf auf keinen Fall gestört werden, und ich habe, ehrlich gesagt, keine Ahnung, wie ich Ihnen diese Nachricht beibringen soll«, sagte Braithwaite mit schneller, aufgeregter Stimme. »Verdammt, Lioren, man hat Ihnen doch aufgetragen, bei den Nachforschungen diskret vorzugehen! Was haben Sie über Ihren Auftrag verraten und wem? Wir haben gerade eine Nachricht von Chefarzt Seldal erhalten. Er will sich mit Ihnen im Versammlungsraum des nallajimischen Personals auf Ebene dreiundzwanzig treffen.«

Cha Thrat machte die sommaradvanische Geste, die tiefe Besorgnis ausdrückte, und fügte hinzu: »Und zwar sofort.«

12. Kapitel

Da die nallajimischen MSVKs oft Kollegen anderer Spezies einluden, war ihr Versammlungsraum zwar geräumig genug, um Lioren keine körperlichen Unannehmlichkeiten zu bereiten, dennoch wunderte er sich über die Wahl des Treffpunkts. Trotz ihres feingliedrigen Körperbaus und der geringen Schwerkraft, unter der sie lebte, konnte diese vogelartige Spezies ein ähnlich abweisendes Verhalten gegenüber einem Gesprächspartner an den Tag legen wie die Kelgianer, und falls Seldal wirklich einen Grund gefunden hatte, sich über Lioren zu beschweren, wäre die zu erwartende Vorgehensweise für den MSVK eigentlich die gewesen, in der psychologischen Abteilung zu erscheinen und ein Gespräch mit O'Mara zu verlangen.

Über eins bin ich mir trotzdem ganz sicher, dachte Lioren, als er zwischen den nestähnlichen Sofas, auf denen schlafende oder leise zwitschernde MSVKs lagen, auf Seldal zuging, *der Grund für dieses Treffen ist kein geselliges Beisammensein.*

»Setzen Sie sich oder bleiben Sie stehen, wie es gemütlicher für Sie ist«, begrüßte ihn der Chefarzt, wobei er einen Flügel hob, um auf den Essensspender des Liegesofas zu deuten. »Darf ich Ihnen etwas zu essen oder zu trinken anbieten?«

Es war ein Irrtum, sich über irgend etwas sicher zu sein, sagte sich Lioren, als er sich in die weichen Daunen des Sofas sinken ließ.

»Sie haben meine Neugier geweckt«, sagte der nallajimische Chefarzt, dessen schnelles Zwitschern einen unruhigen Hintergrund zu den langsameren tarlanischen Worten aus dem Translator bildete. »Allerdings interessiere ich mich weniger für den Vorfall auf Cromsag, denn der ist inzwischen allgemein bekannt, sondern vielmehr für Ihr Verhalten gegenüber meinem Patienten Mannon. Was genau haben Sie zu ihm gesagt, und was hat er umgekehrt Ihnen erzählt?«

Habe ich's nicht gleich gesagt? dachte Lioren. *Dieses Treffen wird nicht lange ein geselliges Beisammensein bleiben.*

Da er nicht lügen wollte, versuchte er sich zu entscheiden, ob es besser wäre, nicht die ganze Wahrheit zu sagen oder einfach zu schweigen, als der Nallajimer schon fortfuhr.

»Wie mir Hredlichi berichtet hat – und ich bediene mich ihrer Worte so genau, wie ich mich noch daran erinnern kann –, seien zwei von O'Maras psychologischen Mitarbeitern, nämlich Cha Thrat und Lioren – also Sie – mit der Bitte an sie herangetreten, eine Befragung der Patienten einschließlich des todkranken Mannon zu einigen geplanten Verbesserungen bezüglich des Ambientes der Station zu gestatten«, erklärte Seldal. »Hredlichi sagt, sie sei einerseits zu beschäftigt gewesen, um durch einen Streit mit Ihnen kostbare Zeit zu verschwenden, und andererseits seien Sie beide so groß und kräftig gewesen, so daß sie es gar nicht erst versucht habe, Sie mit körperlicher Gewalt zu entfernen. Deshalb habe sie sich entschlossen, bezüglich des Patienten Mannon zuzustimmen, da sie davon ausgegangen sei, daß der ehemalige Diagnostiker Sie genausowenig beachten würde wie alle anderen, die schon vorher versucht hatten, mit ihm zu sprechen. Doch laut Hredlichi haben Sie dann zwei Stunden beim Patienten verbracht, woraufhin dieser der Oberschwester gleich darauf mitgeteilt hat, daß Sie ihn von nun an jederzeit besuchen dürften.

Der ehemalige Diagnostiker Mannon wird im Orbit Hospital sehr geschätzt, und seine Dienstzeit in dieser Einrichtung wird nur noch von der O'Maras übertroffen, der sein Freund war und ist«, fuhr Seldal fort. »Als ich ans Hospital gekommen bin, ist Mannon der Ausbildungsleiter gewesen. Damals wie auch noch oft danach hat er mir sehr geholfen, weshalb er für mich ebenfalls mehr als nur ein Arztkollege ist. Doch bis gestern, als er meine Anwesenheit plötzlich zur Kenntnis genommen und angefangen hat, klare Fragen zu stellen, die zwar teils allgemein gehalten, häufiger jedoch persönlicher Natur gewesen sind, hatte er mit niemandem sprechen wollen, außer mit Ihnen.

Ich frage Sie nochmals, Lioren: Was hat sich zwischen Mannon und Ihnen abgespielt?«

»Mannon ist ein todkranker Patient«, antwortete Lioren, wobei er genau überlegte, was er sagte, »und einige der Worte und Gedanken, die er geäußert hat, passen vielleicht nicht zu dem Mannon, den Sie gekannt haben, als er sich noch auf dem Höhepunkt seiner körperlichen und geistigen Kräfte befand. Mir wäre es lieber, das Thema mit anderen nicht zu besprechen.«

»Ihnen wäre es lieber ...«, begann Seldal. Sein aufgebrachtes Zwitschern wurde nun lauter, so daß sich die schlafenden Nallajimer ringsum unruhig in den Nestern bewegten. »Ach, behalten Sie Ihre Geheimnisse für sich, wenn Sie es unbedingt müssen. Wirklich, Sie erinnern mich an den verstorbenen Carmody, der vor Ihrer Zeit am Hospital gearbeitet hat. Und Sie haben recht, wenn ein solch großartiges Wesen wie dieser Mannon Schwäche zeigen sollte, würde ich das lieber gar nicht wissen wollen, obwohl ich mein Gehirn einmal mit einem terrestrischen DBDG geteilt habe, der der Auffassung war, daß man hin und wieder auch seine Schwächen zeigen müsse, um wahre Größe zu beweisen.«

»Danke für Ihre Nachsicht, Sir«, sagte Lioren.

»Nachsicht habe ich von einem sehr engen Freund gelernt«, entgegnete der Chefarzt. »Das werde ich Ihnen jetzt nicht näher erläutern. Statt dessen will Ihnen lieber verraten, was sich meiner Meinung nach zwischen Ihnen und Mannon abgespielt hat.«

Für den Tarlaner stellte es eine große Erleichterung

dar, daß Seldal nicht mehr verärgert war und anscheinend glaubte, nicht er selbst wäre der Gegenstand von Liorens Untersuchungen, sondern Mannon. Als der Nallajimer fortfuhr, fragte sich Lioren, ob die Bemerkung, von einem sehr engen Freund Nachsicht gelernt zu haben, eine wichtige Einzelheit darstellte.

»Nachdem Mannon bei Ihrem ersten Besuch herausgefunden hatte, wer Sie eigentlich sind, muß er zu dem Schluß gekommen sein, daß Sie womöglich mehr Probleme haben als er selbst, und ist entsprechend neugierig geworden«, fuhr Seldal fort. »Diese Neugier muß zu persönlichen Fragen nach dem Vorfall auf Cromsag geführt haben, die für Sie schmerzlich gewesen sind, aber dafür war Mannon zum erstenmal seit mehreren Wochen überhaupt auf irgendwas neugierig. Inzwischen scheint sogar alles seine Neugier zu erregen. Er hat mit mir über Sie gesprochen und mich eingehend nach Ihnen befragt, sich nach meinen anderen Patienten erkundigt und sogar nach dem neuesten Hospitalklatsch, einfach nach allem. Für die deutliche Verbesserung seines Zustands, zu der Ihre Besuche geführt haben, bin ich Ihnen äußerst dankbar, Lioren ...«

»Aber das Krankheitsbild ...«, wollte Lioren einwenden.

»... hat sich nicht verändert«, beendete Seldal den Satz für ihn. »Aber der Patient *fühlt* sich besser.

Hredlichi hat mir außerdem erzählt, Sie hätten auch meine anderen Patienten zu dem Plan befragt, das Ambiente der Station zu verbessern, mit Ausnahme des isolierten Patienten, bei dem Besuche und jeder medizinische Kontakt, der nicht direkt mit seiner Behandlung zu tun hat, verboten sind. Bei diesem Patienten handelt es sich um ein junges und deshalb relativ kleines Mitglied einer körperlich gewaltigen Spezies. Aus diesem Grund bestünde für jede Lebensform von mehr oder weniger normaler Körpergröße, die sich in seine Nähe begibt, ein gewisses Risiko. Falls Sie es dennoch wollen, haben Sie jetzt meine Erlaubnis, diesen Patienten zu besuchen, wann immer Sie möchten.«

»Danke, Chefarzt Seldal«, sagte Lioren, dessen Dankbarkeit ein wenig von der Verwirrung über den Verlauf, den das Gespräch nahm, überschattet wurde. »Natürlich bin ich auf das Geheimnis neugierig, das diesen besonderen Patienten umgibt ...«

»So, wie jeder andere im Hospital, der nicht unmittelbar an der Behandlung beteiligt ist, die, wie ich zugeben muß, nicht gerade gut verläuft«, fiel ihm Seldal ins Wort. »Aber ich will nicht nur Ihre Neugier befriedigen, ich möchte Sie auch um einen Gefallen bitten.

Meine letzten Gespräche mit Mannon und die Art, wie er von Ihnen spricht, haben mich nämlich auf die Frage gebracht, ob die Veränderung, die Sie bei unserem ehemaligen Diagnostiker hervorgerufen haben, beim jungen Patienten von Groalter vielleicht wiederholbar wäre, zumal dessen Krankheitsverlauf durch nichtmedizinische Faktoren, über die er partout nicht sprechen will, nachteilig beeinflußt wird. Mein Gedanke dabei war, der Groalterri könnte möglicherweise ebenfalls von der Erkenntnis profitieren, daß seine Probleme verglichen mit Ihren eigenen unbedeutend sind. Falls Sie mir jedoch lieber nicht helfen möchten, habe ich volles Verständnis dafür.«

»Es wäre mir ein Vergnügen, Ihnen zu helfen, wo ich kann«, sagte Lioren, der seine Aufregung und laute Stimme nur mit Mühe zügeln konnte. »Ein ... ein Groalterri? Hier im Hospital? Ich habe noch nie einen gesehen, ja sogar Zweifel an der Existenz dieser Spezies gehabt ... Ich wäre Ihnen sogar dankbar für diese Aufgabe.«

»Lioren, Sie sollten sich mehr Zeit nehmen, um darüber nachzudenken«, riet ihm der Nallajimer. »Wie bei Mannon werden Sie sich auch beim Groalterri schmerzliche Erinnerungen ins Gedächtnis zurückrufen müssen. Aber ich habe den Eindruck, Sie nehmen diese Schmerzen bereitwillig als eine gerechte Strafe hin, der Sie sich nicht entziehen dürfen. Das halte ich für falsch und völlig unnötig. Gleichzeitig muß ich diese Einstellung akzeptieren und sie mir wie auch Ihre Person zum Wohl meines Patienten zunutze machen, wie ich mich aller anderen chirurgischen Instrumente bedienen würde. Trotzdem tut es mir leid, Ihnen diese zusätzliche Strafe aufzuerlegen.«

In jedem von uns steckt ein kleiner Psychologe, dachte Lioren und versuchte, das Thema zu wechseln. »Darf ich meine Besuche bei Doktor Mannon ebenfalls fortsetzen?«

»So oft Sie wollen«, willigte Seldal ein.

»Und auch mit ihm diesen neuen Fall erörtern?« fragte Lioren.

»Könnte ich Sie denn davon abhalten?« antwortete Seldal mit einer Gegenfrage. »Weiter möchte ich mich aber nicht über diesen Fall äußern, damit ich durch meine Ansichten nicht die Ihren beeinflusse. Zur Krankenakte des Patienten von Groalter wie auch zu den wenigen Informationen, die es über den Heimatplaneten dieser Spezies gibt, werden Sie Zugang erhalten.«

Es war schon äußerst eigenartig, dachte Lioren, als er den Versammlungsraum der Nallajimer verließ, daß der Chefarzt ihn als Instrument bei der Behandlung eines schwierigen Patienten einsetzen wollte, während er selbst die Patienten des Chefarztes als Werkzeuge bei seiner Untersuchung von Seldals Verhalten benutzte – mit der er allerdings keine großen Fortschritte machte.

Lioren schaute noch kurz bei Mannon vorbei, um ihm von dieser neuen Entwicklung zu berichten und um dessen allzu verwaistem Verstand noch etwas mehr Möglichkeiten zum Nachdenken zu geben, und kehrte erst dann in die psychologische Abteilung zurück. Chefpsychologe O'Mara war noch nicht wieder da, und Lieutenant Braithwaite und Cha Thrat benahmen sich, als vollzögen sie für ihren Kollegen eine leicht verfrühte Totenfeier. Zu ihrem Erstaunen erzählte ihnen Lioren, daß er sich nicht in Schwierigkeiten befinde, sondern von Chefarzt Seldal um einen Gefallen gebeten worden sei, den zu tun er selbstverständlich versprochen habe, weshalb er sich jetzt einige Unterlagen zur späteren Durchsicht in der Unterkunft kopieren müsse.

»Der Patient von *Groalter!*« rief Braithwaite auf einmal aus, und als sich Lioren umdrehte, sah er, daß Cha Thrat und der Lieutenant bereits hinter ihm standen und die Angaben auf seinem Bildschirm lasen. »Eigentlich sollen wir nicht mal wissen, daß er sich überhaupt im Hospital befindet, und Sie haben jetzt schon mit ihm zu tun. Was wird nur Major O'Mara davon halten?«

Lioren kam zu der Überzeugung, daß es sich bei Braithwaites letzter Bemerkung um das handeln mußte, was Terrestrier als eine ›rhetorische Frage‹ bezeichnen, und setzte seine Arbeit ungerührt fort.

13. Kapitel

Seit ihrer Gründung durch die ursprünglich vier zum interstellaren Raumflug befähigten Zivilisationen von Traltha, Orligia, Nidia und der Erde, die das später aus vielen verschiedenen Spezies bestehende Monitorkorps ins Leben gerufen hatten, dessen Aufgabe es war, als Exekutivorgan dem Gesetz Geltung zu verschaffen, hatte sich die galaktische Föderation immer weiter ausgedehnt. Mittlerweile gehörten ihr als Mitglied fünfundsechzig intelligente Spezies an, und von ihrer Bevölkerungszahl und der Größe ihres Einflußbereichs her hielt sie allmählich das, was ihr ursprünglicher und ein wenig hochtrabender Name einst versprochen hatte. Doch nicht zu allen Planetenzivilisationen, die von Vermessungsschiffen des Korps entdeckt worden waren, wurde uneingeschränkter Kontakt hergestellt, denn einige von ihnen hätten daraus keinen Nutzen gezogen.

Dabei handelte es sich um die Zivilisationen, deren technische und philosophische Entwicklung sehr rückständig war. Das Auftauchen riesiger Schiffe am Himmel sowie deren plötzliche Landung und die seltsamen allmächtigen Wesen, die mit ihren wundersamen Waffen aussteigen würden, hätten bei den noch in der Entwicklung begriffenen Kulturen einen derartigen sich auf die gesamte Spezies erstreckenden Minderwertigkeitskomplex ausgelöst, daß ihre zukünftigen Entwicklungsmöglichkeiten stark eingeschränkt worden wären. Und dann gab es noch einen Planeten, bei dem die Entscheidung, uneingeschränkten Kontakt herzustellen, von der galaktischen Föderation nicht als erstes getroffen werden konnte.

Wie es sich für eine Zivilisation gehörte, die schon alt und weise gewesen war, als sich die Bewohner der Erde und von Orligia und Traltha noch durch den Urschlamm geschlängelt hatten, hatten sich die Groalterri in dieser Frage sehr diplomatisch verhalten. Dennoch hatten sie ganz unzweideutig zu verstehen gegeben, daß sie weder gewillt waren, die Anwesenheit der Föderation in ihrer Erwachsenendomäne zu dulden, noch ihre reifen und fein gesponnenen Gedankengänge von einer Horde plappernder und geistesgestörter Kleinkinder, für die sie die anderen Spezies hielten, durcheinanderbringen zu lassen. Um das durchzusetzen, verfügten die Groalterri sowohl als Individuen wie auch als Spezies über genügend philosophisches und physiologisches Gewicht.

Dennoch hatten sie keine Einwände dagegen erhoben, aus dem Raum beobachtet zu werden, so daß man sich die Einzelheiten über ihre physiologische Klassifikation und die Umweltbedingungen ihres Lebensraums durch die weitreichenden Sensoren eines Vermessungsschiffs im Orbit hatte beschaffen können, und das waren die einzigen Kenntnisse, die man jetzt von ihnen besaß.

Bei den Groalterri handelte es sich um die größte der bislang entdeckten intelligenten Großlebensformen, um eine warmblütige, sauerstoffatmende und amphibische Spezies der physiologischen Klassifikation FLSU, bei deren Mitgliedern das Wachstum des Körpers von der parthenogenetischen Geburt bis zum Ende der äußerst langen Lebensspanne nicht aufhörte. Genau wie andere übermäßig große intelligente oder nichtintelligente Lebensformen hatten sie Schwierigkeiten, sich ohne Hilfe fortzubewegen, weshalb sie vom jungen Erwachsenenalter an potentiell tödliche Verformungen des Körpers durch die Gravitation vermieden, indem sie in Privatseen oder kommunalen Binnenmeeren schwammen oder trieben, von denen viele künstlich angelegt worden waren und die sich auf einem biotechnologischen Stand befanden, der weit über das Verständnis der Beobachter hinausging.

Ein weiteres Merkmal, das die Groalterri mit vielen

großen Lebensformen gemeinsam hatten – der Bibliothekscomputer führte als Beispiele die nichtintelligenten Yerrits von Traltha und die Pandas von der Erde an –, war, daß wegen der Winzigkeit des Embryos eine Schwangerschaft oftmals nicht vermutet wurde, sondern sich erst durch die Geburt offenbarte. Trotz der gewaltigen Körpergröße und der hohen Intelligenz erwachsener Groalterri waren ihre Nachkommen relativ klein, benahmen sich sehr unzivilisiert und blieben bis ins frühe Erwachsenenalter so.

Das ist also einer der Gründe, weshalb die Krankenwärter aus den unter hoher Schwerkraft lebenden tralthanischen FGLIs und hudlarischen FROBs ausgewählt wurden, dachte Lioren, als er sich auf den ersten leibhaftigen Anblick des Patienten vorbereitete. Der Grund für die Anwesenheit des jungen FLSU im Hospital war, daß die Föderation den bislang als unnahbar geltenden Groalterri einen Gefallen tun wollte – wahrscheinlich in der Hoffnung, ihn eines Tages vergolten zu bekommen –, und deshalb ein Transportschiff des Monitorkorps entsandt hatte, um den schwerverletzten jungen FLSU zur Behandlung ins Orbit Hospital zu bringen. Auf der Geheimhaltung hatte das Korps bestanden, um politische und berufliche Unannehmlichkeiten im Todesfall des Patienten auf ein Mindestmaß zu reduzieren.

Den Eingang der Station, ein umgebautes Unfalldock, bewachten zwei unbewaffnete, aber sehr große Terrestrier vom Monitorkorps, um Unbefugte abzuschrecken und diejenigen, die über eine Besuchserlaubnis verfügten, anzuweisen, schwere Raumanzüge anzulegen. Zwar seien Atmosphäre und Druck auf der Station für die meisten warmblütigen Sauerstoffatmer geeignet, erklärten die beiden Terrestrier Lioren, aber der Anzug könne ihn davor schützen, vom Patienten versehentlich getötet zu werden.

In seinem gegenwärtigen Gemütszustand hielt Lioren die Gelegenheit, durch fremde Hand ums Leben zu kommen, für ein äußerst wünschenswertes Schicksal, die Anweisung der Korpsangehörigen befolgte er jedoch widerspruchslos.

Obwohl ihn Seldals Aufzeichnungen auf die Körpermasse und den Umfang des jungen FLSU vorbereitet hatten, war allein die bloße Größe des Patienten schon ein Schock für ihn, und die Vorstellung, ein erwachsener Groalterri könne noch viele hundertmal so groß werden, erschien seinem Verstand zu unglaublich, um sie als Wahrheit zu akzeptieren. Denn der Patient nahm mehr als drei Viertel des Rauminhalts des Docks ein und war so riesig, daß Lioren durch die sich daraus ergebende perspektivische Verzerrung nur einen Bruchteil der äußeren Merkmale des Körpers sehen konnte, bis er schließlich die Anzugdüsen zündete, um den gewaltigen Körper abzufliegen.

Im Dock herrschte ständig Schwerelosigkeit, und die Bewegungsfreiheit des Patienten wurde geringfügig durch ein Netz eingeschränkt, dessen Maschen groß genug waren, um die medizinische Untersuchung und Behandlung des FLSU zu ermöglichen. An den vier Wänden sowie an Decke und Boden des Docks hatte man vom provisorisch eingerichteten Stationszimmer aus gesteuerte Traktor- und Pressorstrahlenprojektoren in Position gebracht, die den Patienten mit ihren breitgefächerten Strahlen in der Schwebe hielten und nicht mit den Wänden in Berührung kommen ließen.

Wie Lioren sah, ähnelte die äußere Gestalt des FLSU einem flachen Oktopoden mit kurzen, dicken, tentakelartigen Gliedmaßen, einem Zentralkörper und einem Kopf, der unverhältnismäßig groß erschien. Vier der acht Tentakel endeten in Klauen, die sich erst mit dem Eintritt ins Erwachsenenalter zu Fingern entwickeln würden, mit denen der FLSU Gegenstände handhaben konnte, während die übrigen vier in flache, längliche, scharfkantige Knochenplatten ausliefen, die zweimal so lang wie Liorens mittlere Arme waren.

Wie Seldal ihn vorgewarnt hatte, seien diese mit knöchernen Spitzen versehenen Extremitäten der Groalterri in den Zeiten vor der Entwicklung von Intelligenz furchteinflößende natürliche Waffen gewesen, und wie bei jeder Spezies könnten die ganz jungen Mitglieder manchmal vorübergehend wieder in die grausame Vergangenheit zurückfallen.

Ein zweites Mal umkreiste Lioren den gewaltigen Körper, wobei er sich so weit vom Netz, das den Patienten umhüllte, entfernt hielt, wie es die Wände, die Decke und der Boden des Docks zuließen. Diesmal betrachtete er sowohl die aberhundert Narben, die von den Operationen zurückgeblieben waren, und die frisch verbundenen Wunden, als auch die infizierten, von Pusteln übersäten Stellen, die die Hälfte des oberen Körperbereichs bedeckten.

Dieses Leiden hatten tiefe Einstiche in das unter der Haut liegende Gewebe durch eine nichtintelligente, eierlegende Insektenart mit hartem Panzer hervorgerufen, die scheinbar gar nicht über die körperlichen Voraussetzungen verfügte, mit dem Stachel in solche Tiefen vorzudringen. Der Grund für diese vielen gewaltsamen Einstiche war jedoch unbekannt. Obwohl die Sprache der Groalterri im Übersetzungscomputer des Hospitals gespeichert war, hatte sich der Patient bisher geweigert, irgendwelche Auskünfte über sich selbst oder die Ursache seines Zustands zu erteilen.

Darum beendete Lioren den Rundflug um den Körper, indem er die Anzugdüsen abschaltete und sich treiben ließ, bis er schwerelos über der runden Schwellung schwebte, die der Kopf des FLSU war. Dort, genau in der Mitte über den vier Augen mit den kräftigen Lidern, die in gleichmäßigen Abständen rings um den Schädel angeordnet und momentan geschlossen waren, befand sich der straff gespannte Hautbereich, der dem Groalterri sowohl als Sprech- wie auch als Hörorgan diente.

Lioren gab einen leisen, unübersetzbaren Laut von sich

und sagte dann: »Falls ich Sie durch meine Anwesenheit oder meine Worte belästige, möchte ich mich bei Ihnen entschuldigen, denn das ist nicht meine Absicht. Darf ich mit Ihnen sprechen?«

Lange Zeit kam keine Antwort; dann schob sich langsam der gewaltige Hautlappen über jenem Auge zurück, das sich Lioren am nächsten befand, und auf einmal blickte der Tarlaner in die Tiefen einer dunklen Transparenz, die immer weiterzugehen schien. Plötzlich spannte sich der Tentakel direkt unter ihm an, schlängelte sich nach oben und zerriß das Netz, in das der FLSU gewickelt war, mit einer Leichtigkeit, als wäre es das zerbrechliche Gebilde eines netzspinnenden Insekts gewesen. Die große Knochenplatte an der Spitze des Tentakels krachte direkt hinter Lioren gegen die Wand und hinterließ eine tiefe, blanke Furche im Metall, bevor sie wieder nach vorne schwang und so dicht an seinem Kopf vorbeizischte, daß er den Luftzug hinter dem geöffneten Visier deutlich spüren konnte.

»Noch so eine dumme, halborganische Maschine«, meinte der Patient, gerade als Lioren von einem stark gebündelten Traktorstrahl erfaßt und blitzschnell ins sichere Stationszimmer gesaugt wurde.

In beruhigendem Ton sagte der diensthabende hudlarische Krankenpfleger: »Untersuchungen, bei denen er angesehen oder berührt wird, und selbst Operationen stören den Patienten nicht, aber auf Versuche, sich mit ihm zu unterhalten, reagiert er in recht asozialer Weise. Wahrscheinlich wollte er Sie eher abschrecken als verletzen.«

»Hätte er mich verletzen wollen«, sagte Lioren, wobei er daran dachte, wie die riesige organische Axt haarscharf an seinem Kopf vorbeigezischt war, »wäre mir mein Anzug nicht von besonderem Nutzen gewesen.«

»Meine normalerweise undurchdringbare hudlarische Haut auch nicht«, fügte der Krankenpfleger hinzu. »Zwar gehört Doktor Seldal zu einer feingliedrigen Spezies, bei der Feigheit ein wesentliches, weil zum Überleben unerläßliches Merkmal darstellt, aber er lehnt es ab, einen Schutzanzug zu tragen. Die wenigen anderen Besucher, die hierherkommen, dürfen für sich selbst entscheiden.

Wie ich festgestellt habe, spricht der Patient wahrscheinlich eher mit jemandem, der keinen Schutzanzug trägt, weil er Besucher in Anzügen offenbar für zum Teil mechanische Wesen von geringer Intelligenz hält«, fuhr der Hudlarer fort. »Dagegen richtet er an ungeschützte Besucher zwar nur wenige Worte, die zudem nie höflich sind, aber immerhin spricht er manchmal mit ihnen.«

Lioren dachte über den kurzen Satz nach, den er vom Patienten gehört hatte, nachdem er von ihm durch den vorgetäuschten Angriff so erschreckt worden war, daß er beinahe an Herzversagen gestorben wäre, und machte sich daran, den ohnehin nicht schützenden Anzug auszuziehen. »Für Ihren Ratschlag bin ich Ihnen sehr dankbar. Helfen Sie mir doch mal bitte aus diesem Ding raus, dann werde ich es noch mal versuchen. Und falls es noch etwas gibt, das Sie mir sagen möchten, werde ich Ihnen mit Vergnügen zuhören.«

Als der FROB an ihn herantrat, um ihm zu helfen, sagte er mit vibrierender Sprechmembran: »Sie haben mich nicht wiedererkannt, Lioren. Aber ich kenne Sie und bin Ihnen auch dankbar, und zwar für die hilfreichen Worte, die Sie zu meiner kelgianischen Freundin, der Krankenpflegeschülerin Tarsedth, vor und bei unserem letzten Besuch in Ihrer Unterkunft gesagt haben. Offen gesagt, bin ich ziemlich überrascht, daß Seldal Ihnen erlaubt hat hierherzukommen. Falls es aber noch irgend etwas gibt, womit ich Ihnen helfen kann, brauchen Sie mich nur zu fragen.«

»Das ist wirklich sehr nett von Ihnen«, bedankte sich Lioren.

Er dachte gerade daran, daß die ihm von O'Mara übertragene Aufgabe, Seldals Verhalten zu untersuchen, und seine unorthodoxe Methode, dieser nachzugehen, zu völlig unerwarteten Ergebnissen führte. Aus Gründen, die Lioren nicht begreifen konnte, schien er sich offenbar Freunde zu machen.

Als sich Lioren zum zweitenmal dem Kopf des FLSU näherte, trug er am Körper nur den Translator und ein Düsenaggregat, das ihm dabei half, sich in der Schwerelosigkeit zu bewegen. Wieder ließ er sich in die Nähe eines der gewaltigen, geschlossenen Augen treiben und sprach den Patienten an.

»Ich bin weder insgesamt noch teilweise eine Maschine«, sagte er. »Noch einmal frage ich Sie mit allem Respekt: Darf ich mit Ihnen sprechen?«

Erneut öffnete sich das Augenlid wie ein riesiges Fallgitter aus Fleisch, doch diesmal reagierte der FLSU prompt.

»Daß Sie die Fähigkeit besitzen, mit mir zu sprechen, daran haben wir ja wohl beide keinerlei Zweifel«, antwortete er mit einer Stimme, die die Übersetzung wie ein tiefer, gedämpfter Trommelwirbel begleitete. »Doch falls Sie Ihre Frage nur nachlässig formuliert haben, wie es hier bei vielen Äußerungen der Fall ist, und eigentlich wissen wollen, ob ich Ihnen zuhören und antworten werde, dann bezweifle ich das.«

Einer der riesigen Tentakel direkt unter Lioren begann sich unruhig in dem zerrissenen Netz zu regen und verfiel dann wieder in Bewegungslosigkeit. »Ihre Gestalt ist mir zwar neu, aber Sie werden höchstwahrscheinlich das gleiche fragen und sich genauso verhalten wie alle anderen. Sie werden mir Fragen stellen, deren Antworten durch vorherige Beobachtung bereits bekannt sein müßten. Sogar dieser kleine Messerstecher namens Seldal, der in mir herumstochert und mir seltsame Chemikalien in die Wunden füllt, fragt mich, wie es mir geht. Wenn der es nicht weiß, wer dann? Und alle benehmen sich mir gegenüber, als hätten sie die Gewalt und die Autorität von Eltern und als wäre ich der kleine Nachkomme, der getröstet werden muß. Das ist, als würden Insekten vorgeben, klüger und größer als ein groalterrisches Elternteil zu sein, und das ist unglaublich lächerlich.

Ich spreche Ihnen gegenüber von diesen Dingen in ganz einfachen Worten, weil ich hoffe, daß Sie die Macht haben, dieser albernen Verstellung ein Ende zu bereiten, und mich ungestört sterben lassen.

Und jetzt verschwinden Sie«, beendete der FLSU seine Ausführungen, »und zwar sofort!«

Das große Auge schloß sich, als wollte es Lioren aus dem Blick und den Gedanken verbannen, doch der Tarlaner rührte sich nicht von der Stelle. »Ihre Wünsche in dieser Angelegenheit werden unverzüglich an diejenigen weitergeleitet werden, die sich mit Ihrer Behandlung befassen, da unsere Unterhaltung aufgenommen wird, und zwar für eine spätere Untersuchung durch ...«

Lioren verstummte. Sämtliche Tentakel des FLSU schlängelten und wanden sich im Netz hin und her, das an mehreren Stellen geräuschvoll riß, bevor sie sich wieder entspannten.

»Meine Äußerungen sind Ausdruck meiner Gedanken, die ich Ihnen wie auch meinen vorherigen Gesprächspartnern auf diese Weise mitgeteilt habe«, meldete sich der Patient erneut zu Wort. »Ohne meine ausdrückliche Erlaubnis, die ich zu jedem solcher Anlässe neu geben muß, dürfen diese Gedanken mit keinem Wesen geteilt werden, das nicht anwesend ist, weil dessen Verstand die Bedeutung und den Sinn meiner Worte höchstwahrscheinlich mißversteht und verfälscht. Falls dies trotzdem geschieht, werde ich keinen Ton mehr von mir geben. Und jetzt verschwinden Sie endlich.«

Lioren rührte sich immer noch nicht von der Stelle. Statt dessen stellte er seinen Translator auf die Frequenz des Stationszimmers ein und schickte sich an, noch einmal in der Manier eines Oberstabsarztes zu sprechen.

»Pfleger«, sagte er, »schalten Sie bitte sämtliche Aufnahmegeräte aus und löschen Sie alles, was seit meinem Eintreffen gesprochen worden ist. Mit den früheren Gesprächen zwischen Doktor Seldal und dem Patienten verfahren Sie bitte genauso. Alle persönlichen Dinge, die Sie heute oder früher vom Patienten gehört haben, sind als vertrauliche Mitteilungen zu behandeln und an niemand anderen weiterzugeben. Von diesem Moment an werden Sie, sofern Ihnen der Patient selbst nicht die Erlaubnis dazu erteilt, kein Gespräch mehr zwischen dem Patienten und irgendwem sonst mithören und auch nicht Ihre eigenen organischen Schallsensoren dazu benutzen. Haben Sie meine Anweisungen voll und ganz verstanden? Bestätigen Sie das bitte.«

»Ich habe verstanden«, antwortete der Hudlarer. »Aber wird das auch bei Chefarzt Seldal der Fall sein?«

»Wenn ich den Chefarzt darauf aufmerksam mache, wie sehr der Patient es ablehnt, daß von seinen Äußerungen unerlaubte Aufnahmen gemacht werden, wird auch er Verständnis dafür haben. Bis dahin übernehme ich die volle Verantwortung.«

»In Ordnung, dann unterbreche ich jetzt die Tonverbindung«, bestätigte der Pfleger.

Wie Lioren wußte, war nur die Tonverbindung unterbrochen, denn der Pfleger würde die Vorgänge nicht nur weiterhin auf den medizinischen Kontrollgeräten verfolgen und aufzeichnen, sondern Lioren sogar noch aufmerksamer als vorher auf den Bildschirmen beobachten, falls er mit den Traktorstrahlen aus erneuten Schwierigkeiten herausgeholt werden müßte. Lioren wandte seine Aufmerksamkeit dem Auge des Patienten zu, das inzwischen wieder geschlossen war.

»Wir können jetzt miteinander reden, ohne daß unser Gespräch von jemandem belauscht oder aufgenommen wird«, sagte Lioren. »Außerdem werde ich ohne Ihre ausdrückliche Erlaubnis nicht eine Silbe von dem, was

Sie sagen, vor anderen wiederholen. Stellt Sie das zufrieden?«

Der gewaltige Körper des Patienten blieb reglos, der FLSU selbst sagte keinen Ton, und das Auge öffnete sich nicht. Lioren mußte an seinen ersten Besuch beim ehemaligen Diagnostiker Mannon denken und daran, daß sich dieser Patient hier ebenfalls nicht regte, nach den Anzeigen der medizinischen Kontrollgeräte jedoch genau wie Mannon bei Bewußtsein war. Vielleicht schliefen die FLSUs nicht, denn der Föderation gehörten mehrere Spezies an, die vor der Entwicklung von Intelligenz fortwährend in äußerster Lebensgefahr geschwebt hatten, so daß ein Teil ihres Verstands noch heute ständig wachsam blieb. Möglicherweise beachtete der Patient ihn aber auch nicht mehr, zumal er einer Spezies angehörte, die von allen bisher entdeckten Zivilisationen als die in philosophischer Hinsicht fortschrittlichste angesehen wurde, und weil er Lioren bereits zweimal aufgefordert hatte, ihn in Ruhe zu lassen, und zu zivilisiert war, um seiner Bitte körperlich Nachdruck zu verleihen.

In Mannons Fall war es die eigene Neugier gewesen, die den Patienten schließlich veranlaßt hatte, sein Schweigen zu brechen.

»Sie haben mir mitgeteilt, daß die Aufmerksamkeit und die Fragen der medizinischen Mitarbeiter Sie ärgern, weil die wie winzige Insekten einen Riesen umschwärmen und sich benehmen, als würden sie über die Macht groalterrischer Eltern verfügen. Haben Sie sich eigentlich schon mal Gedanken darüber gemacht, daß diese Wesen sich trotz ihrer geringen Größe die gleichen Sorgen um Sie machen und dasselbe Bedürfnis, Ihnen zu helfen, verspüren wie Ihre leiblichen Eltern? Übrigens ist mir der Vergleich mit Insekten genauso unangenehm wie Ihren anderen Besuchern, falls Sie denen auch so etwas erzählt haben, denn wir sind keine vernunftlosen Insekten.

Ich ziehe bei weitem den Vergleich vor, nach dem ein hochintelligentes Lebewesen eine Kreatur von geringerer

Intelligenz als einen Freund gewonnen hat oder auch nur als eine Art Schoßtier, falls die Groalterri sich unter diesem Begriff etwas vorstellen können«, fuhr Lioren fort. »Zwei solche Wesen können oft eine starke, nichtkörperliche Bindung zueinander eingehen, und – so albern die Vorstellung auch erscheinen mag – falls das Wesen mit der höheren Intelligenz verletzt wird oder in irgendeine Bedrängnis gerät, wird das andere es trösten wollen und traurig sein, wenn es tatenlos mit ansehen muß, daß es nicht helfen kann.

Verglichen mit Ihrem ist der Intelligenzgrad der anderen Wesen in Ihrer Umgebung gering. Aber wir sind nicht hilflos, und unser Ziel hier im Hospital ist, viele verschiedene Arten von Leiden zu heilen oder zumindest zu lindern.«

Der Patient gab keine Antwort, und Lioren fragte sich, ob seine Worte vom FLSU nur als das Summen eines lästigen Insekts betrachtet wurden. Doch sein Stolz wollte sich mit diesem Gedanken nicht abfinden. Er hielt sich vor Augen, daß dieser Patient zwar einer überaus intelligenten Spezies angehörte, aber eben ein sehr junges Wesen war, was schon ein gutes Stück weiterhelfen müßte, den Unterschied zwischen ihnen beiden auszugleichen; und ein wichtiges Merkmal junger Angehöriger sämtlicher Spezies war ihre Neugier auf alles.

»Wenn Sie die Neugier, die ich Ihnen gegenüber empfinde, nicht stillen möchten, weil man Ihre früheren Äußerungen ohne Ihr Wissen oder Ihre Zustimmung anderen mitgeteilt hat«, sagte Lioren, »dann sind Sie vielleicht selbst auf eins der Wesen neugierig, die Ihnen zu helfen versuchen, nämlich auf mich.

Ich heiße übrigens Lioren ...«

Auf Seldals Bitte hin befand er sich hier, weil es eine uralte und in der ganzen Galaxis bekannte Binsenweisheit war, daß es an einem Ort der Heilung immer andere gibt, die sich in einer noch schlechteren Verfassung befinden als man selbst, und daß derjenige, dem es nicht ganz so schlecht geht, seinem weniger glücklichen Mitpatienten seelischen Beistand leistet und davon im nichtklinischen Bereich sogar selbst zu profitieren scheint. Ganz offensichtlich erhoffte sich der nallajimische Chefarzt von seinem Patienten eine ähnliche Reaktion, doch Lioren fragte sich, ob ein Lebewesen, das sowohl körperlich als auch intellektuell derart gewaltig und so ungeheuer langlebig wie dieser FLSU war, überhaupt die Fähigkeit besaß, Mitleid mit dem dummen, kurzlebigen Insekt zu empfinden, das über seinem geschlossenen Auge schwebte.

Den FLSU über alles ins Bild zu setzen dauerte viel länger als bei Mannon, weil der ehemalige Diagnostiker über die Föderation, das Monitorkorps und das Militärgericht genausogut Bescheid gewußt hatte wie über den Schwarm intelligenter Insekten, die Cromsaggi hießen und die von Lioren um ein Haar ausgerottet worden waren. Während der Tarlaner aufgrund des Berichts die furchtbaren Vorgänge auf Cromsag noch einmal durchlebte, büßte seine Erzählweise oft die nüchterne Objektivität ein, und mehrmals mußte er sich vor Augen halten, daß seine Erinnerungen wie als psychologisches Instrument eingesetzt wurden, das seinem Benutzer Schmerzen bereitete; doch schließlich war die Tortur vorbei.

Lioren wartete und war insgeheim froh darüber, daß der Patient nicht reagierte, denn dadurch konnte er die grauenhaften Bilder vertreiben und seiner Gedanken wieder Herr werden.

»Lioren«, reagierte der Groalterri plötzlich, ohne das Auge zu öffnen, »ich hatte keine Ahnung, daß es einem kleinen Wesen möglich ist, solch ein großes Leid zu ertragen. Nur indem ich Sie nicht anblicke, kann ich das auch weiterhin glauben, denn vor meinem geistigen Auge sehe ich ein altes und außerordentlich unglückliches Elternteil, das Hilfe sucht. Doch ich kann Ihnen genausowenig helfen wie Sie mir, Lioren, weil ich ebenfalls schuldig bin.«

Die Stimme des Groalterris war so leise geworden, daß der Translator auf höchste Eingangsempfindlichkeit gestellt werden mußte, um die einzelnen Sprachlaute noch aufzulösen, als er mit den Worten schloß: »Ich habe mich einer großen und furchtbaren Sünde schuldig gemacht.«

14. Kapitel

Mehr als eine Stunde verging, bevor Lioren ins Stationszimmer zurückkehrte, wo er bereits von Seldal erwartet wurde, der sich aufplusterte und mit den nicht ganz verkümmerten Flügeln schlug, was bei Nallajimern ein Zeichen für Zorn war.

»Wie mir der Pfleger berichtet hat, haben Sie angeordnet, die Geräte zur Aufzeichnung der Gespräche auszuschalten und die früheren Unterhaltungen mit dem Patienten zu löschen«, beschwerte sich der Chefarzt, bevor Lioren etwas sagen konnte. »Damit haben Sie Ihre Befugnisse weit überschritten, Lioren, und das ist eine schlechte Angewohnheit von Ihnen. Ich habe geglaubt, daß Sie nach dem Vorfall auf Cromsag so etwas endgültig abgelegt hätten. Aber Sie haben sich mit dem Patienten länger unterhalten als alle medizinischen Mitarbeiter seit seiner Ankunft zusammengenommen. Was hat er Ihnen erzählt?«

Einen Augenblick lang schwieg Lioren, dann antwortete er: »Das kann ich Ihnen nicht genau sagen. Ein Großteil der Auskünfte sind persönlicher Natur, und ich habe mich noch nicht entschieden, was ich verraten kann und was nicht.«

Seldal stieß ein lautes, ungläubiges Zwitschern aus. »Sie müssen vom Patienten Auskünfte erhalten haben, die mir bei der Behandlung helfen könnten. Zwar kann ich keinem Mitarbeiter Ihrer Abteilung befehlen, sensible Informationen über die Psyche eines anderen Lebewesens preiszugeben, dennoch kann ich O'Mara bitten, dies anzuordnen.«

»Chefarzt Seldal, ob das nun der Chefpsychologe persönlich macht oder sonst jemand, der über eine entsprechende Machtbefugnis verfügt, meine Antwort bleibt immer dieselbe«, beharrte Lioren.

Der hudlarische Pfleger hatte sich inzwischen zurückgezogen, um seinen Stationschef nicht dadurch in Verlegenheit zu bringen, daß er ein Streitgespräch verfolgte, in dem dieser unterlag.

»Kann ich davon ausgehen, daß ich noch Ihre Erlaubnis habe, den Patienten auch weiterhin zu besuchen?« fragte Lioren leise. »Möglicherweise gelingt es mir, durch Beobachtungen, Schlußfolgerungen und die Feststellung von Tatsachen zu Erkenntnissen über den FLSU selbst oder über seine Spezies zu gelangen, die nicht persönlich sind und somit auch Ihnen behilflich sein könnten. Aber dabei ist äußerste Vorsicht geboten, damit der Patient uns das nicht übelnimmt, denn dem Inhalt seiner Gedanken und der Äußerungen, durch die er diese mitteilt, mißt er großen Wert bei.«

Inzwischen hatten sich Seldals Federn wieder wie eine glatte und schimmernde Decke um den Körper gelegt. »Sie haben meine Erlaubnis, die Besuche fortzusetzen. Und jetzt werden Sie hoffentlich nichts dagegen haben, wenn ich mich einmal mit meinem Patienten selbst unterhalte.«

»Wenn Sie ihm versichern, daß die Aufzeichnungsgeräte ausgeschaltet bleiben, wird er sich vielleicht mit Ihnen unterhalten«, riet ihm Lioren.

Als Seldal das Stationszimmer verließ, kehrte der hudlarische Pfleger auf seinen Posten an den Monitoren und Kontrollgeräten zurück und sagte mit leiser Stimme: »Bei allem Respekt, Lioren, das hudlarische Hörorgan ist äußerst empfindlich und kann nur lahmgelegt werden, wenn man einen dicken Schalldämpfer darüber stülpt. Doch konnte niemand ahnen, daß es auf dieser Station einen Bedarf an solchen Schalldämpfern gibt, und deshalb stand mir eben auch keiner zur Verfügung.«

»Haben Sie etwa alles gehört?« empörte sich Lioren, der plötzlich zornig wurde, weil das Vertrauen des Patienten gebrochen worden war und das Gespräch, das Lioren vor Seldal geheimgehalten hatte, dem Chefarzt bald in allen Einzelheiten als Gerücht zu Ohren kommen würde. »Auch von dem Verbrechen, das der FLSU vor seiner Ankunft im Hospital begangen haben will?«

»Ich hatte die Anweisung, nichts zu hören«, antwortete der Hudlarer in ruhigem Ton, »deshalb habe ich auch nichts gehört und kann über das, was ich nicht gehört habe, mit niemand anderem sprechen als mit demjenigen, der mir verboten hat, etwas zu hören.«

»Danke, Pfleger«, sagte Lioren mit großer Erleichterung. Er warf einen kurzen Blick auf die Armbinde des Hudlarers, auf der sich nur die Zeichen des Hospitalpersonals und der Abteilung des FROBs befanden – denn beim Namen wurden Hudlarer nur von ihren Familienangehörigen oder von ihren zukünftigen Lebensgefährten genannt –, und prägte sie sich genau ein, damit er den Pfleger später wiedererkennen konnte. Dann fragte er: »Möchten Sie jetzt mit mir den einen oder anderen Aspekt meines Gesprächs mit dem Patienten erörtern, den Sie vielleicht nicht mitbekommen haben?«

»Bei allem Respekt, Lioren, aber ich würde lieber eine kleine Anmerkung machen, wenn Sie nichts dagegen haben«, entgegnete der Hudlarer zurückhaltend. »Offensichtlich gewinnen Sie nämlich das Vertrauen des Patienten mit beachtlicher Geschwindigkeit, indem Sie freimütig über sich selbst sprechen und ihn dadurch zu genau derselben Offenheit herausfordern...«

»Fahren Sie fort«, warf Lioren ein.

»Auf meinem Planeten und vermutlich auch bei der Mehrheit der Bevölkerung auf Ihrem Heimatplaneten Tarla würde das, was der FLSU als ›Sünde‹ bezeichnet, keine Rolle spielen, weil wir glauben, daß unser Leben mit der Geburt beginnt und mit dem Tod endet, und weil wir nicht zwischen den Formen des Vergehens unterscheiden, die anscheinend dem Patienten zu schaffen machen. Doch was die Groalterri und auch viele andere Zivilisationen überall in der Föderation betrifft, wagen Sie sich auf ein gefährliches philosophisches Terrain.«

»Ich weiß«, sagte Lioren, während er sich zum Gehen wandte. »Das Ganze ist nicht mehr ein rein medizinisches Problem, und ich hoffe, einige der Antworten, die ich brauche, kann mir der Bibliothekscomputer geben. Wenigstens weiß ich schon, wie meine erste Frage lautet.«

Was ist der Unterschied zwischen einem Verbrechen und einer Sünde?

Als Lioren in die psychologische Abteilung zurückkehrte, teilte man ihm mit, daß sich O'Mara zwar wieder in seinem Büro befinde, aber Anweisung gegeben habe, keinesfalls gestört zu werden. Braithwaite und Cha Thrat wollten gerade Feierabend machen, doch die Sommaradvanerin zögerte noch, weil sie offenbar die Absicht hegte, den Tarlaner etwas zu fragen. Da sich Lioren nicht sicher war, wieviel er sagen durfte, bemühte er sich, die stumme Neugier Cha Thrats nicht zu beachten.

»Ich weiß, daß Sie sehr beunruhigt sind«, sagte die Sommaradvanerin und deutete plötzlich auf Liorens Bildschirm. »Sind Ihre Sorgen bereits so groß, daß Sie jetzt Trost suchen, indem Sie… Lioren, für eine Persönlichkeit, die in sich so ausgewogen ist wie die Ihre, ist das ein sehr uncharakteristisches und beunruhigendes Verhalten. Warum fordern Sie die ganzen Studienunterlagen über die Religionen der Föderation an?«

Lioren mußte eine kurze Pause machen, um sich seine Antwort zu überlegen, weil ihm plötzlich zu Bewußtsein gekommen war, daß er, seit er sich mit Seldal und seinen Patienten beschäftigte, viel mehr Zeit damit verbracht hatte, über die Probleme von Mannon und dem Groalterri nachzudenken als über die eigenen. Diese Erkenntnis war eine große Überraschung für ihn.

»Ich bin Ihnen für Ihre Besorgnis wirklich sehr dankbar«, antwortete er schließlich vorsichtig. »Mein Kummer ist aber seit unserem letzten Gespräch nicht größer geworden. Wie Sie bereits wissen, untersuche ich Seldals

Verhalten, indem ich mit seinen Patienten spreche. Das Ganze ist nun aber in ethischer Hinsicht ziemlich kompliziert geworden, und zwar so sehr, daß ich mir nicht sicher bin, wieviel ich Ihnen darüber verraten darf. Religion spielt dabei auch eine gewisse Rolle. Doch das ist ein Gebiet, auf dem ich mich überhaupt nicht auskenne, und falls man mir Fragen dazu stellt, möchte ich mich nicht gerne in Verlegenheit bringen lassen.«

»Aber wer sollte Ihnen Fragen über Religion stellen, wo das doch ein Thema ist, das niemand im Hospital anschneiden soll?« erkundigte sich Cha Thrat. »Das führt nur zu Auseinandersetzungen, die keiner gewinnen kann. Ist es vielleicht der todkranke Patient, Mannon, der Ihnen solche Fragen stellt? Falls er in dieser Richtung Hilfe benötigt, frage ich mich, ob er nicht lieber ein Mitglied seiner eigenen Spezies zu Rate ziehen sollte als Sie. Ihre Verschwiegenheit zu diesem Thema kann ich allerdings gut nachvollziehen.«

Jemanden falsche Schlußfolgerungen ziehen zu lassen ist nicht dasselbe, wie zu lügen, dachte Lioren.

Cha Thrat machte eine Geste, deren Bedeutung Lioren nicht kannte, und fuhr fort: »Aus medizinischer Sicht würde ich sagen, daß Sie nicht nur völlig vergessen haben, etwas zu essen, sondern auch zu schlafen, Lioren. Die Unterlagen können Sie genausogut mit dem Computer in Ihrer Unterkunft abrufen. Was die verschiedenen Glaubensgemeinschaften der Terrestrier betrifft, kann ich Ihnen zwar nicht helfen, aber lassen Sie uns doch in die Kantine gehen, dort werde ich Ihnen dann von den verschiedenen Religionen erzählen – es handelt sich insgesamt um fünf –, die es auf Sommaradva gibt. Das ist ein Gebiet, auf dem ich mich bestens auskenne, wenngleich ich nur mit wenig Überzeugung davon sprechen kann.«

Während ihres gemeinsamen Essens, das sie nicht in der Kantine, sondern in Liorens Unterkunft einnahmen, und in dem sich daran anschließenden Gespräch drängte Cha Thrat zwar nicht auf Auskünfte, die der Tarlaner nicht geben wollte, doch hatte er es dafür bei seinem nächsten Besuch bei Mannon nicht mehr so leicht wie vorher.

»Verdammt noch mal, Lioren«, beklagte sich der ehemalige Diagnostiker, der nicht mehr unter Kurzatmigkeit zu leiden schien, »wie mir Seldal erzählt, haben Sie und der Groalterri sich unterhalten, und zwar länger, als es bisher sonst jemandem im Hospital gelungen ist, und dann sollen Sie sich geweigert haben, irgendwem etwas vom Inhalt des Gesprächs mitzuteilen. Und jetzt verlangen Sie indirekt von mir, daß ich Ihnen eine moralische Rechtfertigung für Ihr Schweigen verschaffe, ohne mir den Grund zu nennen, warum Sie nichts verraten wollen. Was, um Himmels willen, geht hier eigentlich vor, Lioren?« fragte er zum Schluß. »Die Neugier bringt mich noch um.«

»Neugier wäre nur eine Todesursache unter vielen«, stellte Lioren gelassen fest, wobei er einen Blick auf den Körper und das Gesicht mit den jugendlichen Augen warf, die beide vom Alter gezeichnet waren.

Der Patient stieß einen unübersetzbaren Laut aus. »Wenn ich es richtig verstanden habe, besteht Ihr Problem darin, daß Sie während Ihres zweiten und viel längeren Besuchs bei dem Groalterri, vermutlich im Austausch gegen persönliche Angaben zu sich selbst und zu den Planeten und Mitgliedspezies der Föderation, jede Menge Informationen über den Patienten, seine Artgenossen und seine Kultur erhalten haben. Viele dieser Auskünfte sind unpersönlicher und medizinischer Natur und haben sowohl für den behandelnden Arzt des Groalterris als auch für die Kontaktspezialisten des Monitorkorps einen äußerst hohen Wert. Sie selbst jedoch halten sich für verpflichtet, nichts zu verraten. Aber sicherlich wissen Sie, daß weder Sie noch der Patient das Recht haben, derartige Informationen zurückzuhalten.«

Mit einem Auge musterte Lioren die Biosensoren und hielt nach Anzeichen für Atembeschwerden nach diesem langen Monolog Mannons Ausschau, konnte aber keine entdecken.

»Bei persönlichen Dingen ist das natürlich was anderes«, fuhr Mannon fort. »Mein damaliger Versuch, Sie zur Verkürzung meiner Wartezeit zu überreden, durfte natürlich nicht allgemein bekannt werden, weil er nur mich selbst betroffen hat und keinen Einfluß auf die Behandlung eines Patienten einer neu entdeckten Spezies hatte und sich erst recht nicht auf deren zukünftige Beziehungen zur Föderation auswirkte. Bei den medizinischen oder nichtmedizinischen Informationen, zu denen Sie durch die Äußerungen des Groalterris oder durch eigene Schlußfolgerungen gelangt sind, handelt es sich hingegen um Kenntnisse, die sich auf nichts Persönliches beziehen. Also haben Sie kein Recht, diese für sich zu behalten. Sie sollten jedermann zugänglich sein, genau wie die Funktionsprinzipien unserer Scanner oder der Hyperantriebsgeneratoren allen zur Verfügung stehen, die in der Lage sind, sie zu verstehen und die Geräte oder Maschinen gefahrlos zu bedienen, auch wenn der Hyperantrieb in der schlechten alten Zeit als streng geheim eingestuft worden ist, was immer das auch bedeutet hat. Aber Wissen ist, na ja, eben Wissen. Sie könnten genausogut versuchen, ein Naturgesetz geheimzuhalten. Haben Sie schon versucht, das alles dem Groalterri zu erklären?«

»Ja«, antwortete Lioren. »Aber als ich ihm vorgeschlagen habe, die unpersönlichen Teile unseres Gesprächs auch anderen Wesen zugänglich zu machen, und ihm erklärte, daß dies keinen Vertrauensbruch darstelle, weil es zweifellos unmöglich wäre, jeden einzelnen Groalterri auf seinem Heimatplaneten um Erlaubnis zu bitten, diese Informationen preiszugeben, sagte er, er müsse sich seine Antwort erst noch sorgfältig überlegen. Ich bin mir sicher, daß er uns gern helfen würde, aber vielleicht hindern ihn irgendwelche religiösen Zwänge daran, und ich will keinesfalls an einer ablehnenden Reaktion schuld sein, nur weil ich wieder einmal meine Ungeduld nicht zügeln konnte. Sollte der FLSU wütend werden, ist er sogar imstande, ein Loch in die Außenwand der Station zu schlagen, wodurch sie zum Weltraum hin geöffnet werden würde.«

»Ja, ich weiß«, sagte Mannon mit entblößten Zähnen. »Kinder können manchmal ganz schöne Wutanfälle bekommen, egal, wie groß sie zufällig sind. Was die Frage der Religion angeht, so glauben viele Terrestrier …«

Er verstummte, weil in diesem Moment in dem kleinen Zimmer ein wahrer Ansturm von Besuchern einsetzte. Zuerst erschien Chefpsychologe O'Mara, dem Chefarzt Seldal folgte und gleich dahinter Prilicla, der hereingeflogen kam und sich mit den spinnenartigen Beinen, die an den Spitzen mit Saugnäpfen versehen waren, an die Zimmerdecke heftete, wo der zerbrechlich wirkende Körper durch unbedachte Bewegungen seiner körperlich größeren und kräftigeren Kollegen weniger gefährdet war. O'Mara nahm Liorens Anwesenheit zur Kenntnis, nickte ihm kurz zu und beugte sich über den Patienten.

»Wie ich höre, reden Sie wieder mit anderen Leuten und möchten insbesondere mit mir sprechen, um mich um einen Gefallen zu bitten, Mannon«, begrüßte O'Mara den ehemaligen Diagnostiker mit einer derart sanften Stimme, wie sie Lioren nie zuvor von ihm gehört hatte. »Wie geht es Ihnen, alter Freund?«

Mannon entblößte die Zähne und blickte mit zur Seite geneigtem Kopf in Seldals Richtung. »Mir geht's gut. Aber warum fragen Sie nicht meinen Arzt?«

»Die Symptome sind zwar vorübergehend ein wenig abgeklungen«, antwortete Seldal, bevor O'Mara die Frage offiziell stellen konnte, »doch das Krankheitsbild hat sich nicht wesentlich geändert. Der Patient sagt zwar, es gehe ihm besser, aber das muß eine Selbsttäuschung sein, und unabhängig davon, ob er hier auf der Station bleibt oder irgendwo anders hin verlegt wird, er könnte jederzeit sterben.«

O'Maras Äußerung, Mannon wolle ihn um einen Gefallen bitten, beunruhigte Lioren. Wie er fürchtete, handelte es sich um denselben Gefallen, um den ihn Mannon bereits selbst gebeten hatte, nur würde der Wunsch nach einem baldigen Tod jetzt öffentlicher vorgebracht werden, und darüber war Lioren nicht nur traurig, er schämte sich auch. Doch der Empath Prilicla reagierte nicht so, wie es Lioren in solch einer gefühlsgeladenen Situation erwartet hätte.

»Nach der emotionalen Ausstrahlung von Freund Mannon zu urteilen, dürfte für einen Psychologen und auch sonst niemanden der geringste Grund zur Besorgnis bestehen«, erklärte Prilicla gerade, wobei die rollenden Schnalzlaute seiner Sprache wie eine musikalische Untermalung der Übersetzung klangen. »Freund O'Mara muß nicht daran erinnert werden, daß ein denkendes und fühlendes Wesen aus Körper und Geist besteht und ein höchst motivierter Geist den betreffenden Körper stark beeinflussen kann. Trotz des pessimistischen Krankheitsbildes geht es Freund Mannon tatsächlich gut.«

»Na, was habe ich Ihnen gesagt?« triumphierte Mannon und blickte O'Mara erneut mit entblößten Zähnen an. »Mir ist völlig klar, daß es sich hier um eine Untersuchung meines Gesundheitszustands handelt, bei der Seldal beharrlich beteuert, daß ich bald sterben müsse, Prilicla genauso beharrlich entgegenhält, mir gehe es blendend, und Sie versuchen werden, zwischen den beiden als Schiedsrichter zu fungieren. Aber in den letzten Tagen habe ich hier drinnen unter einer nichtmedizinischen und tödlichen Langeweile gelitten, und ich will hier raus. Natürlich wäre ich nicht in der Lage zu operieren und könnte nur die geringsten körperlichen Anstrengungen auf mich nehmen. Aber ich bin immer noch imstande, zu unterrichten und Cresk-Sar einen Teil der Last abzunehmen, und die technischen Mitarbeiter könnten für mich eine fahrbare Schutzhülle mit Scheiben aus Sicherheitsglas und Schwerkraftneutralisatoren entwickeln. Ich würde viel lieber bei irgendeiner Tätigkeit sterben als in Untätigkeit hier im Krankenzimmer, und ich …«

»Mein alter Freund, legen Sie doch um Himmels willen mal eine Atempause ein«, fiel ihm O'Mara ins Wort, wobei er einen Finger hochhielt, um auf die Anzeigen der Biosensoren zu deuten.

»Ich bin keineswegs so hilflos, wie ich erscheine«, fuhr Mannon nach der kürzesten Atempause aller Zeiten fort. »Ich wette, Prilicla könnte ich noch jederzeit im Armdrücken besiegen.«

Eins von den unglaublich zerbrechlich wirkenden Vordergliedern des Cinrusskers löste sich von der Zimmerdecke und streckte sich nach unten, so daß die dünnen Finger einen Augenblick auf Mannons Stirn ruhten. »Freund Mannon, Sie könnten auch verlieren«, warnte ihn Prilicla.

Daß der Gefallen, um den Mannon bat, weder Unehre noch Schande über den Namen des ehemaligen Diagnostikers brachte, freute und erleichterte Lioren sehr. Gleichzeitig hatte er jedoch das selbstsüchtige Gefühl eines drohenden Verlustes, und zum erstenmal, seit die anderen das Zimmer betreten hatten, meldete er sich selbst zu Wort.

»Doktor Mannon, ich würde gerne … Das heißt, darf ich immer noch mit Ihnen sprechen?« fragte er den alten Terrestrier.

»Nicht, bevor Sie sich zuerst einmal mit mir unterhalten haben«, wandte O'Mara energisch ein, wobei er Lioren finster anblickte.

An der Decke begann Prilicla zu zittern. Er löste die Saugnäpfe, vollführte einen tadellosen halben Looping und flog langsam auf die Tür zu. »Wie mir meine empathischen Fähigkeiten verraten, werden meine Freunde O'Mara und Lioren bald in einen Wortstreit verwickelt sein, bei dem ganz bestimmt Emotionen ausgestrahlt werden, die für mich qualvoll wären. Lassen wir die beiden allein, Freund Seldal, damit sie ihren Streit beilegen können.«

»Und was ist mit mir?« fragte Mannon, als sich die Tür hinter den beiden Chefärzten geschlossen hatte.

»Sie sind der Gegenstand dieser Auseinandersetzung, alter Freund«, sagte O'Mara. »Sie müßten eigentlich im Sterben liegen. Was genau hat Ihnen dieser ... dieser psychologische Lehrling angetan oder gesagt, um bei Ihnen diesen verrückten Drang hervorzurufen, daß Sie sich wieder an die Arbeit machen wollen?«

»Keine zehn Pferde bringen mich dazu, darauf zu antworten«, erwiderte Mannon mit abermals entblößten Zähnen.

Lioren fragte sich, welche Bedeutung eine nichtintelligente Spezies terrestrischer Vierbeiner für das Gespräch hatte, und kam zu dem Schluß, daß die Äußerung etwas anderes heißen mußte als das, was ihm der Translator übersetzt hatte.

O'Mara wandte sich an den Tarlaner und sagte: »Lioren, ich verlange einen sofortigen mündlichen und später einen ausführlicheren schriftlichen Bericht über sämtliche Gespräche, die zwischen Ihnen und diesem widerborstigen Patienten stattgefunden haben, sowie über alle Begleitumstände. Fangen Sie an.«

Es lag keineswegs in Liorens Absicht, ungehorsam oder aufsässig zu sein, indem er sich zu sprechen weigerte, es war einfach so, daß er mehr Zeit brauchte, um das, was er sagen konnte, von dem zu trennen, was er auf keinen Fall verraten durfte. Doch O'Maras gelbrosa Gesicht hatte eine dunklere Farbe angenommen, und er gestand Lioren keine Bedenkzeit zu.

»Nun machen Sie schon«, drängte ihn O'Mara ungeduldig. »Ich weiß, daß Sie Mannon in Zusammenhang mit der Untersuchung von Seldals Verhalten befragt haben. Das ist ein sehr naheliegender Schritt gewesen. Wenn Sie allerdings, wie es all seinen anderen Besuchern ergangen ist, von Mannon ignoriert worden wären, hätte diese Entscheidung die Gefahr geborgen, daß Sie dem Patienten verraten, was Sie tun ...«

»Aber genau das ist passiert, Sir«, unterbrach ihn Lioren, der wußte, daß sie jetzt bei einem ungefährlichen Thema angelangt waren, bei dem er zu verweilen hoffte. »Doktor Mannon und ich haben meine Aufgabe bezüglich Seldal ausführlich besprochen, und auch wenn die Untersuchung noch nicht abgeschlossen ist, deuten doch alle bisherigen Anzeichen darauf hin, daß Doktor Seldal seelisch und geistig vollkommen gesund ist und ...«

»Jedenfalls für einen Chefarzt ...«, warf Mannon ein.

O'Mara stieß einen verärgerten Laut aus. »Nun vergessen Sie mal die Untersuchung für einen Moment, Lioren. Was mich jetzt beunruhigt, ist, daß Seldal bei seinem todkranken Patienten eine deutliche, nichtmedizinische Veränderung festgestellt hat, die er den Gesprächen mit meinem auszubildenden Psychologen zuschreibt. Hinterher hat er Sie sogar darum gebeten, auch mit seinem groalterrischen Patienten zu sprechen, der zwar über eine größere körperliche Widerstandskraft als Mannon verfügt, aber genauso schweigsam gewesen ist. Das wiederum hatte zur Folge, daß Sie den Gebrauch der Aufnahmegeräte verboten haben, als sich der FLSU mit Ihnen unterhalten hat.

Erzählen Sie mir sofort den Inhalt der Gespräche zwischen Ihnen und diesen beiden Patienten, die beim Groalterri zur Veränderung des Verhaltens und bei einem Sterbenden zu diesem... diesem seltsamen Akt konstruktiven Wahnsinns geführt haben«, forderte ihn der Chefpsychologe mit leiser, aber sehr deutlicher Stimme auf, in einer Sprechweise, die Tarlaner als ›schreien im Flüsterton‹ bezeichneten.

Äußerst sanft legte O'Mara eine seiner Hände auf Mannons Schulter, und noch leiser fügte er hinzu: »Das will ich sowohl aus beruflichen als auch aus persönlichen Gründen wissen.«

Erneut suchte Lioren in Gedanken nach den passenden Worten, bis er bereit war zu sprechen.

»Bei allem Respekt, Major O'Mara«, antwortete er schließlich vorsichtig, »in einigen Teilen der Gespräche zwischen mir und den Patienten ist es zwar auch um unpersönliche Dinge gegangen, die ich Ihnen aber nur mitteilen könnte, wenn die Patienten ihre Zustimmung dazu geben. Leider kann ich Ihnen das übrige, das für Sie als Psychologen vermutlich von primärem Interesse ist, nicht verraten, und ich werde es auch nicht.«

Während Liorens Ausführungen war O'Maras Gesicht abermals dunkler geworden, hatte sich aber nach und nach wieder aufgehellt. Schließlich hob der Chefpsychologe auf einmal in der eigentümlichen Weise der Terrestrier mit einem Ruck die Schultern in die Höhe, ließ sie ruckartig in die Ausgangsposition zurückfallen und verließ wortlos das Zimmer.

15. Kapitel

Sie stellen ununterbrochen Fragen«, beschwerte sich der Groalterri.

Bei solch einem riesengroßen Lebewesen war es unmöglich, Veränderungen des Gesichtsausdrucks festzustellen, selbst wenn die gewaltigen Züge dazu in der Lage gewesen wären, und von der Gebärdensprache hatte Lioren bisher nur wenige Ausdrucksformen verstehen lernen können.

»Ich beantworte auch Fragen, wenn man mir welche stellt«, entgegnete er.

Unter ihm und rings um ihn zuckten straff zusammengerollte Tentakel wie riesige organische Bergketten bei einem leichten Erdbeben und verfielen wieder in Reglosigkeit. Lioren war nicht übermäßig beunruhigt, da ein Wutanfall, wie ihn der FLSU beim ersten Besuch gehabt hatte, bisher nicht wieder vorgekommen war.

»Ich habe keine Fragen«, sagte der Patient. »Meine Neugier wird vom großen Gewicht der Schuld, die auf mir lastet, erdrückt. Und jetzt verschwinden Sie endlich.«

Als Zeichen seiner Bereitschaft zu gehorchen zog sich Lioren zurück, aber nur ein kurzes Stück, um zu verstehen zu geben, daß er sich trotzdem noch unterhalten wollte.

»Indem ich meine eigene Neugier oder auch die der anderen stille, vergesse ich wenigstens eine Zeitlang meine Schuld. Vielleicht könnte ich Ihnen helfen, daß Sie Ihre Schuld ebenfalls für eine Weile vergessen, indem ich einfach Fragen beantworte, die Sie nicht stellen«, schlug er vor.

Der Patient rührte sich nicht, noch sagte er einen Ton, und Lioren verstand diese Form der negativen Reaktion wie schon bei früheren Gelegenheiten als zögernde Einwilligung und fuhr fort.

Da die Groalterri aufgrund ihrer Physiologie keine Raumflüge unternehmen konnten, erzählte Lioren dem FLSU von einer Spezies, die gleichermaßen gehandikapt war, und von noch anderen Wesen, denen Interstellarreisen eigentlich unmöglich sein müßten, was aber nicht der Fall war. So berichtete er ihm von den großen Schichtkreaturen auf Drambo, deren gewaltige Körper wachsen konnten, um wie lebendige Teppiche die Fläche eines ganzen Subkontinents zu bedecken. Diese Spezies benutzte als Augen Millionen von Pflanzen, die die oben liegende Körperfläche in eine lichtempfindliche Schicht verwandelten, und verfügte trotz ihres pflanzlichen Metabolismus, durch den die Körperbewegungen so langsam vonstatten gingen, über einen flinken und scharfen Verstand.

Er erzählte ihm von den bösartigen, unglaublich gewalttätigen Beschützern der Ungeborenen, die vom Augenblick der Geburt in einer ungeheuer grausamen Umwelt bis zum Tod aus Altersschwäche oder wegen des Unvermögens, sich vor dem zuletzt geborenen Nachkommen zu schützen, weder schliefen noch zu kämpfen aufhörten. Doch in solch einer organischen Kampf- und Tötungsmaschine steckte ein Embryo mit einem großartigen, reichen und liebenswürdigen telepathischen Geist, der durch die telepathische Verbindung mit anderen Ungeborenen lernte und dessen Fähigkeit zu denken nach der langen Schwangerschaft durch die Geburt tragischerweise zerstört wurde.

»In dieses Hospital sind Beschützer der Ungeborenen eingeliefert worden«, fuhr Lioren fort, »und wir versuchen, Mittel und Wege zu finden, ihre Nachkommen ohne die sich aus der Geburt ergebende Zerstörung des Verstands zur Welt kommen zu lassen und diesen Neugeborenen beizubringen, nicht alles anzugreifen und umzubringen, was ihnen vor die Augen kommt.«

Während Liorens Ausführungen war der Groalterri reglos geblieben und hatte geschwiegen. Lioren sprach weiter, doch nach und nach verlagerte sich das Thema von Beschreibungen der physiologischen Merkmale der Spezies, aus denen die Föderation bestand, zu den philosophischen Standpunkten, die sie verbanden oder manchmal auch trennten. Da Lioren wissen wollte, was den Patienten bekümmerte, hatte er diesen Themenwechsel absichtlich herbeigeführt.

»Eine Handlung, die von der einen Spezies wegen einer evolutionsgeschichtlichen Notwendigkeit oder – seltener – aufgrund einer zu engstirnigen philosophischen Erziehung als großes Unrecht betrachtet wird, kann von einer anderen als völlig normales und untadeliges Verhalten angesehen werden. Oftmals handelt es sich bei dem höchsten Richter, der nie körperlich gegenwärtig ist, sondern für den andere sprechen, um ein immaterielles Wesen, das für den allwissenden, allmächtigen und allbarmherzigen Schöpfer aller Dinge gehalten wird.«

Unter ihm und rings um ihn bewegten sich die Tentakel unruhig hin und her, und das Auge, das ihn unentwegt betrachtet hatte, schloß sich, aber ansonsten kam vom FLSU keine Reaktion. Lioren wußte zwar, daß er ein Risiko einging, wenn er in diesem Stil fortfuhr, doch er spürte auf einmal das dringende Verlangen, die Gedankenwelt dieses großen und höchst bekümmerten Wesens zu verstehen.

»Auf diesem Gebiet kenne ich mich nur unvollständig aus«, fuhr er fort, »aber bei den meisten intelligenten Spezies soll sich dieses allmächtige und immaterielle Wesen in körperlicher Gestalt offenbart haben. Die physiologischen Klassifikationen dieses Wesens wechseln nach der für die jeweiligen Umweltbedingungen der betreffenden Planeten geeigneten Form, doch in allen Fällen tritt es als Lehrmeister und Gesetzgeber in Erscheinung und stirbt unter den Händen derjenigen, die seine

Lehren zunächst nicht akzeptieren können. Aber diese Lehren bilden über kurz oder lang die philosophische Grundlage für den gegenseitigen Respekt, das Verständnis und die Zusammenarbeit zwischen den Mitgliedern der betreffenden Spezies, durch die schließlich die Gründung einer planetarischen und interstellaren Zivilisation ermöglicht wird.

Manche glauben, es sei immer dasselbe Wesen, das auf allen Planeten erschienen ist oder erscheinen wird, wenn seine Schöpfung bedroht ist und seine Lehren am dringendsten gebraucht werden. Doch die gemeinsamen Nenner all dieser unterschiedlichen Glaubensrichtungen sind Mitleid, Verständnis und Vergebung früheren Unrechts jeglicher Form, unabhängig davon, ob es sich um ein verzeihliches oder ein äußerst schweres Vergehen handelt. Diese Vergebung wird durch den Tod der körperlichen Offenbarung des immateriellen Wesens veranschaulicht, der in allen Fällen schmählich und mit körperlichen Qualen verbunden sein soll. Auf der Erde soll dieser Tod eingetreten sein, nachdem der Körper mit Nägeln aus Metall an ein Holzkreuz geschlagen worden war, und die creppelianischen Oktopoden haben etwas benutzt, das sie den ›Kreis der Schande‹ nennen, in dem die voll ausgestreckten Tentakel mit Pflöcken am nackten Boden befestigt wurden, bis der Tod durch Austrocknung eintrat, während sich die Kelgianer ...«

»Kleiner Lioren«, unterbrach ihn der Groalterri und öffnete das Auge, »erwarten Sie von diesem allmächtigen Wesen, daß es Ihnen Ihre eigene schwere Sünde vergibt?«

Nach dem langen Schweigen des Patienten überraschte ihn diese Frage. »Ich habe keine ... Was ich meine, ist, daß es andere Wesen gibt, nach deren Ansicht diese Lehrmeister und Gesetzgeber von Natur aus in jeder intelligenten Zivilisation in Erscheinung treten, die sich im Übergangsstadium von der Barbarei zu den Anfängen einer wahren Kultur befindet. Auf einigen Planeten haben viele Gesetzgeber gelebt, deren Lehren sich in geringfügigen Einzelheiten voneinander unterscheiden und die nicht von all ihren Anhängern für Verkörperungen eines allmächtigen Wesens gehalten werden. Diese Lehrmeister sind ausnahmslos dafür eingetreten, gegen Übeltäter barmherzig zu sein und ihnen zu vergeben, und normalerweise sind sie durch die Hände ihrer eigenen Gefolgsleute umgekommen. Hat es in der Geschichte von Groalter auch so ein Wesen gegeben? Solch einen großen Lehrmeister der Vergebung?«

Das Auge musterte ihn weiterhin, doch die Sprechmembran des Patienten bewegte sich nicht. Vielleicht war die Frage in irgendeiner Weise anstößig gewesen, denn offenkundig wollte der Groalterri sie nicht beantworten.

»Ich glaube nicht, daß mir vergeben werden kann, denn ich bin nicht einmal imstande, mir selbst zu vergeben«, gestand Lioren ein.

Diesmal erfolgte eine prompte und völlig überraschende Antwort.

»Kleiner Lioren«, sagte der Groalterri, »meine Frage hat Ihnen innerlich große Schmerzen bereitet, und das tut mir leid. Sie haben mich mit Ihren Geschichten von den Planeten und den Spezies Ihrer Föderation sehr gefesselt. Besonders interessant fand ich Ihre Erzählungen über die verschiedenen Philosophien, die sich auf seltsame Weise ähneln, und eine Zeitlang war mein großer Kummer sehr viel erträglicher. Für diese Freundlichkeit haben Sie mehr von mir verdient als nur eine verletzende Antwort, und ich weiß Ihre Bemühungen zu schätzen.

Die Information, die ich Ihnen jetzt geben werde – aber nur diese Information –, dürfen Sie weitergeben und mit anderen erörtern. Sie betrifft den Ursprung und die Geschichte der Groalterri und enthält nichts, was sich auf mich persönlich bezieht. Alle vorhergehenden und folgenden Gespräche zwischen uns müssen jedoch vertraulich bleiben.«

»Selbstverständlich!« rief Lioren in seiner Aufregung so laut, daß er den Translator überlastete. »Ich bin Ihnen sehr dankbar; wir alle werden Ihnen dankbar sein. Aber… aber unsere Dankbarkeit ist unpersönlicher Art. Können Sie mir denn wenigstens verraten, wie Sie heißen und was Sie normalerweise machen?«

Er verstummte, weil er sich fragte, ob die Erkundigung nach dem Namen und der Tätigkeit des FLSU ein Fehler gewesen war – womöglich sein letzter Fehler.

Plötzlich entrollte sich einer der Tentakel des Groalterris, pfiff mit der knöchernen Spitze an Liorens Kopf vorbei und prallte gegen die Metallwand, gegen die er mehrere Sekunden lang periodisch unter ohrenbetäubendem Lärm schlug, bevor er blitzartig zurückgezogen wurde.

In der Mitte einer der wenigen Teile der Wandverkleidung, die nach dem früheren Wutanfall des FLSU ohne Beulen geblieben waren, prangte jetzt die vollkommen geometrische Figur eines achtzackigen Sterns. Die Linien, aus denen er bestand, waren schnurgerade, wiesen dieselbe Tiefe und Breite auf – die irgendwo zwischen den Ausmaßen einer tiefen, breiten Furche und eines feinen, oberflächlichen Kratzers lagen – und trafen in der Mitte ohne Lücken oder Überschneidungen haargenau zusammen.

»Ich bin der kleine Hellishomar, der Messerheiler«, sagte der FLSU leise. »Sie, Lioren, würden mich als Chirurgen bezeichnen.«

16. Kapitel

Hellishomar konzentrierte seinen Angriff auf eine Stelle, an der die Haut dünn und das darunter liegende Gewebe weich war, indem er mit allen vier Knochenplatten das Fleisch aufriß, bis der blutige Krater so groß und tief war, daß er mitsamt der Ausrüstung hindurchpaßte. Dann klappte er hinter sich den Fleischlappen der Öffnung zu, die er in den Körper geschnitten hatte, und verschloß ihn hermetisch, schaltete die Lampe und die Wischer der Augenschützer an, überprüfte die Füllmenge des Brennstoffbehälters und grub sich weiter voran.

Dieser Elternteil war alt, alt genug, um der Vorfahre von Hellishomars Großelternteil zu sein, und die graue Fäule, von der der alte FLSU befallen war, hatte sich bereits über den gesamten gewaltigen Körper und auch ein ganzes Stück nach innen ausgebreitet. Wie es bei Eltern üblich war, hatte auch dieser Patient die ersten Symptome verheimlicht, um den tagelang anhaltenden starken Schmerzen und gewaltsam zugefügten Wunden aus dem Weg zu gehen, die eine Operation mit sich gebracht hätte, bis ihn die zusehends wachsenden Krebsgeschwülste bewegungsunfähig gemacht hatten und der Verband der Messerheiler von einem der zufällig vorbeikommenden Kleinen über seinen Zustand unterrichtet worden war.

Zwar war Hellishomar für einen Kleinen bereits recht alt und für einen Messerheiler ziemlich groß, doch seine umfassenden Kenntnisse und unvergleichlichen Erfahrungen glichen den Schaden mehr als aus, den er dadurch verursachte, daß er so große Einschnitte machen mußte, um in den Körper des Patienten zu gelangen; die tieferen Gewebeschichten waren jedoch stets sehr weich, so daß er häufig nur einen einzigen Schnitt zu machen brauchte, um sich hindurchzuzwängen, und sich nicht erst einen blutigen Tunnel durch völlig gesundes Fleisch hacken mußte.

Indem er die größeren Blutgefäße umging oder diejenigen, bei denen dies nicht möglich war, durch Hitze versiegelte und die beschädigten Kapillaren, die sich auf natürlichem Wege wieder verschließen würden, einfach nicht beachtete, drang Hellishomar mit raschen und genauen Schnitten, ohne Zeit zu verlieren, voran. Bei Operationen tief im Körper mußten die Behälter mit der komprimierten Luft klein sein, denn sonst hätte der Messerheiler einen größeren Einschnitt vornehmen müssen, um in den Körper des Patienten zu gelangen. Zudem hätte er in dem Fall mehr Schaden angerichtet und wäre langsamer vorangekommen.

Dann war es plötzlich zu sehen, das erste innere Anzeichen für die Wucherung, und zwar genau an der vorhergesagten Stelle.

Schräg über den frisch vertieften Einschnitt verlief eine dünne gelbe Röhre, die durch ihre harten Wände und ölige Oberfläche unter den messerscharfen Knochenplatten des Tentakels hatte wegrutschen können. Während sie Nährstoffe aus der grauen, brandigen Wucherung sog, die sich auf der Haut des Elternteils ausgebreitet hatte, und zu der oder den wurzelartigen Herzgeschwülsten tief im Körper leitete, pulsierte sie schwach. Hellishomar änderte die Richtung, um der Röhre weiter nach unten zu folgen.

Innerhalb weniger Augenblicke war auf der einen Seite des Tunnels eine zweite gelbe Röhre zu sehen, zu der sich eine weitere gesellte und dann noch eine, die alle einem einzigen Punkt unter ihm zustrebten. Hellishomar schnitt und zwängte sich zwischen ihnen hindurch, bis die Herzgeschwulst selbst wie eine geäderte, unebene Kugel, die im eigenen schwachen gelben Licht zu glimmen schien, offen vor ihm lag. Vom Umfang her war die Wucherung nur wenig kleiner als Hellishomars Kopf.

Schnell schaffte er sich mit den Knochenplatten über und rings um die wurzelartige Geschwulst Platz, wobei er mehr als zwanzig Wurzelfasern und zwei dickere Röhren durchtrennte, die die Verbindung zu einer oder mehreren weiteren Tochtergeschwülsten darstellten. Dann rückte Hellishomar dem bösartigen Gebilde mit auf volle Stärke gedrehtem Brenner zu Leibe, indem er eine Stellung einnahm, durch die der heiße und blutige Dampf den Einschnitt entlang entweichen und sich auflösen konnte, damit er sozusagen nicht im eigenen Saft geschmort wurde.

Hellishomar hörte erst auf, als die Herzgeschwulst in Asche verwandelt war, und dann schichtete er die Asche zu einem kleinen Haufen auf und setzte sie erneut in Brand. Nun folgte er der Verbindung zur Tochtergeschwulst, die er dabei gleichzeitig hinter sich verbrannte, bis er die zweite Herzgeschwulst entdeckte und ebenfalls mit dem Brenner entfernte. Wenn die Oberflächenmesserheiler später ihre Arbeit beendet hatten, würden die feinen Verbindungen der wurzelartigen Herzgeschwülste zu den Wucherungen auf der Haut des Patienten austrocknen und einschrumpfen, da sie an beiden Enden durchtrennt waren und ihnen keine Nährstoffe mehr zugeführt werden konnten, so daß sie unter minimalen Beschwerden aus dem Körper des Elternteils gezogen werden könnten.

Trotz der Wischer, die sich hin- und herbewegten, um die Augenschützer sauberzuhalten, verschlechterte sich Hellishomars Sicht in unregelmäßigen Schüben zunehmend. Dadurch wurden seine Bewegungen stetig langsamer, die Schläge mit den Knochenplatten ungenauer, und die Qualität der Operation sank allmählich auf unterstes Niveau. Nach Hellishomars Diagnose war dieser Zustand auf eine Kombination aus kurz bevorstehendem Hitzschlag und drohender Erstickung zurückzuführen, und er machte sofort kehrt, um sich einen Weg zur nächsten Luftröhre zu bahnen.

Plötzlich stießen die Knochenplatten auf erhöhten Widerstand, was darauf hindeutete, daß Hellishomar an die Außenmembran einer Luftröhre gelangt war. Vorsichtig zwängte er sich durch einen Schnitt, der nicht zu lang war, um möglichst wenig Blut austreten zu lassen, aber auch nicht zu kurz, damit Kopf und Oberkörper hindurchpaßten. Dann legte er eine Pause ein und machte sich die Kiemen frei.

Wasser, das noch nicht vom Körper des Elternteils angewärmt war, umspülte Hellishomars überhitzten Körper, ersetzte in seiner Lunge die schale Luft aus dem Behälter und machte ihm sowohl den Kopf als auch die Augenschützer wieder frei. Doch seine Freude währte nicht lange, denn als der Elternteil ein paar Augenblicke später zur Sauerstoffatmung überging, wurde aus dem Schwall klaren, durch die Kiemen gefilterten Wassers ein dünnes Rinnsal. Rasch zog Hellishomar auch den übrigen Körper durch den Einschnitt, streckte die Tentakel mit den Knochenplatten an der Spitze zu voller Länge aus und trieb die flachen, winkelförmigen Kerben in die Wand der Luftröhre, die es ihm ermöglichen würden, sich über dem Einschnitt festzuhalten, wenn der eingeatmete Luftstrom an ihm vorbeistürmte.

Durch das Nervensystem waren dem Elternteil sämtliche Vorgänge in seinem gewaltigen Körper bewußt und auch die genaue Stelle, an der sie sich ereigneten, und zudem wußte er, daß Wunden an der Luft leichter als im Wasser verheilten. Während Hellishomar die Ränder des Schnitts in der Luftröhre fachmännisch zusammenzog und vernähte, wünschte er sich, daß einer der großen Groalterri nur ein einziges Mal seinen Verstand benutzen würde, um ihm eventuell für den operativen Eingriff zu danken, der das Leben der Patienten zu verlängern pflegte, oder auch nur um seine Selbstsucht zu tadeln, die in ihm den Wunsch nach solchen Danksagungen hervorrief, oder einfach nur um seine Existenz zur Kenntnis zu nehmen.

Eltern wußten zwar alles, sprachen über ihr Wissen aber nur mit anderen Eltern.

Der durchs Einatmen hervorgerufene Wind legte sich, und bevor sich das Elternteil zum Ausatmen anschickte, herrschte einen Augenblick lang völlige Windstille. Hellishomar überprüfte ein letztes Mal die Nähte der Wunde, ließ die Wand los und ließ sich auf den weichen Boden der Luftröhre fallen. Dort rollte er sich zu einer Kugel zusammen, indem er die Tentakel um den Körper schlang, und wartete.

Mit einemmal wurde sein Körper in die Höhe gehoben und von einem orkanartigen Sturm die Luftröhre entlanggewirbelt, bis er schließlich draußen auf dem Boden der Außenwelt landete …

»Dort hat sich Hellishomar ausgeruht und die Luft- und Brennstoffvorräte aufgefüllt«, fuhr Lioren fort, »weil sein Patient alt und groß gewesen ist und noch eine Menge Arbeit zu erledigen war.«

Er machte eine Pause, um O'Mara Gelegenheit zu einer Anmerkung zu geben. Als Lioren bei seiner Rückkehr von der Station des Groalterris umgehend um Erlaubnis gebeten hatte, O'Mara einen mündlichen Bericht zu erstatten, hatte der Chefpsychologe seiner Überraschung in einem Ton Ausdruck gegeben, den Lioren mittlerweile als Sarkasmus erkannte, doch danach hatte der Major zugehört, ohne den Tarlaner zu unterbrechen oder sich zu regen.

»Fahren Sie fort«, forderte O'Mara ihn auf.

»Wie mir Hellishomar erzählt hat, setzt sich die Geschichte der Groalterri ausschließlich aus Erinnerungen zusammen, die über die Jahrhunderte hinweg weitergegeben wurden. Die Richtigkeit dieser mündlichen Überlieferungen hat er mir zwar versichert, aber archäologische Beweise zu ihrer Erhärtung sind nicht vorhanden. Folglich verfügt die groalterrische Kultur über keine Geschichte, die in die Zeit vor der Entwicklung von Intelligenz zurückreicht, und darum wird mein Bericht hauptsächlich auf Schlußfolgerungen und weniger auf Fakten beruhen.«

»Dann ziehen Sie endlich Ihre Schlußfolgerungen«, drängte O'Mara.

Auf dem von mineralarmen Meeren und Sümpfen bedeckten Planeten der Groalterri waren keine geschichtlichen Aufzeichnungen geführt worden, weil die Lebensspanne der FLSUs länger und ihre Erinnerungen klarer und zuverlässiger waren als alle auf Tierhäuten oder pflanzlichem Gewebe festgehaltenen Schriftzeichen, die lange vor dem Lebensende des Schreibers verblaßt oder verfault gewesen wären. Groalter war ein riesiger Planet, der seine kleine heiße Sonne in zweieinviertel terrestrischen Jahren einmal umkreiste, und eine der gewaltigen Lebensformen, die ihn bewohnten, hätte schon sehr krank gewesen sein oder wirklich Pech gehabt haben müssen, um nicht wenigstens fünfhundert dieser Umkreisungen zu erleben.

Erst mit dem Aufkommen der Technologie der Kleinen in jüngster Zeit – wobei ›jüngst‹ im Sinne der groalterrischen Zeitmessung zu verstehen ist – waren geschichtliche Aufzeichnungen geführt und aufbewahrt worden. Diese Aufzeichnungen beruhten in erster Linie auf den Entdeckungen und Beobachtungen durch die wissenschaftlichen Stützpunkte, die trotz großer Schwierigkeiten und enormer Verluste bei den Kleinen unter den hohen Schwerkraftverhältnissen in den Polargebieten errichtet worden waren. Durch Groalters schnelle Rotation herrschte nur in jeweils einem breiten Streifen über und unter dem Äquator geringe Schwerkraft, wo die weit ausgedehnten und bewohnten Meere und Sümpfe durch den großen Mond des Planeten und die mit ihm verbundenen Gezeiten in ständiger Bewegung gehalten wurden. Aufgrund dieses fortwährenden Wechsels von Ebbe und Flut waren die wenigen äquatorialen Landmassen Groalters schon vor langer Zeit abgetragen worden.

Mit der Zeit – die selbst nach groalterrischen Maßstäben lang war – würde die Bahn des großen, unbewohnten Mondes immer enger werden, bis schließlich er und sein Mutterplanet miteinander kollidieren und sich gegenseitig zerstören würden.

In technologischer Hinsicht machten die Kleinen solche Fortschritte, wie es ihnen in ihrer unbeständigen Umwelt möglich war. Und jeden Tag in ihrem jungen Leben versuchten sie, das animalische Wesen, das in ihnen steckte, zu bekämpfen, damit sie schneller die geistige Reife der Eltern erreichten, die ihr langes Leben damit verbrachten, über bedeutende Dinge nachzudenken, während sie die Ressourcen des einzigen Planeten kontrollierten und bewahrten, den sie aufgrund ihrer gewaltigen Größe jemals kennenlernen konnten.

»Folglich gibt es auf Groalter zwei verschiedene Kulturen«, setzte Lioren seine Ausführungen fort. »Da sind einerseits die sogenannten Kleinen, zu denen auch unser riesiger Patient gehört, und andererseits die Eltern, von denen selbst die eigenen Nachkommen nur wenig wissen.«

In ihrem ersten groalterrischen Lebensjahr wurden die Kleinen gezwungen, die Eltern zu verlassen, um von etwas älteren Nachkommen betreut und erzogen zu werden. Diese scheinbar grausame Maßnahme war nötig, um das geistig-seelische Wohlbefinden und das zukünftige Überleben der Eltern zu garantieren, da die Kleinen von ihnen für wenig mehr als wilde Tiere gehalten wurden, deren Denkweise und Verhalten von den Erwachsenen als unerträglich abstoßend empfunden wurde.

Obwohl die Eltern die ungestümen, nur für Unruhe sorgenden Nachkommen nicht in ihrer Nähe ertragen konnten, liebten sie diese doch von ganzem Herzen und wachten aus der Ferne über ihr Wohlergehen.

Doch verglichen mit dem Intelligenzgrad und dem Sozialverhalten der durchschnittlichen Mitgliedspezies der Föderation war der Verstand eines kleinen Groalterri weder als primitiv noch als dumm zu bezeichnen. Viele tausend terrestrische Jahre lang, während ihrer langen Wartezeit zwischen der Geburt und dem Eintritt ins Erwachsenenalter, waren sie allein für die Entwicklung von Naturwissenschaft und Technologie auf Groalterri verantwortlich gewesen. In dieser Zeit kam es zwischen ihnen und den Eltern zu keinerlei Kommunikation, und die körperlichen Kontakte waren unglaublich gewaltsam und ausschließlich auf chirurgische Eingriffe beschränkt, die darauf abzielten, das Leben der Eltern zu verlängern.

»Dieses Verhalten liegt außerhalb meines Erfahrungsbereichs«, fuhr Lioren fort. »Offensichtlich schätzen die Kleinen die Eltern. Sie respektieren sie, gehorchen ihnen und versuchen, ihnen so gut wie möglich zu helfen, doch die Eltern reagieren darauf auf keine andere Weise, als sich hin und wieder widerwillig einer Operation durch einen Kleinen zu unterziehen.

Die Kleinen bedienen sich gesprochener und geschriebener Sprache, wohingegen die Eltern über große, aber nicht genau angegebene Geisteskräfte verfügen sollen, zu denen auch weitreichende Telepathie gehört. Diese Fähigkeit setzen sie zum Gedankenaustausch untereinander und zur Überwachung und zur Erhaltung sämtlicher nichtintelligenter Lebewesen im groalterrischen Meer ein. Aus irgendeinem Grund wollen sie sich ihrer telepathischen Kräfte nicht bedienen, um sich mit ihren eigenen Nachkommen zu unterhalten oder, was das betrifft, mit den Kontaktspezialisten des Monitorkorps, die sich gegenwärtig in der Umlaufbahn um ihren Planeten befinden.

Ein solches Verhalten ist noch nie dagewesen und geht über mein Verständnis«, schloß Lioren hilflos.

O'Mara entblößte die Zähne. »Es geht über Ihr gegenwärtiges Verständnis. Dennoch ist Ihr Bericht für mich von großem Interesse und für die Kontaktspezialisten von noch beträchtlicherem Wert. Jetzt wissen wir zumindest etwas über die Groalterri, und das Korps wird seinem ehemaligen Oberstabsarzt dankbar und mit ihm zufrieden sein. Ich hingegen bin zwar beeindruckt, aber keineswegs zufrieden, weil der Bericht des rangniedrigsten Mitarbeiters meiner Abteilung, des Auszubildenden Lioren, weit davon entfernt ist, vollständig zu sein. Sie versuchen nämlich nach wie vor, wichtige Informationen vor mir zu verheimlichen.«

Zweifellos konnte der Chefpsychologe den Gesichtsausdruck und Tonfall bei einem Tarlaner sehr viel besser deuten als Lioren umgekehrt bei einem Terrestrier, der nun zur Abwechslung schwieg.

»Ich möchte Sie daran erinnern, daß es sich bei Hellishomar um einen Patienten handelt und diesem Hospital, zu dem nicht nur Sie, sondern auch Seldal und ich gehören, die Verantwortung dafür übertragen worden ist, sein gesundheitliches Problem zu lösen«, sagte O'Mara mit lauterer Stimme. »Zweifellos hat Seldal geahnt, daß dieses klinische Problem auch eine psychologische Komponente haben könnte. Er hat Sie gebeten, mit dem Patienten zu sprechen, da er die Erfolge Ihrer Gespräche mit Mannon gesehen hat und ihm klar gewesen ist, daß er sich nicht offiziell an mich wenden konnte, weil diese Abteilung nur für das psychische Wohlbefinden des Personals verantwortlich ist. Zwar mag das Orbit Hospital keine psychiatrische Klinik sein, doch handelt es sich bei diesem Hellishomar um einen sehr speziellen Fall. Schließlich ist er der erste Groalterri, mit dem wir, oder genauer gesagt, mit dem Sie jemals gesprochen haben. Ich möchte ihm genauso helfen wie Sie, und mit dem Herumdoktern an den Denkweisen fremder Spezies verfüge ich über größere Erfahrung als Sie. Mein Interesse an dem Fall ist rein beruflich, ebenso wie meine Neugier auf alle persönlichen Informationen, die er Ihnen vielleicht verraten hat – Informationen, die ich ausschließlich zu therapeutischen Zwecken benutzen und über die ich mit niemandem sprechen werde. Können Sie meinen Standpunkt verstehen?«

»Ja«, antwortete Lioren.

»Na schön«, sagte O'Mara, als klar wurde, daß Lioren ansonsten nichts hinzufügen wollte. »Wenn Sie schon zu dumm und aufsässig sind, um auf den Wunsch eines Vorgesetzten einzugehen, dann sind Sie vielleicht wenigstens intelligent genug, Vorschläge anzunehmen. Fragen Sie den Patienten, wie er sich die Verletzungen zugezogen hat, falls Sie das nicht schon getan haben und mir die Antworten verheimlichen. Und fragen Sie Hellishomar, ob er es selbst gewesen ist oder jemand anders, der das Schweigen der Groalterri gebrochen hat, um medizinische Hilfe zu erbitten. Den Kontaktspezialisten sind die Umstände des Notrufs ein Rätsel, und sie wünschen, darüber aufgeklärt zu werden.«

»Ich habe bereits versucht, ihm diese Fragen zu stellen«, sagte Lioren. »Aber der Patient ist in Erregung geraten und hat mir lediglich zu verstehen gegeben, er persönlich habe nicht um Hilfe gebeten.«

»Was genau hat er denn gesagt?« hakte O'Mara schnell nach. »Wie lauteten seine Worte?«

Lioren schwieg.

Der Chefpsychologe stieß einen kurzen unübersetzbaren Laut aus und lehnte sich im Sessel zurück. »Der Auftrag, den Sie bezüglich Seldal erhalten haben, ist an sich nicht wichtig, aber die Einschränkungen, die Ihnen auferlegt worden sind, waren das ganz bestimmt. Mir ist von vornherein klar gewesen, daß Sie sich alle Patienten von Seldal würden vornehmen müssen, um Erkundigungen einzuziehen, und auch, daß es sich bei einem der Patienten um Mannon gehandelt hat. Indem ich Sie beide zusammengebracht habe – den Patienten, der vor seinem Tod emotionale Qualen leidet und jeglichen Kontakt mit Freunden und Kollegen verweigert, und einen Tarlaner, gegen dessen Probleme Mannons wirklich unbedeutend aussehen –, hatte ich gehofft, er würde sich wenigstens so weit öffnen, daß ich ihm möglicherweise seelischen Beistand leisten könnte. Ohne ein weiteres Eingreifen meinerseits haben Sie Erfolge erzielt, die viel größer sind, als ich es mir hätte träumen lassen, und ich bin Ihnen wirklich dankbar. Meine Dankbarkeit und die Geringfügigkeit der Angelegenheit haben es mir gestattet, Ihre lästige Aufsässigkeit zu übersehen, doch diesmal liegen die Dinge anders.

Daß Sie mit dem Groalterri sprechen sollten, war Seldals Idee, nicht meine, und ich habe erst hinterher davon erfahren«, fuhr O'Mara fort. »Bisher weiß ich nichts von dem, was Sie beide miteinander gesprochen haben, und ich will jetzt alles wissen. Der Inhalt Ihrer Gespräche ist nämlich auch für eine Erstkontaktsituation mit einer Spezies von Bedeutung, die nicht nur hochintelligent ist, sondern bis jetzt auch tiefstes Schweigen bewahrt. Doch Sie haben es geschafft, sich mit einem Mitglied dieser Spezies zu unterhalten, und haben aus irgendeinem Grund in ein paar Tagen mehr erreicht als das Monitorkorps in genauso vielen Jahren. Ich bin beeindruckt, und das wird man beim Korps auch sein. Dennoch müssen Sie endlich einsehen, daß es dumm und geradezu kriminell ist, Informationen zurückzuhalten, die – egal, welcher Art sie sind – helfen könnten, den Kontakt auszuweiten.

Verdammt noch mal, das ist jetzt wirklich nicht der richtige Zeitpunkt für moralische Spielchen«, schloß O'Mara mit leiserer Stimme. »Dafür ist das Ganze viel zu wichtig, finden Sie nicht auch?«

»Bei allem Respekt, aber ich ...«, begann Lioren, als ihn O'Mara mit einer plötzlichen Handbewegung zum Schweigen brachte.

»Das heißt also ›nein‹«, sagte der Chefpsychologe verärgert. »Vergessen Sie diese ganzen Höflichkeitsfloskeln. Also, warum stimmen Sie dem nicht zu, Lioren?«

»Weil ich nicht die Erlaubnis erhalten habe, diese Art von Informationen weiterzugeben, und weil ich es für wichtig halte, mich weiterhin den Wünschen des Patienten gemäß zu verhalten«, antwortete Lioren prompt.

»Hellishomars Bereitschaft, Auskünfte über Groalter zu erteilen, nimmt zu, zumindest was solche Angaben betrifft, die allgemein bekannt gemacht werden dürfen. Hätte ich nicht von Anfang das in mich gesetzte Vertrauen erfüllt, hätten wir wahrscheinlich überhaupt keine Information irgendwelcher Art von ihm erhalten. Ich werde noch viel mehr Einzelheiten über die Groalterri erfahren, aber nur, wenn Sie und das Korps Geduld haben und ich Schweigen bewahre, bis mir der Patient ausdrücklich andere Anweisung gibt. Wenn ich Hellishomars Vertrauen breche, wird der Informationsfluß versiegen.«

Während Liorens Erklärung hatte O'Maras Gesichtsfarbe wieder einen dunklen Rosaton angenommen. Im Bemühen, das abzuwenden, was nach seinen Erfahrungen ein stärkerer Gefühlsausbruch zu werden versprach, fuhr Lioren fort: »Für mein aufsässiges Verhalten möchte ich mich bei Ihnen entschuldigen, aber mein fortgesetzter Ungehorsam ist weniger auf einen Mangel an Respekt zurückzuführen, sondern wird mir vielmehr vom Patienten aufgezwungen. Das ist Ihnen gegenüber äußerst unfair, Sir, weil Sie dem Patienten nur helfen wollen. Auch wenn ich es nicht verdient habe, wäre mir jede Hilfe oder jeder Ratschlag willkommen, die oder den Sie mir zu geben bereit sind.«

Unter O'Maras starrem ungerührten Blick wurde Lioren recht unbehaglich zumute. Er hatte das Gefühl, die Augen des Majors konnten ihm direkt in den Kopf blicken und jeden einzelnen Gedanken darin lesen. Das war natürlich unsinnig, weil die terrestrischen DBDGs nicht zu den telepathischen Spezies gehörten. Die Gesichtsfarbe des Chefpsychologen war zwar wieder etwas heller geworden, doch ansonsten zeigte er keinerlei Reaktion.

»Als ich vorhin gesagt habe, das Verhalten des Groalterris gehe über mein Verständnis hinaus, da haben Sie mich berichtigt, indem Sie anführten, daß das

Verhalten lediglich über mein gegenwärtiges Verständnis hinausgehe«, sagte Lioren. »Wollten Sie damit andeuten, daß es eine solche Situation schon einmal gegeben hat?«

Inzwischen hatte O'Maras Gesicht wieder die normale Farbe angenommen. Kurz entblößte er die Zähne. »Die hat es sogar schon häufig gegeben, fast immer dann, wenn die Föderation eine neue Spezies entdeckt, doch Sie haben zu sehr in der Situation dringesteckt, um sie auch von außen zu sehen. Denken Sie bitte mal an die Folge von Ereignissen, die sich beim Wachstum eines Embryos zwischen dem Zeitpunkt der Empfängnis und der Geburt abspielt, obwohl ich diese Vorkommnisse aus naheliegenden Gründen so beschreiben werde, wie sie bei meiner eigenen Spezies ablaufen.«

Der Chefpsychologe faltete locker die Hände auf dem Schreibtisch und nahm die ruhige, sachliche Haltung eines Vortragenden an. »Die Wachstumsveränderungen des Embryos im Mutterleib folgen ziemlich genau der evolutionsgeschichtlichen Entwicklung der Spezies insgesamt, wenn auch in einem kürzeren Zeitraum. Das Ungeborene beginnt als ein blinder und primitiver Wasserbewohner ohne Gliedmaßen, der in einem Meer aus Fruchtwasser treibt, und endet als kleines, körperlich hilfloses und dummes Ebenbild eines Erwachsenen, verfügt jedoch über einen Verstand, der dem seiner Eltern in relativ kurzer Zeit ebenbürtig oder überlegen ist. Auf der Erde ist der evolutionsgeschichtliche Weg, der zum vierbeinigen Landlebewesen geführt hat, aus dem schließlich das denkende Wesen namens ›Mensch‹ geworden ist, sehr lang gewesen. Zudem hat er viele fruchtlose Abzweigungen genommen, die auf Lebensformen hinausgelaufen sind, die zwar eine ähnliche Gestalt wie der Mensch gehabt haben, nicht aber seine Intelligenz.«

»Ich verstehe«, warf Lioren ein. »Auf Tarla war das auch so. Aber welche Rolle spielt das für diesen Fall?«

»Auf der Erde wie auch auf Tarla hat es in der Entwicklung zu einer vollkommen intelligenten, sich selbst bewußten Lebensform ein Zwischenstadium gegeben«, fuhr O'Mara fort, ohne auf Liorens Zwischenfrage einzugehen. »Auf unserem Planeten haben wir den weniger intelligenten Altmenschen ›Neandertaler‹ genannt und die Form, die durch Gewalt an seine Stelle getreten ist, den ›Cromagnontypus‹. Zwar haben zwischen den beiden geringe körperliche Abweichungen bestanden, doch der entscheidende Unterschied war nicht sichtbar. Obwohl der Cromagnontypus erst wenig mehr als ein wildes Tier war, besaß er das, was als der ›neue Verstand‹ bezeichnet wird, jene Art von Verstand, die es Zivilisationen ermöglicht, zu wachsen und zu gedeihen und nicht nur eine Welt zu bereisen, sondern viele. Hätte der Cromagnontypus versuchen sollen, den Neandertaler über dessen Lernfähigkeit hinaus zu unterrichten, oder hätte er ihn einfach in Ruhe lassen sollen? Die Ureinwohner haben in der Vergangenheit auf der Erde mit den sogenannten zivilisierten Menschen viele unheilvolle Erfahrungen gemacht.«

Zuerst verstand Lioren nicht, warum O'Mara in solch allzu stark vereinfachten Gemeinplätzen sprach, doch auf einmal erkannte er, worauf der Major hinauswollte.

»Wenn wir zur Ähnlichkeit zwischen der pränatalen Entwicklung des Embryos und der vorgeschichtlichen Evolution zurückkehren und davon ausgehen, daß die Schwangerschaftsperiode der Groalterri im proportionalen Verhältnis zu ihrer Lebensspanne steht, ist es dann nicht möglich, daß die FLSUs diese frühere Entwicklungsstufe, auf der die Intelligenz geringer gewesen ist, ebenfalls durchlaufen haben?« setzte der Chefpsychologe seine Ausführungen fort. »Nehmen wir jedoch zusätzlich an, die jungen Nachkommen der FLSUs durchlaufen diese Phase nicht vor, sondern nach ihrer Geburt. Das würde bedeuten, die Kleinen gehören in der Zeit von der

Geburt bis zur Vorpubertät vorübergehend einer anderen Spezies an als ihre Eltern, einer Spezies, die von den erwachsenen FLSUs für wild und grausam gehalten wird und der sie – relativ gesehen – nur geringe Intelligenz und verminderte Sensitivität zugestehen. Doch bei diesen jungen und wilden Groalterri handelt es sich um die heißgeliebten Nachkommen dieser Eltern.«

Erneut entblößte O'Mara die Zähne. »Die hochintelligenten und äußerst empfindlichen Eltern gehen den Kleinen so oft wie möglich aus dem Weg, weil der telepathische Kontakt mit derart jungen und aus ihrer Sicht unterentwickelten Gehirnen vermutlich überaus unangenehm wäre. Wahrscheinlich ist auch, daß die Eltern deshalb nicht in telepathischen Kontakt mit den Kleinen treten, da die Gefahr bestünde, den jungen Verstand zu schädigen und die spätere philosophische Entwicklung der Nachkommen dadurch zu hemmen, daß die jungen Groalterri unterwiesen werden, bevor ihre unreifen Gehirne physiologisch genügend entwickelt sind, um die Lehren der Erwachsenen zu verstehen.

Hierbei handelte es sich um jenes Verhalten, das wir von einem liebenden und verantwortungsbewußten Elternteil erwarten.«

Lioren wandte dem ältlichen Terrestrier sämtliche Augen zu und versuchte vergeblich, respektvolle und bewundernde Worte zu finden, die dem Anlaß gerecht geworden wären. Schließlich sagte er: »Ihre Äußerungen sind keine bloßen Vermutungen. Ich glaube, sie entsprechen in allen wesentlichen Punkten genau den Tatsachen. Diese Informationen werden mir sehr helfen, Hellishomars emotionale Qualen besser zu verstehen. Ich bin Ihnen wirklich dankbar, Sir.«

»Es gäbe da eine Möglichkeit, wie Sie mir Ihre Dankbarkeit beweisen könnten«, entgegnete O'Mara.

Lioren schwieg.

O'Mara schüttelte den Kopf und blickte an Lioren vorbei auf die Bürotür. »Bevor Sie gehen, gibt es noch etwas, das Sie wissen sollten, Lioren. Außerdem möchten wir, daß Sie dem Patienten eine bestimmte Frage stellen. Wer hat für ihn um medizinische Hilfe gebeten und wie? Die normalen Funkfrequenzen sind nicht benutzt worden, und Telepathie soll, da sie sozusagen von einem organischen, ungerichteten Sender mit ganz geringer Leistung stammt, auf Entfernungen von über ein paar hundert Metern angeblich nicht möglich sein. Außerdem verursacht es einem Nichttelepathen großes geistiges Unbehagen, wenn ein Telepath versucht, die Verständigung mit ihm zu erzwingen.

Doch die Sache ist die, daß Captain Stillson, der Kommandant des Kontaktschiffs, das sich gegenwärtig auf der Umlaufbahn um Groalter befindet, davon berichtet hat, genau solch einen eigenartigen Eindruck gehabt zu haben«, fuhr der Chefpsychologe fort. »Er ist das einzige Besatzungsmitglied, das von diesem Gefühl ergriffen wurde, und er hegte den Verdacht, auf der Planetenoberfläche stimme irgend etwas nicht. Bis dahin hatte niemand auch nur mit dem Gedanken gespielt, ohne Erlaubnis der Planetenbewohner auf Groalter zu landen. Doch Stillson flog mit seinem Schiff haargenau zu der Stelle hinunter, wo der verletzte Hellishomar auf Rettung wartete, und leitete unverzüglich den Transport des Patienten zum Orbit Hospital in die Wege, und das alles nur, weil er den überwältigenden Eindruck hatte, diese Maßnahmen ergreifen zu müssen. Der Captain beteuert, zu keiner Zeit unter irgendeinem äußeren Einfluß gestanden oder auch nur eine Sekunde lang die Kontrolle über den eigenen Verstand verloren zu haben.«

Lioren versuchte noch, diese Neuigkeiten zu verdauen, und fragte sich, ob er sie an den Patienten weitergeben sollte oder nicht, als O'Mara schon fortfuhr.

»Was die geistigen Fähigkeiten der erwachsenen Groalterri betrifft, gibt mir das schon zu denken«, sagte er mit einer so leisen Stimme, daß es sich durchaus um ein Selbstgespräch hätte handeln können. »Falls sie, wie es jetzt erwiesen scheint, mit ihren eigenen Nachkommen nicht kommunizieren, weil die Gefahr besteht, die spätere geistige und philosophische Entwicklung der Kleinen zu hemmen, dann muß das gleichzeitig der Grund sein, weshalb sie jeden Kontakt mit den vermeintlich fortschrittlichen Zivilisationen der Föderation ablehnen.«

17. Kapitel

Liorens nächster Besuch bei Hellishomar war sowohl sehr nützlich als auch äußerst frustrierend. Der Groalterri erzählte Lioren viel über das Leben und das Verhalten der Kleinen und gestattete ihm, diese Informationen auch mit anderen zu erörtern, doch schien er sich zu ausführlich über ein Thema zu äußern, das ihm überhaupt nicht am Herzen lag. Zwar dürften die Einzelheiten, die Lioren über die Gesellschaft der Kleinen auf Groalter erfuhr, beim Monitorkorps auf Begeisterung stoßen, doch gewann der Tarlaner den nachhaltigen Eindruck, daß der Patient nur redete, um zu vermeiden, über ein anderes Thema sprechen zu müssen. Nachdem sich Lioren drei Stunden lang Informationen angehört hatte, die sich allmählich wiederholten, verlor er schließlich die Geduld.

In der nächsten Pause warf er rasch ein: »Hellishomar, ich freue mich und bin Ihnen für diese Auskünfte über Ihren Heimatplaneten genauso dankbar, wie es meine Kollegen sein werden. Aber ich würde lieber etwas über Sie hören, und ich habe den Eindruck, Sie würden es ebenfalls vorziehen, über sich selbst zu sprechen.«

Der Groalterri schwieg.

Lioren zwang sich zur Geduld und versuchte, die passenden ermutigenden Worte zu finden. Indem er langsam sprach und viele Pausen einlegte, um Hellishomar jede denkbare Gelegenheit zu bieten, auf seine Fragen einzugehen, erkundigte er sich: »Sind Sie wegen Ihrer Verletzungen beunruhigt? Das ist unnötig, denn wie mir Seldal versichert, schreitet die Behandlung gut voran, auch wenn sie sich aufgrund des Größenunterschieds zwischen Chirurg und Patient ein wenig in die Länge zieht. Jedenfalls ist Ihr Leben durch die Infektion, die sich in Ihrem ganzen Körper ausgebreitet hat, nicht mehr bedroht. Sie sind doch selbst ein geschickter Messerheiler und werden von den Kleinen bestimmt außerordentlich geschätzt, die Sie bald wieder auf Ihrem Planeten willkommen heißen werden, damit Sie sich von neuem daran machen können, das Leben der Eltern zu verlängern, nicht wahr? Zweifellos müssen diese leidenden Eltern Sie wegen Ihres chirurgischen Geschicks ebenfalls sehr achten, das Sie ja nach wie vor anwenden können, wenn ...«

»Ich bin zu groß geworden, um den Eltern zu helfen oder als Messerheiler weiterzuarbeiten«, fiel ihm Hellishomar plötzlich ins Wort. »Die Kleinen werden mich auch nicht mehr wollen. Für die bin ich nichts weiter als ein Versager, dessen sich alle schämen müssen, und ich selbst schäme mich wegen der großen Sünde, die ich begangen habe, gleich doppelt.«

Lioren wünschte sich, mehr Zeit zu haben, um über die ganze Tragweite dieser Mitteilung nachzudenken, und sein Bedürfnis, Hellishomar eingehender zu diesem Punkt zu befragen, war wie ein großer geistiger Hunger. Doch damit drang er in einen empfindlichen Bereich ein, auf den er schon einmal erfolglos zu sprechen gekommen war. Zu viele Fragen zu diesem Thema könnten Hellishomar wie ein Verhör vorkommen und ihn sogar zu dem Schluß kommen lassen, Lioren hätte vor, ihn zu verurteilen oder ihm irgendeine Schuld anzulasten. Liorens Instinkte sagten ihm, daß dies nicht der richtige Zeitpunkt für weitere Fragen war, sondern eher für weitere moralische Unterstützung.

»Aber Ihre chirurgische Erfahrung ist doch sicherlich im gleichen Maße gewachsen wie Ihr Körper«, gab Lioren zu bedenken. »Jedenfalls haben Sie so etwas Ähnliches selbst einmal gesagt. Bei vielen Spezies der Föderation macht ein Lebewesen, das große Kenntnisse erworben hat, die damit zusammenhängende körperliche Arbeit jedoch nicht mehr erledigen kann, dieses Wissen den jungen und weniger erfahrenen Berufskollegen zugänglich. Sie könnten Lehrer werden, Hellishomar. Ihre Kenntnisse könnten an andere Kleine weitergegeben werden, die Ihnen dafür sicherlich genauso dankbar wären wie die Eltern für die Leben, die Sie dadurch indirekt retten würden. Habe ich nicht recht?«

Hellishomars gewaltige Tentakel bewegten sich unruhig hin und her und hoben und senkten sich wie große Wellen aus Fleisch auf einem organischen Ozean. »Nein, Sie irren sich, Lioren. Die Kleinen werden so tun, als sei ich gar nicht vorhanden, so daß mich meine Scham in das Sumpfgebiet treiben wird, und zwar in den einsamsten und unwirtlichsten Winkel, den ich dort finden kann. Und die Eltern ... die Eltern werden mich einfach nicht beachten und erst recht keinen telepathischen Kontakt zu mir aufnehmen. Das, was mit mir geschehen wird, hat sich in der groalterrischen Geschichte auch schon früher zugetragen, glücklicherweise allerdings nur wenige Male. Ich werde für mein ganzes langes Leben ein Ausgestoßener bleiben und mit meinen eigenen Gedanken und meiner gesellschaftlichen Schuld leben müssen, denn das ist die Strafe, die ich verdiene.«

Für Lioren, dem plötzlich wieder der eigene Kummer und die Schuld, die er auf sich geladen hatte, einfielen, waren diese Worte ein Widerhall dessen, was er sich selbst so oft vorgehalten hatte, und einen Augenblick konnte er an nichts anderes denken als an die Cromsaggi. Verzweifelt versuchte er, seine Gedanken wieder auf Hellishomars Sünde zu lenken, die unmöglich so schwerwiegend sein konnte wie das Verbrechen, die ganze Bevölkerung eines Planeten ausgerottet zu haben. Vielleicht war einer der Kleinen oder auch ein Elternteil gestorben, weil Hellishomar irgend etwas getan oder auch nicht getan hatte. Jedenfalls konnte es nach Liorens Dafürhalten nichts geben, das mit seinem Verbrechen wirklich vergleichbar war.

Mit unsicherer Stimme sagte er: »Ob Sie Ihre Strafe verdient haben, kann ich erst wissen, wenn Sie mir von dem Verbrechen oder der Sünde, die Sie begangen haben, erzählen. Von groalterrischer Philosophie oder Theologie habe ich keine Ahnung, und falls Sie über diese Themen sprechen dürfen, würde ich mich freuen, etwas von Ihnen darüber zu erfahren. Doch durch meine jüngsten Untersuchungen weiß ich, daß alle Religionen, die innerhalb der Föderation ausgeübt werden, eine Gemeinsamkeit besitzen, und das ist die Vergebung aller Sünden. Sind Sie sich dessen so sicher, daß Ihnen die Eltern nicht vergeben werden?«

»Die Eltern sind nicht mit meinem Verstand in Verbindung getreten«, antwortete Hellishomar. »Da sie das nicht getan haben, bevor ich Groalter verlassen habe, wird dies auch nie geschehen.«

»Sind Sie sich da wirklich ganz sicher?« hakte Lioren noch einmal nach. »Wußten Sie schon, daß die Eltern Kontakt zu dem Verstand des kommandierenden Offiziers des Schiffs aufgenommen hatten, das Ihren Heimatplaneten umkreist? Diese Verbindung ist ganz leicht und fast nicht zu bemerken gewesen, und es war das erste und einzige Mal, daß ein Groalterri in direkten Kontakt zu einem Außerplanetarier getreten ist, aber dennoch ist der Captain genau zu der Stelle geleitet worden, an der Sie im Sterben gelegen haben.«

Ohne Hellishomar Zeit zu einer Antwort zu lassen, fuhr Lioren fort: »Wie Sie mir bereits erzählt haben, sind die Eltern von ihrer philosophischen Einstellung her außerstande, jemandem körperlichen Schaden oder Schmerzen zuzufügen. Unter den Kleinen verfügen Ihren Angaben zufolge selbst die geschicktesten Messerheiler über zu primitive und unausgereifte Methoden, um eine Operation an einem ihrer Altersgenossen vorzunehmen; krank werden überhaupt nur die ältesten und größten Eltern, die Kleinen hingegen nie. Weiterhin steht fest, daß Ihre jungen Messerheilerkollegen nie die Feinheit und Präzision der Arbeit erreichen können, wie sie Seldal leistet. Daß dies so ist, wissen Sie, und außerdem ist Ihnen bekannt, daß Sie selbst tot wären, wenn man Sie nicht ins Orbit Hospital eingeliefert hätte.

Da es sich hierbei also um Tatsachen handelt«, fuhr Lioren schnell fort, »ist es da nicht möglich oder im Grunde sogar absolut sicher, daß Ihnen die Eltern, die für Ihre Einlieferung ins Orbit Hospital verantwortlich sind, bereits vergeben haben? Haben diese Eltern durch ihre Bereitschaft, mit der groalterrischen Tradition zu brechen, außerplanetarische Spezies niemals um Hilfe zu bitten, nicht den Beweis erbracht, daß sie Ihnen vergeben haben, Sie schätzen und alles in ihrer Macht Stehende tun werden, um Ihnen zu helfen, wieder ganz und gar gesund zu werden?«

Während Lioren gesprochen hatte, war der gewaltige Körper des Patienten zwar absolut bewegungslos geblieben, doch handelte es sich dabei um eine Reglosigkeit, die eher auf starke Muskelanspannung als auf Gemütsruhe zurückzuführen war. Folglich hoffte Lioren, daß der hudlarische Pfleger am Traktorstrahlenprojektor die Lage weiterhin aufmerksam verfolgte und jederzeit bereit war, ihn im Notfall sofort aus dem Gefahrenbereich zu reißen.

»Die Eltern haben zu einem fremden und geistig zurückgebliebenen Außerplanetarier gesprochen, aber nicht zu mir«, antwortete Hellishomar schließlich.

Sei vorsichtig, ermahnte sich Lioren, *du könntest es hier mit einem sehr verletzten und äußerst wütenden Groalterri zu tun haben*. »Wieso hätten sie das denn tun sollen? Nach dem, was Sie mir vorhin erzählt haben, hatte ich angenommen, für die Eltern würde es gar keinen Grund geben, mit dem Verstand eines Kleinen Verbindung aufzunehmen. Sollte ich mich geirrt haben? Was haben die Eltern zu Ihnen gesagt?«

Hellishomars riesige Muskeln kämpften immer noch

gegeneinander an, waren sich jedoch so ebenbürtig, daß der Körper reglos blieb. »Sollten Sie tatsächlich weniger intelligent sein, als ich vermutet habe, Lioren? Haben Sie denn nicht begriffen, daß die Kleinen nicht immer und ewig die Kleinen bleiben? Um uns auf den Übergang in das Erwachsensein vorzubereiten, treten die Eltern mit unserem Verstand behutsam in Verbindung und unterweisen uns in den großen Gesetzen, die dem langen Leben der Erwachsenen als Leitfaden dienen und für alle verbindlich sind. Wir erfahren die Gründe, warum sie trotz Krankheiten und körperlichen Schmerzen danach streben, so lange wie möglich zu leben – nämlich damit sie ausreichend auf den Tod vorbereitet sind. All diese Gesetze werden von Lehrern, die noch zu den Kleinen gehören, aber bereits am Rande des Erwachsenseins stehen, in vereinfachter Form an die jüngsten unter uns weitergegeben.

Ich habe geduldig darauf gewartet, daß die Eltern zu mir sprechen, weil ich alt und groß geworden bin und mittlerweile mit Fug und Recht ein junger Elternteil hätte sein müssen«, fuhr Hellishomar fort. »Aber sie sprechen nicht zu mir. Wie ich schon erwähnt habe, gibt es in der groalterrischen Geschichte – zum Glück – nur einige wenige Beispiele für meine Situation, deshalb wußte ich, daß ein langes, einsames, unglückliches und ereignisloses Geistesleben vor mir liegt. In meiner großen Verzweiflung habe ich daraufhin die schwerste Sünde von allen begangen, und jetzt werden die Eltern niemals zu mir sprechen.«

Als Lioren die Tragweite dessen, was der Groalterri gerade gesagt hatte, begriff, wurde er von einer Woge des Mitgefühls ergriffen, und gleichzeitig stieg in ihm wachsende Aufregung auf, da er kurz davor stand, Hellishomars Problem voll und ganz zu verstehen. Er erinnerte sich an Seldals Beschreibung des Gesundheitszustands des Patienten und an Hellishomars beharrliche Beteuerung, die Kleinen seien gegen Krankheiten immun. Jetzt kannte er die schwere Sünde, die Hellishomar begangen hatte, weil Lioren selbst drauf und dran gewesen war, sie zu begehen.

Er wünschte, er fände eine Möglichkeit, wie er dieses schwer geplagte Wesen trösten oder dessen innere Qualen lindern könnte, die ihm durch das Wissen bereitet wurden, inmitten der eigenen hochintelligenten Art geistig zurückgeblieben zu sein. Das war nämlich der Grund gewesen, weshalb sich Hellishomar das Leben hatte nehmen wollen.

»Wenn die Eltern normalerweise nur zu den Kleinen, die sich dem Erwachsenenalter nähern, eine geistige Verbindung aufnehmen und zu ihnen sprechen, damals aber zum erstenmal in Kontakt zu einem außerplanetarischen Schiffskapitän getreten sind, weil sie gehofft haben, Ihre Verletzungen könnten erfolgreich behandelt werden, dann müssen Sie von ihnen äußerst geschätzt, vielleicht sogar sehr geliebt werden«, sagte er in freundlichem Ton. »Der Grund, weshalb die Eltern nicht zu Ihnen sprechen und Ihnen das sagen, ist der, daß Sie sie nicht hören können. Habe ich recht, Hellishomar?«

»Zu meiner Schande muß ich gestehen, daß Sie recht haben«, bestätigte Hellishomar.

»Möglicherweise wird Ihr zukünftiges Leben gar nicht einsam sein«, fuhr Lioren fort, wobei er es sorgfältig vermied, Hellishomars andere Schande in irgendeiner Weise zu erwähnen. »Wenn die Kleinen aus Verlegenheit oder aus anderen Gründen nicht mit Ihnen sprechen und Sie die Worte der Eltern nicht hören können, dann gibt es andere, die liebend gern mit Ihnen reden, Ihnen zuhören und von Ihnen lernen wollen. Die Fremdweltler würden sich freuen, auf dem polaren Festland einen Stützpunkt zu errichten und ihn für Sie so gemütlich wie möglich zu gestalten. Falls die Eltern dies nicht erlauben, könnten Sie mit Kommunikationsgeräten ausgestattet werden, die den Sprechverkehr in beide Richtungen ermöglichen, der von der Umlaufbahn aus aufrechterhalten wird. Zugegebenermaßen wäre das nicht so befriedigend wie der unbeschränkte telepathische Kontakt mit den Eltern, doch die Fremdweltler und Sie selbst könnten sich gegenseitig viele Fragen stellen und beantworten. Denn deren Neugier auf die Groalterri ist genauso groß wie Ihre auf die Föderation, und sie zu stillen wird ziemlich lange dauern. Viele unserer großen Denker behaupten, für ein wahrhaft intelligentes Wesen sei die Befriedigung der Neugier das höchste und beständigste aller Vergnügen. Sie wären nicht allein, Hellishomar, und es gäbe eine Fülle von Dingen, mit denen Sie Ihren Verstand beschäftigen könnten.«

Obwohl Hellishomars Muskeln immer noch angespannt waren, geriet sein Körper unter und rings um Lioren in Bewegung.

»Ihre Verbindung zu den Fremdweltlern würde nicht nur aus bloßen Wortwechseln oder den mündlichen Fragen, Antworten und Beschreibungen bestehen, die wir beide uns gegenseitig gestellt beziehungsweise gegeben haben«, fuhr Lioren schnell fort. »Wenn Sie wieder gesund sind, wird man Ihnen Großbildgeräte zur Verfügung stellen. Die Bilder werden dreidimensional und durchgehend farbig sein. Sie werden Ihnen nicht nur den physikalischen Aufbau der Galaxis zeigen, in der wir leben, und den winzigen Bruchteil von ihr, der von den Spezies der Föderation bewohnt wird, sondern Ihnen auch so detailliert, wie Sie wünschen, die Wissenschaften, die Kulturen und die Philosophien der vielen und völlig verschiedenen intelligenten Lebensformen vor Augen führen, die Mitglieder der galaktischen Föderation sind. Man könnte Vorkehrungen treffen, die es Ihnen ermöglichen, diese Lebensformen zu befragen und in optisch und akustisch realistischer Darstellung unter vielen dieser Spezies zu leben. Ihr Leben wäre zwar lang, Hellishomar, aber auch reich an Eindrücken und interessant, wodurch das Fehlen des geistigen Kontakts zu den Eltern nicht so ...«

»Nein!«

Wieder pfiff die rasiermesserscharfe Knochenplatte an der Spitze einer der zum Operieren verwandten Tentakel an Liorens Kopf vorbei und krachte gegen die Wandverkleidung. Durch die Überraschung und Furcht war Lioren sowohl körperlich als auch geistig wie gelähmt, allerdings nur für einen Sekundenbruchteil. Noch bevor der metallische Nachhall verklungen war, sprach er bereits in eindringlichem Ton mit dem hudlarischen Pfleger im Stationszimmer und wies ihn an, ihn *nicht* aus der Station herauszuziehen. Hätte ihn Hellishomar mit der scharfen Knochenplatte wirklich treffen wollen, wäre er jetzt ein blutiger, zerstückelter Leichnam gewesen. Mühsam zwang sich Lioren, ruhig zu sprechen.

»Bin ich Ihnen zu nahe getreten?« erkundigte er sich vorsichtig. »Ich verstehe das nicht. Wenn niemand sonst mit Ihnen reden will, warum lehnen Sie dann den Kontakt mit der Födera ...«

»Hören Sie sofort auf, davon zu sprechen!« schnitt ihm Hellishomar mit der lauten und monotonen Stimme von jemandem das Wort ab, der sich selbst nicht sprechen hören konnte. »Ich bin es nicht wert, und Sie verleiten mich zu einer noch größeren Sünde.«

Über diese plötzliche Veränderung im Verhalten des Groalterris war Lioren zwar zutiefst verwundert, doch entschloß er sich, über die verbalen Äußerungen und Umstände, die letztendlich zu dieser Reaktion geführt hatten, erst ein andermal ernsthafter nachzudenken. Er hoffte, das Sprechverbot bezog sich nur auf dieses eine, offenbar allzu heikle Thema, worum es sich dabei auch drehen mochte. Doch jetzt mußte er sich entschuldigen, ohne zu wissen wofür.

»Ich habe Sie gekränkt, Hellishomar, das ist nicht meine Absicht gewesen, und es tut mir aufrichtig leid. Mit welcher Äußerung habe ich Sie verletzt? Wir können über ein Thema Ihrer Wahl sprechen. Zum Beispiel über die Arbeit des Orbit Hospitals oder über die ständige

Suche des Monitorkorps nach bewohnten Planeten in den unerforschten Regionen unserer Galaxis oder über wissenschaftliche Disziplinen, die in der Föderation ausgeübt werden und die man auf einem von Wasser bedeckten Planeten wie Groalter nicht kennt ...«

Lioren brach mitten im Satz ab, da ihm Körper und Zunge gleichermaßen vor Angst erstarrten. Die rasiermesserscharfe Schneide einer Knochenplatte war auf ihn zugebraust und hatte erst Millimeter vor seinem Oberkörper und seinem Gesicht haltgemacht. Ein Stückchen höher, und sie hätte ihm zwei seiner Augenstiele abrasiert. Plötzlich drückte ihm die Knochenplatte mit der flachen Seite heftig gegen Kinn, Brust und Bauch und schob ihn beiseite. Hellishomars Tentakel entrollte sich weiter, bis er ganz ausgestreckt war, und die Knochenplatte wurde erst zurückgezogen, als sie Lioren in den Eingang zum Stationszimmer gedrängt hatte.

»Offiziell habe ich nichts gehört«, sagte der diensthabende hudlarische Pfleger, nachdem er sich davon überzeugt hatte, daß Lioren unverletzt war, »aber inoffiziell würde ich sagen, der Patient möchte sich nicht mit Ihnen unterhalten.«

»Der Patient braucht Hilfe ...«, begann Lioren.

Dann verstummte er, weil seine Gedanken den Worten weit vorauseilten. Aus dem letzten Gespräch mit Hellishomar entwickelte sich zusammen mit den Kenntnissen über die groalterrische Zivilisation, zu denen er bereits durch Erkundigungen oder Schlußfolgerungen gelangt war, vor seinem geistigen Auge ein Bild, das mit jeder Sekunde klarer wurde. Auf einmal wußte er, was mit und für Hellishomar getan werden mußte und auch mit denjenigen, die diese Aufgabe vollbringen konnten, obwohl ihm schwere moralische und ethische Bedenken kamen, die ihn sehr bedrückten. Dennoch war er sich sicher – oder zumindest so sicher, wie er es vor solch einem Vorhaben sein konnte –, daß er die Sache richtig anpacken würde. Aber das hatte er auch schon bei einer früheren Gelegenheit geglaubt, bei der er ebenfalls recht gehabt hatte und in seiner Selbstsicherheit stolz und ungeduldig gewesen war, was fast zum Tod der gesamten Bevölkerung eines Planeten geführt hatte. Die Verantwortung für die Vernichtung einer weiteren Planetenzivilisation wollte er nicht übernehmen, jedenfalls nicht allein.

»... und ich ebenfalls«, beendete er den Satz.

18. Kapitel

Er traf Chefarzt Prilicla in der Kantine an, der mit seinen zwei langsam schlagenden schimmernden Flügelpaaren ruhig über der Tischplatte schwebte, während er eine gelbliche, fadenartige Substanz zu sich nahm, die auf dem Speisekartendisplay als terrestrische Spaghetti ausgewiesen wurde. Die Art und Weise, auf die der kleine Empath die Fäden vom Teller zog und seine zierlichen vorderen Greiforgane einsetzte, um sie zu einem feinen fortlaufenden Strang zusammenzuflechten, der langsam in seiner Eßöffnung verschwand, bot einen der faszinierendsten Anblicke, die Lioren jemals gesehen hatte.

Er wollte sich gerade dafür entschuldigen, Prilicla beim Essen zu stören, als er feststellte, daß aus einer anderen Öffnung des Empathen die melodischen, rollenden Schnalzlaute der cinrusskischen Sprache kamen.

»Freund Lioren«, begrüßte ihn Prilicla. »Wie ich spüren kann, haben Sie keinen Hunger und sind nicht einmal von meiner ungewöhnlichen Methode, im Fliegen zu essen, abgestoßen. Das bei Ihnen vorherrschende Gefühl, das wahrscheinlich auch die Ursache ist, weshalb Sie an mich herantreten, ist Neugier. Wie kann ich diese stillen?«

Bei cinrusskischen GLNOs handelte es sich um für Emotionen empfängliche Empathen, die gezwungen waren, mit allem, was in ihrer Macht stand, sicherzustellen, die emotionale Ausstrahlung der Wesen in ihrer näheren Umgebung so angenehm wie möglich zu gestalten, da sie ansonsten unter denselben unerfreulichen Gefühlen zu leiden gehabt hätten, die durch beispielsweise unfreundliches Verhalten bei den anderen Wesen verursacht worden wären. Folglich waren die Cinrussker in

Worten und Taten stets freundlich und hilfsbereit. Priliclas Hinweis, daß es unnötig sei, Zeit mit Höflichkeitsfloskeln zu vergeuden, erleichterte Lioren trotzdem, und er war dem Cinrussker dafür dankbar.

»Ich bin auf Ihre empathischen Fähigkeiten schon sehr gespannt und insbesondere auf deren Ähnlichkeiten mit uneingeschränkter Telepathie«, sagte er. »Dabei gilt mein spezielles Interesse den organischen Strukturen, den Nervenverbindungen, der Blutversorgung und den Funktionsmechanismen eines organischen Senders und Empfängers sowie den medizinischen Symptomen und den subjektiven Eindrücken des Telepathen, wenn diese Fähigkeiten versagen. Falls es gestattet ist, würde ich gern alle Telepathen befragen, die es beim Hospitalpersonal oder unter den Patienten gibt, oder auch Lebewesen wie Sie, die nicht ausschließlich auf die akustische Verständigung angewiesen sind. Bei dieser Angelegenheit handelt es sich eher um eine Art Privatvorhaben, und es fällt mir sehr schwer, mir Informationen zu diesem Thema zu beschaffen.«

»Das liegt daran, daß die vorhandenen Informationen spärlich und bisher zu spekulativ sind, um sie in die medizinische Bibliothek aufzunehmen«, erklärte ihm Prilicla. »Aber beruhigen Sie sich bitte, mein Freund. Die wachsende Besorgnis, die Sie empfinden, läßt darauf schließen, daß Sie Angst haben, andere könnten etwas von Ihrem Privatvorhaben erfahren. Ich versichere Ihnen, das wird meinerseits nicht ohne Ihre vorherige Erlaubnis geschehen … Aha, Sie fühlen sich bereits besser und ich mich natürlich auch. Jetzt werde ich Ihnen das wenige erzählen, das bekannt ist.«

Der scheinbar endlose Spaghettistrang verschwand, und der Teller war bereits in den Rückgabeschlitz gewandert, als der Cinrussker federleicht auf dem Tisch landete.

»Fliegen regt die Verdauung an«, sagte er. »Zunächst einmal sind Telepathie und Empathie zwei grundlegend verschiedene Fähigkeiten, mein Freund, obwohl ein Empath hin und wieder den Eindruck eines Telepathen erwecken kann, wenn die emotionale Ausstrahlung seines Gegenübers durch Äußerungen und Verhaltensweisen des betreffenden Wesens untermauert wird und der Empath selbst über einiges Hintergrundwissen verfügt. Im Gegensatz zur Telepathie handelt es sich bei der Empathie um keine seltene Fähigkeit. Die meisten intelligenten Spezies besitzen sie bis zu einem gewissen Grad, sonst hätten sie sich nie bis zur Zivilisation weiterentwickeln können. Viele glauben, über telepathische Fähigkeiten hätten zunächst alle Spezies verfügt, und erst mit der Entwicklung der genaueren gesprochenen und visuell reproduzierbaren Sprache seien diese Fähigkeiten in Vergessenheit geraten oder verkümmert. Uneingeschränkte Telepathie ist selten, und der telepathische Kontakt zwischen verschiedenen Spezies kommt so gut wie nie vor. Haben Sie schon einmal Erfahrung mit solch einer geistigen Verbindung gemacht?«

»Davon habe ich jedenfalls bislang noch nie etwas gemerkt«, antwortete Lioren.

»Gut, wenn dies nämlich der Fall gewesen wäre, hätten Sie bestimmt etwas davon gemerkt«, versicherte ihm der Empath.

Wie Lioren Priliclas weiteren Ausführungen entnehmen konnte, war uneingeschränkte Telepathie normalerweise nur zwischen Mitgliedern derselben Spezies möglich. Versuchte ein Telepath mit einem Nichttelepathen in Verbindung zu treten, hätte man die Stimulation der beim letzteren seit langem schlummernden Fähigkeit als Versuch eines Nachrichtenaustauschs zwischen zwei organischen Sendern und Empfängern beschreiben können, die schlichtweg nicht zusammenpaßten. Am Anfang waren die subjektiven Eindrücke des Nichttelepathen alles andere als angenehm.

Momentan befanden sich Vertreter dreier telepathischer Spezies im Hospital, die allesamt zu den Patienten zählten. Die Lebensform namens ›Telfi‹ gehörte zur physiologischen Klassifikation VTXM. Bei ihr handelte es sich um eine Spezies mit käferähnlichem Körper, die sich durch die direkte Umwandlung harter Strahlung ernährte und bei der die Artgenossen ihre Gehirne zu einem Gruppenverstand zusammenschlossen. Obwohl die einzelnen VTXMs ziemlich dumm waren, verfügten die zu einer Einheit, der sogenannten Gestalt, zusammengeschlossenen Individuen über eine hohe Intelligenz. Den extrem heißen Metabolismus dieser Spezies eingehend zu untersuchen, bedeutete, den Tod durch Strahlenschäden zu riskieren.

Der Zugang zu den übrigen telepathischen Lebensformen war eingeschränkt. Bei ihnen handelte es sich um die gogleskanische Ärztin Khone und ihren jüngsten Nachkommen sowie um zwei Beschützer von Ungeborenen, die sich alle zur medizinischen und psychologischen Untersuchung durch Diagnostiker Conway, Chefpsychologe O'Mara und Prilicla selbst am Orbit Hospital aufhielten.

»Conway hat nicht nur chirurgische Erfahrungen mit diesen beiden Lebensformen gesammelt, sondern ist auch erfolgreich mit ihnen in Kontakt getreten, obwohl dieses Ereignis noch nicht lange genug zurückliegt und zu extrem verlaufen ist, um bereits Eingang in die Literatur gefunden zu haben«, fuhr der Empath fort. »Auch Ihre Kollegin Cha Thrat ist schon mit Khone in Berührung gekommen und hat ihr geholfen, das Kind zur Welt zu bringen. Sie würden sich Zeit und Mühe sparen, wenn Sie sich einfach mit diesen Wesen unterhalten oder darum bitten würden, daß Ihnen die relevanten medizinischen Aufzeichnungen zugänglich gemacht werden… Tut mir leid, mein Freund. Durch die Stärke Ihrer emotionalen Ausstrahlung ist mir klar, daß mein Vorschlag für Sie keine Hilfe gewesen ist.«

Prilicla zitterte, als würden sein zerbrechlich wirkender Körper und die bleistiftdünnen Beine von einem kräftigen Wind durchgeschüttelt, den nur er wahrnehmen konnte. Doch in Wirklichkeit handelte es sich um einen Gefühlssturm, den Lioren ausgelöst hatte, und deshalb bemühte sich der Tarlaner, seine Gefühle zu beherrschen, bis der Körper des Empathen schließlich wieder zur Ruhe gekommen war.

»Ich bin es, der sich entschuldigen muß, Ihnen Unbehagen bereitet zu haben«, sagte Lioren. »Sie haben völlig recht; ich habe triftige persönliche Gründe, die anderen Mitarbeiter meiner Abteilung nicht in diese Sache hineinzuziehen, zumindest so lange nicht, bis ich genügend weiß, um mit ihnen zu sprechen, ohne ihre Zeit unnötig in Anspruch zu nehmen. Aber ich würde für mein Leben gern die medizinischen Aufzeichnungen des Diagnostikers lesen und die Patienten besuchen, die Sie erwähnt haben.«

»Ihre Neugier kann ich zwar spüren, mein Freund«, sagte Prilicla, »aber natürlich nicht die Gründe dafür. Ich vermute, das Ganze hat irgendwas mit dem groalterrischen Patienten zu tun.«

Der Cinrussker machte eine Pause, und wieder zitterte sein Körper, aber nur einen Augenblick lang. »Die Kontrolle über Ihre emotionale Ausstrahlung verbessert sich allmählich, und dazu möchte ich Ihnen gratulieren und mich bei Ihnen bedanken, mein Freund. Doch für Ihre innerliche Angst besteht überhaupt kein Grund. Zwar weiß ich, daß Sie irgend etwas vor mir verheimlichen, aber da ich kein Telepath bin, habe ich keine Ahnung, worum es sich dabei handelt. Meine Vermutungen werde ich niemandem gegenüber aussprechen, damit ich Sie keiner emotionalen Belastung aussetze, zumal diese nur auf mich selbst zurückfallen würde.«

Dankbar und beruhigt entspannte sich Lioren, da er wußte, daß er seine Gefühle bei diesem Wesen nicht in Worte zu fassen brauchte. Doch der Empath war mit seinen Ausführungen noch nicht am Ende.

»Wie allgemein bekannt ist, sind Sie der einzige im

ganzen Hospital, der offen mit Hellishomar gesprochen hat«, fuhr Prilicla fort. »Da meine empathischen Fähigkeiten durch das Gesetz der umgekehrten Proportion zum Quadrat der Entfernung bestimmt sind, nimmt ihre Empfindlichkeit mit der Nähe zu demjenigen zu, von dem die Emotionen ausgehen. Ich habe es bewußt vermieden, mich dem Groalterri zu nähern, weil es sich bei Hellishomar um ein zutiefst betrübtes und äußerst unglückliches Wesen handelt, das von Schuld, Leid und Schmerz erfüllt ist und eine so starke emotionale Ausstrahlung hat, daß es im Hospital keinen Ort gibt, an den ich vor diesen furchtbaren und ständig anhaltenden Gefühlen fliehen kann. Seit Sie jedoch begonnen haben, Hellishomar zu besuchen, ist die Stärke dieser quälenden emotionalen Ausstrahlung merklich zurückgegangen, und dafür bin ich Ihnen wirklich sehr dankbar, mein Freund.

Immer, wenn Hellishomars Name erwähnt wird, nehme ich an Ihnen eine Empfindung wahr, die einer starken Hoffnung näherkommt als einer Erwartung«, fuhr der Empath fort, bevor Lioren etwas sagen konnte. »Am stärksten war diese Emotion, als wir über Telepathie gesprochen haben. Darum erhalten Sie von mir die Erlaubnis, die telepathischen Patienten zu besuchen. Zudem werden Ihnen Kopien der medizinischen Akten, die für Sie von Belang sind, zu Studienzwecken zur Verfügung gestellt. Falls es Ihnen jetzt schon recht ist, werden wir gleich mit einem Besuch bei den Beschützern der Ungeborenen beginnen.«

Die vier schimmernden Flügel des Empathen begannen langsam zu schlagen, und er erhob sich anmutig vom Tisch in die Luft.

»Sie strahlen zwar ein heftiges Gefühl der Dankbarkeit aus«, stellte Prilicla fest, während er direkt über Liorens Kopf auf den Kantinenausgang zuflog, »aber diese Emotion ist nicht stark genug, um vor mir Ihre unterschwellige Besorgnis und das Mißtrauen zu verbergen. Was bedrückt Sie, mein Freund?«

Liorens erster Impuls war abzustreiten, daß ihn irgend etwas bedrückte, doch wäre ein solcher Versuch ungefähr das gleiche gewesen, als würden zwei Kelgianer versuchen, sich gegenseitig zu belügen; zumal seine innersten Gefühle für Prilicla genauso sichtbar waren wie das bewegliche Fell der Kelgianer. »Ich bin besorgt, weil es sich um Conways Patienten handelt«, antwortete er deshalb wahrheitsgemäß. »Und wenn Sie es mir ohne seine Erlaubnis gestatten, die beiden zu besuchen, könnten Sie Ärger bekommen. Außerdem bin ich mißtrauisch, weil ich den Verdacht habe, Conway könnte Ihnen diese Erlaubnis bereits erteilt haben, und Sie sagen mir aus irgendeinem Grund nicht, weshalb.«

»Ihre Besorgnis ist unbegründet, Ihr Verdacht trifft jedoch zu«, klärte ihn Prilicla auf. »Conway wollte Sie nämlich sowieso demnächst darum bitten, diese Patienten zu besuchen. Die sind zur genauen Beobachtung und Untersuchung hier, was die Patienten wie eine Gefängnisstrafe von unbekannter Dauer empfinden. Sie verhalten sich zwar kooperativ, sind aber nicht glücklich und vermissen ihre Heimatplaneten. Wir wissen von zwei Patienten, Mannon und Hellishomar, die von den Gesprächen mit Ihnen profitiert haben, und Freund Conway meinte – und entschuldigen Sie, falls ich jetzt Ihre Gefühle verletze –, wenn ein Besuch von Ihnen bei seinen Patienten möglicherweise auch nichts nützen würde, so könnte er jedenfalls auch nichts schaden.

Ich habe keine Ahnung, was Sie zu Mannon und Hellishomar gesagt haben, und den Gerüchten zufolge wollten Sie nicht einmal O'Mara verraten, wie Sie Ihre Erfolge erzielt haben«, fuhr der Empath fort. »Nach meiner eigenen Theorie bedienen Sie sich der Technik der Umkehrung, bei der nicht der Arzt dem Patienten Mitgefühl entgegenbringt, sondern das Gegenteil eintritt, und setzen von dort aus Ihre Arbeit fort. Hin und wieder habe ich diese Technik selbst eingesetzt. Da ich zerbrechlich wirke und für Emotionen außerordentlich empfänglich bin, neigen andere dazu, mich zu unrecht zu bedauern und mir, wie Conway es ausdrückt, allerhand durchgehen zu lassen. Sie hingegen können den Patienten wirklich leid tun, mein Freund, weil Sie …«

Als die furchtbaren Erinnerungen an einen entvölkerten Planeten auf Lioren einstürmten, wurde Priliclas Schwebeflug für einen Augenblick alles andere als ruhig. Natürlich bedauerten alle Lioren, aber bestimmt nicht mehr als er sich selbst. Verzweifelt mühte er sich, diese Erinnerungen wieder in die sichere Ecke zu drängen, die er eigens für sie hergerichtet hatte und wo sie ihn nur im Schlaf beunruhigen konnten. Er schien damit Erfolg zu haben, denn der Cinrussker flog wieder ruhig und in gerader Linie.

»Sie haben Ihre Gefühle gut unter Kontrolle, mein Freund«, lobte ihn Prilicla prompt. »Zwar ist Ihre emotionale Ausstrahlung für mich auf kurze Entfernung immer noch unangenehm, aber längst nicht mehr so quälend wie während der Verhandlung vorm Militärgericht und danach. Das freut mich für uns beide. Unterwegs werde ich Ihnen von den ersten beiden Patienten erzählen.«

Der Beschützer der Ungeborenen gehörte zur physiologischen Klassifikation FSOJ. Es handelte sich bei ihm um ein riesiges, ungeheuer kräftiges Lebewesen mit einem starken geschlitzten Panzer, aus dem vier dicke Tentakel hervorragten, sowie mit einem schweren gezackten Schwanz und einem Kopf. Die Tentakel endeten in mehreren scharfen, knochigen Spitzen und ähnelten dadurch mit Nägeln versehenen Keulen. Die Hauptmerkmale des Kopfs bestanden in gut geschützten tiefliegenden Augen, dem gewaltigen Ober- und Unterkiefer sowie Zähnen, die imstande waren, mit Ausnahme der härtesten Metallegierungen wortwörtlich alles zu zermalmen.

Die Beschützer hatten sich in einer Welt aus flachen Meeren und dampfenden Urwaldsümpfen entwickelt, in der es, was körperliche Beweglichkeit und Angriffslust anging, keine eindeutige Grenze zwischen tierischem und pflanzlichem Leben gab. Um überhaupt zu überleben, mußte eine Lebensform ungeheuer kräftig, äußerst beweglich und ständig wach sein, und die dominante Spezies hatte sich auf diesem Planeten ihren Platz erobert, indem sie kämpfte, sich schneller fortbewegte und sich mit größerem Überlebenspotential vermehrte als sämtliche anderen Lebensformen.

Durch die brutalen Umweltbedingungen waren sie gezwungen, eine physiologische Form zu entwickeln, die den lebenswichtigen Organen größtmöglichen Schutz bot. Gehirn, Herz, Lunge und die stark vergrößerte Gebärmutter – sie alle befanden sich tief im Innern der organischen Kampfmaschine, die der Körper des Beschützers war. Die Schwangerschaft der FSOJs dehnte sich ungewöhnlich lange aus, weil der Embryo vor der Geburt praktisch bis zur Reife heranwachsen mußte. Ein alternder Elternteil war normalerweise zu schwach, um sich gegen den Angriff des Letztgeborenen zu verteidigen.

Der ausschlaggebende Grund für den Aufstieg der Beschützer zur dominanten Lebensform ihres Planeten war, daß die Jungen schon lange vor der Geburt sämtliche Überlebenstechniken gelernt hatten. Am Anfang ihrer Evolution hatte diese Entwicklung auf genetischer Ebene als einfache Vererbung von vielen komplexen Überlebensinstinkten begonnen, aber das enge Nebeneinander der Gehirne des Elternteils und des sich entwickelnden Embryos führte zu einer ähnlichen Wirkung, wie wir sie von der Auslösung von Gedanken durch elektrochemische Vorgänge kennen. Die Folge war, daß die Embryos die Fähigkeit zur Telepathie über kurze Strecken entwickelten und alles empfingen, was der Elternteil sah oder spürte.

Und noch bevor der Embryo zur Hälfte ausgewachsen war, entstand in diesem der nächste Embryo, der sich ebenfalls in zunehmendem Maße der brutalen Welt außerhalb seines selbstbefruchtenden Großelternteils bewußt war. Schließlich vergrößerte sich nach und nach die telepathische Reichweite, bis sie die Kommunikation zwischen Embryos ermöglichte, deren Elternteile sich bis auf Sichtweite einander genähert hatten.

Um die Schäden an den inneren Organen des Elternteils auf ein Minimum zu reduzieren, war der heranwachsende Embryo in der Gebärmutter gelähmt. Durch die vor der Geburt stattfindende Aufhebung der Lähmung verlor der Embryo sowohl die Intelligenz als auch die Fähigkeit zur Telepathie. Denn ein neugeborener Beschützer würde in seiner unglaublich grausamen Umwelt nicht lange überlebt haben, wenn er durch das Vermögen zu denken gehandikapt gewesen wäre.

Da sie nichts anderes zu tun hatten, als Eindrücke von der Außenwelt zu gewinnen, Gedanken mit anderen Ungeborenen auszutauschen und zu versuchen, die Grenzen ihrer telepathischen Fähigkeiten durch den Kontakt mit verschiedenen nichtintelligenten Lebewesen in ihrer Umgebung auszuweiten, entwickelten die Embryos einen Verstand von großer Kraft und Intelligenz. Sie konnten jedoch nichts Gegenständliches erschaffen, in irgendeiner Form technische Forschungen betreiben oder überhaupt etwas zur Beeinflussung der Betätigungen ihrer Elternteile und Beschützer tun, die zur Versorgung ihrer immer wachen Körper und den in ihnen enthaltenen Ungeborenen unaufhörlich kämpfen, töten und fressen mußten.

»Das sind die Umstände gewesen, bevor es Freund Conway gelungen ist, ein Ungeborenes ohne den Verlust der Intelligenz zur Welt zu bringen«, fuhr Prilicla fort. »Jetzt gibt es den ursprünglichen Beschützer und seinen Nachkommen, der selbst ein junger Beschützer ist, und in beiden wachsen Embryos heran. Bis auf den ursprünglichen Elternteil stehen sie alle miteinander in telepathischer Verbindung. Ihre Station, die den heimischen Umweltbedingungen der FSOJs nachgebildet ist, liegt hinter der nächsten Öffnung auf der linken Seite. Möglicherweise werden Sie sich an dem Anblick stören, mein Freund, der Lärm, der dort veranstaltet wird, ist auf jeden Fall entsetzlich.«

Mehr als die Hälfte der Station wurde von einem hohlen Endloszylinder aus ungeheuer stabilem Gitterwerk eingenommen. Diese Konstruktion war vom Durchmesser gerade groß genug, um den FSOJ-Patienten, die sich in ihr befanden, einen ständigen ungehinderten Durchgang in einer Richtung zu ermöglichen, und verlief serpentinenartig, damit die Beschützer die gesamte verfügbare Bodenfläche der Station, die nicht für den Eingang für das Pflegepersonal oder für Geräte zur Aufrechterhaltung der Umweltbedingungen benötigt wurde, zur Bewegung nutzen konnten. Der Zylinderboden bildete von der Form her die unebene Oberfläche und die natürlichen Hindernisse nach wie zum Beispiel die beweglichen und gefräßigen Wanderwurzeln, die auf dem Heimatplaneten des Beschützers vorzufinden waren, und durch die Öffnungen zwischen den Gitterstäben hatten die Patienten ständig Sicht auf die rings um die Außenfläche des Zylinders aufgestellten Bildschirme. Über diese Schirme liefen bewegte dreidimensionale Bilder heimischer tierischer und pflanzlicher Lebensformen, denen die Patienten auf ihrem Planeten unter normalen Umständen begegnet wären.

Dem Pflegepersonal ermöglichte die offene Zylinderkonstruktion zudem, die Patienten in den Genuß der positiveren Seiten des Lebenserhaltungssystems zu bringen. Zwischen den Bildschirmen waren nämlich die Mechanismen aufgestellt, deren einziger Zweck darin bestand, die sich schnell durch den Zylinder bewegenden Körper der Patienten so rasch und so heftig wie nötig zu schlagen, zu rupfen, zu zwicken oder zu stoßen.

Wie Lioren feststellen konnte, hatte man offenbar alles Erdenkliche getan, um es den Beschützern so richtig gemütlich zu machen.

»Werden die Beschützer uns hören können?« schrie er über den Lärm hinweg in Richtung des Empathen. »Oder wir sie?«

»Nein, mein Freund«, antwortete der Prilicla. »Die Schreie und die grunzenden Laute, die sie ausstoßen, sind keine sprachlichen Äußerungen, sondern lediglich ein Mittel, um natürliche Feinde einzuschüchtern. Bis zu der kürzlich erfolgreichen Geburt sind die intelligenten Ungeborenen im Körper des nicht vernunftbegabten Beschützers geblieben und haben nur die inneren organischen Geräusche des Elternteils gehört. Sprechen konnten sie nicht, und es ist auch unnötig gewesen. Die einzige Form der Verständigung, die uns offensteht, ist die Telepathie.«

»Ich bin aber kein Telepath«, wandte Lioren ein.

»Das sind Conway, Thornnastor und die anderen, zu denen der damalige Ungeborene Kontakt aufgenommen hatte, auch nicht«, stellte Prilicla klar. »Die wenigen bekannten Spezies, die über telepathische Fähigkeiten verfügen, haben organische Sender und Empfänger entwickelt, die sich mit denen ihrer Artgenossen automatisch in Übereinstimmung befinden. Aus diesem Grund ist der telepathische Kontakt zwischen Mitgliedern verschiedener telepathischer Spezies nicht immer möglich. Kommt zwischen einem dieser Wesen und einem Nichttelepathen eine geistige Verbindung zustande, bedeutet das normalerweise, daß der Nichttelepath eher über schlummernde oder verkümmerte als über gar keine telepathischen Kräfte verfügt. Wird ein solcher Kontakt hergestellt, kann das für den Nichttelepathen zwar ein äußerst unangenehmes Erlebnis sein, aber an dem betroffenen Gehirn treten weder physische Veränderungen noch bleibende psychologische Schäden auf.

Gehen Sie ruhig näher an den Laufkäfig heran, mein Freund«, forderte ihn Prilicla auf. »Können Sie fühlen, wie der Beschützer mit Ihrem Geist Verbindung aufnimmt?«

»Nein.«

»Ich spüre Ihre Enttäuschung, Lioren«, sagte der Empath. Sein Körper zitterte leicht, und er fuhr fort: »Aber ich nehme auch die emotionale Ausstrahlung des jungen Beschützers wahr, die ganz typisch für heftige Neugier und angestrengte Konzentration ist. Er bemüht sich ernsthaft, mit Ihnen in Verbindung zu treten.«

»Tut mir leid, ich spüre noch immer nichts«, sagte Lioren.

Kurz sprach Prilicla in seinen Kommunikator, dann sagte er: »Ich habe die Heftigkeit des Angriffsmechanismus steigern lassen. Dadurch wird der Patient nicht etwa verletzt. Vielmehr haben wir herausgefunden, daß die Denkvorgänge durch die Auswirkungen erhöhter Aktivität und drohender Gefahr auf das innere Sekretionssystem unterstützt werden. Versuchen Sie, Ihr Gehirn aufnahmefähig zu machen.«

»Immer noch nichts«, sagte Lioren, wobei er sich mit einer Hand an die Seite des Kopfs faßte. »Außer einem leichten Unbehagen im Schädel, das langsam sehr ...« Der Rest war ein unübersetzbarer Laut, der es von der Lautstärke her mit dem Geschrei aufnehmen konnte, das aus dem Lebenserhaltungssystem des Beschützers drang.

Die Empfindung, die Lioren hatte, war wie ein heftiger Juckreiz tief im Gehirn, zu dem sich eine Art mißtönendes, unhörbares Geräusch gesellte, das immer lauter wurde. *So wie jetzt muß es sein, wenn eine schlummernde Fähigkeit wachgerufen und gezwungen wird, sich zu entfalten,* dachte Lioren hilflos. Wie bei einem lange nicht benutzten Muskel kam es zu Schmerzen, Steifheit und einer Art Protest gegen die Veränderung der alten bequemen Ordnung der Dinge.

Plötzlich war das Unbehagen verflogen, und das ungehörte Getöse löste sich auf und wurde zu einem tiefen, ruhigen Meer geistigen Schweigens, auf das der äußere Lärm auf der Station keinen Einfluß ausübte. Dann drangen aus der Stille unausgesprochene Worte eines Wesens, das zwar keinen Namen hatte, dessen Verstand und ungewöhnliche Persönlichkeit jedoch so einzigartig waren, daß man das dazugehörige Individuum niemals mehr mit jemand anders hätte verwechseln können.

»Sie sind äußerst beunruhigt, mein Freund«, stellte Prilicla fest. »Hat der Beschützer Kontakt zu Ihrem Verstand aufgenommen?«

Der hat meinen Verstand eher überwältigt, antwortete Lioren in Gedanken. »Ja, er hat eine Verbindung hergestellt und schnell wieder abgebrochen. Ich habe ihm zu helfen versucht, indem ich ihm vorgeschlagen habe, daß wir… Jedenfalls hat er mich um einen weiteren Besuch zu einem späteren Zeitpunkt gebeten. Können wir jetzt gehen?«

Wortlos flog ihm Prilicla auf den Korridor voran, doch Lioren brauchte keine empathischen Fähigkeiten, um die heftige Neugier des Cinrusskers zu bemerken. »Mir ist bisher nicht klar gewesen, daß man in solch kurzer Zeit derart viel Wissen austauschen kann«, sagte Lioren. »Worte teilen einen Sinn wie ein Rinnsal mit, Gedanken dagegen wie eine riesige Flutwelle, und letztere machen einem sofort und in sämtlichen Einzelheiten die vorhandenen Probleme nachvollziehbar. Ich brauche Zeit, um allein über alles nachzudenken, was mir der Beschützer mitgeteilt hat, damit ich ihm keine wirren und halbfertigen Antworten gebe. Einen Telepathen zu belügen ist unmöglich.«

»Oder einen Empathen«, fügte Prilicla hinzu. »Möchten Sie den Besuch bei der Gogleskanerin vielleicht verschieben?«

»Nein. Allein und ungestört nachdenken kann ich auch heute abend noch. Wird Khone mit mir in telepathischen Kontakt treten?«

Aus irgendeinem Grund wurde Priliclas Flug einen Augenblick lang unruhig, dann gewann er die Fassung zurück. »Das will ich nicht hoffen.«

Wie ihm der Empath erklärte, benutzten erwachsene

Gogleskaner eine Form der Telepathie, für die enger Körperkontakt erforderlich war, taten jedoch alles mögliche, um eine solche Berührung zu vermeiden, es sei denn, ihr Leben war bedroht. Das lag nicht an einer simplen Xenophobie, sondern an der pathologischen Angst, sich irgendeinem großen Lebewesen zu nähern – einschließlich den Angehörigen der eigenen Spezies, die nicht zur Familie gehörten. Die Gogleskaner verfügten über eine fortgeschrittene gesprochene und geschriebene Sprache, die ihnen die für die Entwicklung der Zivilisation notwendige Zusammenarbeit als Individuen oder in der Gruppe ermöglichte. Doch sie sprachen nur selten miteinander und wenn, dann aus größtmöglicher Entfernung und in ganz unpersönlichen Worten. Daß ihr technologischer Stand auf niedrigem Niveau geblieben war, überraschte nicht.

Der Grund für ihr abnorm furchtsames Verhalten war eine Rassenpsychose, von der sie in ihrer vorgeschichtlichen Vergangenheit befallen worden waren. Lioren erhielt die strenge Anweisung, auf dieses Thema nur mit äußerster Vorsicht zu sprechen zu kommen.

»Sonst riskieren Sie es, die Patientin zu beunruhigen, und gefährden das Vertrauen, das nach und nach zwischen Khone und dem für die Behandlung verantwortlichen medizinischen Personal aufgebaut worden ist«, sagte Prilicla, als er in der Luft über dem Eingang der Nebenstation schweben blieb, die Gogleskanern vorbehalten war. »Da ich Khone nicht der emotionalen Belastung eines Besuchs von zwei Fremden aussetzen will, werde ich Sie jetzt verlassen. Die Ärztin Khone ist zwar ängstlich und schüchtern, aber auch außerordentlich neugierig. Versuchen Sie, wie ich es Ihnen schon empfohlen habe, sich mit ihr in unpersönlichen Worten zu unterhalten, mein Freund, und denken Sie immer erst gut nach, bevor Sie etwas sagen.«

Eine Wand aus dickem, durchsichtigen Kunststoff, die sich vom Boden bis zur Decke erstreckte, teilte den Raum in zwei gleiche Hälften. In der Wand befanden sich Öffnungen, die wie leere weiße Bilderrahmen scheinbar frei in der Luft schwebten und zum Durchreichen von Essen und für ferngesteuerte Greif- und Untersuchungsvorrichtungen bestimmt waren. Die für die Behandlung vorgesehene Hälfte der Station enthielt die üblichen medizinischen Untersuchungsinstrumente, die zum Gebrauch aus größerer Entfernung modifiziert waren, und drei Bildschirme. Davon konnte die erwachsene Gogleskanerin nur zwei sehen, denn beim dritten handelte es sich um einen Repeaterschirm für den Patientenmonitor, der sich im Kontrollraum der Hauptstation befand. Da es Lioren nicht riskieren wollte, Khone zu beleidigen, indem er sie direkt anstarrte, konzentrierte er sich auf das Bild auf dem Repeaterschirm.

Wie er auf den ersten Blick sah, gehörte die gogleskanische Ärztin zur physiologischen Klassifikation FOKT. Ihr aufgerichteter, eiförmiger Körper war von dichtem, farbenprächtigem Haar und biegsamen Stacheln bedeckt, von denen einige kleine, knollenförmige Schutzkappen am Ende trugen und zu Fingerbüscheln gruppiert waren, damit die FOKT Eßgeräte, Werkzeuge oder medizinische Instrumente greifen und handhaben konnte. Auch die vier langen blassen Fühler, die unter dem buntscheckigen Haupthaar lagen und bei telepathischem Kontakt benutzt wurden, konnte Lioren erkennen. Den Kopf umgab ein dünnes Metallband, das als Stütze für eine Korrekturlinse diente, die sich vor einem der vier gleichmäßig um den Kopf verteilten, tiefliegenden Augen befand. Rings um den Unterkörper zog sich ein dickes Muskelband, auf dem die Gogleskanerin saß, und immer, wenn sie den Körper in eine andere Stellung brachte, streckte sie vier kurze Beine unter dem Rand dieses Muskelbands hervor. Ihrem Kind gegenüber, das fast unbehaart, ansonsten aber das verkleinerte Ebenbild seiner Mutter war, gab sie unübersetzbare jammernde Laute von sich, bei denen es sich nach Liorens Ansicht um wortlose Musik handeln konnte. Die Stimme schien aus einer Zahl schmaler, senkrechter Atemöffnungen zu kommen, die sich um die Hüfte herumzogen.

Hinter der durchsichtigen Wand war die Metallverkleidung mit einer Vertäfelung abgedeckt worden, die anscheinend aus dunklem, ungeschliffenem Holz bestand, und entlang der drei Innenwände waren niedrige Möbel und Regale aus demselben Material verteilt. Der Raum war mit Büscheln von Duftpflanzen geschmückt, und die Beleuchtung reproduzierte den gedämpften orangefarbenen Schein des gogleskanischen Sonnenlichts, das durch hohe Zweige fiel. Khones Unterkunft war so heimisch, wie es die Techniker für Umweltbedingungssysteme des Hospitals nur hatten bewerkstelligen können, wenngleich die Gogleskanerin ohnehin zu schüchtern war, um sich über irgend etwas zu beklagen, außer über die plötzliche und unmittelbare Annäherung eines Fremden.

Als ein schüchternes Wesen, das ständig Angst hatte und außerordentlich neugierig war, hatte Prilicla sie beschrieben.

»Ist es dem Auszubildenden Lioren gestattet, sich die medizinischen Aufzeichnungen über die Patientin und Ärztin Khone anzusehen?« fragte er in der vorgeschriebenen unpersönlichen Form. »Das dient lediglich der Absicht, die Neugier zu stillen, nicht, eine medizinische Untersuchung durchzuführen.«

Wie ihm Prilicla mitgeteilt hatte, durfte ein Eigenname nur ein einziges Mal genannt werden, um sich bei der ersten Begegnung auszuweisen und vorzustellen, und mit Ausnahme eines etwaigen Schriftwechselverkehrs nie wieder erwähnt werden. Khones Körperbehaarung bewegte sich unruhig hin und her und stand einen Augenblick lang senkrecht vom Körper ab, wodurch die kleine Gogleskanerin doppelt so groß erschien, wie sie in Wirklichkeit war. Außerdem wurden bei diesem Vorgang die langen, unter den Schutzkappen mit scharfen Spitzen versehenen Stacheln entblößt, die sich zuckend an die Wölbung des Unterkörpers schmiegten. Bei diesen Stacheln handelte es sich zwar um die einzigen natürlichen Waffen der Gogleskaner, doch das Gift, das sie absonderten, war für die Metabolismen sämtlicher warmblütigen Sauerstoffatmer augenblicklich tödlich.

Schließlich verstummten die jammernden Laute. »Es ist erleichternd, daß keine medizinische Untersuchung durch ein weiteres gräßlich anzusehendes, wenn auch wohlmeinendes Ungeheuer droht«, sagte Khone. »Die Erlaubnis ist hiermit erteilt, und da die Einsichtnahme in die medizinischen Unterlagen ohnehin nicht verboten werden kann, sei für die höfliche Formulierung der Bitte gedankt. Sind vielleicht einige Hinweise erwünscht?«

»Sie wären sehr willkommen«, antwortete Lioren, wobei er dachte, daß die direkte Art der Gogleskanerin eigentlich nicht dem entsprach, was er erwartet hatte. Womöglich sprang ihre Schüchternheit bei Gesprächen nicht so deutlich ins Auge.

»Die Wesen, die diese Station besuchen, sind immer höflich, und Unterhaltungen werden oft durch Höflichkeit gebremst«, sagte Khone. »Falls die Neugier des Auszubildenden nicht allgemein ist, sondern sich auf einen bestimmten Punkt bezieht, wäre es wahrscheinlich von Vorteil, eher die Patientin selbst als die medizinischen Aufzeichnungen zu Rate zu ziehen.«

»Ja, in der Tat«, stimmte Lioren ihr zu. »Haben Sie vielen Dank… das heißt, das war sehr hilfsbereit, danke. Das Hauptinteresse des Auszubildenden gilt den…«

»Vermutlich wird der Auszubildende nicht nur Fragen stellen, sondern auch beantworten«, fuhr die Gogleskanerin fort. »Die Patientin ist nach gogleskanischen Maßstäben eine erfahrene Ärztin und weiß, daß Mutter und Kind bei bester Gesundheit und vor körperlichen Gefahren und Krankheiten geschützt sind. Das Erstgeborene ist zu jung, um etwas anderes als Zufriedenheit zu verspüren, doch die Mutter ist vielen verschiedenen Gefühlen ausgesetzt, von denen das ausgeprägteste Langeweile ist. Versteht der Auszubildende das?«

»Der Auszubildende versteht das und wird versuchen, diesem Zustand abzuhelfen«, antwortete Lioren, wobei er auf die nach innen gedrehten Bildschirme deutete. »Über die Planeten und die Spezies der Föderation gibt es interessantes Bildmaterial ...«

»... das scheußliche Kreaturen zeigt, die in überfüllten Städten wohnen«, fiel ihm Khone ins Wort. »Oder die in engem, nichtsexuellen Körperkontakt dicht im Innern von Luft- oder Bodenfahrzeugen zusammengepfercht sind. Solche und ähnlich schreckliche Bilder rufen nur Entsetzen hervor und sind keine angebrachte Kur gegen Langeweile. Wenn Kenntnisse über die optisch abscheulichen Spezies der Föderation und ihre Bräuche erworben werden sollen, muß das langsam und immer nur durch ein Lebewesen zur Zeit geschehen.«

Um das zu vollbringen, lebte nicht mal ein Groalterri lange genug, dachte Lioren. »Gehört es sich für den Auszubildenden nicht, als ungeladener Gast erst einmal Antworten zu geben, bevor er der Gastgeberin Fragen stellt?«

»Eine weitere überflüssige Höflichkeitsfloskel, die trotzdem dankbare Anerkennung findet«, antwortete Khone. »Wie lautet die erste Frage des Auszubildenden?«

Offenbar gestaltete sich die ganze Angelegenheit sehr viel einfacher, als Lioren erwartet hatte. »Der Auszubildende hätte gerne Informationen über die telepathischen Fähigkeiten der Gogleskaner und insbesondere über die organischen Mechanismen, durch die ihre Entfaltung ermöglicht wird, sowie über die körperlichen Ursachen für ein mögliches Versagen dieser Fähigkeiten, einschließlich aller medizinischen und subjektiven Symptome, die in so einem Fall aufzutreten pflegen. Diese Informationen könnten sich bei einem anderen Patienten als hilfreich erweisen, dessen Spezies ebenfalls über tele ...«

»Nein!« unterbrach ihn Khone mit einer solch lauten Stimme, daß ihr Kind ein aufgeregtes Pfeifen von sich gab, das Liorens Translator nicht übersetzte. Über einen weiten Bereich hinweg richtete sich Khones Körperbehaarung steif auf, verwob sich in einer Weise, die Lioren nicht genau sehen konnte, mit den kürzeren Strähnen des Kinds und zog es eng an den Körper der Mutter, bis das Kleine sich wieder beruhigt hatte.

»Das tut mir sehr leid«, entschuldigte sich Lioren, der in der Wut und Enttäuschung über sich selbst ganz vergaß, sich unpersönlich auszudrücken. Schnell formulierte er den Satz neu. »Man bedauert den Vorfall sehr und möchte sich entschuldigen. Es hat nicht die Absicht bestanden, Anstoß zu erregen. Wäre es besser, wenn sich der ungehörige Auszubildende zurückziehen würde?«

»Nein«, antwortete Khone erneut, dieses Mal in gedämpfteren Ton. »Die Telepathie und die gogleskanische Vorgeschichte sind höchst sensible Themen. Sie sind schon früher mit Conway, Prilicla und O'Mara besprochen worden, die zwar alle sonderbare und optisch bedrohliche Wesen sind, aber volles Vertrauen genießen. Der Auszubildende hingegen ist nicht nur sonderbar und furchterregend, sondern der Patientin zusätzlich vollkommen unbekannt.

Die telepathischen Fähigkeiten befinden sich weniger unter bewußter Kontrolle, sondern funktionieren eher unwillkürlich. Sie werden durch die Anwesenheit von Fremden oder durch irgend etwas anderes in Gang gesetzt, das die Gogleskaner unterbewußt als Bedrohung empfinden, was bei einer Spezies, die über dermaßen wenig Körperkraft verfügt, praktisch alles ist. Kann der Auszubildende die Schwierigkeit der Gogleskanerin verstehen und sich gedulden?«

»Das Verständnis dafür ist vorhanden und …«, setzte Lioren zu einer Antwort an.

»Dann kann das Thema erörtert werden«, unterbrach ihn Khone. »Aber nur, wenn die Patientin genügend über den Auszubildenden weiß, um die Augen schließen und das Wesen sehen zu können, das in der optisch entsetzlichen Gestalt steckt, um so die instinktive Kurzschlußreaktion zu umgehen, zu der es ansonsten käme.«

»Das Verständnis dafür ist vorhanden«, wiederholte Lioren. »Der Auszubildende wird die Fragen der Patientin mit Vergnügen beantworten.«

Bevor die Gogleskanerin fortfuhr, stellte sie sich auf die kurzen Beine, wodurch sie einige Zentimeter größer wurde, und ging ein paar Schritte zur Seite, um auf diese Weise offenbar einen besseren Blick auf Liorens Unterkörper zu haben, der für sie bisher durch einen der Bildschirme verdeckt worden war.

»Die erste Frage lautet, was wird der Auszubildende nach seiner Lehre sein?« erkundigte sie sich.

»Ein Psychologe«, antwortete Lioren.

»Das ist keine Überraschung«, sagte Khone.

19. Kapitel

Khone stellte Lioren zahlreiche und sehr eingehende Fragen, erkundigte sich jedoch in so höflichem und unpersönlichem Ton, daß er unmöglich gekränkt sein konnte. Als die Befragung vorüber war, wußte die gogleskanische Ärztin fast genausoviel über Lioren wie er selbst. Allerdings war offenkundig, daß Khone sogar jetzt noch mehr wissen wollte.

Das Kind war in ein kleines Bett im Hintergrund des Raums gebracht worden, und Khone hatte ihre Schüchternheit so weit überwunden, daß sie sich Lioren näherte, bis sie mit dem Körper die durchsichtige Trennwand berührte.

»Der tarlanische Auszubildende und ehemals hochgeachtete Arzt hat viele Fragen über sich selbst und sein früheres und gegenwärtiges Leben beantwortet«, sagte sie. »All diese Informationen sind von großem Interesse, obwohl viele davon sowohl für die Hörerin als auch für den Sprecher eindeutig bedrückend sind. Was die furchtbaren Vorfälle auf Cromsag betrifft, kann er sich des Mitgefühls der gogleskanischen Ärztin sicher sein, die allerdings voller Trauer und Ratlosigkeit eingestehen muß, daß sie ihm in dieser Angelegenheit nicht helfen kann.

Gleichzeitig besteht der Eindruck, daß der Tarlaner, der in aller Offenheit und Ausführlichkeit von vielen Dingen gesprochen hat, die er normalerweise anderen gegenüber verschweigt, immer noch Informationen zurückhält«, fuhr Khone fort. »Hat es in der Vergangenheit vielleicht noch schrecklichere Ereignisse als die bereits vorgetragenen gegeben, und wenn ja, warum erzählt der Auszubildende dann nichts von ihnen?«

»Etwas Schrecklicheres als das, was auf Cromsag passiert ist, gibt es nicht«, antwortete Lioren lauter als beabsichtigt.

»Dann ist die Gogleskanerin fast erleichtert, das zu hören«, sagte Khone. »Liegt es daran, daß der Tarlaner befürchtet, seine Äußerungen könnten an andere weitergegeben werden und Verlegenheit hervorrufen? Er sollte wissen, daß ein Arzt von Goglesk zu anderen nicht über solche Dinge spricht, bevor er nicht die Erlaubnis dazu erhalten hat. Der Auszubildende braucht also nicht beunruhigt zu sein.«

Einen Moment lang schwieg Lioren, da er dachte, seine vollkommene und bis zur Selbstaufgabe gehende Hingabe an die Heilkunst und die sich selbst auferlegte Disziplin, von denen sein bisheriges Leben bestimmt worden war, hätten ihm weder die Zeit gelassen noch die Neigung in ihm wachgerufen, emotionale Beziehungen anzuknüpfen. Erst nach der Verhandlung vor dem Militärgericht, als jeder Gedanke an einen weiteren Karrieresprung geradezu lächerlich und die Fortsetzung des Lebens zur grausamsten aller Strafen geworden war, hatte er damit begonnen, sich für Lebewesen auch aus anderen Gründen als allein aufgrund ihres Gesundheitszustands zu interessieren. Trotz ihrer seltsamen Gestalten und ihrer noch eigenartigeren Denkvorgänge hielt er einige von ihnen allmählich für Freunde.

Vielleicht gehörte diese FOKT auch dazu.

»Auf vielen Planeten sind die Ärzte einem ähnlichen Gesetz verpflichtet, aber trotzdem bedankt sich der Auszubildende«, sagte er. »Gewisse andere Informationen sind zurückgehalten worden, weil der Betreffende nicht möchte, daß sie verraten werden.«

»Das ist begreiflich und erweckt zusätzliche Neugier auf den Auszubildenden«, fuhr Khone fort. »Hat denn das wiederholte Sprechen über diese Dinge die emotionalen Qualen, die durch den Vorfall auf Cromsag verursacht worden sind, verringert?«

Einen Augenblick lang schwieg Lioren; dann antwortete er: »In dieser Sache kann man unmöglich objektiv sein. Den Auszubildenden beschäftigen noch viele andere Dinge, so daß die Erinnerung zwar weniger häufig zurückkehrt, ihn aber nach wie vor bedrückt. Im Moment fragt sich der Auszubildende, ob die Gogleskanerin oder der Tarlaner besser in der Psychologie fremder Spezies geschult ist.«

Khone stieß einen kurzen, pfeifenden Laut aus, der nicht übersetzt wurde. »Der Auszubildende hat Auskünfte erteilt, die es einem bekümmerten Gemüt ermöglichen, den eigenen Sorgen für eine Weile zu entfliehen, denn auch der gogleskanischen Ärztin gehen Gedanken durch den Kopf, die sie lieber nicht hätte. Mittlerweile kommt ihr der tarlanische Besucher überhaupt nicht mehr eigenartig oder gar bedrohlich vor, nicht einmal in den entferntesten Winkeln des Unterbewußtseins, das nur empfindet und reagiert, aber nicht denkt, und dafür ist sie ihm etwas schuldig. Jetzt wird sie die Fragen des Auszubildenden beantworten.«

Lioren bedankte sich in unpersönlichen Worten und erkundigte sich erneut nach der Funktionsweise und besonders nach den Symptomen, die bei einem Versagen der telepathischen Fähigkeiten einer Gogleskanerin auftreten. Doch von ihren telepathischen Kräften zu hören bedeutete, im Grunde alles über die FOKTs zu erfahren.

Die Lage auf dem rückständigen Planeten Goglesk stellte das genaue Gegenteil der Situation auf Groalter dar. Die Föderation war schon immer nach dem Grundsatz vorgegangen, daß der intensive Kontakt mit einer technologisch eher unterentwickelten Zivilisation gefährlich sein konnte, weil man sich, wenn die Monitorkorpsschiffe und die Kontaktspezialisten wie aus heiterem Himmel auf die Planetenoberfläche fielen, nie sicher sein konnte, ob man den Bewohnern in technologischer Hinsicht eine erstrebenswerte Zukunft bieten oder bei ihnen einen vernichtenden Minderwertigkeitskomplex auslösen würde. Doch die Gogleskaner waren trotz ihrer

Rückständigkeit in den Naturwissenschaften und ihrer verheerenden Rassenpsychose, die sie am Fortschritt hinderte, zumindest als Individuen psychologisch gefestigt, und ihr Planet hatte viele tausend Jahre lang keinen Krieg mehr erlebt.

Für das Korps wäre es die einfachste Lösung gewesen, sich zurückzuziehen, die gogleskanische Kultur so weitermachen zu lassen, wie sie es seit Beginn der Geschichtsschreibung getan hatte, und ihre Probleme als unlösbar abzuschreiben. Nichtsdestoweniger hatten die Spezialisten eins ihrer seltenen Zugeständnisse gemacht und einen kleinen Stützpunkt zur Beobachtung, langfristigen Nachforschung und begrenzten Kontaktaufnahme errichtet.

Der Fortschritt ist bei jeder intelligenten Spezies von der verstärkten Zusammenarbeit zwischen Einzelwesen, Familien oder Stämmen abhängig. Auf Goglesk hatte jedoch schon immer jeder enge Kooperationsversuch zeitweilig einen starken Rückgang der Intelligenz, blinde Zerstörungswut und ernste körperliche Verletzungen zur Folge gehabt, so daß sich die Gogleskaner gezwungenermaßen zu einer Spezies von Individualisten entwickelt hatten, die nur für die Dauer des Zeitraums, in dem die Fortpflanzung möglich oder die Betreuung der Kleinkinder notwendig war, miteinander engen Körperkontakt aufnahmen.

Diese Umstände hatten sich den Gogleskanern vor der Entwicklung von Intelligenz aufgedrängt, als sie noch die Hauptnahrungsquelle sämtlicher Raubtiere gewesen waren, von denen es in den gogleskanischen Meeren wimmelte. Obwohl sie körperlich klein und schwächlich waren, konnten sie natürliche Angriffs- und Verteidigungswaffen entwickeln: Stacheln, die kleinere Lebensformen lähmten oder töteten, und lange Fühler auf dem Kopf, mit denen sie durch Berührung telepathischen Kontakt herstellen konnten. Wurden sie von großen Raubtieren bedroht, schlossen sie ihre Körper und Gehirne zusammen, bis sie die erforderliche Größe hatten, um mit ihren vereinten Stacheln jeden Angreifer zu töten.

Nach fossilen Funden auf Goglesk zu urteilen, hatten die FOKTs Millionen Jahre lang einen erbitterten Überlebenskampf gegen eine Spezies riesiger und besonders wilder Meeresraubtiere geführt. Den Sieg trugen am Ende die FOKTs davon, doch dafür hatten sie einen furchtbaren Preis zahlen müssen.

Um eins der gewaltigen Raubtiere einzukreisen und zu Tode zu stechen, hatten sich Hunderte von noch nicht intelligenten FOKTs körperlich und telepathisch zusammenschließen müssen. Bei jeder derartigen Begegnung waren sehr viele von ihnen umgekommen, zerrissen oder gefressen worden, und den sich daraus ergebenden Todeskampf, der sich bei jedem Sterbenden wiederholte, nahm aufgrund der telepathischen Verbindung jedes einzelne Mitglied der Gruppe am eigenen Leibe wahr. Daraufhin hatte sich ein natürlicher Mechanismus entwickelt, durch den dieses Leiden geringfügig verringert worden war, indem er die in der Gruppe telepathisch übertragenen Schmerzen durch die Entwicklung blinder Zerstörungswut abgeschwächt hatte, die sich unterschiedslos gegen alles richtete, was sich in der Nähe befand und kein FOKT war. Doch obwohl die Gogleskaner weit intelligenter und zivilisierter geworden waren, als es von einer primitiven Kultur, in der nur Ackerbau und Fischfang betrieben wurden, zu erwarten stand, wollten ihre in der Vorgeschichte erhaltenen seelischen Wunden nicht verheilen.

Das von Gogleskanern in Not ausgestoßene hohe akustische Signal, das einen Gruppenzusammenschluß einleitete, konnte weder bewußt noch unterbewußt verdrängt werden. Dieser Ruf, sich zusammenzuschließen, bedeutete nur eins: die Bedrohung durch äußerste Gefahr. Und das war selbst in der heutigen Zeit, wo derartige Bedrohungen nur eingebildet oder unbedeutend waren, nicht anders. Der Zusammenschluß führte zwangsläufig zur blinden Zerstörung von allem, was sich in unmittelbarer Nähe befand und die FOKTs als Individuen hatten bauen, schreiben, schaffen oder züchten können: Häuser, Fahrzeuge, Getreide, Vieh, technische Anlagen, Bücher und Kunstobjekte.

Aus diesem Grund erlaubten es die heutigen Goglescaner, außer unter den Umständen, die Khone bereits erwähnt hatte, niemandem, sie zu berühren, sich ihnen zu nähern oder sie auch nur ansatzweise mit persönlichen Worten anzusprechen, während sie hilflos und – bis Diagnostiker Conway vor kurzem Goglesk besucht hatte – hoffnungslos gegen die ihnen von der Evolution aufgezwungenen Lebensbedingungen ankämpften.

»Conway hat die Absicht, die bei der ganzen goglescanischen Spezies bestehende geistig-seelische Ausrichtung zu durchbrechen, indem er Mutter und Kind die Erfahrung machen läßt, nach und nach immer mehr verschiedenen Lebensformen ausgesetzt zu sein, die intelligent und zivilisiert sind und eindeutig keine Bedrohung darstellen«, fuhr Khone fort. »Dahinter steckte der Gedanke, insbesondere das Kind an die Konfrontation mit fremden Spezies derart zu gewöhnen, daß es sowohl bewußt als auch unterbewußt imstande sein wird, erfolgreich den blinden Trieb zu bekämpfen, der früher die Ursache für jene Kurzschlußhandlung gewesen ist, die zum Zusammenschluß geführt hat. Zudem sind vom Hospital Geräte entwickelt worden, die den akustischen Notruf verfälschen, so daß er nicht wiederzuerkennen ist. In dem Fall würden sich der auslösende Reiz und die daraus entstehende blinde Zerstörungswut auf die Fähigkeiten eines einzelnen beschränken und nicht eine große Gruppe erfassen, die gemeinsam vorgeht. Eine andere Lösung des Problems, auf die der Auszubildende bestimmt auch schon gekommen ist, wäre, die Fühler zu entfernen, die den telepathischen Kontakt ermöglichen, und auf diese Weise einen Zusammenschluß von vornherein auszuschließen. Doch diese Maßnahme scheidet aus, weil die Fühler nicht nur benötigt werden, um die ganz jungen Gogleskaner zu trösten und sie später zu unterrichten, sondern auch, um die Freuden bei der Paarung zu vergrößern. Außerdem leiden die Gogleskaner schon unter genügend Entbehrungen, ohne sich auch noch freiwillig zu emotionalen Krüppeln machen zu lassen.

Wie es Conway erwartet und die Gogleskanerin es sich erhofft, wird diese zweiseitige Inangriffnahme des Problems die gogleskanische Spezies in die Lage versetzen, sich beständig weiterzuentwickeln und zu einer Zivilisationsstufe vorzudringen, die ihrer Intelligenz entspricht«, beendete Khone ihre Ausführungen.

Normalerweise empfand es Lioren als schwierig, in der Übersetzung des Translators emotionale Untertöne festzustellen, doch diesmal war er überzeugt, daß seine Gesprächspartnerin von einer tiefen Unsicherheit ergriffen war, die sie ihm gegenüber nicht zum Ausdruck gebracht hatte.

»Der Auszubildende kann sich irren, aber er spürt, daß die gogleskanische Ärztin und Patientin beunruhigt ist«, sagte er deshalb. »Ist sie mit der Behandlung, die sie bekommt, nicht zufrieden? Oder bestehen hinsichtlich der Fähigkeiten oder Erwartungen von Conway irgendwelche Zweifel …?«

»Nein!« fiel ihm Khone ins Wort. »Mit dem Diagnostiker ist es zu einer kurzen, unbeabsichtigten Geistesverschmelzung gekommen, als er Goglesk besucht hat. Seine Fähigkeiten und Absichten sind bekannt und über jede Kritik erhaben. Doch sein Kopf hat voller seltsamer Erfahrungen und Gedanken anderer Wesen gesteckt, die so fremdartig gewesen sind, daß die Gogleskanerin einen Ruf nach Zusammenschluß ausstoßen wollte. Von Conways Verstand hat sie eine Menge gelernt, wenngleich das meiste nach wie vor unverständlich bleibt, doch ist von Anfang an klar gewesen, daß Conway nur einen kleinen Teil seines Kopfes für das gogleskanische Vorhaben frei hat. Als zum erstenmal Bedenken angemeldet worden sind, hat der Diagnostiker zugehört und sich in zuversichtlichen und beruhigenden Worten dazu geäußert, und es kann sein, daß Conway das nichtmedizinische Problem nicht voll und ganz versteht. Ich kann und will nicht glauben, daß von all den intelligenten Lebensformen, aus denen die Föderation besteht, allein die gogleskanische Spezies von der Macht, die über alles gebietet, für immer und ewig zu selbstverschuldeter Barbarei verurteilt und verdammt ist.«

Einen Augenblick lang schwieg Lioren und fragte sich, ob er kurz davor stand, schon wieder in ein Problem hineingezogen zu werden, das eher philosophischer als medizinischer Natur war. Zudem war er unsicher, ob er als tarlanischer Ungläubiger das Recht oder die Fähigkeit hatte, sich an einer Diskussion über die Theologie einer fremden Spezies zu beteiligen. »Wenn es zu einem telepathischen Kontakt gekommen ist, dann muß der Diagnostiker doch gesehen und verstanden haben, was im Kopf der Ärztin vorgeht, so daß die Bedenken womöglich grundlos sind«, sagte er. »Aber der Angeklagte kennt sich auf diesem Gebiet überhaupt nicht aus. Falls die Ärztin es wünscht, wird sich der Auszubildende diese Bedenken anhören und sie nicht einfach als belanglos abtun. Vorhin ist die Befürchtung geäußert worden, die Lage auf Goglesk würde sich niemals ändern. Könnte der Grund für diese Befürchtung noch ausführlicher erklärt werden?«

»Ja«, antwortete Khone mit leiserer Stimme als zuvor. »Dabei handelt es sich um die Befürchtung, daß ein Lebewesen den Lauf der Evolution nicht verändern kann. Als es zur telepathischen Verbindung gekommen ist, war aus Conways Verstand und aus den Gedanken und Überzeugungen der Wesen, die diesen zu jenem Zeitpunkt mit ihm geteilt haben, klar ersichtlich, daß die Zustände auf Goglesk anomal sind. Auf den anderen Planeten der Föderation kämpfen denkende Lebewesen mit vereinten Kräften und aller Anstrengung gegen die zerstörerischen Kräfte der Umwelt und das instinktive, tierische Verhalten an. Von einigen wird dieser Kampf als das ständige Ringen, dem Chaos Ordnung aufzuzwingen, bezeichnet, und von vielen anderen als die Auseinandersetzung zwischen Gut und Böse und unter anderem von den Terrestriern als der Kampf zwischen Gott und dem Teufel. Auf all diesen Planeten ist es das Erstgenannte, das – manchmal unter großen Schwierigkeiten – die Vorherrschaft über das letztere erlangt. Aber auf Goglesk gibt es längst keinen Gott mehr; nur der vorgeschichtliche, aber immer noch allmächtige Teufel herrscht dort…«

Der aufgerichtete, eiförmige Körper der Gogleskanerin zitterte, ihr Haar hatte sich wie lange, vielfarbige Grasbüschel aufgerichtet, und an den Spitzen der vier gelben Borsten, bei denen es sich um die Stacheln handelte, hingen Perlen aus Gift. Denn an Khones geistigem Auge zogen wieder die Bilder vorbei, die sich unauslöschlich in das Gedächtnis ihrer Spezies eingeprägt hatten, die furchtbaren Bilder einschließlich der durch die telepathische Verbindung mitempfundenen Todesqualen, als Khones Vorfahren, die sich zu Gruppen zusammengeschlossen hatten, von gewaltigen Raubtieren in blutige Fetzen gerissen worden waren. Wie Lioren vermutete, wäre das Signal äußerster Bedrängnis, der Ruf nach Zusammenschluß, bereits erfolgt, wenn Khone ihr instinktives Entsetzen nicht durch den Hinweis an sich selbst bekämpft hätte, daß der einzige weitere Gogleskaner, zu dem sie telepathischen Kontakt aufnehmen konnte, ihr eigenes schlafendes Kind war.

Allmählich ließ Khones Zittern nach, und als die aufgerichteten Haare und die Stacheln wieder eng am Körper anlagen, fuhr sie fort: »Es herrscht große Angst und noch größere Verzweiflung. Nach Ansicht der Gogleskanerin reicht die Hilfe des terrestrischen Diagnostikers, obwohl er guten Willens ist und ihm die Mittel dieses riesigen Hospitals zur Verfügung stehen, nicht aus, um das Schicksal eines Planeten zu verändern. Etwas anderes zu glauben ist von diesem Arzt eine törichte Selbsttäuschung, aber gleichzeitig wäre es äußerst undankbar, Conway von dieser Ansicht zu erzählen. Überall in der Föderation besteht ein Gleichgewicht zwischen Ordnung und Chaos oder Gut und Böse, doch daß eine Goglieskanerin und ihr Kind etwas an dem Schicksal, den Gewohnheiten, dem Denken und der Einstellung der Bevölkerung eines ganzen Planeten ändern könnten, ist unvorstellbar.«

Lioren machte das Zeichen, mit dem Tarlaner etwas verneinten, doch dann fiel ihm ein, daß die Geste für Khone keine Bedeutung hatte. »Die Ärztin irrt sich. Auf vielen verschiedenen Planeten gibt es zahlreiche Beispiele für einzelne Wesen, die genau das geschafft haben. Zugegebenermaßen hat es sich bei dem Betreffenden jedesmal um jemanden mit besonderen Fähigkeiten gehandelt, um einen großartigen Lehrmeister, Gesetzgeber oder Philosophen, und die jeweiligen Anhänger haben ihn für die Verkörperung ihres Gottes gehalten. Daß die Ärztin und ihr Kind mit Conways Hilfe den Lauf der gogleskanischen Geschichte verändern werden, ist zwar nicht sicher, aber durchaus möglich.«

Khone schnaufte kurz, was der Translator selbstverständlich nicht übersetzte. »Solche völlig falschen und übertriebenen Komplimente sind der Ärztin seit dem Vorspiel zur ersten Paarung nicht mehr gemacht worden. Dem Tarlaner ist doch bestimmt klar, daß es sich bei der gogleskanischen Ärztin weder um eine Lehrmeisterin noch um eine Führerin noch um sonst jemanden mit irgendwelchen besonderen Fähigkeiten handelt, nicht wahr? Das, was der Auszubildende anzudeuten versucht, ist geradezu lächerlich!«

»Der Tarlaner weiß aber auch, daß die Ärztin das einzige Mitglied ihrer Spezies ist, das dem gogleskanischen Teufel die Stirn geboten und die geistig-seelische Ausrichtung der FOKTs insofern durchbrochen hat, als daß sie an einen Ort wie das Orbit Hospital gekommen ist, einen Ort, an dem es von gräßlichen, wenn auch wohlmeinenden Lebewesen wimmelt, von denen die meisten schrecklicher aussehen als das bedrohliche Raubtier, das in der Erinnerung der Gogleskaner herumspukt«, entgegnete Lioren. »Und der Auszubildende stimmt auch deshalb nicht zu, weil die Ärztin ganz offensichtlich über besondere Fähigkeiten verfügt.

Denn wie sie zweifelsfrei bewiesen hat, kann eine Gogleskanerin, die früher in ständiger Angst vor der unmittelbaren Annäherung eines Artgenossen gelebt hat, die Furcht vor vielen der Wesen, die hier im Orbit Hospital leben und einem Alptraum entsprungen zu sein scheinen, überwinden, sie mit etwas Übung und großer Willensstärke verstehen und sogar Umgang mit ihnen pflegen«, fuhr Lioren fort, bevor Khone irgendwie reagieren konnte. »Ist es, da die Dinge so liegen, nicht möglich oder sogar wahrscheinlich, daß diese Gogleskanerin einmal in der Lage sein wird, ihre Fähigkeiten zu erkennen und anderen FOKTs zu vermitteln, die ihre Lehren mit der Zeit über ganz Goglesk verbreiten werden, bis schließlich diese bedrohlichen Raubtiere alle Macht über den Geist der Gogleskaner verlieren?«

»Das ist genau das, was Conway glaubt«, antwortete Khone. »Aber ist es nicht ebenfalls wahrscheinlich, daß die Anhänger behaupten werden, die Lehrerin habe einen Gehirnschaden, und sie allenfalls Angst vor den großen Veränderungen haben werden, die sie an den eigenen Gewohnheiten und der Geisteshaltung vornehmen müßten? Sollte die Lehrerin ihre Bemühungen unbeirrt fortsetzen, das Denken ihrer Anhänger in neue und unangenehme Bahnen zu lenken, wird man sie womöglich verjagen und ihr schwere Verletzungen oder etwas noch Schlimmeres zufügen.«

»Leider gibt es auch für ein solches Verhalten Beispiele, doch wenn die Lehre gut ist, überlebt sie den

Lehrmeister«, gab Lioren zu bedenken. »Und außerdem sind die Gogleskaner im Grunde eine gutmütige Spezies. Deshalb sollte die Lehrerin weder Angst haben noch verzweifelt sein.«

Da Khone nichts darauf antwortete, fuhr Lioren fort: »Es ist eine Binsenweisheit, daß ein Patient in jedem Krankenhaus stets auf andere stößt, die sich in noch schlechterer Verfassung befinden als er selbst, und aus dieser Erkenntnis ein wenig Trost zu schöpfen pflegt. Das gleiche gilt auch für notleidende Planeten. Folglich irrt sich die Ärztin auch, wenn sie glaubt, einzig und allein Goglesk sei vom Schicksal – oder welche Macht sie sonst dafür verantwortlich hält – verflucht.

Da gibt es zum Beispiel die Cromsaggi«, fuhr Lioren fort, wobei er trotz der tumultartig wachgerufenen Erinnerungen, die durch das letzte Wort ausgelöst worden waren, einen ruhigen Ton beibehielt, »deren Fluch es war, ständig krank zu sein und fortwährend Krieg zu führen, weil Zweikämpfe die einzige Behandlung gegen ihre Krankheit gewesen sind. Und dann gibt es die Beschützer, die in jeder Sekunde ihres Lebens als Erwachsene kämpfen, jagen und gedankenlos töten. Im Vergleich mit diesen Wesen erscheinen die seit langem ausgestorbenen Raubtiere von Goglesk geradezu als zahm. Dennoch leben in diesen furchtbaren organischen Tötungsmaschinen – nur allzu kurz – die telepathischen Ungeborenen, die sanftmütig, feinfühlig und in jeder Hinsicht zivilisiert sind. Das Problem der Cromsaggi, das sich im wesentlichen um die innere Sekretion gedreht hat, hat Diagnostiker Thornnastor gelöst, so daß die wenigen Überlebenden dieser Spezies nun nicht mehr dazu verurteilt sind, widerwillig einen endlosen Krieg zu führen. Diagnostiker Conway hat dafür gesorgt, die Beschützer der Ungeborenen aus der Falle zu befreien, die ihnen die Evolution gestellt hat, doch alle glauben, daß die Schwierigkeiten der Gogleskaner noch einfacher zu beheben wären ...«

»Diese Probleme sind bereits alle erörtert worden«, schnitt ihm Khone das Wort ab, deren pfeifende Sprechweise beim Reden in eine immer höhere Tonlage geriet. »Auch wenn die Lösungen komplex sind, so beziehen sie sich doch auf chirurgische oder medizinische Umstände, die körperlich behandelt werden können. Auf Goglesk stellte sich die Situation aber anders dar, denn das dortige Problem läßt sich nicht auf irgendwelche physische Weise beheben. Der wichtigste Bestandteil des genetischen Erbguts hat es der Spezies nämlich erst ermöglicht, seit den Zeiten vor der Entwicklung von Intelligenz zu überleben, und dieser Teil kann nicht einfach zerstört werden. Das Unheil, das die FOKTs zur Selbstzerstörung und in die selbst auferlegte Einsamkeit treibt, war schon immer da und wird auch immer da sein. Auf Goglesk hat es nie einen Gott gegeben, sondern nur den Teufel.«

»Der Auszubildende möchte wiederholt darauf hinweisen, daß sich die Ärztin möglicherweise irrt«, sagte Lioren. »Aus Furcht durch seine Unkenntnis auf dem Gebiet des religiösen Glaubens der Gogleskaner Anstoß zu erregen, zögert er, da dieser Glaube vielleicht von der …«

»Momentan erregt der Tarlaner nur Ungeduld«, unterbrach ihn Khone, »aber Anstoß wird die Gogleskanerin nicht nehmen.«

Einen Moment lang versuchte Lioren verzweifelt, sich an die Informationen zu erinnern, die er sich vor kurzem über den Bibliothekscomputer beschafft hatte, und sie zu ordnen. »In der gesamten Föderation wird allgemein gelehrt und geglaubt, daß es dort, wo das Böse ist, auch das Gute gibt und ohne einen Gott kein Teufel existieren kann. Dieser Gott wird für das allwissende und allmächtige, aber auch mitleidsvolle höchste Wesen und den Schöpfer aller Dinge gehalten, und man stellt ihn sich als unsichtbar, jedoch allgegenwärtig vor. Wenn sich also auf Goglesk nur der Teufel zeigt, bedeutet das nicht zwangsläufig, daß kein Gott da ist; denn alle Glaubensrichtungen – egal, von welcher Spezies sie vertreten werden – stimmen darin überein, daß man nach Gott zuallererst in sich selbst suchen muß.

Die Gogleskaner kämpfen schon gegen ihren Teufel, seit sie Intelligenz entwickelt haben«, fuhr Lioren fort. »Manchmal haben sie verloren, doch in letzter Zeit haben sie häufiger kleine Siege errungen. Es könnte sein, daß es einen einzigen Teufel gibt und viele, die ihren Gott, ohne es zu wissen, in sich tragen.«

»Genau das hat Conway auch erzählt«, sagte Khone. »Aber der Diagnostiker tritt für eine moderne Medizin ein und empfiehlt eine strengere Schulung in den geistigen Disziplinen. Ist Goglesks Wohltäter unfähig, an Gott oder unseren Teufel oder an irgendeine andere Form unkörperlicher Macht zu glauben?«

»Vielleicht«, antwortete Lioren. »Aber egal, an was er glaubt, an der Art seiner Hilfe ändert das nichts.«

Khone schwieg so lange, daß sich Lioren schon fragte, ob das Gespräch nun vorbei sei. Er hatte das starke Gefühl, die Gogleskanerin wollte etwas sagen, und als sie dies schließlich tatsächlich tat, waren ihre Worte mehr als eine Überraschung für ihn.

»Wenn der Tarlaner von seinem eigenen Glauben erzählte, wäre das für die gogleskanische Ärztin eine zusätzliche Beruhigung«, sagte Khone.

»Der Tarlaner kennt viele verschiedene Glaubensrichtungen, die sowohl von seiner eigenen Spezies als auch von denen anderer Planeten vertreten werden, doch diese Kenntnisse hat er erst vor kurzem erworben, und sie sind lückenhaft und vielleicht sogar falsch«, begann Lioren behutsam. »Zudem hat er in der Geschichte der verschiedenen Religionen herausgefunden, daß es sich bei derartigen Überzeugungen, wenn an ihnen festgehalten wird, um reine Glaubensfragen handelt, die durch eine logische Beweisführung nicht verändert werden können. Ist der Glaube sehr stark, kann die Diskussion anderer Glaubensrichtungen Anstoß erregen. Der Tarlaner möchte niemanden verletzen und hat nicht das

Recht, den Glauben anderer in irgendeiner Weise zu beeinflussen oder gar in Frage zu stellen. Aus diesen Gründen würde er es vorziehen, wenn die Gogleskanerin den Anfang machte, indem sie ihren Glauben beschreibt.«

Von Anfang an hatte Lioren das Gefühl gehabt, daß Khone etwas sehr bedrückte, auch wenn ihm die genaue Art ihres Problems immer noch unklar war. Da er keine Ahnung hatte, worum es sich drehte, konnte er natürlich auch keine Ratschläge erteilen.

»Der Tarlaner verhält sich vorsichtig und ausweichend«, stellte Khone fest.

»Da hat die Gogleskanerin recht«, stimmte ihr Lioren zu.

Es trat eine kurze Stille ein, und dann fuhr Khone fort: »Na gut. Die Gogleskanerin fürchtet sich und ist verzweifelt. Außerdem ist sie über den Teufel böse, der in den Köpfen der Gogleskaner lebt, sie pausenlos quält und sie in einem Zustand gefangenhält, der an Barbarei grenzt. Ihr wäre es lieber, nicht von den seelischen Krücken zu sprechen, durch die sich ihre Artgenossen trösten und sich selbst Mut machen, da sie als Ärztin die Wirksamkeit nichtmaterieller Heilmittel bezweifelt. Sie fragt nochmals: An welche Art Gott glaubt der Tarlaner?

Handelt es sich um einen großen, allwissenden und allmächtigen Schöpfer, der Leid und Unrecht zuläßt oder sich gar nicht darum kümmert?« fragte Khone weiter, bevor Lioren antworten konnte. »Ist es ein Gott, der einige wenige Spezies mit unverdientem Unglück überhäuft, während er die meisten mit Frieden und Zufriedenheit segnet? Hat dieser Gott einsichtige oder sogar göttliche Gründe, solche schrecklichen Ereignisse wie die Vernichtung der Bevölkerung von Cromsag oder die Falle der Evolution, die die Beschützer der Ungeborenen gefangenhält, oder die furchtbare Plage, die er über die Gogleskaner verhängt hat, zuzulassen? Kann irgendeine in der Vergangenheit begangene Sünde so schwer sein, daß sie eine derartige Bestrafung verdient? Verfügt dieser Gott über Intelligenz, und hat er für ein solch offensichtlich dummes und unsittliches Verhalten moralische Gründe, und würde der Tarlaner sie bitte erklären?«

Darauf hat der Tarlaner keine Erklärungen, dachte Lioren, *weil er wie Sie selbst ein Ungläubiger ist*. Doch wie er instinktiv wußte, war das nicht die Antwort, die Khone hören wollte, denn wenn sie tatsächlich ungläubig war, wäre sie über den Gott, an den sie nicht glaubte, nicht so verärgert gewesen. Dies war der richtige Augenblick für nachsichtige Antworten.

20. Kapitel

Wie schon erwähnt, wird der Tarlaner zwar Auskunft geben, aber nicht versuchen, den Glauben oder Unglauben anderer zu beeinflussen«, sagte Lioren leise. »Die Religionen auf den meisten Planeten der Föderation und der von ihren Anhängern verehrte Gott haben viele Gemeinsamkeiten. Bei diesem Gott handelt es sich, wie schon gesagt, um den allwissenden, allmächtigen und allgegenwärtigen Schöpfer aller Dinge, der außerdem für gerecht, barmherzig, mitleidsvoll und um das Wohl aller intelligenten Lebewesen, die er geschaffen hat, für zutiefst besorgt gehalten wird und der ihnen die Sünden, die sie begangen haben, vergibt. Nach allgemeinem Glauben gibt es dort, wo ein Gott ist, auch einen Teufel oder irgendein böses, weniger klar umrissenes Wesen oder eine Macht, die oder das ständig danach trachtet, Gottes Werk unter seinen denkenden Geschöpfen zunichte zu machen, indem dieses Böse sie zu verleiten versucht, sich so instinktiv wie die Tiere zu verhalten, von denen sie sich, wie sie selbst wissen, unterscheiden. Dieser ständige Kampf zwischen Gut und Böse, zwischen Recht und Unrecht, wird in jedem denkenden Wesen ausgetragen. Manchmal scheint der Teufel oder der Hang zu tierischem Verhalten, der in allen denkenden Wesen steckt, zu gewinnen und Gott sich nicht darum zu kümmern. Doch selbst auf Goglesk hat das Gute erste Siege über das Böse errungen, so klein sie auch sein mögen. Wäre das nicht der Fall gewesen, würde sich die gogleskanische Ärztin jetzt nicht hier aufhalten und Anweisungen zum Gebrauch der Klangverfälscher erhalten, die einen Gruppenzusammenschluß verhindern. Da es überdies heißt, Gott helfe selbst denen, die nicht an seine Existenz glauben ...«

»Und er bestraft diejenigen, die das tun«, fiel ihm Khone ins Wort. »Bleibt immer noch die Frage: Wie erklärt der Tarlaner einen mitleidsvollen Gott, der eine derart große Grausamkeit zuläßt?«

Da Lioren keine Antwort darauf wußte, überhörte er die Frage einfach. »Oft heißt es auch, der Glaube an Gott sei eher eine Frage der Überzeugung als eines physikalischen Beweises und hänge nicht von der Intelligenz des Gläubigen ab. Gerade wenn die Denkfähigkeit schwach ist, sei der Glaube stärker und überzeugter. Demgemäß würden nur die relativ Dummen an das Metaphysische oder das Übernatürliche oder an ein Leben nach dem fleischlichen Tod glauben, während es die intelligenteren Lebewesen besser wüßten und nur an sich selbst, an die körperliche Realität, die sie rings um sich erfahren, und an ihre Fähigkeit glauben würden, sie zum Besseren hin zu verändern.

Für die Kompliziertheiten dieser äußeren Realität – von den Galaxien, die sich ins Unendliche erstrecken, bis hin zu den gleichermaßen komplizierten Mikrouniversen, aus denen sie bestehen – werden wissenschaftliche Erklärungen gefunden, die nur wenig mehr als intelligente Annahmen darstellen, die ständig abgewandelt werden. Am wenigsten überzeugend von allen sind die Erklärungen der Existenz von Lebewesen, die sich in dem Bereich zwischen Makro- und Mikrokosmos entwickelt haben, Geschöpfe, die denken und wissen und wissen, daß sie wissen, und die das große Ganze zu verstehen versuchen, von dem sie nichts als ein winziger Teil sind, während sie sich bemühen, es zum Besseren hin zu verändern. Für die wenigen aufgeklärten unter diesen Denkern gilt es als richtig, sich freundschaftlich gegeneinander zu verhalten und als Individuen, als Volk und als Spezies von verschiedenen Planeten zusammenzuarbeiten, damit für die Mehrheit der Lebewesen Frieden, Zufriedenheit und wissenschaftliche und philosophische Leistungen erzielt werden. Alle Wesen, Gruppen oder Gedankengebäude, die diesen Prozeß aufhalten, befinden sich nach dieser Auffassung im Unrecht. Doch für die Mehrheit dieser Denker stellen Gut und Böse abstrakte Begriffe und Gott und der Teufel nichts als den Aberglauben weniger intelligenter Köpfe dar.«

Lioren machte eine Pause und versuchte, sich einen Anstrich von Sicherheit zu geben, indem er sich bemühte, die richtigen, beruhigenden Worte zu einem Thema zu finden, bei dem er sich sehr unsicher fühlte. »Zum erstenmal in ihrer Geschichte ist die galaktische Föderation von einer hochgradig intelligenten und philosophisch fortschrittlichen, technologisch jedoch rückständigen Spezies kontaktiert worden, die sich ›Groalterri‹ nennt. Dieser Kontakt ist indirekt hergestellt worden, da eine direkte geistige Verbindung nach der Überzeugung der Groalterri die philosophische Weltanschauung von Spezies, die sich bislang für äußerst intelligent gehalten haben, nachhaltig ins Wanken bringen würde. Passiert ist folgendes: Ein junger Groalterri hatte sich Verletzungen zugezogen, die die erwachsenen nicht behandeln konnten, und da haben sie das Orbit Hospital gebeten, diesen Groalterri als Patienten aufzunehmen. Gleichzeitig haben sie versichert, der junge Groalterri sei noch nicht so intelligent, daß die geistige Verbindung mit ihm zu psychologischen Schäden führen könne. Im Laufe der Gespräche mit diesem Patienten hat der Tarlaner unter anderem herausgefunden, daß es sich bei ihm und den hochgradig intelligenten erwachsenen Mitgliedern seiner Spezies keineswegs um ungläubige Wesen handelt.«

Khones Fell stand in steifen, borstigen Büscheln vom Körper ab, sie sagte jedoch nichts.

»Der Tarlaner ist sich des Folgenden nicht sicher und möchte nur eine Bemerkung machen«, fuhr Lioren fort. »Vielleicht durchlaufen alle Spezies eine Phase, in der sie glauben, sie wüßten auf alles eine Antwort, nur um schließlich zu einer richtigeren Erkenntnis des Ausmaßes ihrer Unwissenheit zu gelangen. Wenn die intelligenteste und philosophisch fortschrittlichste Spezies, die bisher von der Föderation entdeckt worden ist, an einen Gott und an ein Leben nach dem Tod glaubt, dann …«

»Es reicht!« schnitt ihm Khone das Wort ab. »Um die mögliche Existenz eines Gottes geht es hier nicht. Die Frage, der der Tarlaner auszuweichen versucht, indem er andere und interessantere Themen zur Diskussion stellt, ist immer noch offen. Warum verhält sich dieser allmächtige, gerechte und mitleidsvolle Gott seinen Geschöpfen gegenüber so grausam und ungerecht? Für die Gogleskanerin ist die Antwort wichtig. Sie ist nämlich äußerst betrübt und verunsichert.«

Aber was genau glauben oder bezweifeln Sie denn? fragte sich Lioren ratlos. *Wenn ich das nicht weiß, wie kann ich dann versuchen, Ihren Kummer zu lindern?* Da er nicht an den Nutzen von Gebeten glaubte, hoffte er verzweifelt auf eine Eingebung, doch bei allen Gesprächsthemen, die ihm einfielen, handelte es sich um die religiösen Überzeugungen anderer, die er sich kürzlich angelesen hatte.

»Von den Absichten und dem Verhalten des Gottes weiß der Tarlaner nichts, und er versteht sie auch nicht«, sagte er. »Der Gott ist der Schöpfer aller Dinge und muß daher über einen Verstand verfügen, der dem aller seiner Geschöpfe unendlich überlegen und viel komplexer ist. Doch gewisse Tatsachen sind in bezug auf dieses übernatürliche Wesen allgemein anerkannt, und die helfen vielleicht, ein Verhalten zu verstehen, das, wie die Ärztin bemerkt hat, sehr oft im Widerspruch zu dem steht, was für die Absichten des Gottes gehalten wird.

Beispielsweise wird geglaubt, dieser allwissende Schöpfer aller Dinge sei wie ein Elternteil um das Wohl jedes einzelnen Wesens in seiner Schöpfung besorgt, obwohl diese Liebe nach dem allgemeineren Glauben hauptsächlich seinen denkenden Geschöpfen vorbehalten ist«, fuhr Lioren fort. »Dennoch scheint er sich nur allzuoft nicht wie ein liebender, sondern wie ein verärgerter, unvernünftiger oder gleichgültiger Elternteil zu verhalten. Außerdem gibt es den weitverbreiteten Glauben, der Schöpfer verwirkliche seine Absicht bei allen denkenden Geschöpfen, ob sie nun an seine Existenz glauben oder nicht.

Ein weiterer von den Mitgliedern der meisten Spezies vertretener Glaube besagt, der Gott habe sie nach seinem eigenen Bild geschaffen und sie selbst würden eines Tages in einem zukünftigen Leben, das so viele Bezeichnungen trägt, wie es bewohnte Planeten gibt, mit ihrem Schöpfer glückselig bis in alle Ewigkeit zusammenleben. Dieser Glaube ist vielen Denkern besonders lästig, da er durch die Vielfalt der physiologischen Klassifikationen der intelligenten Lebensformen, auf die man in der bekannten Galaxis trifft, zu einer logischen und physikalischen Unmöglichkeit wird...«

»Der Tarlaner gibt keine Antwort, sondern formuliert dieselbe Frage neu«, sagte Khone plötzlich.

Lioren beachtete den Einwand einfach nicht. »Doch dann gibt es wieder welche, die mittlerweile einen anderen Glauben teilen und überzeugt sind, einen anderen Gott zu kennen. Die Vertreter dieser Richtung sind nicht so intelligent wie die Groalterri, deren Ansicht zu diesem Thema uns unbekannt ist und wahrscheinlich auch immer sein wird. Mit der Vorstellung, daß solch ein kompliziertes, aber auch perfekt geordnetes Gefüge wie das Universum rund um sie herum keinen Zweck hat und durch einen Zufall entstanden ist, waren sie nicht glücklich. Es hat sie gestört, daß es an ihrem Himmel wahrscheinlich mehr Sterne gegeben hat als einzelne Sandkörner an den Stränden rings um Goglesks Inselkontinent. Je mehr sie über die subatomare Unwirklichkeit herausgefunden haben, die die Grundlage der realen Welt bildet, desto mehr Hinweise hat es auf eine unermeßliche und komplexe Makrostruktur an den Grenzen der Auflösung ihrer empfindlichsten Teleskope gegeben, und das hat sie beunruhigt. Auch daß intelligente, sich selbst bewußte Lebewesen mit einer wachsenden Neugier und dem zunehmenden Bedürfnis, das Universum, in dem sie wohnen, zu erklären, entstanden sind, hat sie gestört. Sie haben sich zu glauben geweigert, daß solch ein gewaltiges, kompliziertes und wohlgeordnetes Gefüge zufällig entstanden sein könnte, folglich mußte es einen Schöpfer haben. Doch sie selbst sind ebenfalls Teil dieser Schöpfung gewesen, der einzige Teil, der sich aus sich selbst bewußten Lebewesen zusammengesetzt hat, Geschöpfen, die verstanden und wußten, daß sie verstehen, weshalb sie alles intelligente Leben für den wichtigsten Teil der Schöpfung gehalten haben, soweit es den Schöpfer betraf.

Das war keine neue Vorstellung, denn viele andere haben an einen Gott geglaubt, der sie erschaffen hat, sie liebt und über sie wacht, und der sie zur gegebenen Zeit zu sich nehmen wird«, fuhr Lioren fort. »Doch diese Gläubigen haben sich nun wieder durch die untypischen Taten des liebenden Gottes gestört gefühlt, weshalb sie ihre Vorstellung von seiner Absicht geändert haben, um das Verhalten des Gottes leichter erklären zu können.

Ihrem Glauben nach hat der Gott alle Dinge erschaffen, sie selbst eingeschlossen«, sagte Lioren langsam, »doch das Werk der Schöpfung ist noch nicht vollendet.«

Khone war so reglos und still geworden, daß Lioren ihre normalerweise geräuschvolle Atmung nicht mehr hören konnte. Er fuhr fort: »Das Werk sei noch nicht vollendet, behaupten sie, weil es mit der Erschaffung des Universums begonnen habe, das noch jung sei und möglicherweise nie vergehe. Wie genau es begonnen habe, sei nicht bekannt, doch im Moment enthalte es viele Spezies, die hohe Intelligenz entwickelt hätten und sich friedlich zwischen den Sternen ausbreiteten. Aber der Aufstieg vom Tier zum denkenden Wesen, der fortlaufende Schöpfungs- oder Evolutionsprozeß, sei, wenn man ein Ungläubiger ist, kein angenehmer Vorgang. Er ziehe sich lange hin, verlaufe langsam, und oft käme es zwischen denen, die ein Teil von ihm sind, zu unnötigen Grausamkeiten und Ungerechtigkeiten.

Darüber hinaus sind die bestehenden Unterschiede zwischen den verschiedenen Physiologien und Umweltbedürfnissen ihrem Glauben nach unerheblich, da die Evolution – oder Schöpfung – zu gesteigertem Empfindungsvermögen und einer verminderten Abhängigkeit von spezialisierten Organen führt«, setzte Lioren seine Darstellung fort. »Als Folge davon werden sich die denkenden Wesen in ferner Zukunft über die momentane Notwendigkeit hinaus entwickelt haben, einen stofflichen Körper zu besitzen, der den Geist beherbergt. Dann werden sie unsterblich sein und sich zusammenschließen, um Ziele zu erreichen, die sich die heutigen halbtierischen Lebewesen nicht einmal vorstellen können. Sie werden gottähnlich und, wie ihnen verheißen wurde und ist, das getreue Ebenbild des Wesens werden, das sie erschaffen hat. Auch die Geister oder Seelen der geistig und philosophisch unreifen Lebewesen, die dieses Universum bewohnt haben und noch viele kommende Äonen bewohnen werden, sollen in dieser Zukunft an der Unsterblichkeit teilhaben und mit ihrem Gott eins sein, denn man hält es für philosophisch unsinnig, daß sich der Schöpfer aller Dinge der wichtigsten, wenn auch momentan unvollständigen Teile seiner Schöpfung entledigen sollte.«

Lioren machte eine Atempause, um Khones Reaktion abzuwarten; dann kam ihm noch ein weiterer Gedanke. »Die Groalterri verfügen über eine äußerst hohe Intelligenz und sind in irgendeiner Weise gläubig, wollen aber mit Wesen von geringerer Intelligenz nicht über ihren Glauben oder sonst etwas sprechen, damit sie keinem unreifen Verstand Schaden zufügen. Möglicherweise muß jede intelligente Spezies ihren eigenen Weg zu Gott finden, und die Groalterri haben schon eine größere Strecke zurückgelegt als der Rest.«

Wieder entstand ein langes Schweigen; dann fragte

Khone sehr leise: »Ist das dann der Gott, an den der Tarlaner glaubt?«

Wie Lioren dem Ton der Gogleskanerin entnahm, hätte seine Antwort ›ja‹ lauten sollen, denn er war sich jetzt sicher, daß es sich bei ihr um eine Zweiflerin handelte, die sich maßlos danach sehnte, ihre Zweifel zerstreuen zu lassen. Außerdem war ihm klar, daß er die Lage ausnutzen sollte, indem er die Patientin rasch beruhigte, wenn er die gewünschten Auskünfte zur Telepathie erhalten wollte. Doch ein Ungläubiger, der in der Hoffnung lügt, eine Zweiflerin zum Glauben zu verleiten, war unehrenhaft und unehrlich. Es war seine Pflicht, die Gogleskanerin soweit wie möglich zu beruhigen, aber lügen wollte er nicht.

Einen recht langen Augenblick dachte Lioren nach, und als er antwortete, stellte er mit Überraschung fest, daß er jedes einzelne Wort ernst meinte.

»Nein«, sagte er, »aber es bleibt ein Rest an Unsicherheit.«

»Ja, eine gewisse Unsicherheit bleibt immer«, pflichtete ihm Khone bei.

21. Kapitel

Liorens Antwort hatte Khone zufriedengestellt oder seine Zweifel in ihren Augen hinreichend untermauert, denn sie stellte ihm keine weiteren Fragen über Gott.

Deshalb wechselte sie das Thema und sagte: »Vorhin hat der Tarlaner von seiner Neugier bezüglich der organischen Struktur, die mit den telepathischen Fähigkeiten der Gogleskaner zusammenhängt, und der Gründe für einen möglichen Verlust oder für ein Nachlassen der Funktion gesprochen. Wie der Tarlaner bereits weiß, hat die einzelgängerische Veranlagung der gogleskanischen Lebensform die Entwicklung komplizierter Operationstechniken verhindert, und nur sehr wenige Ärzte haben sich dazu durchringen können, die Leiche eines Gogleskaners von innen zu untersuchen. Die vorhandenen Informationen sind spärlich, und jede zugefügte Enttäuschung wird bedauert. Doch es steht noch eine Schuld offen, und jetzt ist es Pflicht der Gogleskanerin, nicht mehr Fragen zu stellen, sondern sie zu beantworten.«

»Danke«, sagte Lioren.

Khones Haare zuckten, sträubten sich und stellten sich am ganzen Körper in langen, ungleichmäßigen Büscheln auf – ein deutliches Zeichen für die seelischen Anstrengungen, die die Gogleskanerin unternehmen mußte, um über persönliche Angelegenheiten zu sprechen. Doch wie Lioren rasch bemerkte, war diese körperliche Reaktion auch als eine veranschaulichende Geste gedacht.

»Zur Telepathie durch Berührung kommt es nur bei zwei Gelegenheiten«, klärte Khone ihn auf. »Als Reaktion auf einen Ruf nach Zusammenschluß innerhalb einer Gemeinschaft, wenn eine wirkliche, häufiger jedoch nur eingebildete Gefahr droht, oder zum Zweck der Fortpflanzung. Wie schon erwähnt wurde, kann dieser Notruf emotional äußerst leicht ausgelöst werden. Eine geringfügige Verletzung, ein überraschendes Ereignis, eine plötzliche Veränderung der normalen Umstände oder eine unerwartete Begegnung mit einem Fremden können diesen Mechanismus ungewollt in Gang setzen, woraufhin sich durch das Verflechten der Körperbehaarung und der telepathischen Fühler eine Gruppe bildet. Dieses durch Angst zur Raserei getriebene Gruppenwesen reagiert nun auf die wirkliche oder eingebildete Bedrohung, indem es alles zerstört, was sich in seiner unmittelbaren Nähe befindet und kein Artgenosse ist. Dabei ziehen sich einzelne Mitglieder der Gruppe Verletzungen zu. In solchen Momenten wird es durch den Geisteszustand unmöglich, objektiv zu beurteilen, wie gut oder schlecht die telepathischen Fähigkeiten funktionieren, da das Vermögen, nüchtern zu beobachten oder auch nur zusammenhängende Gedanken zu fassen, durch die Kurzschlußhandlung außer Kraft gesetzt wird.

Ganz bestimmt weiß der Tarlaner aus eigener Erfahrung, daß es bei der geschlechtlichen Vereinigung zwischen den beiden Partnern zu einem ähnlichen, aber sehr viel angenehmeren Aufruhr der Gefühle kommt. Doch in diesem Fall stellt die telepathische Verbindung der Gogleskaner sicher, daß die Beteiligten ihre Empfindungen miteinander teilen und sie doppelt so stark wahrnehmen. Geringfügige Veränderungen oder ein Nachlassen dieser Gefühle wären, falls überhaupt vorhanden, nur schwer festzustellen, und man kann sie sich im nachhinein auch nicht ins Gedächtnis zurückrufen.«

»Der Tarlaner verfügt auf diesem Gebiet über keinerlei Erfahrungen«, merkte Lioren an. »Von den Heilern auf Tarla, die einen Aufstieg in hohe Positionen ihres Berufsstands erwarten, verlangt man, auf derartige emotionale Zerstreuungen zu verzichten.«

»Dem Auszubildenden sei das tiefe Mitgefühl der Gogleskanerin versichert«, sagte Khone. Sie machte eine kurze Pause und fuhr dann fort: »Aber die Ärztin wird versuchen, die körperlichen Vorbereitungen und die telepathisch verstärkten emotionalen Reaktionen, die mit dem Geschlechtsakt der Gogleskaner zusammenhängen …«

Sie verstummte, weil jemand anders den Raum betreten hatte. Es handelte sich um eine weibliche DBDG, die das Abzeichen einer Oberschwester trug und einen kleinen Wagen mit einem Essensspender vor sich herschob.

»Entschuldigung für die Störung, die in der Hoffnung, dieses Gespräch wäre bald beendet, so lange wie möglich hinausgeschoben wurde«, sagte die Schwester. »Doch die Hauptmahlzeit der Patientin ist lange überfällig, und die für ihre Pflege verantwortliche Person bekäme harte Worte zu hören, wenn sie zulassen würde, daß eine Patientin verhungert, die sich bereits auf dem Wege der Besserung befindet. Falls der Besucher ebenfalls Hunger hat und bei der Patientin bleiben möchte, kann ihm Essen bereitgestellt werden, das für den Metabolismus der tarlanischen Lebensform vielleicht nicht gerade schmackhaft, so doch geeignet ist.«

»Sehr freundlich«, willigte Lioren ein, dem zum erstenmal zu Bewußtsein kam, wie lange er sich mit Khone bereits unterhalten hatte und wie hungrig er war. »Vielen Dank.«

»Dann sollte das weitere Gespräch so lange aufgeschoben werden, bis das Essen serviert worden ist, und damit eine sittsame Terrestrierin nicht in Verlegenheit gebracht werden kann«, schlug die Oberschwester vor, wobei sie das gedämpfte Bellen von sich gab, das ihre Spezies als ›Lachen‹ bezeichnete.

Als die Oberschwester die beiden verlassen hatte, erinnerte Khone den Tarlaner daran, daß sie mehr als einen Mund besaß und folglich in der Lage war, gleichzeitig zu essen und Fragen zu beantworten. Inzwischen hatte Lioren noch einmal über alles nachgedacht und war zu dem Schluß gekommen, daß die Auskünfte der Gogleskanerin, so interessant sie an sich sein mochten, seine Kenntnisse über eine mögliche Funktionsstörung des organischen Sende- und Empfangsmechanismus der telepathischen Fähigkeiten bei dem Groalterri nicht vergrößern würden. In entschuldigenden und unpersönlichen Worten teilte er der Gogleskanerin mit, daß er die Auskünfte nicht mehr benötige.

»Das ist eine große Erleichterung und kränkt die Gogleskanerin keinesfalls«, stellte Khone dazu fest. »Doch sie steht nach wie vor in der Schuld des Tarlaners. Gibt es noch andere Fragen, deren Beantwortung vielleicht hilfreich wäre?«

Eine ganze Weile starrte Lioren Khone wortlos an und verglich den kleinen, aufgerichteten, eiförmigen Körper einer erwachsenen Gogleskanerin mit dem von dem kleinen Groalterri Hellishomar, dem Messerheiler, der bis auf den letzten Millimeter eine ganze Station ausfüllte, die groß genug war, um ein Ambulanzschiff aufzunehmen, und versuchte, eine erneute höfliche Ablehnung zu formulieren. Doch auf einmal war er so verärgert, enttäuscht und hilflos, daß es ihn große Anstrengung kostete, eine geeignete unpersönliche Formulierung zu finden.

»Es gibt keine weiteren Fragen«, antwortete er schließlich.

»Weitere Fragen sollte es eigentlich immer geben«, widersprach Khone. Die zu Stacheln aufgerichteten Haarbüschel sanken herab, und der Körper sackte auf den Muskelwulst, so daß Lioren die Enttäuschung der Gogleskanerin regelrecht spüren konnte. »Ist das der Fall, weil der ungebildeten Gogleskanerin die Intelligenz fehlt, um diese Fragen zu beantworten, und der Tarlaner jetzt gehen möchte, ohne weitere Zeit zu vergeuden?«

»Nein«, antwortete Lioren in bestimmtem Ton. »Intelligenz sollte nicht mit Bildung verwechselt werden. Der Tarlaner benötigt Fachinformationen, die zu erfahren die Gogleskanerin gar keine Möglichkeit gehabt hat; deshalb ist es nicht Intelligenz, was ihr fehlt. Ganz im Gegenteil. Hat die Ärztin weitere Fragen?«

»Nein«, antwortete Khone prompt. »Die Ärztin hat eine Bemerkung zu machen, zögert aber, weil sie fürchtet, den Tarlaner zu kränken.«

»Er wird der Gogleskanerin ihre Bemerkung nicht übelnehmen«, versicherte Lioren.

Khone richtete sich wieder zu voller Größe auf. »Der Tarlaner hat – wie viele andere vor ihm – bewiesen, daß geteiltes Leid halbes Leid ist, doch in diesem Fall scheint das geteilte Leid nicht gleich groß zu sein. Der Vorfall auf Cromsag, gegen den das Problem mit dem bösen Teufel von Goglesk bedeutungslos erscheint, ist zwar ausführlich geschildert worden, die Auswirkungen, die dieses Ereignis auf die dafür verantwortliche Person hat, jedoch nicht. Viel ist über die verschiedenen Glaubensrichtungen und die Götter – oder möglicherweise den einen Gott – anderer Spezies gesagt worden, aber kein einziges Wort über den eigenen Gott des Tarlaners. Vielleicht ist der Gott von Tarla etwas Besonderes, oder er ist einfach anders und verfügt nicht über das Verständnis und die erbarmungsvolle Gerechtigkeit für die wichtigsten Teile seiner Schöpfung. Erwartet er von seinen Geschöpfen, überhaupt kein Unrecht zu begehen, nicht einmal versehentlich? Die Entschuldigung für das Schweigen des Tarlaners, daß er den Glauben anderer nicht ungerechterweise durch seine umfassenderen Kenntnisse beeinflussen möchte, ist zwar löblich, aber fast ein wenig fade; denn sogar eine ungebildete Gogleskanerin weiß, daß ein Glaube nicht durch eine logische Beweisführung verändert werden kann, selbst der nicht, der durch Selbstzweifel abgeschwächt wurde. Und dennoch spricht der Tarlaner offen über den Glauben anderer, während er sich über den eigenen ausschweigt.

Vermutlich ist der Tarlaner wegen der Schuld an den Todesfällen unter den Cromsaggi zutiefst bekümmert, wobei seine Schuldgefühle noch verstärkt werden, weil ihm die Strafe, die er für dieses ungeheure Verbrechen für angemessen hält, ungerechterweise vorenthalten worden ist«, fuhr Khone fort, bevor Lioren etwas sagen konnte. »Vielleicht strebt er sowohl nach Bestrafung als auch nach Vergebung und glaubt nun, beides werde ihm versagt.«

Es war offensichtlich, daß Khone eine Möglichkeit zu finden versuchte, ihm zu helfen, doch bisher war ihre etwas langatmige Bemerkung weder verletzend noch hilfreich gewesen, und das aus dem einsichtigen Grund, daß Lioren schlichtweg nicht zu helfen war.

»Wenn der Schöpfer aller Dinge unversöhnlich ist oder der Tarlaner nicht an die Existenz dieses Schöpfers glaubt, kann er keine Vergebung erlangen«, fuhr Khone fort. »Oder anders ausgedrückt, wenn der Tarlaner an Gott oder – falls er ungläubig ist und eine nichtreligiöse Bezeichnung vorzieht – an das Gute glaubt, das in allen intelligenten Lebewesen ständig gegen das Böse kämpft, nicht aber an Vergebung, dann wird er natürlich auch nicht imstande sein, sich selbst zu vergeben. Der Vorfall auf Cromsag kann nicht ganz und gar vergessen werden, und die psychischen Wunden sind nicht vollständig zu heilen, doch das Unrecht muß vergeben werden, wenn die Qual des Tarlaners gelindert werden soll.

Deshalb rät und empfiehlt die Gogleskanerin dem Tarlaner dringend, die Vergebung von anderen zu erbitten«, beendete Khone ihre Ausführungen.

Doch ihre Bemerkung war nicht nur langatmig und in keiner Weise verletzend gewesen, sondern obendrein auch reine Zeitverschwendung. Lioren hatte Mühe, seine Ungeduld zu zügeln, als er fragte: »Von anderen Göttern, die moralisch weniger hohe Anforderungen stellen? Von wem denn genau?«

»Ist das nicht klar?« fragte Khone in einem Ton, der nicht weniger Ungeduld verriet als Liorens. »Von den Wesen, denen so schweres Unrecht geschehen ist: von den überlebenden Cromsaggi!«

Einen Moment lang war Lioren durch diesen Vorschlag dermaßen schockiert und beleidigt, daß er kein

Wort herausbekam. Er mußte sich ins Gedächtnis rufen, daß man die Zielscheibe des Spotts genau kennen muß, um einer Beleidigung Wirkung zu verleihen; Khones Beleidigung hingegen beruhte auf völliger Unwissenheit.

»Ausgeschlossen!« widersprach er heftig. »Tarlaner entschuldigen sich nicht. Es ist zutiefst erniedrigend, wie die Tat eines ungezogenen Kinds, das versucht, den Unwillen eines Elternteils zu verringern oder zu vertreiben. Die geringen Verfehlungen von Kindern können von denjenigen vergeben werden, denen Unrecht geschehen ist, aber Tarlaner, erwachsene Tarlaner, nehmen die volle Verantwortung und die Strafe für jedes Verbrechen auf sich, das sie begangen haben, und würden weder sich selbst noch demjenigen, dem sie Unrecht zugefügt haben, durch eine Entschuldigung Schande machen. Übrigens sind die Patienten auf der Station für Cromsaggi geheilt und stehen eigentlich eher unter Beobachtung, als daß sie noch medizinisch behandelt werden müßten. Wahrscheinlich würden sie vor Haß wahnsinnig werden und mein Leben sofort beenden.«

»Ist das nicht genau das Los, das sich der Tarlaner gewünscht hat?« hakte Khone nach. »Oder hat er seine Meinung diesbezüglich geändert?«

»Nein«, antwortete Lioren. »Ein zufälliger Tod würde alle Probleme lösen. Aber eine … eine *Entschuldigung* ist undenkbar!«

Einen Augenblick lang schwieg Khone; dann sagte sie: »Von der Gogleskanerin wird erwartet, daß sie die ihr durch die Evolution aufgezwungene geistig-seelische Ausrichtung durchbricht, in neuen Bahnen denkt und sich auf ganz andere Weise verhält. Vielleicht hält sie in ihrer Unwissenheit die Anstrengungen, die erforderlich sind, um das Böse in ihren Gedanken zu überwinden, für gering im Vergleich zu denen, die nötig sind, um sich bei einem anderen denkenden Wesen für einen gutgemeinten Fehler zu entschuldigen.«

Sie versuchen, zwei persönliche Übel miteinander zu ver-

gleichen, dachte Lioren. Auf einmal sah, hörte und spürte er Cromsaggi, die mitten in den schmutzigen Ruinen einer Zivilisation, die sie selbst zerstört hatten, miteinander kämpften, sich paarten oder starben. Er sah sie nach der exzessiven Selbstvernichtung, die seine überstürzte Behandlung heraufbeschworen hatte, hilflos in sterilen Betten auf medizinischen Stationen und übereinandergestürzt in leblosen Haufen liegen. Die Erinnerung an ihren Anblick, an ihre Stärke und an die enge Berührung mit ihnen brach wie eine haushohe Gefühlswelle über ihn herein, zu der auch der Eindruck gehörte, von einer ganzen Station voller Cromsaggi in Stücke gerissen zu werden, die versuchten, sich an ihm für den Tod ihrer Spezies zu rächen. Bei dem Wissen, daß sein Leben bald vorüber und seine Schuld beglichen sein würde, empfand er eine eigenartige Genugtuung und tiefen Frieden. Und dann zogen diejenigen Ereignisse vor seinem geistigen Auge auf, die in so einem Fall wahrscheinlich waren: Bilder von diensthabenden Schwestern und Pflegern, von unter hoher Schwerkraft lebenden Tralthanern oder Hudlarern, die die Groalterri bändigten und ihn retteten, bevor ihm etwas Ernsthaftes passieren konnte; und er stellte sich seine lange, einsame Genesungszeit vor, in der er sich mit nichts anderem würde beschäftigen können als mit den furchtbaren, unabwendbaren Erinnerungen an das, was er den Cromsaggi angetan hatte.

Khones Vorschlag war geradezu lächerlich. Das entsprach nicht dem Verhalten, das von einem ehrbaren Tarlaner erwartet wurde, der zu einer Gesellschaft gehörte, in der es in der Tat nur sehr wenigen an Ehrgefühl mangelte. Einen Fehler einzugestehen, der bereits allen in die Augen sprang, war überflüssig. Sich für einen Fehler in der Hoffnung zu entschuldigen, die angemessene Strafe abzumildern, war geradezu schändlich und feige und das Kennzeichen eines moralisch verdorbenen Geistes. Und anderen die innersten Gedanken und

Gefühle zu offenbaren war unvorstellbar. Das war nicht tarlanische Art.

Wie ihm Khone gerade ins Gedächtnis zurückgerufen hatte, war es genausowenig gogleskanische Art, das Böse in den Gedanken zu bekämpfen oder den Körper von jemandem aus anderen Gründen zu berühren, als sich fortzupflanzen oder das Kind zu trösten. Und es gehörte sich auch nicht, ein anderes Wesen, bei dem es sich nicht um den Lebensgefährten, einen Elternteil oder Nachkommen handelte, anders als in der kürzesten und unpersönlichsten Form anzusprechen, doch all das versuchte Khone zu tun.

Allmählich änderte Khone ihre Lebensweise, genau wie der Beschützer der Ungeborenen. Die Veränderungen, die beide Spezies zu vollziehen hatten, waren für sie außerordentlich schwierig und erforderten eine ständige, gewaltige Willenskraft, doch im Gegensatz zu dem, was Khone Lioren vorgeschlagen hatte, handelte es sich dabei nicht um feige und moralisch verwerfliche Handlungen. Und plötzlich dachte er an Hellishomar, dessen Zustand sowohl der Grund für seine gegenwärtigen Nachforschungen über die telepathischen Fähigkeiten anderer Spezies als auch die Ursache für seinen momentanen psychischen Aufruhr war.

Auch der junge Groalterri kämpfte mit sich selbst. Entgegen all seinen natürlichen Instinkten, seiner Ausbildung als Messerheiler und den Lehren seiner fast unsterblichen Eltern hatte er sich verändert und gezwungen, etwas wirklich Verwerfliches zu tun.

Hellishomar hatte versucht, sich das Leben zu nehmen.

»Ich brauche Hilfe«, sagte Lioren.

»Das Bedürfnis nach Hilfe ist ein Eingeständnis persönlicher Unzulänglichkeit«, entgegnete Khone. »Bei jemandem, der stolz ist und über Ansehen verfügt, könnte das als erster Schritt zu einer Entschuldigung betrachtet werden. Leider bin ich nicht in der Lage zu helfen.

Weißt du, wo oder von wem du diese Hilfe bekommen kannst?«

»Ich weiß, wen ich fragen muß«, antwortete Lioren und verstummte dann, als ihm schlagartig bewußt wurde, daß er und Khone beim letzten Wortwechsel völlig vergessen hatten, sich der unpersönlichen gogleskanischen Anredeform zu bedienen, und sich wie enge Verwandte miteinander unterhalten hatten. Was das bedeutete, wußte er nicht, und er wollte es nicht riskieren, Khone um Aufklärung zu bitten, denn die Gogleskanerin hatte ihn mißverstanden.

Aus Khones Äußerung ging klar hervor, daß sie angenommen hatte, er wünschte sich Hilfe bei seinen eigenen Problemen bezüglich des Vorfalls auf Cromsag, während er in Wirklichkeit dringend fachliche Unterstützung in Hellishomars Fall benötigte. Zuallererst mußte er O'Mara darum bitten, dann Conway, Thornnastor, Seldal und diejenigen, die sie sonst noch leisten konnten. Er gestand sich ein, daß er sich selbst nicht dafür eignete und der Versuch, das Problem durch die Befragung telepathischer Lebensformen im Alleingang zu lösen, nur ein Mittel gewesen war, um die eigene Eitelkeit zu besänftigen, und sich obendrein als unverzeihliche Zeitvergeudung entpuppt hatte.

Andere um Hilfe zu bitten – was notwendigerweise einen Mangel an Wissen und Können seinerseits verriet – war nicht tarlanische Art. Doch ihm war schon von vielen Mitarbeitern des Hospitals geholfen worden, oftmals, ohne von ihm darum gebeten worden zu sein, und er rechnete nicht damit, daß eine Wiederholung dieses schmachvollen Vorgangs bei ihm zu einem schweren seelischen Trauma führen würde.

Als er ein paar Minuten später Khones Station verließ, fragte sich Lioren, ob sich allmählich seine eigenen Denkgewohnheiten änderten.

Natürlich nur ein klein bißchen.

22. Kapitel

Chefarzt Seldal war zugegen, weil er von Anfang an für Hellishomar verantwortlich gewesen war und über mehr medizinische Erfahrung mit dem Patienten verfügte als alle anderen, obwohl damit zu rechnen war, daß sich dies schon sehr bald ändern könnte. Der leitende Diagnostiker der Pathologie, der Tralthaner Thornnastor, und der gleichermaßen angesehene Terrestrier Conway, den man vor kurzem zum leitenden Diagnostiker der Chirurgie ernannt hatte, waren ebenfalls anwesend. Sie wollten nun herausfinden, weshalb Chefpsychologe O'Mara, der als einziger über genügend Einfluß verfügte, um kurzfristig ein Treffen auf derart hoher Ebene anzusetzen, es für erforderlich gehalten hatte, sie alle zusammenzurufen, um über einen Patienten zu sprechen, der sich angeblich schon ein gutes Stück auf dem Weg zu einer vollständigen Genesung befand.

Die Zusammenkunft erinnerte Lioren an die kürzliche Verhandlung vor dem Militärgericht, und auch wenn es sich bei der bevorstehenden Erörterung eher um medizinische als um juristische Fragen drehte, würde es, sobald es zum Kreuzverhör kam, seiner Ansicht nach sehr viel weniger freundlich zugehen. Als erster ergriff Seldal das Wort.

Indem er auf den großen medizinischen Bildschirm deutete, sagte er: »Wie Sie sehen können, ist der Patient mit einer großen Anzahl – beinahe dreihundert – Stichwunden eingeliefert worden, die sich gleichmäßig über den Rücken und die Seiten des Körpers sowie über den vorderen Bereich zwischen den Tentakeln verteilt haben, wo die Haut dünn ist und nur ein Mindestmaß an natürlichem Schutz bietet. Offenbar sind die Einstiche durch eine schnell fliegende, im Boden lebende Insektenart verursacht worden, die in die Wunden Eier gelegt und diese infiziert hat. Für die Behandlung dieses Leidens wurde die nallajimische Operationstechnik als die geeignetste Methode gehalten, und deshalb hat man die Operation mir übertragen. Wegen des ungewöhnlich großen Körpers des Patienten bin ich nur langsam vorangekommen, doch die Prognose ist gut, bis auf einen bedauerlichen Mangel an …«

»Doktor Seldal«, unterbrach ihn Thornnastor, dessen Stimme wie ein ungeduldiges, gedämpftes Nebelhorn klang. »Sie haben den Patienten doch bestimmt gefragt, wie er sich die Wunden zugezogen hat, oder?«

»Sicher, aber darüber hat mir der Patient keine Auskunft gegeben«, antwortete Seldal, wobei das schnelle Zwitschern seiner natürlichen Stimme unter der Übersetzung des Translators seine Verärgerung über die Unterbrechung widerspiegelte. »Ich hatte gerade sagen wollen, daß der Patient nur selten mit mir gesprochen hat und wenn, dann nie über sich selbst oder seinen Zustand.«

»Die Ausbreitung der Einstiche ist zu stark begrenzt, um an einen ziellosen Angriff eines Insektenschwarms denken zu lassen«, meldete sich Diagnostiker Conway erstmalig zu Wort. »Meiner Ansicht nach weisen die Winkel der Einstiche und der Umstand, daß sie auf einen deutlich abgegrenzten Bereich konzentriert sind, auf einen gemeinsamen Ausgangspunkt wie bei einer Explosion hin. Obwohl ich es auch für möglich halte, daß Hellishomar einen Insektenschwarm aufgescheucht hat und die Insekten dann über die Körperteile hergefallen sind, die ihnen am nächsten waren. Nach dem wenigen, was wir von der Spezies wissen, haben es die Groalterri schon immer abgelehnt, mit anderen Lebensformen zu sprechen, deshalb ist die Verschwiegenheit des Patienten vielleicht ärgerlich, aber nicht ungewöhnlich. Wir alle haben in der Vergangenheit schon des öfteren solch unkooperative Patienten behandeln müssen.«

»Während der Behandlung ist Hellishomar durchaus

zur Mitarbeit bereit gewesen«, wandte Seldal ein. »Und wenn er etwas gesagt hat, ist er stets höflich und respektvoll gewesen, allerdings ohne ein Wort über sich selbst zu verlieren. Ich hatte geglaubt, sein Krankheitsbild hätte möglicherweise psychologische Hintergründe, und hatte deshalb Oberstabsarzt Lioren gebeten, sich mit dem Patienten zu unterhalten, weil ich gehofft...«

»Das ist doch wohl eine Angelegenheit für den Chefpsychologen«, schnitt ihm Thornnastor voller Ungeduld das Wort ab. »Was haben zwei vielbeschäftigte Diagnostiker hier überhaupt zu suchen?«

»Ich bin nicht zu Rate gezogen worden«, warf O'Mara mit leiser Stimme ein.

Einen Moment lang starrten O'Mara die vier Augen Thornnastors und die beiden von Conway an; dann richteten sich alle sechs auf Lioren. Wahrscheinlich durfte sich der Tarlaner glücklich schätzen, daß er die Gesichtsausdrücke von Tralthanern und Terrestriern nicht lesen konnte.

»...weil ich gehofft hatte, Lioren würde diesen schweigsamen Patienten ebenso erfolgreich zum Reden bringen wie bereits zuvor einen meiner anderen Patienten, den ehemaligen Diagnostiker Mannon«, beendete Seldal den Satz. »Damals bin ich mir nicht sicher gewesen, ob die Sache wichtig genug war, um den Chefpsychologen um Hilfe zu bitten. Doch mittlerweile hält Lioren diese Hilfe für notwendig, und nach Rücksprache mit dem Oberstabsarzt bin ich vollkommen seiner Meinung.«

Seldal machte es sich auf seiner Stange bequem, und Lioren legte zwei seiner mittleren Gliedmaßen auf den Tisch und versuchte, seine Gedanken zu ordnen.

Mit den sechs elefantenartigen Füßen stampfte Thornnastor unruhig auf den Boden, und zwar in einer Weise, die vermutlich auf Ungeduld oder Neugier hinwies.

Conway gab einen unübersetzbaren Laut von sich und sagte: »Oberstabsarzt Lioren, für die Besserung des nichtmedizinischen Zustands, die Sie bei Doktor Mannon herbeigeführt haben, der mein Ausbilder war und mein Freund ist, bin ich Ihnen äußerst dankbar. Aber wie können wir Ihnen bei dem helfen, was doch offensichtlich ein psychiatrisches Problem ist?«

»Bevor ich mit meinen Erklärungen beginne, möchte ich Sie darauf hinweisen, daß es mir lieber wäre, wenn Sie meinen früheren Titel nicht benutzen würden«, antwortete Lioren. »Wie Sie wissen, ist es mir untersagt worden, mich medizinisch zu betätigen, und außerdem habe ich dieser Tätigkeit abgeschworen, und den Grund dafür kennen Sie auch. Dennoch kann ich die Art und Weise, in der mein Verstand arbeitet, nicht ändern, und durch meine frühere Ausbildung komme ich zu dem Schluß, daß Hellishomars Problem nicht ausschließlich seelischer Natur ist. Doch zunächst muß ich kurz die evolutionäre und philosophische Vorgeschichte des Patienten erläutern.«

Thornnastors Füße blieben ruhig, und während Lioren die seltsam getrennten Zivilisationen der telepathischen Eltern und der eher technologisch orientierten Kleinen beschrieb und berichtete, wie stark die letzteren durch die Lehren der ersteren und durch die Ungewißheiten beim Herannahen des Erwachsenenalters beeinflußt wurden, gab es keine weiteren Unterbrechungen. Er erzählte ihnen, daß – wie O'Mara erklärt hatte – die Zivilisationen getrennt waren, weil die Kleinen eine bestimmte Evolutionsstufe noch nicht abgeschlossen hatten und ihre Intelligenz nach groalterrischen Maßstäben als unterentwickelt galt, bis sie erwachsen waren, auch wenn die Besorgnis der Eltern um ihre Nachkommen sehr groß war. Diese intelligente Großlebensform, die auf Groalter lebte, war körperlich derart gewaltig und hatte eine so extrem hohe Lebenserwartung, daß die Anzahl der Individuen streng kontrolliert werden mußte, wenn die Spezies nicht aussterben sollte. Wie Beobachtungen aus der Umlaufbahn ergeben hatten, bestand die groalterrische Gesamtbevölkerung aus nicht mehr als dreitausend Eltern und Kleinen, so daß die Geburt eines Nachkommen ein äußerst seltenes Ereignis darstellte und die Achtung der Eltern für ihr Neugeborenes entsprechend hoch war.

Lioren achtete sorgfältig darauf, in ganz allgemeinen Ausdrücken zu berichten, und war insbesondere darauf bedacht, nur solche Dinge mitzuteilen, deren Weitergabe ihm Hellishomar erlaubt hatte oder auf die er durch eigene Schlußfolgerungen gekommen war.

»Wie Sie zweifellos schon selbst bemerkt haben, sind die Auskünfte, die ich Ihnen zum Patienten erteilen möchte, unvollständig«, fuhr Lioren fort. »Dabei enthalte ich Ihnen absichtlich etwas vor, und dem Chefpsychologen O'Mara habe ich bereits erklärt, weshalb er und Sie teilweise im dunklen gelassen werden müssen ...«

»Das wollen Sie O'Mara wirklich gesagt haben, und Sie sind noch am Leben?« unterbrach ihn Conway, wobei er die Zähne entblößte.

»In bezug auf die groalterrische Zivilisation ist Hellishomar nämlich der erste und einzige Informant«, setzte Lioren seine Ausführungen fort, nachdem er zu der Überzeugung gekommen war, daß es sich bei Conways Einwurf nicht um eine ernsthafte Frage gehandelt haben konnte. »Seine Auskünfte sind für die Föderation und für das Orbit Hospital zwar von großem Wert, doch wie er mir gesagt hat, darf ein kleiner Teil davon nicht allgemein verbreitet werden. Sollte ich das Vertrauen des Patienten brechen, bestünde die Gefahr, beziehungsweise wäre es im Grunde sicher, daß diese wertvolle Informationsquelle versiegen würde. Meine Beobachtungen zum Verhalten und dem Gesundheitszustand des Patienten sind jedoch so vollständig und genau, wie es in meinen Kräften steht.«

Lioren machte eine kurze Pause, um Worte zu wählen, die ein Höchstmaß an Information mit vollständiger Vertraulichkeit verbanden. »Der Patient Hellishomar ist auf die unterbewußte Anweisung oder die Suggestion der Eltern hin – oder welches Mittel sie sonst eingesetzt haben, um den Captain des Schiffs im Orbit dazu zu bewegen – hierhergebracht worden, weil die Eltern gehofft haben, er könnte im Orbit Hospital behandelt werden. Sie selbst sind vom Körper und ihrer Veranlagung her nicht imstande, einem anderen intelligenten Lebewesen Schmerzen oder Verletzungen zuzufügen, und auf Groalter ist keine Behandlung möglich gewesen, weil die chirurgischen Verfahrensweisen der Kleinen für die komplizierte Tätigkeit der Entfernung einer großen Anzahl tief eingegrabener Insekten zwar genau genug, aber zu grob sind. Diesen Eingriff hat Chefarzt Seldal vorgenommen, wie nur er es kann, wobei es jedoch kaum zu einem Wortwechsel zwischen ihm und dem Patienten gekommen ist. Ich hingegen habe nichts anderes getan, als mich mit Hellishomar zu unterhalten, und habe dabei viele Gelegenheiten gehabt, sein Verhalten zu beobachten. Durch diese Beobachtungen bin ich zu dem Schluß gekommen – eine Folgerung, der Seldal und O'Mara inzwischen zustimmen –, daß die infizierten Insektenstiche nicht der einzige Grund gewesen sind, weshalb Hellishomar hierhergeschickt worden ist.«

Alle blickten ihn erstaunt an und standen so reglos da, daß das gesamte Büro mitsamt seinem lebenden Inhalt ein Hologramm hätte sein können.

»Wie sich aus unseren Gesprächen miteinander klar ergeben hat, ist Hellishomar viel zu groß und alt geworden, um weiterhin als Messerheiler unter den Kleinen zu leben und zu arbeiten, und müßte inzwischen sowohl die psychologischen als auch die körperlichen Veränderungen durchlaufen, die vor der vollständigen Entwicklung zum Erwachsenen stattfinden. Doch die Eltern sind nicht, wie es in einer solchen Zeit üblich ist, mit seinem Verstand in Berührung getreten, und falls sie es doch getan haben, ist er sich dessen zumindest nicht bewußt gewesen, weil seine telepathischen Fähigkeiten nicht funktionieren. Darüber hinaus ist Hellishomar möglicherweise geistig zurückgeblieben.«

Es trat eine kurze Stille ein, die von Thornnastor unterbrochen wurde. »Nach dem zu urteilen, was Sie uns bisher dargelegt haben, Oberstabsarzt Lioren, würde ich sagen, daß dies sogar sehr wahrscheinlich ist.«

»Verwenden Sie bitte nicht meinen früheren Titel, wenn Sie mit mir sprechen«, forderte ihn Lioren auf.

Der Terrestrier Conway machte mit einer Hand eine wegwerfende Geste. »Sie treten nach wie vor wie ein Oberstabsarzt auf, deshalb ist das Versehen entschuldbar. Doch wenn Sie davon überzeugt sind, daß Hellishomar schwachsinnig ist, dann ist das weder eine Angelegenheit für die pathologische noch für die chirurgische Abteilung. Was haben Thornnastor und ich also hier zu suchen?«

»Ich bin nicht ganz davon überzeugt, daß dieser Zustand auf einen Geburtsfehler zurückzuführen ist«, antwortete Lioren. »Deshalb ziehe ich eher die Theorie vor, nach der womöglich eine organische Abnormität vorliegt, von der die normale Entwicklung der telepathischen Fähigkeiten des Patienten vorübergehend in Mitleidenschaft gezogen wird, ohne jedoch die übrigen Gehirnfunktionen zu beeinträchtigen. Diese Theorie beruht sowohl auf meinen eigenen Verhaltensbeobachtungen als auch auf denen, die mir Seldal mitgeteilt hat, sowie auf Gesprächen mit dem Patienten, die ich nicht im Detail wiederholen werde.«

O'Mara stieß zwar einen unübersetzbaren Laut aus, sagte aber nichts. Lioren ließ sich durch die Unterbrechung nicht stören und fuhr fort: »Hellishomar ist ein Messerheiler, die groalterrische Entsprechung eines Chirurgen, und hat mir und gegenüber den Aufzeichnungsgeräten auf der Station bewiesen, wie harmonisch seine Muskeln zusammenwirken und wie äußerst genau er sie beherrscht, auch wenn seine chirurgische Arbeit nach unseren Maßstäben wegen der erheblichen Unterschiede zwischen seiner und unserer Körpergröße grob erscheint. Für die unkoordinierten Bewegungen oder die geistige Verwirrung, mit der normalerweise bei einem geschädigten oder auf andere Weise abnormen Gehirn zu rechnen ist, hat es jedenfalls keinerlei Anzeichen gegeben. Obwohl er noch ein unreifes Mitglied einer Spezies ist, deren erwachsene Gehirne unermeßlich höher entwickelt sind als unsere, hat er im Gespräch einen Verstand offenbart, der beweglich ist, klare Gedanken faßt und durchaus die subtileren philosophischen, religiösen und ethischen Fragen diskutieren kann, die während unserer Unterhaltungen aufgeworfen wurden. Das ist, wie ich zugeben muß, nicht das körperliche Verhalten und auch nicht das Denken, das man von jemandem erwartet, der seit der Geburt ein geschädigtes Gehirn hat. Meiner Ansicht nach liegt nur bei den telepathischen Fähigkeiten ein Defekt vor, und ich halte es für höchst wahrscheinlich, daß die Abnormität, die ihn verursacht, örtlich beschränkt ist und operiert werden kann.«

Wiederum nahm die Szenerie im Büro des Chefpsychologen die Züge eines Standbilds an. »Fahren Sie fort«, drängte Conway.

»Zum erstenmal haben die Groalterri die Föderation kontaktiert, damit wir am Orbit Hospital einen ihrer kranken Nachkommen heilen«, setzte Lioren seine Ausführungen fort. »Vielleicht hoffen sie, daß Hellishomar vollständig geheilt werden kann. Wir sollten unser Bestes geben, sie nicht zu enttäuschen.«

»Wir sollten unser Bestes geben, den Patienten nicht umzubringen«, stellte Conway klar. »Wissen Sie eigentlich, was Sie da verlangen?«

Bevor Lioren etwas sagen konnte, beantwortete Thornnastor die Frage. »Dazu wird die Untersuchung eines lebendigen Gehirns erforderlich sein, das bei vollem Bewußtsein ist und über das wir nicht das geringste wissen, weil uns für eine vorherige Untersuchung keine Leichen von jungen Groalterri zur Verfügung stehen. Wir werden nach organischen Abnormitäten suchen müssen, wo wir nicht einmal wissen, was überhaupt normal ist. Mikrobiopsien und Sensorimplantate werden keine Werte von der für einen Eingriff am Gehirn benötigten Genauigkeit erbringen. Unsere Tiefenscanner können nicht eingesetzt werden, weil die Strahlungsstärke, die erforderlich wäre, um die Knochen eines Schädels von der Größe zu durchdringen, mit an Sicherheit grenzender Wahrscheinlichkeit einen störenden Einfluß auf die Fortbewegungsmuskulatur hätte, und daß ein Patient von Hellishomars Größe während einer Operation unwillkürliche Muskelbewegungen durchführt, können wir nicht riskieren. Deshalb werden wir uns mehr oder weniger – das hängt von den Ergebnissen der nichtchirurgischen Untersuchung ab – auf unser Glück und unseren Instinkt verlassen müssen. Ist der Patient über die Risiken aufgeklärt worden?«

»Bis jetzt noch nicht«, antwortete Lioren. »Aufgrund der letzten Unterhaltung mit dem Patienten ist es zu einer Art emotionaler Verstimmung gekommen. Hellishomar hat das Gespräch abgebrochen und mich gewaltsam aus der Station gedrängt, doch ich hoffe, die Verbindung zu ihm bald wiederaufzunehmen. Ich werde ihn über die Lage informieren und versuchen, seine Zustimmung zu erhalten und ihn zur Mitarbeit bei der Operation zu bewegen.«

»Zum Glück ist das Ihr Problem«, merkte Conway an, der erneut die Zähne entblößte. Dann wandte er sich an O'Mara. »In allen Angelegenheiten, die den Patienten Hellishomar betreffen, möchte ich den Auszubildenden Lioren bis auf weiteres unter meine Aufsicht gestellt haben. Ich werde die volle chirurgische Verantwortung für diesen Patienten übernehmen und ihn ganz oben auf meinen Operationsplan setzen. Thornnastor, Seldal und Lioren werden mir bei dem Eingriff assistieren. Und falls es jetzt nichts mehr gibt, was uns davon abhält, würde ich gern …«

»Bei allem Respekt, Diagnostiker Conway«, sagte Lioren in eindringlichem Ton, »mir ist es strengstens untersagt, mich medizinisch …«

»Das haben Sie bereits erwähnt«, schnitt ihm Conway das Wort ab, während er aufstand. »Sie werden nicht gebraucht, um Einschnitte vorzunehmen, sondern nur, um die Operation zu beobachten, Ratschläge zu geben und dem Patienten in allen nichtchirurgischen Fragen zu helfen. Sie sind von uns der einzige, der vielleicht über ausreichende Kenntnisse über das Gehirn und die Denkprozesse des Patienten verfügt – denn es handelt sich schließlich um Hellishomars Gehirn, an dem wir herumbasteln werden –, um zu verhindern, daß er als ein schlimmerer geistiger Krüppel endet, als er nach Ihren Worten bereits ist.

Sie *werden* uns assistieren, und damit basta.«

Lioren versuchte immer noch, sich eine Antwort darauf einfallen zu lassen, als sich das Büro bereits bis auf ihn und O'Mara geleert hatte. Der Chefpsychologe war aufgestanden, was ein deutliche wortlose Aufforderung an Lioren war, ebenfalls zu gehen.

Der Tarlaner blieb jedoch, wo er war, und sagte zögernd: »Wenn ich die Diagnostiker Conway und Thornnastor einzeln um persönliche Gespräche gebeten hätte, wäre zwar dasselbe dabei herausgekommen, aber ich hätte viel Zeit vergeudet, weil es sich bei den beiden um vielbeschäftigte Leute handelt und Verabredungen mit ihnen für einen Auszubildenden nur unter Schwierigkeiten zu treffen sind. Für Ihre Hilfe, diese Angelegenheit beschleunigt zu haben, bin ich Ihnen sehr dankbar, insbesondere weil ich Sie und die beiden Diagnostiker nicht vollständig über den Patienten aufklären konnte. Aber Sie haben darüber geschwiegen, um mich nicht in Verlegenheit zu bringen, indem Sie die Aufmerksamkeit auf das lenken, was ich absichtlich übergangen habe.

Doch der Hauptgrund, Sie um Hilfe zu bitten, war für

mich ein neues und noch ernsteres Problem«, fuhr Lioren fort. »Wiederum darf ich nur in allgemeinen Worten darüber sprechen ...«

Einen Augenblick lang schien der Chefpsychologe unter Atemnot zu leiden, er erholte sich jedoch rasch und bat mit erhobener Hand um Ruhe. »Lioren, halten Sie uns eigentlich allesamt für schwachsinnig?« erkundigte er sich mit sehr leiser Stimme.

23. Kapitel

Wie Lioren wußte, wurde von ihm keine Antwort auf diese Frage erwartet, denn sein Gesprächspartner stand im Begriff, sie selbst zu geben.

»Thornnastor, Conway und Seldal sind doch nicht blöd«, fuhr O'Mara fort. »Meinen letzten Unterlagen zufolge haben die drei in ihren Köpfen insgesamt siebzehn Schulungsbänder gespeichert, und die Leute, von denen diese Gehirnaufzeichnungen stammen, sind auch nicht gerade blöd gewesen. Und meinen eigenen Intelligenzgrad würde ich – unter angemessener Berücksichtigung des subjektiven Charakters dieser Selbsteinschätzung – ebenfalls über dem Durchschnitt ansiedeln.«

Lioren wollte ihm gerade zustimmen, doch O'Mara bat sich mit einer Handbewegung Ruhe aus.

»Nach Seldals Beschreibung des Krankheitsbilds sowie den Kenntnissen, die Sie bereits über die groalterrische Gesellschaft insgesamt erlangt haben, und aufgrund Ihrer neuen Auskunft, der zufolge es sich beim Patienten nach den Maßstäben seiner Spezies um einen Schwachsinnigen handelt, ist es höchst wahrscheinlich, daß Hellishomars Verletzungen Folge eines mißglückten Selbstmordversuchs sind«, fuhr der Chefpsychologe fort. »Das wissen sowohl Thornnastor, Conway und Seldal als auch ich, doch wir würden den Patienten ganz bestimmt nicht in Verlegenheit bringen oder es riskieren, seine emotionalen Qualen zu verstärken, indem wir ihm das sagen oder dieses Wissen öffentlich bekanntmachen. Wenn die Umstände wirklich so sind, wie Sie sie beschreiben, hätte der Patient allen Grund, sich umzubringen.

Doch jetzt«, sagte O'Mara, wobei er die Stimme ein wenig erhob, als wolle er diesen Punkt besonders hervorheben, »müssen wir ihm einen noch überzeugenderen Grund zu leben liefern, ob die Gehirnoperation nun erfolgreich verläuft oder nicht. Sie und – wenn die Umstände normal wären und es sich bei Ihnen nicht um einen derart dickköpfigen und selbstgerechten Auszubildenden handeln würde – auch ich als Ihr Vorgesetzter sollten versuchen, solch einen Grund ausfindig zu machen. Sie sind die einzige Kommunikationsverbindung zum Patienten, und es ist besser, wenn niemand anders, auch ich selbst nicht, versucht, diese Position an sich zu reißen. Doch ich muß Sie daran erinnern, daß ich der Chefpsychologe dieser eher als seltsam zu bezeichnenden und fürwahr außergewöhnlichen Einrichtung bin und über große Erfahrung darin verfüge, meine Nase in die Köpfe des noch seltsameren Personals zu stecken. Außerdem ist es mein Recht und Ihre Pflicht, mich immer voll auf dem laufenden zu halten, damit Sie bei Ihren Gesprächen mit dem Groalterri reichlichen Gebrauch von meiner Erfahrung machen können. Sollten Sie vorgeben, der Patient habe sich nicht umzubringen versucht, wäre ich von Ihnen sehr enttäuscht und würde mich entsprechend über Sie ärgern.

Und wie genau sieht nun dieses neue und noch ernstere Problem mit Hellishomar aus?« fragte er schließlich.

Für einen Moment saß Lioren in der stillen Verzweiflung eines Hoffenden da und hatte Angst, die Frage zu beantworten, falls es keine Hoffnung gab – oder schlimmer noch, daß er die Lösung selbst finden müßte. Als er schließlich sprach, war das Gesicht des Chefpsychologen aus Ärger über Liorens Zögern schon ziemlich rot angelaufen.

»Das Problem bezieht sich auf mich«, gab Lioren zu. »Ich habe nämlich eine schwierige Entscheidung zu treffen.«

Mit nicht mehr ganz so stark gerötetem Gesicht lehnte sich O'Mara im Stuhl zurück. »Fahren Sie fort. Ist die

Entscheidung für Sie schwierig, weil sie mit einem Vertrauensbruch gegenüber dem Patienten verbunden sein könnte?«

»Nein!« widersprach Lioren in scharfem Ton. »Wie gesagt, das ist mein Problem. Vielleicht hätte ich Sie nicht um Rat fragen und das Risiko eingehen sollen, daß Sie es zu Ihrem machen.«

Der Chefpsychologe ließ keinerlei Anzeichen von Verärgerung über Liorens aufsässigen Ton erkennen. »Sobald wir Hellishomars Einwilligung in die Operation haben, sollte ich Ihnen vielleicht jeden weiteren Kontakt mit ihm verbieten. Zwei Lebewesen zusammenzubringen, die derart von Schuldgefühlen geplagt werden, daß sie beide nichts lieber täten, als sich selbst das Leben zu nehmen, stellt meiner Ansicht nach ein größeres Risiko dar, weil die Chancen, daß diese Begegnung vorteilhafte oder verheerende Folgen hat, vollkommen ausgeglichen sind. Bis jetzt ist es Ihnen gelungen, eine Katastrophe zu vermeiden. Bitte fangen Sie damit an, mir zu erklären, weshalb Sie glauben, es handle sich nicht um mein Problem, und gestatten Sie mir, die Risiken selbst einzuschätzen.«

»Aber dafür wäre eine lange Erläuterung des Problems selbst nötig«, wehrte sich Lioren. »Außerdem müßte ich noch Hintergrundinformationen geben, von denen der größte Teil spekulativ und wahrscheinlich falsch wäre.«

O'Mara hob eine Hand vom Tisch hoch und ließ sie wieder sinken. »Dann lassen Sie sich Zeit«, beruhigte er ihn.

Lioren begann damit, nochmals die seltsame, nach dem Alter aufgespaltene Zivilisation der Groalterri zu beschreiben, ließ sich jedoch keineswegs viel Zeit, weil er anfangs nur Fakten wiederholte, die bereits bekannt waren, und es sich bei O'Mara nicht gerade um einen Terrestrier handelte, der für seine Geduld berühmt war. Er berichtete, daß die Eltern aufgrund der ungeheuren Körpergröße und ungeahnter Fähigkeiten ihre Bevölkerungszahl kontrollierten, ohne deshalb jemanden umzubringen, und ihren Planeten samt der nichtintelligenten Tier- und Pflanzenwelt und den Bodenschätzen in optimalem Zustand hielten, da es sich bei ihnen um eine äußerst langlebige Spezies handelte und Groalter der einzige Planet war, den sie jemals besitzen würden. Auf Groalter war jedes Leben wertvoll, und intelligentes Leben sogar wirklich kostbar. Die Kontrollmechanismen, die Gesetze, die für jeden einzelnen Tag im unglaublich langen Leben eines Groalterris maßgebend sein sollten, wurden von den Eltern den noch nicht erwachsenen Groalterri beigebracht, die sie wiederum an die jüngeren Kleinen bis zu dem Alter weitergaben, in dem sie gerade zu denken und zu sprechen begannen. Diese Gesetze, die das ganze zukünftige Verhalten auf Groalter bestimmten, wurden nicht mit körperlicher Gewalt durchgesetzt, da alles darauf hindeutete, daß es sich bei den Groalterri um eine philosophisch fortschrittliche und gewaltlose Spezies handelte. Die Kleinen wurden, wenn sie noch sehr jung waren, durch gesprochene Sprache und später, wenn sie sich dem Erwachsenenalter näherten, durch Telepathie unterrichtet, und zwar dermaßen gründlich, daß der Vorgang eher einer starken Indoktrination glich. Die Schuldgefühle, die ein Gesetzesbrecher hatte, und die Strafe, die er sich selbst auferlegte, waren so schwer, wie sie nur für denjenigen möglich waren, dem eine Religion in der strengsten und umfassendsten Form eingebleut worden war.

»Diese Theorie wird durch die Tatsache erhärtet, daß Hellishomar mehrmals darauf hingewiesen hat, nicht ein ernsthaftes Verbrechen oder einen Verstoß begangen zu haben, sondern eine schwere Sünde«, fuhr Lioren fort. »Für die Groalterri ist die allerschwerste Sünde die absichtliche und vorzeitige Vernichtung von Leben. Dabei spielt es keine Rolle, ob es sich um Unterlassungssünden oder begangene Sünden handelt oder ob das betreffende Leben ganz am Anfang oder kurz vorm Ende gestanden hat. Und wenn die Kleinen und ihre Eltern zutiefst religiös sind, wirft das in meinen Augen zwei weitere Fragen auf.

An was für einen Gott könnte eine Lebensform glauben, die selbst so gut wie unsterblich ist? Und was erhoffen und erwarten sie sich von einem Leben nach dem Tode?«

»Was ich mir erhoffe«, sagte O'Mara, wobei sich die buschigen Striche über den Augen senkten, »ist, daß Sie endlich zur Sache kommen. Wenn ich mir die Zeit dafür zugestehen würde, könnte aus diesem Gespräch eine interessante religiöse Debatte werden, doch bisher kann ich, was Sie betrifft, kein Problem erkennen.«

»Aber es gibt ein Problem«, stellte Lioren klar, »und das hängt sehr eng mit den religiösen Überzeugungen der Groalterri zusammen. Und, wie ich zu meiner Schande gestehen muß, auch mit mir.«

»Dann erklären Sie das und versuchen Sie, sich dafür weniger Zeit zu lassen«, ermahnte ihn O'Mara.

»Bei sämtlichen Religionen, mit denen ich mich vor kurzem befaßt habe, habe ich festgestellt, daß die jeweiligen Anhänger viele Überzeugungen teilen. Abgesehen von einigen wenigen, die geringfügig kürzer oder länger leben als wir, erfreuen sich alle eines Lebens, das wir als durchschnittlich lang betrachten ...«

In den Zeiten vor der Zivilisation, als viele Religionen entstanden und das Denken ihrer Anhänger dahingehend prägten, den Nächsten und sein Eigentum zu achten – eine Einstellung, die die Grundlage jeden zivilisierten Verhaltens bildet –, hatten diese Lebewesen noch einfache Bedürfnisse und Erwartungen. Bis auf einige wenige, die die Macht an sich gerissen hatten, verbrachten sie ein unglückliches Leben, das aus unablässiger Plackerei bestand. Sie wurden von Hunger und Krankheiten geplagt und ständig von einem gewaltsamen und vorzeitigen Tod bedroht, und ihre Lebenserwartung lag weit unter dem heutigen Durchschnitt.

Da war es nur natürlich, daß sie Hoffnungen und Träume hatten und schließlich an Lehren glaubten, die ihnen ein weiteres Leben verhießen und einen Himmel, in dem sie sich nicht zu plagen brauchten, keinen Hunger und keine Schmerzen zu erwarten hatten und keine Trennung von ihren Freunden erdulden mußten, und in dem sie für alle Ewigkeit leben würden.

»Da die erwachsenen Groalterri im Gegensatz dazu praktisch schon unsterblich sind, ist ihr Leben bereits lang genug, so daß eine weitere physikalische Ausdehnung auf ihrer Prioritätenliste nicht besonders weit oben steht«, setzte Lioren seine Ausführungen fort. »Wegen ihrer gewaltigen Körpergröße und des Mangels an Beweglichkeit lassen sie ihre Beutetiere durch telepathische Befehle oder dergleichen zu sich kommen, sie müssen sich also nicht damit abmühen, zu arbeiten oder zu jagen. Um sich zu verletzen, sind sie zu groß, und Krankheit und Schmerzen sind ihnen unbekannt, bis sie sich dem Lebensende nähern. Dann bitten sie die jungen Messerheiler, ihnen zu helfen, vor dem Tod, den Hellishomar als ›Flucht‹ oder ›Zeit zu sterben‹ bezeichnet, das Leben noch einmal zu verlängern.

Zuerst hatte ich das für den Fall eines langlebigen Wesens gehalten, das trotz der zunehmenden Schmerzen in den letzten Jahrzehnten vor dem Tod noch länger leben möchte, doch das wäre genau das Verhalten, das man von engstirnigen, selbstsüchtigen Lebewesen erwarten würde, und das sind diese Eltern nicht. Dann bin ich darauf gekommen, daß die letzten Jahre vor dem Tod, die die Kleinen ihrem Schwur gemäß möglichst lange hinziehen müssen, von den Eltern benötigt werden, damit sie so viel Zeit wie möglich haben, sich geistig vorzubereiten und sich dem, was sie in dem Leben nach dem Tode vorzufinden glauben, würdig zu erweisen.

Für den ungeheuren Verstand und die gewaltigen Körper der Groalterri stellt der Himmel vielleicht den Ort und Zustand dar, wo sie nach den Geheimnissen der gesamten Schöpfung suchen und sie schließlich auch entdecken können, und das, was sie sich dabei am meisten ersehnen, ist Beweglichkeit«, fuhr Lioren fort. »Die brauchen sie, um aus den riesigen, organischen Gefängnissen zu entkommen, die ihre Körper sind, und auch von ihrem Planeten, indem sie sterben. Möglicherweise sehnen sie sich danach, frei durch ein Universum zu fliegen, das unendlich groß ist und für ihren gewaltigen Verstand eine intellektuelle Herausforderung darstellt, die ebenfalls grenzenlos ist.«

O'Mara hob erneut eine Hand vom Tisch hoch, doch die Unterbrechung schien eher aus Höflichkeit als aus Ungeduld von ihm gewünscht zu sein. »Eine geistreiche Theorie, Lioren, die der Wahrheit vermutlich sehr nahe kommt«, lobte er ihn. »Allerdings verstehe ich immer noch nicht, wo Ihr Problem liegt.«

»Das Problem liegt in der Absicht, die die Eltern verfolgen, indem sie uns Hellishomar geschickt haben, und darin, wie ich mich später Hellishomar gegenüber verhalten soll«, antwortete Lioren. »Haben sie auf uns eingewirkt, ihn ans Orbit Hospital zu bringen, weil sie gehofft haben, wir könnten bei ihrem jungen Messerheiler vielleicht eine vollständige Heilung erzielen, wie es alle Eltern tun würden, die zutiefst um das Wohlergehen eines ihrer Nachkommen besorgt sind? Oder glauben sie vielmehr, wir seien womöglich nicht in der Lage, die infizierten Wunden zu behandeln, die damals lebensbedrohlich gewesen sind, und erst recht nicht, den Patienten als geistig Zurückgebliebenen zu erkennen? Hoffen sie, daß Hellishomar, der unfähig ist, sich geistig und seelisch weiterzuentwickeln, durch die Behandlung, die ihm hier zuteil wird, und die Wesen, denen er dabei begegnet, eine Erfahrung macht, die er eigenartig und anregend und erfreulich finden wird, bevor er in den unteren Himmel oder in die Vorhölle oder was auch immer kommt, das den wenigen geistig zurückgebliebenen Groalterri vorbehalten ist?

Hellishomar ist in telepathischer Hinsicht taubstumm, deshalb können ihm die Eltern nicht mitteilen, was sie beabsichtigen oder daß sie ihm die Sünde, die er zu begehen versucht hat, verziehen haben«, fuhr Lioren fort. »Auch können sie ihm nicht sagen, daß sie wegen seines Kummers Mitleid mit ihm haben und einfach ihr Bestes tun, die Qualen eines geistig Behinderten zu lindern, indem sie ihm Erinnerungen an das verschaffen, was für einen lebenden Groalterri eine einzigartige Erfahrung ist, nämlich den Heimatplaneten zu verlassen. Doch nach meiner Überzeugung ist der Patient um einiges intelligenter und hat eine viel strengere religiöse Selbstdisziplin, als den Eltern klar ist.

Hellishomar versucht, das Geschenk der Eltern zurückzuweisen.

Als er eingeliefert wurde, hat er keinen Widerstand geleistet, und bei der ersten Untersuchung und Behandlung hat er bloß die einfachen Bitten von Seldal und den Schwestern erfüllt«, setzte Lioren seine Ausführungen schnell fort. »Fragen zu seiner Person wollte er weder zulassen noch beantworten, und immer wieder hielt er für lange Zeit die Augen geschlossen. Erst als ich dem Patienten von mir erzählt habe und er feststellte, daß auch ich eine schwere Sünde begangen hatte und darüber immer noch verzweifelt gewesen bin und unter Schuldgefühlen gelitten habe, hat Hellishomar vorbehaltlos von sich gesprochen. Doch selbst dann mußte ich ihm noch versprechen, bestimmte persönliche Auskünfte nicht an andere weiterzugeben, und als ich versucht habe, über die Mitgliedspezies und die Planeten der Föderation zu sprechen, hat er große Unruhe an den Tag gelegt. Auf mein Angebot hin, ihm zur Veranschaulichung Bildmaterial zu zeigen, ist er sehr aufgeregt und besorgt geworden.

Ich verlange, oder, besser gesagt, schlage mit allem Nachdruck vor, seine Kontakte mit anderen Spezies weiterhin auf ein Minimum zu beschränken und ihm alle

Nachrichten, die nichts mit der bevorstehenden Operation zu tun haben, vorzuenthalten, falls notwendig, indem man seinen Translator abschaltet und ihm die Augen bedeckt, wenn bislang unbekannte Lebensformen auf der …«

»Wieso?« erkundigte sich O'Mara in scharfem Ton.

»Weil Hellishomar ein Sünder ist und sich selbst dieses ganz kurzen Einblicks in den Himmel für unwürdig hält«, antwortete Lioren. »Für den hochintelligenten und suchenden Verstand, der in dem großen und schweren Körper der Groalterri eingeschlossen ist, bedeutet der Tod den Himmel und insbesondere die Flucht aus der Gefangenschaft des Heimatplaneten. Das Orbit Hospital und all die verschiedenen Lebensformen, die sich in ihm aufhalten, sind ein Teil dieses wohlverdienten Lebens nach dem Tode.«

O'Mara entblößte die Zähne. »Dieses Hospital ist ja schon als so manches bezeichnet worden, aber bestimmt noch nie als Himmel. Wie ich es sehe, steht Hellishomar vor einem theologischen Problem, bei dessen Lösung wir ihm behilflich sein müssen. Daß Sie ein Problem haben, sehe ich allerdings immer noch nicht. Was genau macht Ihnen zu schaffen?«

»Unsicherheit und Angst«, antwortete Lioren. »Ich weiß nicht, was die Eltern beabsichtigt haben, als sie mit dem Verstand des Captains vom Schiff in der Umlaufbahn in Kontakt getreten sind. Diese telepathische Verbindung muß ihnen eine Menge über die Föderation verraten haben, doch die religiösen Begleiterscheinungen haben sie anscheinend nicht beachtet, denn sie haben Hellishomar ja hierherbringen lassen. Vielleicht ist die Theologie der erwachsenen Groalterri subtiler und liberaler als die Form, die sie den weniger fähigen Köpfen der Kleinen beibringen müssen, oder ihnen ist einfach nicht klar gewesen, was sie tun. Womöglich haben sie, wie schon gesagt, geglaubt, Hellishomar liege aufgrund der selbst beigebrachten Wunden im Sterben, und wollten ihn dieses kleine Stückchen Himmel erleben lassen, weil sie sich unsicher waren, welches Los einen geistig Behinderten im Leben nach dem Tod erwartete, und weil sie eine Spezies mit viel Mitgefühl sind. Oder vielleicht erwarten sie von uns, den Patienten von allen Gebrechen zu kurieren und ihn wieder zurückzuschicken, damit er seinen Platz unter den Eltern einnehmen kann. Doch was geschieht, wenn wir nur seine körperlichen Verletzungen heilen?

Es ist die Antwort auf diese Frage, die mir angst macht«, schloß Lioren, »und das ist das Problem, das mich derart in Schrecken versetzt, daß ich mich fürchte, es ohne fremde Hilfe zu lösen.«

»Es versetzt Sie in Schrecken? Wie denn?« fragte O'Mara in der ruhigen, geistesabwesenden Art von jemandem, der die Antwort bereits selbst herausgefunden hatte.

»Auf vielen Planeten gibt es Beispiele für Propheten und Lehrmeister, die aus der Wildnis kommen, um einen Glauben zu verbreiten, der an der alten Ordnung rüttelt«, antwortete Lioren. »Auf Groalter gibt es keine Gewalt und keine Möglichkeit, einen religiösen Ketzer zum Schweigen zu bringen, der gegen die Worte der Älteren taub ist. Der geistig behinderte Hellishomar ist vielleicht von seinen neuen Kenntnissen so erfüllt, daß er sich nicht, wie von ihm erwartet wird, der freiwilligen Isolation unterwerfen kann. Statt dessen könnte er den unreifen Köpfen der jüngeren Kleinen das Wissen vermitteln, daß es im Himmel riesige Maschinen für Interstellarflüge und andere technologische Wunderwerke gibt, und daß das Universum von vielen verschiedenen kurzlebigen Spezies bewohnt wird, die häufig eine geringere Intelligenz und zweifellos ein von weniger moralischen Zwängen geprägtes Verhalten als die Groalterri aufweisen. Folglich könnten die Kleinen versuchen, durch die Nutzung ihrer begrenzten Technologie und der Ressourcen ihres Heimatplaneten Maschinen zu bauen, damit ein paar von ihnen die Möglichkeit bekommen, den Planeten zu verlassen, bevor sie das Erwachsenenalter erreichen, und dazu nicht erst auf ihr Lebensende zu warten brauchen. Die vielen, die nicht wegfliegen könnten, würden dagegen unter den Kleinen Unzufriedenheit stiften und die Ordnung ins Wanken bringen. Schlimmer noch, sie würden Hellishomars Lehren möglicherweise mit hinüber ins Erwachsenenalter nehmen, und das empfindliche physikalische und philosophische Gleichgewicht, das den Planeten und die Zivilisation der Groalterri viele tausend Jahre lang erhalten hat, wäre damit zerstört.

Die Cromsaggi habe ich bereits vernichtet«, schloß Lioren in kläglichem Ton, »und ich fürchte, in den Köpfen der fortschrittlichsten Zivilisation, die seit der Gründung der Föderation entdeckt worden ist, verursache ich eine noch größere Zerstörung.«

O'Mara setzte die Hände gegeneinander und blickte einen Augenblick lang auf sie hinunter, bevor er sprach. »Wir haben tatsächlich ein Problem, Lioren«, räumte er ein, wobei er das erste Wort sehr stark betonte. »Die einfache Lösung wäre, den Patienten zu verlieren, Hellishomar hier im Hospital sterben zu lassen, natürlich zum größeren Nutzen seiner Spezies. Doch das ist eine Lösung, die uns moralisch zweifelhaft erscheint, ein Relikt aus der Zeit vor der Entwicklung von Intelligenz. Wenn wir uns dieser vermeintlichen Lösung widersetzen, können wir uns der Zustimmung des gesamten Hospitalpersonals, des Monitorkorps, der Föderation und der groalterrischen Eltern sicher sein. Deshalb müssen wir für den Patienten alles tun, was in unseren Kräften steht, und hoffen, daß die Eltern ebenfalls gewußt haben, was sie taten, als sie Hellishomar zu uns geschickt haben. Einverstanden?«

Ohne eine Antwort abzuwarten, fuhr der Chefpsychologe fort: »Der Vorschlag, daß Sie der einzige Verbindungsmann zum Patienten bleiben sollten, ist begründet. Während der Operation wird Hellishomar von allen anderen optischen und sprachlichen Verbindungen abgeschnitten werden, und ich selbst werde mich ganz bestimmt nicht an ihn wenden. Zumindest nicht direkt.

Sie haben hervorragende Arbeit geleistet, Lioren«, lobte ihn O'Mara in ungewohnter Manier. »Doch Ihnen fehlt meine Berufserfahrung oder – wie es Cha Thrat bestimmt ausdrücken würde – meine Kenntnisse über die hintergründigeren Beschwörungen. Sie wissen längst nicht alles, Lioren, auch wenn Sie sich manchmal so verhalten. Beispielsweise gibt es mehrere bewährte Methoden, die Verständigung und die freundschaftlichen Beziehungen zum Patienten einer fremden Spezies wiederherzustellen, der aus emotionalen Gründen den Kontakt abgebrochen hat ...«

O'Mara verstummte und streckte, den Blick nach wie vor direkt auf Lioren gerichtet, eine Hand nach dem Kommunikator auf dem Schreibtisch aus. »Braithwaite, verlegen Sie die heutigen Verabredungen auf heute abend oder morgen früh. Gehen Sie aber diplomatisch vor; schließlich handelt es sich bei Edanelt, Cresk-Sar und Nestrommli um Chefärzte. Für die nächsten drei Stunden bin ich nicht hier.

Und jetzt, Lioren, rede ich, und Sie hören zu ...«

24. Kapitel

Die Umbauten an der Station, die für die Durchführung dieser Operation erforderlich sind, werden noch in dieser Stunde abgeschlossen sein, und das chirurgische Team hält sich schon bereit«, sagte Diagnostiker Conway laut genug zu Hellishomar, um über dem metallischen Lärm gewaltiger Ausrüstungsgegenstände, die an ihren Platz gebracht und an denen letzte Funktionskontrollen vorgenommen wurden, und den rufenden Stimmen hinweg verstanden zu werden. »Doch jede Untersuchung des Schädels bei einer neu entdeckten intelligenten Lebensform – und insbesondere bei einer Großlebensform wie Sie selbst – muß zwangsläufig eine Erforschung des Unbekannten darstellen und stellt einen hohen Risikofaktor dar. Aus anatomischen und medizinischen Gründen, nämlich aufgrund Ihrer schieren Körpergröße und Ihres Metabolismus, wird jegliche Einschätzung der benötigten Medikamentenmenge zur bloßen Raterei, so daß wir die Operation ohne Narkotika durchführen müssen.

Da solch ein Eingriff im vollkommenen Gegensatz zum üblichen Verfahren steht«, fuhr Conway in einem Ton fort, der alles andere als selbstsicher wirkte, »müssen sich Chefpsychologe O'Mara und ich davon überzeugen, daß es eher die psychologischen als die medizinischen Vorbereitungen sind, die wir abgeschlossen haben.«

Hellishomar sagte nichts. Wahrscheinlich hatte der Groalterri keine Ahnung von der lästigen Angewohnheit der Terrestrier, Fragen in Form von Aussagen zu stellen.

Bevor er fortfuhr, warf Conway einen raschen Blick auf die riesigen Öffnungen, die man ringsum in Boden, Decke und Wände geschnitten hatte, und auf die stark versteiften Träger für die Traktor- und Pressorstrahlenprojektoren, die über sie hinausragten. »Es ist unbedingt erforderlich, daß Sie sich während der Operation nicht bewegen, und Sie haben uns ja mehrmals versichert, daß Sie ruhig bleiben werden. Doch wenn man die Stärke der Schmerzen, die beim Eingriff verursacht werden, nicht kennt, und außerdem die Gefahr besteht, daß unsere Instrumente die Fortbewegungsmuskulatur stimulieren, wodurch unwillkürliche Körperbewegungen hervorgerufen werden könnten, ist das, bei allem Respekt, von einem Patienten, der bei vollem Bewußtsein ist, zu viel verlangt. Deshalb werden wir Sie durch den Einsatz breit gefächerter Traktor- und Pressorstrahlen vollkommen bewegungsunfähig machen, auch wenn das vielleicht, wie Sie uns versichert haben, gar nicht nötig ist.«

Einen Augenblick lang schwieg Hellishomar; dann sagte er: »Unter Betäubung werden von groalterrischen Messerheilern ohnehin keine Eingriffe vorgenommen, deshalb würde ich weder Ihre Vorgehensweise als anomal betrachten noch die Beschwerden, die mit dem wichtigen Zugangseinschnitt zusammenhängen. Außerdem haben Seldal, Lioren und Sie selbst mir versichert, bei den meisten Lebensformen, mit denen Sie medizinische Erfahrung haben, tiefe Eingriffe im Schädelbereich vornehmen zu können, ohne Beschwerden zu verursachen, da der durch die Dicke der Schädeldecke gewährte Schutz den Einsatz von Schmerzsensoren im Gehirn selbst überflüssig macht.«

»Das stimmt«, bestätigte Conway. »Doch die groalterrische Lebensform ist anders als alle anderen Spezies, mit denen das Orbit Hospital Erfahrung hat, darum ist nicht sicher, ob diese Umstände auch für Sie gelten.

Ein weiterer und wichtigerer Grund, weshalb wir keine Betäubungsmittel einsetzen, ist der, daß wir gezwungen sind, Sie während der Operation von Zeit zu Zeit um einen Bericht über die subjektiven Auswirkungen unseres Eingriffs zu bitten«, fuhr der Diagnostiker fort, bevor Hellishomar etwas sagen konnte. »Die hohe

Strahlungsstärke des Scanners, die wir benötigen, um den Schädel zu durchdringen und das Innere zu erfassen und graphisch darzustellen, wird sich, auch wenn sie an sich harmlos ist, mit an Sicherheit grenzender Wahrscheinlichkeit auf die dortigen Nervennetze auswirken und zu einem …«

»All das hat mir bereits Lioren erklärt«, unterbrach ihn Hellishomar plötzlich.

»Und ich erkläre es Ihnen noch einmal, weil ich die Operation durchführe und mir absolut sicher sein muß, daß sich der Patient aller Risiken voll und ganz bewußt ist«, entgegnete Conway. »Ist das bei Ihnen der Fall?«

»Ja.«

»Na gut«, gab Conway nach. »Gibt es sonst noch etwas, das Sie über den Eingriff wissen wollen? Oder irgend etwas, das Sie sagen oder tun möchten, wozu auch durchaus gehören könnte, daß Sie Ihre Meinung ändern und die Operation lieber ganz absagen wollen? Denn das könnten Sie immer noch tun, ohne in unseren Augen an Selbstachtung zu verlieren. Offen gesagt, würde ich das sogar für eine kluge Entscheidung halten.«

»Ich habe zwei Bitten«, antwortete Hellishomar prompt. »Bald werde ich die erste Schädeloperation erleben, die jemals an einem Mitglied meiner Spezies vorgenommen worden ist. Sowohl als Messerheiler als auch als Patient bin ich an dem Eingriff höchst interessiert, und ich wäre Ihnen dankbar, wenn Sie mir während der Operation über einen Kanal des Translators Ihre Maßnahmen und die Gründe dafür beschreiben würden. Auf einem anderen Kanal werde ich mich gleichzeitig vielleicht mit Lioren unterhalten müssen, aber in vertraulichem Rahmen. Falls dieses Gespräch notwendig wird, darf niemand im Hospital unseren Wortwechsel mithören. Das ist meine zweite und wichtigere Bedingung.«

Sowohl der Diagnostiker als auch der Chefpsychologe wandten sich um und blickten Lioren an. Er hatte die beiden bereits vorgewarnt, daß Hellishomar einen derartigen Wunsch äußern und sich keineswegs mit einer abschlägigen Antwort abfinden würde.

In beruhigendem Ton sagte Conway: »Ich beabsichtige ohnehin, alle operativen Maßnahmen zu kommentieren und Bild und Ton für Ausbildungszwecke aufzuzeichnen, deshalb gibt es keinen Grund, weshalb Sie das nicht mithören sollten. Eine zweite Sprechverbindung können wir Ihnen ebenfalls zur Verfügung stellen, allerdings werden Sie die nicht selbst kontrollieren können, weil Ihre Greiforgane für den Betätigungsmechanismus zu groß sind. Ich schlage vor, beide Kanäle von Lioren steuern zu lassen und allen vertraulichen Mitteilungen, die Sie Lioren zu machen haben, seinen Namen voranzustellen, damit dann alle anderen von dem Gespräch ausgeschlossen werden können. Wäre das eine zufriedenstellende Lösung?«

Hellishomar antwortete nicht.

»Daß die Intimsphäre für Sie in solchen Momenten von großer Bedeutung sein kann, verstehen wir«, mischte sich plötzlich O'Mara ein, wobei er auf eins der gewaltigen geschlossenen Augen des Patienten blickte. »Als Chefpsychologe dieser Einrichtung besitze ich praktisch die Machtbefugnis eines Elternteils. Ich kann Ihnen versichern, Hellishomar, daß Ihre zweite Sprechverbindung privat und abhörsicher sein wird.«

Die Neugier des Chefpsychologen auf das, worüber Hellishomar und Lioren gesprochen hatten und noch sprechen würden, war einerseits persönlich, andererseits beruflich, vor allem aber ungeheuer groß. Doch selbst wenn in O'Maras Stimme Enttäuschung mitgeschwungen hatte, war sie in der Übersetzung durch den Translator verlorengegangen.

»Dann wäre es mir lieb, wenn es jetzt mit möglichst wenig Verzögerung weitergehen würde, damit ich letztendlich nicht doch noch Diagnostiker Conways guten Rat befolge und meine Meinung ändere«, drängte Hellishomar.

»Doktor Prilicla, was meinen Sie dazu?« erkundigte sich Conway leise.

»Die emotionale Ausstrahlung von Freund Hellishomar bestätigt seinen Entschluß, endlich fortzufahren, voll und ganz«, antwortete der Empath, der sich zum erstenmal am Gespräch beteiligte. »Unter diesen Umständen ist seine Ungeduld natürlich, und der Ausdruck des Zweifels an sich selbst ist vielleicht eher als indirekter Scherz und weniger als Unschlüssigkeit zu verstehen. Der Patient ist bereit.«

Eine starke Woge der Erleichterung brach über Lioren herein, die so heftig war, daß er sehen konnte, wie auch Prilicla davon ergriffen wurde. Doch das Zittern des Empathen war langsam und regelmäßig und den Bewegungen eines würdevollen Tanzes vergleichbar – der Beweis dafür, daß die emotionale Ausstrahlung angenehm und nicht schmerzhaft war. Obwohl der Cinrussker von O'Mara in jeder Phase beraten worden war, hatte er fünf Tage und fast genauso viele Nächte lang Argumente vorbringen müssen, die manchmal genau durchdacht, dann aber auch wieder rein emotional gewesen waren, um Hellishomars Zustimmung zur Operation zu bekommen. Erst jetzt wußte Lioren, daß der Chefpsychologe Erfolg damit gehabt hatte.

»Na gut«, sagte Conway. »Falls das Team bereit ist, fangen wir an. Doktor Seldal, ich wäre Ihnen sehr verbunden, wenn Sie nun mit der Öffnung des Patienten beginnen würden.«

Die Instrumente, die für diesen riesigen Eingriff benötigt wurden – die Bohr- und Schneidemaschinen und Schläuche zum Absaugen, die so groß und schwer waren, daß sie teilweise eigens von jemandem bedient werden mußten –, hingen rings um die beteiligten Ärzte an ihrem Platz. Auf Lioren hatten die Vorbereitungen den Eindruck gemacht, sie würden eher irgendwelchen Bergwerksarbeiten als einem operativen Eingriff dienen. Doch die Worte des Diagnostikers waren ein weiteres

Beispiel für einen indirekten Scherz, denn das Operationsteam war schon lange bereit und wartete, und Seldal war längst ausführlich über jenen Teil, den er in den einzelnen Phasen der Operation übernehmen sollte, instruiert worden.

Höflichkeit ist zwar ein Schmiermittel, das die Reibung vermindert, dachte Lioren, *aber letztendlich vergeudet man nur Zeit damit.*

Auch wenn Hellishomar einer riesigen Spezies angehörte und einen Kopf besaß, der selbst im Verhältnis zu seinem gewaltigen Körper groß war, versetzten Lioren die bloßen Ausmaße des Operationsfelds einen Schock. Der Hautlappen, der herausgeschnitten und zurückgeklappt wurde, um die darunter befindlichen Knochen freizulegen, war größer als sämtliche Läufer zusammengenommen, die überall in Liorens Unterkunft ausgelegt waren.

»Doktor Seldal stillt die Blutung unter der Haut, indem er die aufgeschnittenen Kapillargefäße abklemmt, die bei diesem Patienten eher Ähnlichkeit mit größeren Blutgefäßen haben«, sagte Conway gerade. »Währenddessen bohre ich senkrecht ein Loch durch den Schädel bis zur obersten Hirnhautschicht. An der Spitze des Bohrers sitzt eine an den Hauptmonitor angeschlossene Miniaturkamera, die uns zeigen wird, wann wir bis zur Oberfläche der Hirnhaut vorgedrungen sind ... Da wären wir schon.

Der Bohrer ist aus dem Knochen herausgezogen worden, und jetzt wird eine Hochgeschwindigkeits-Stichsäge von der gleichen Länge in Aktion treten«, fuhr der Diagnostiker ein paar Minuten später fort. »Mit dieser Säge wird das ursprüngliche Bohrloch seitlich vergrößert, bis in der Schädeldecke eine runde Öffnung von ausreichendem Durchmesser entstanden ist, um es den Chirurgen, nachdem der dadurch erzeugte Knochenpfropfen entfernt worden ist, zu ermöglichen, in den Schädel einzusteigen und dort ungehindert zu arbeiten. Das war's. Der

Pfropfen wird jetzt entfernt und bei mäßiger Temperatur gekühlt, bis wir ihn wieder einsetzen. Wie geht es dem Patienten?«

»Die emotionale Ausstrahlung von Freund Hellishomar läßt auf leichte oder auf ernsthaftere Beschwerden schließen, die er aber fest im Griff hat«, berichtete Prilicla umgehend. »Auch Gefühle wie Unsicherheit und Angst, die unter diesen Umständen normal sind, kann ich wahrnehmen.«

»Eine Antwort von mir ist anscheinend überflüssig«, merkte Hellishomar an, wobei er das Auge öffnete, das dem Bildschirm am nächsten war.

»Im Moment ja«, bestätigte Conway. »Aber später werde ich genau die Hilfe benötigen, die nur Sie mir leisten können. Keine Angst, Hellishomar, das machen Sie ganz prima. Seldal, steigen Sie ein.«

Plötzlich wünschte sich Lioren, ihm würde etwas Beruhigendes einfallen, das er dem Patienten sagen könnte, denn schließlich trug er die Verantwortung für das, was hier geschehen sollte, da er O'Mara, Conway und zuletzt auch Hellishomar von der Notwendigkeit der Operation überzeugt hatte. Doch er konnte es nicht vor sich rechtfertigen, unaufgefordert die Unterhaltung des Operationsteams zu unterbrechen, und die private Sprechverbindung war für ihn so lange gesperrt, bis Hellishomar seinen Namen nannte. Darum schwieg er und sah weiterhin aufmerksam zu.

Der knöcherne Pfropfen, der wie ein rosa gesprenkelter, gehobelter Stamm von einem riesigen Baum aussah, wurde nun ganz herausgezogen, während Seldal, dessen drei spindeldürre Beine zusammengebunden waren, damit möglichst wenig von seinem Körper hervorragte, in Conways Rucksack gehoben wurde, so daß sein langer biegsamer Hals, der Kopf und der Schnabel frei waren. Fest um Brust und Bauch geschnallt trug Conway einen ähnlich aussehenden Rucksack, der die Instrumente und die aufblasbare Ausrüstung enthielt, die die beiden Chirurgen benutzen wollten. Die Beine des Diagnostikers waren zwar nicht zusammengebunden, doch seine spitz zulaufenden Füße waren in dicke Polster gehüllt, und seine Beine und der Großteil des Körpers steckten in einem weißen, reibungsarmen Anzug, der über die Schultern reichte und nur die Arme und den Kopf frei ließ. Außerdem trug er einen durchsichtigen Helm, der außen keinerlei vorspringende Teile aufwies und geräumig genug war, um auch noch den erforderlichen Beleuchtungskörpern und Kommunikationsgeräten Platz zu bieten. Seldal, dessen Körper von Natur aus stromlinienförmig war, hielt Kopf und Schnabel fest gegen Conways Helm gepreßt. Der Nallajimer trug nur einen Augenschutz und eine Befestigung für den dünnen Luftschlauch, der in einen Winkel seines Schnabels führte.

»Im Operationsfeld herrscht Schwerelosigkeit«, meldete Conway. »Fertig, Seldal? Wir dringen jetzt in die Wunde ein.«

Ein unsichtbarer Traktorstrahl ergriff ihre gewichtslosen Körper, drehte sie flink um und ließ sie kopfüber in die enge Öffnung hinab. Der dicke Kabelstrang, der aus Schläuchen für die Luftversorgung, zum Absaugen und zur Entnahme von Proben bestand, und die Notrettungsleine rollten wie ein bunter Schwanz hinter ihnen ab. Conways Helmscheinwerfer zeigte, wie die glatten grauen Wände des organischen Schachts, den sie gebohrt hatten, an ihnen vorbeiglitten, und ein vergrößertes und qualitativ verbessertes Bild dieser Vorgänge wurde auf den äußeren Bildschirm übertragen.

»Wir befinden uns jetzt auf dem Boden des Zugangsschachts, auf gleicher Höhe mit der Innenfläche der Schädeldecke, und sind auf etwas gestoßen, das wahrscheinlich der schützenden harten Gehirnhaut entspricht«, berichtete Conway. »Die Membran reagiert auf den festen Druck mit der Hand in einer Weise, die darauf schließen läßt, daß sich hinter ihr eine Flüssigkeit befindet, unter der wiederum das liegt, was die Außenseite des Gehirns selbst zu sein scheint. Eine genaue Schätzung der Entfernung ist schwierig, weil entweder die Membran oder die Flüssigkeit oder vielleicht auch beides nicht vollständig durchsichtig ist. Versuchsweise mache ich jetzt einen kurzen Schnitt durch die Membran. Oh, das ist eigenartig ...«

Einen Augenblick später meldete sich der Diagnostiker erneut: »Ich habe den Schnitt verlängert und auseinandergezogen, aber es kommt trotzdem zu keinem nennenswerten Austritt von Flüssigkeit. Aha, daran liegt es also ...«

Als Conway damit fortfuhr zu erklären, daß die Gehirnflüssigkeit, die das Gehirn vor Erschütterungen zu schützen hilft, indem sie als Schmiermittel zwischen der Innenseite des Schädels und dem Gehirn dient, bei den Groalterris im Gegensatz zu den anderen Spezies, die er kannte, nicht flüssig war, klang seine Stimme zufrieden und aufgeregt zugleich. Statt dessen handelte es sich hier um eine durchsichtige, halbfeste Substanz von der Konsistenz eines dünnen Gelees. Als eine geringe Menge dieser gallertartigen Masse zur näheren Untersuchung herausgeschnitten wurde, schloß sie sich sofort wieder zusammen, ohne eine Spur des Schnitts zu hinterlassen. Das war Glück, da Conway und Seldal aufgrund dieses Umstands durch die Hirnhäute dringen konnten, ohne sich über die Eindämmung von Flüssigkeitsverlusten Sorgen machen zu müssen. Außerdem konnten sie sich gegen minimalen Widerstand und unter geringer Zeiteinbuße seitlich zwischen der Gehirnoberfläche und der Hirnhautschicht zum ersten Ziel bewegen, bei dem es sich um einen tiefen Spalt zwischen zwei Windungen handelte, der sich in dem Bereich befand, den man als Sitz der telepathischen Fähigkeiten vermutete.

»Bevor wir weitermachen: Ist sich der Patient irgendwelcher ungewöhnlichen Körperempfindungen oder psychologischen Auswirkungen bewußt?« erkundigte sich Conway.

»Nein«, antwortete Hellishomar.

Für einige Momente ermöglichte der Bildschirm flüchtige Blicke auf Conways Hände und Seldals Schnabel, die vom Helmscheinwerfer hell erleuchtet waren, als sich die beiden Chirurgen vorsichtig durch die klare Gallertmasse zwischen den glatten inneren Hirnhäuten und der äußerst runzligen Außenfläche der Hirnrinde hindurch in den schmalen Spalt hineinschoben.

»Soweit wir das einschätzen können, erstreckt sich dieser Spalt von unserem Standort aus etwa zwanzig Meter zu beiden Seiten und weist eine durchschnittliche Tiefe von drei Metern auf«, meldete Conway. »An der Oberfläche des Gehirns sind die Windungen deutlich voneinander getrennt, aber mit zunehmender Tiefe beginnen sich ihre Wände aneinanderzudrücken. Der Druck ist nicht so stark, daß er lebensbedrohlich wäre, und um die Wände auseinanderzuschieben, ist nur ein geringer Kraftaufwand vonnöten. Unsere Bewegungsfreiheit ist dadurch auch nicht eingeschränkt, dennoch würde dieser Umstand jeden chirurgischen Eingriff, der eventuell erforderlich wird, schwer behindern, und wir wären derart schnell erschöpft, daß wir nicht weiterarbeiten könnten. Bald werden wir die Reifen anlegen müssen.«

Da Hellishomar nicht direkt mit Lioren gesprochen hatte, auch nicht über die allgemein zugängliche Verbindung, konnte er nicht wissen, was dem Patienten durch den Kopf ging. Doch Priliclas hauchdünne Flügel schlugen langsam, und aus der Beständigkeit seines Schwebeflugs ging klar hervor, daß es auf dieser Station niemanden gab, der unangenehme Emotionen ausstrahlte.

»Beruhigen Sie sich, Freund Lioren«, redete ihm der Empath mit leiser Stimme zu. »Zur Zeit haben Sie mehr Angst als Freund Hellishomar.«

Stark erleichtert wandte Lioren seine Aufmerksamkeit wieder dem Hauptbildschirm zu.

»Dies ist der Lappen, in dem sich die höchste Konzentration von metallischen Spurenelementen befindet«, berichtete Conway. »Wir haben ihn ausgewählt, weil die telepathische Funktion bei den wenigen anderen bekannten Spezies, die über telepathische Fähigkeiten verfügen, mit ähnlichen Spurenelementen in Zusammenhang gestanden hat. Und obwohl der Funktionsmechanismus unklar bleibt, deutet die höhere Metallkonzentration darauf hin, daß ein organischer Sender und Empfänger vorhanden sind. Es ist die mögliche Schädigung der höheren Gehirnfunktionen des Patienten und auch der telepathischen Fähigkeiten, die wir untersuchen und beheben möchten.

Bedauerlicherweise ist unsere graphische Darstellung dieses Bereichs ungenau«, fuhr Conway fort. »Das liegt daran, daß es aufgrund des Volumens und der Dichte des Schädelinhalts erforderlich wäre, den Tiefenscanner mit äußerst hohem Energiepegel einzusetzen, was zur Störung der neuralen Vorgänge führen könnte.

Aus diesem Grund werden wir den tragbaren Scanner einsetzen, der mit geringer Energiestärke betrieben wird, aber immer kurz und nur im Notfall.

Durch die frühere Mithilfe des Patienten, der auf unsere Anweisung hin willkürliche Muskelbewegungen ausgeführt und sich Versuchen mit äußeren Reizen durch Berührung, Druck und Temperatur unterzogen hat, wobei wir dann die örtlich beschränkten Zunahmen der Nervenaktivität verfolgt haben, sind wir jetzt imstande, diese Bereiche zu erkennen und von der Untersuchung auszuschließen. Doch diese Kenntnisse haben wir nur durch einen Sensor erhalten, bei dem es sich um ein Spürgerät handelt, das zwar keine störende Strahlung erzeugt, das dafür aber auch nicht annähernd so genau wie der Scanner arbeitet.«

Daß es am Hospital beim gegenwärtigen Personal oder auch unter den zukünftigen Auszubildenden irgend jemanden gab, der nicht den Unterschied zwischen einem Scanner und einem Sensor kannte, konnte sich Lioren nicht vorstellen, und deshalb nahm er an, Conway hatte diesen Punkt für den Patienten erklärt.

»Wir hatten damit gerechnet, daß das Gehirn einer Großlebensform entsprechend der gewaltigen Körpermasse offener und gröber strukturiert wäre«, setzte Conway seine Ausführungen fort. »Wie wir jetzt erkennen können, bewegen sich zwar die Adern innerhalb der erwarteten riesigen Größenordnung, doch das Nervennetz scheint genauso dicht und fein strukturiert wie das eines Lebewesens von geringerer Körpergröße zu sein. Ich kann nicht... es übersteigt vollkommen meine Fähigkeiten, genau abzuschätzen, zu welchen geistigen Leistungen ein Gehirn von dieser Größe und Kompliziertheit fähig ist.«

Lioren starrte auf das vergrößerte Bild von Conways Händen, während sich diese langsam mit jeweils nach außen gedrehten Flächen nach vorne ausstreckten und dann seitwärts aus dem Blickfeld verschwanden, als schwämme der Diagnostiker unaufhörlich durch ein Meer aus Fleisch. Einen Augenblick lang versuchte er sich an Hellishomars Stelle zu versetzen, doch die Vorstellung eines weißen, glitschigen, zweiköpfigen Insekts, das in seinem Gehirn umherkroch, war dermaßen abstoßend, daß er ein plötzliches Ekelgefühl unterdrücken mußte.

Als Conway fortfuhr, wurde dessen Stimme unruhiger, und seine Atemgeräusche waren nun deutlicher als zuvor zu hören. »Weil wir uns nicht absolut sicher sein können, was unter diesen Umständen normal ist oder nicht, scheint die Untersuchung bislang keinerlei Anzeichen für eine strukturelle Abnormität oder Funktionsstörung ergeben zu haben. Durch den zunehmenden Druck der Wände des Spalts wird uns das Weitergehen allmählich immer mehr erschwert. Zuerst hatte ich diesen Umstand einer wachsenden Erschöpfung meiner Armmuskeln zugeschrieben, doch Seldal, der ja gar keine Arme besitzt, die ermüden könnten, stellt eine ähnliche Zunahme des Drucks auf die Außenfläche des Rucksacks fest, in dem er steckt. Übrigens halte ich das nicht für einen durch Platzangst hervorgerufenen psychosomatischen Effekt.

Unsere Beweglichkeit und das Blickfeld sind stark eingeschränkt«, fügte Conway hinzu. »Wir legen jetzt die Reifen an.«

Lioren verfolgte, wie sich Conway damit abmühte, den ersten Reifen über seinen und Seldals Kopf zu ziehen und ihn mit Hilfe des unglaublich biegsamen Halses des Nallajimers in Hüfthöhe in die richtige Lage zu bringen, bevor er das Ventil des Behälters mit der komprimierten Luft öffnete und den Reifen um sich herum aufblasen ließ. Auf Knie- und Schulterhöhe wurden zwei weitere Reifen aufgeblasen und durch in Längsrichtung verlaufende Distanzstücke zu einem hohlen, starren Zylinder verbunden. Nachdem diese erste Konstruktion aus drei Reifen fertig war, fügten die beiden Diagnostiker weitere Reifen und Distanzstücke hinzu, um das Gebilde nach vorne zu verlängern. Indem sie die Luft aus dem hintersten Ring ließen, ihn abnahmen und wieder ganz vorne befestigten und die Länge der Distanzstücke veränderten, konnten sie den hohlen Zylinder vorwärtsbewegen und in ihm in jede gewünschte Richtung gehen. Zudem ermöglichte die offene Konstruktion einen Rundumblick und vollkommene Bewegungsfreiheit zum Operieren.

Jetzt waren Conway und Seldal nicht mehr Schwimmer in einem beinahe festen Ozean, wie Lioren meinte, sondern Bergarbeiter, die durch einen Tunnel vordrangen, den sie mit sich führten.

»Bei der einen Wand des Spalts stoßen wir auf wachsenden Widerstand und zunehmenden Druck«, meldete Conway. »Das Zellgewebe auf der Seite scheint gleichzeitig gedehnt und zusammengedrückt zu sein. Dort und auch da drüben können Sie sehen, wo die Blutzufuhr unterbrochen worden ist. Einige der Blutgefäße, in denen sich das Blut gesammelt hat, sind angeschwollen und andere eingeschrumpft und fast leer. Dabei handelt es sich offensichtlich nicht um einen natürlichen Zustand, und daß in diesem Bereich kein Wundbrand aufgetreten ist, deutet darauf hin, daß die Blutzirkulation zwar stark behindert, aber bislang nicht vollkommen unterbunden wird. Außerdem läßt die organische Anpassung, die hier bereits stattgefunden hat, darauf schließen, daß dieser Zustand schon seit langem besteht.

Um den Grund und die Quelle dieses Zustands herauszufinden, muß ich scannen«, fuhr Conway fort. »Ich werde den Handscanner nur kurz und mit minimaler Durchdringungsstärke einsetzen, und zwar jetzt. Wie fühlt sich der Patient?«

»Fasziniert«, antwortete Hellishomar.

Der Terrestrier stieß ein leises Bellen aus. »Vom Patienten werden keine emotionalen oder zerebralen Auswirkungen gemeldet. Ich werde es noch einmal mit ein bißchen höherer Durchdringungsstärke versuchen.«

Für einige Sekunden erschien Conways Scannerbild auf dem Hauptbildschirm, dann löste es sich wieder auf. Zur eingehenden Betrachtung wurde die Aufzeichnung als Standbild auf einen daneben stehenden Bildschirm übertragen.

»Der Scanner zeigt eine weitere Membran in einer Tiefe von annähernd achtzehn Zentimetern«, setzte Conway seinen Bericht fort. »Sie ist mehr als anderthalb Zentimeter dick, hat eine dichte, faserige Struktur und weist eine konvexe Wölbung auf, die einen kugelförmigen Körper von etwa drei Metern Durchmesser umschließen würde, wenn man sie mit gleicher Krümmung fortsetzte. Die darunter liegende Gewebestruktur ist mir im einzelnen noch nicht klar, sie zeigt jedoch einen deutlichen Unterschied zu denen, auf die wir bisher gestoßen sind. Vielleicht ist dies die Stelle, an der sich der Lappen befindet, der für die telepathischen Fähigkeiten verantwortlich ist. Aber es gibt noch andere Möglichkeiten, die nur durch eine chirurgische Untersuchung und eine Gewebeanalyse auszuschließen sind. Doktor Seldal wird den Einschnitt durchführen und Gewebeproben entnehmen, während ich die Blutung stille.«

Der Hauptbildschirm zeigte eine Großaufnahme von Conways Händen, die wegen der Nähe zur Helmkamera riesengroß und verzerrt aussahen, als sie dem nallajimischen Chefarzt ein Skalpell über den Schnabel stülpten. Dann schob sich ein Zeigefinger vor, um die genaue Stelle und die Ausdehnung des erforderlichen Einschnitts zu bezeichnen.

Als Seldals Hinterkopf und Hals kurz das Operationsfeld verdunkelten, bewegte sich plötzlich ein verschwommener Fleck über den Bildschirm.

»Wie Sie sehen, hat der erste Schnitt die Membran nicht freigelegt, doch die Ränder der Wunde sind durch den dahinter bestehenden Druck so weit auseinandergedrückt worden, daß, wenn wir die Lage nicht entschärfen, indem wir den Schnitt sofort vergrößern, die ernste Gefahr besteht, daß er an beiden Enden aufreißt. Seldal, würden Sie ein bißchen tiefer schneiden und den ... Oh, *verdammt!*«

Es kam, wie Conway es vorhergesehen hatte. Der Schnitt war an beiden Enden aufgerissen, und nun schwebten schwerelose Kügelchen aus Blut aus ihm heraus und verdunkelten das ganze Operationsfeld. Seldal hatte das Skalpell abgelegt, denn jetzt kam sein Schnabel ins Blickfeld, der das Absauggerät packte und es fachmännisch am Schnitt entlang- und in ihm herumbewegte, damit Conway die Blutung finden und stillen konnte. Innerhalb weniger Minuten lag die klaffende Wunde, die jetzt aufgerissene, unebene Ränder hatte und dreimal so lang wie ursprünglich war, wieder frei und enthüllte auf ihrem Boden eine lange, schmale Ellipse, die völlig dunkel war.

»Wir haben eine starke, biegsame und lichtabsorbierende Membran freigelegt und zwei Gewebeproben entnommen«, meldete sich der Diagnostiker wieder zu Wort. »Eine schicken wir Ihnen gerade zur näheren Untersuchung durch den Absaugschlauch nach draußen, doch die Anzeige meines Analysators deutet auf eine organische Substanz hin, die zu dem umliegenden Gewebe überhaupt nicht paßt. Ihre Zellstruktur ist eher für eine Pflanze charakteristisch als für … Was passiert denn jetzt, verdammt noch mal! Wir können spüren, wie sich der Patient bewegt. Er *muß* sich absolut reglos verhalten! Wir dürften uns eigentlich nicht an einer Stelle befinden, an der wir aus Versehen die Bewegungsmuskulatur stimulieren können. Hellishomar, was ist los?«

Die Worte des Diagnostikers gingen draußen in dem Tumult auf der Station unter, wo die Traktor- und Pressorstrahlenprojektoren optische und akustische Überlastungssignale von sich gaben, während sich die Techniker, die sie bedienten, abmühten, Hellishomars sich krümmenden Körper ruhigzuhalten. Der gewaltige Kopf des Groalterris warf sich von einer Seite zur anderen gegen die unsichtbaren Fesseln, und die Enden des Einschnitts rissen weiter auf und bluteten wieder. Prilicla wurde von einem Gefühlssturm geschüttelt, und alle Beteiligten schrien sich gegenseitig Fragen, Anweisungen oder Warnungen zu.

Doch es war Hellishomar, der sich – plötzlich und mit einem einzigen Wort – erfolgreich über den Lärm hinweg Gehör verschaffte.

»Lioren!«

25. Kapitel

Ich bin hier«, meldete sich Lioren, nachdem er schnell auf den abhörsicheren Kanal geschaltet hatte. Doch die Laute, die der Patient von sich gab, wurden vom Translator nicht übersetzt.

»Hellishomar, hören Sie bitte auf, sich zu bewegen«, ermahnte ihn Lioren in eindringlichem Ton. »Sie könnten sich schwer verletzen, vielleicht sogar töten. Und andere auch. Was beunruhigt Sie? Bitte sagen Sie es mir. Haben Sie Schmerzen?«

»Nein«, antwortete Hellishomar.

Dem Patienten näher auseinanderzusetzen, daß er sich selbst umbringen könnte, war nach Liorens Dafürhalten reine Zeitverschwendung; schließlich war die Anwesenheit des Groalterris im Hospital auf den Versuch, genau das zu tun, zurückzuführen. Doch die Mahnung, andere zu gefährden, mußte trotz des inneren Aufruhrs bis zu Hellishomar durchgedrungen sein, denn die Heftigkeit seiner Gegenwehr ließ allmählich nach.

»Bitte, was beunruhigt Sie?« hakte Lioren noch einmal nach.

Zunächst kam die Antwort langsam, als müßte jedes einzelne Wort erst eine dicke Mauer aus Angst, Scham und Selbstabscheu durchbrechen; doch dann sprudelten die Worte plötzlich in einem fast ununterbrochenen Schwall hervor, der all diese Hindernisse einfach überwand. Während er Hellishomar zuhörte, der ihm sein ganzes Herz ausschüttete, verwandelte sich Liorens anfängliche Verwirrung allmählich in Zorn und dann in Traurigkeit. Nach seiner Meinung war das alles hier vollkommen lächerlich. Wäre er ein Terrestrier gewesen, hätte er inzwischen über die Unwissenheit eines Angehörigen der intelligentesten Spezies, die die Föderation kannte, vor Lachen gebrüllt. Doch wenn Lioren seit seiner Mitarbeit in O'Maras Abteilung etwas gelernt hatte, dann die Tatsache, daß emotionale Qualen die subjektivste aller Erscheinungen darstellten und am schwersten zu lindern waren.

Aber hier hatte er es mit jemandem zu tun, der nach der groalterrischen Vorstellung von der Heilkunst medizinisch ausgebildet worden war. Es handelte sich um einen jungen und möglicherweise geistig zurückgebliebenen Messerheiler, dessen Erfahrung sich auf periphere, an alten Mitgliedern seiner Spezies vorgenommene Operationen beschränkte, und dieser Groalterri war nun zum erstenmal Zeuge eines Eingriffs am Gehirn, und zwar am eigenen. Unter diesen Umständen hielt Lioren Unwissenheit für verzeihlich, sofern sie eine vorübergehende Erscheinung blieb.

»Moment mal«, warf Lioren schnell in die erste kurze Pause in Hellishomars Wortschwall ein. »Hören Sie mir jetzt genau zu, beruhigen Sie sich und seien Sie vor allem still! Bei der schwarzen Wucherung in Ihrem Gehirn handelt es sich *keineswegs* um die stoffliche Verkörperung Ihrer Schuld, und sie wird auch nicht durch böse Gedanken oder irgendeine Sünde größer, die Sie begangen haben. Daß es sich um eine bösartige und gefährliche Geschwulst handelt, ist zwar wahrscheinlich, aber es ist nicht Ihr Charakter oder Ihre Seele oder irgendein Teil Ihres ...«

»Doch!« fiel ihm Hellishomar ins Wort. »Genau an der Stelle dieser Wucherung befindet sich mein Ich. Dort entspringen meine Gedanken und Gefühle, und auch meine schwere Sünde – der Selbstmordversuch – hat dort ihren Ursprung. Und die Wucherung ist so schwarz, daß es keine Hoffnung mehr gibt.«

»Nein«, widersprach Lioren in bestimmtem Ton. »Nach der Überzeugung aller intelligenten Lebewesen, die ich kenne, hat die Seele ihren Sitz im Gehirn, normalerweise ein kurzes Stück hinter den Sehorganen. Das glauben sie, weil die Seele sogar nach einem schweren Trauma oder einer Verstümmelung des Körpers unversehrt bleibt. Manchmal treten körperliche Schädigungen oder Krankheiten auf, die zu einer Veränderung der Persönlichkeit führen. Da eine solche Veränderung jedoch nicht willentlich herbeigeführt ist, kann der Betreffende nicht für sein späteres Verhalten verantwortlich gemacht werden.«

Hellishomar blieb stumm, und seine Körperbewegungen hatten sich soweit vermindert, daß die Überlastungslampen an den Traktorstrahlenprojektoren nicht mehr leuchteten.

Schnell fuhr Lioren fort: »Möglicherweise ist die Unfähigkeit Ihres Gehirns, sich bis zu dem Punkt zu entwickeln, an dem die direkte geistige Verbindung mit den Eltern hergestellt werden kann, auf einen genetischen Defekt zurückzuführen. Vielleicht waren die Vergehen, die Sie sich zuschreiben, aber auch Folge einer Erkrankung oder Verletzung des Gehirns, und jetzt könnten die Gründe für diese unrechtmäßigen Gedanken und Taten gefunden worden sein. Sie müssen wissen, daß es sich bei der schwarzen Substanz, die Conway und Seldal freigelegt haben, nicht um Ihre Persönlichkeit handelt, weil die Seele, wie Sie mir selbst erzählt haben, unstofflich ist. Wenn die Eltern sterben und ihre Körper zerfallen und die Materie an den Planeten zurückgeben, dann – so haben Sie es mir jedenfalls selbst erzählt – verlassen deren Seelen Groalter, um mit ihrer endlosen Erforschung des Universums zu beginnen ...«

»Während meine eigene Seele wie ein Stein im Schlamm des Meeresbodens versinkt, um für ewig in Dunkelheit zu verfaulen«, warf Hellishomar ein, wobei er erneut gegen die Traktor- und Pressorstrahlen anzukämpfen begann.

Lioren spürte, daß er die – wenn auch nur schwache – Kontrolle, unter die er die Lage gebracht hatte, verlieren würde, wenn er nicht schleunigst etwas sagte und die

Diskussion von der Metaphysik auf die Medizin lenkte. Indem er eins seiner Augen auf den an der Seite stehenden Bildschirm richtete, auf dem die Ergebnisse von Conways Analyse angezeigt wurden, fuhr er fort: »Die Wucherung könnte sehr wohl auf dem Meeresgrund auf Ihrem Heimatplaneten verfaulen, wenn das der Ort ist, wo sie Ihrem Wunsch nach hin soll, doch es ist wahrscheinlicher, daß sie in einer Müllverbrennungsanlage im Orbit Hospital enden wird. Worum es sich bei diesem Gewebe genau handelt, weiß ich zwar nicht, aber es ist keinesfalls Ihre Seele oder sonst irgendein Teil von Ihnen. Es ist eine vollkommen fremde Substanz, eine pflanzliche Lebensform, eine Art Eindringling. Ich bitte Sie, beruhigen Sie sich und denken Sie nach. Denken Sie vor allem als groalterrischer Messerheiler und Arzt nach und versuchen Sie, sich daran zu erinnern, ob Sie in Ihrer früheren Praxis schon auf etwas gestoßen sind, das dieser schwarzen Wucherung ähnelt. Denken Sie bitte sorgfältig nach.«

Mehrere Augenblicke lang schwieg Hellishomar und verhielt sich absolut reglos. Auf der Station herrschte wieder Ruhe, und Lioren konnte die Stimme von Conway hören, der gerade mitteilte, er stehe im Begriff, die Operation fortzusetzen.

»Warten Sie bitte, Doktor Conway und Doktor Seldal«, wandte Lioren rasch ein, indem er kurz auf den allgemeinen Kanal schaltete. »Ich habe womöglich wichtige medizinische Daten für Sie.« Auf dem Hauptbildschirm signalisierten die Hände des Diagnostikers Zustimmung, und Lioren kehrte wieder auf den vertraulichen Kanal zurück.

»Hellishomar, bitte versuchen Sie, sich alles ins Gedächtnis zurückzurufen, was dieser schwarzen Wucherung ähnelt, egal, ob es sich dabei um die Erinnerung an eine Erfahrung aus jüngster Zeit oder um weniger zuverlässige frühe Kindheitserinnerungen oder auch nur um die Erfahrungen anderer handelt, die auf Hörensagen beruhen«, forderte er den Groalterri erneut auf. »Können Sie sich daran erinnern, mit einer solchen Wucherung in Berührung gekommen zu sein oder eine Verletzung erlitten zu haben, die sich nicht unbedingt im Schädelbereich befunden haben muß, es der Wucherung jedoch ermöglicht haben könnte, in den Blutkreislauf einzudringen?«

»Nein«, antwortete Hellishomar knapp.

Lioren dachte kurz nach. »Wenn Sie sich an solche Vorfälle nicht erinnern, ist es dann möglich, daß Sie sich diese Krankheit als ganz kleines Kind zugezogen haben, so daß Sie sich womöglich gar nicht daran erinnern können? Fällt Ihnen vielleicht irgendeine spätere Bemerkung eines mit Ihrer Betreuung beauftragten älteren Kleinen ein, daß Ihnen etwas Derartiges zugestoßen ist? Möglicherweise hat es die betreffende Person zu der Zeit nicht für wichtig gehalten oder erst etwas davon erwähnt, als Sie schon größer gewesen sind...«

»Nein, Lioren«, unterbrach ihn Hellishomar. »Sie versuchen, mir weiszumachen, diese widerliche Wucherung in meinem Gehirn sei nicht das Resultat falschen Denkens, und das ist sehr freundlich von Ihnen. Aber wie ich Ihnen bereits gesagt habe, werden nur die sehr alten Eltern von Krankheiten befallen, die Kleinen jedoch niemals. Wir sind kräftig, kerngesund und völlig immun. Die unsichtbaren Angreifer, von denen Sie mir erzählt haben, sind nicht der Rede wert, und diejenigen, die so groß sind, daß man sie sehen kann, werden wie etwas Lästiges behandelt und einfach weggewischt.«

Lioren hatte gehofft, durch die Fragen an den Patienten etwas Nützliches für Conway und Seldal herauszufinden, doch er kam überhaupt nicht voran. Gerade wollte er den beiden Ärzten signalisieren, mit der Operation fortzufahren, als ihm plötzlich ein anderer Gedanke kam.

»Diese Plagegeister, die Sie wegwischen«, sagte er. »Bitte erzählen Sie mir alles, was Ihnen zu denen einfällt.«

Hellishomars Antworten klangen zwar höflich, aber äußerst ungeduldig, als hätte er geahnt, daß die Absicht des Tarlaners einzig und allein darin bestand, seine Gedanken auf andere Dinge zu lenken, und daß die Antworten unwichtig waren. Doch nach und nach gewannen Hellishomars Antworten an Bedeutung, und Liorens Fragen wurden präziser. Langsam verwandelte sich Liorens früheres Gefühl der Hoffnungslosigkeit in Aufregung und zunehmende Besorgnis.

»Nach allem, was Sie mir erzählt haben, bin ich mittlerweile davon überzeugt, daß es sich bei dem Plagegeist, den Sie als ›Hautstecher‹ bezeichnen, um die eigentliche Ursache für Ihre Schwierigkeiten handelt, doch möchte ich jetzt keine Zeit damit vergeuden, erst Ihnen und dann dem Operationsteam meine Gründe für diese Annahme zu erläutern«, sagte Lioren in dringendem Ton. »Eine letzte Frage habe ich allerdings noch. Erlauben Sie mir, mit den anderen darüber zu sprechen? Natürlich werde ich denen nicht alles erzählen, was wir besprochen haben, und nichts von Ihren Gedanken und Ängsten, nur die Einzelheiten Ihrer Beschreibung der Hautstecher und von deren Verhalten.«

Subjektiv schien eine sehr lange Zeit ohne irgendeine Antwort von Hellishomar zu verstreichen. Lioren konnte Conway, Seldal und das Hilfspersonal miteinander sprechen hören. Zwar wurde der Wortwechsel durch Liorens Kopfhörer gedämpft, aber ihre Ungeduld war offensichtlich. Er versuchte es noch einmal.

»Hellishomar, wenn meine Theorie stimmt, könnte Ihr Leben in Gefahr sein, und der Gehirnschaden wird Ihnen mit Sicherheit die Fähigkeit nehmen, in Zukunft noch einen einzigen zusammenhängenden Gedanken zu fassen. Bitte, ich brauche schnellstens Ihre Antwort.«

»Die Messerheiler in meinem Kopf befinden sich ebenfalls in Gefahr«, stellte Hellishomar fest. »Informieren Sie die anderen auch darüber.«

Ohne sich die Zeit zu einer Antwort zu nehmen, schaltete Lioren auf den allgemeinen Kanal und begann zu sprechen.

Obwohl er sich aufgrund der geringen Menge an Informationen, die ihm der Patient gegeben hatte, nicht absolut sicher sein konnte, teilte Lioren den beiden Ärzten mit, er habe keinerlei Zweifel, daß die eigentliche Ursache für die schwarze Wucherung im Gehirn in der Verseuchung durch eine Spezies von parasitären pflanzlichen Schädlingen liege, die von den Groalterri als ›Hautstecher‹ bezeichnet und von ihnen eher für eine regelmäßig wiederkehrende Plage als für eine lebensgefährliche Bedrohung gehalten wurden. Wie Lioren weiterhin berichtete, sei über den Lebenszyklus oder den Fortpflanzungsmechanismus der Hautstecher nichts bekannt, weil sie einfach entfernt werden konnten, indem sie der belästigte Groalterri mit den Greiftentakeln abwischte oder sich mit der befallenen Hautstelle an einem Baum rieb. Zudem habe eine Spezies von der enormen Körpergröße und dem begrenzten Geschick der Groalterri weder den Wunsch noch die Fähigkeit, die Gewohnheiten einer fast mikroskopisch kleinen pflanzlichen Lebensform zu untersuchen.

Die Hautstecher waren schwarz und kugelförmig und von einer pflanzlichen, klebrigen Schicht überzogen, die es ihnen ermöglichte, sich an den Körper des Wirts zu heften und ihren einzelnen Saugrüssel auszustrecken, wobei sie immer noch so klein blieben, daß sie mit bloßem Auge nicht wahrzunehmen seien. Um mit großer Geschwindigkeit zu der Größe heranzuwachsen, in der sie sich zu einer Plage entwickelten und entfernt wurden, benötigten sie lediglich eine organische Nahrungsquelle sowie Licht und Luft. Vernichtet werden konnten sie, indem man sie zwischen harten Flächen zerquetschte oder verbrannte, und nachdem sie vom Körper entfernt worden waren, trocknete der Rüssel, der einen dünnflüssigen Inhalt hatte, rasch aus und fiel aus der Wunde, die er gebohrt hatte, heraus.

»Nach meiner Theorie ist dieser Fall durch das Eindringen eines einzelnen Hautstechers verursacht worden, der sich entweder durch eine kleine Schramme, an die sich der Patient nicht mehr erinnert, Zugang in den Körper verschafft hat oder durch den Einstich, den der Rüssel eines früheren und erfolglosen Hautstechers hinterlassen hat«, fuhr Lioren fort. »Dann ist er mit dem Kreislauf durch den Körper befördert worden, bis er im Gehirn steckengeblieben ist. Dort hat er zwar über eine praktisch unerschöpfliche Nahrungsquelle verfügt, doch – abgesehen von der winzigen Sauerstoffmenge, die er aus dem Blut aufnehmen konnte, mit dem das umliegende Zellgewebe versorgt wird – nicht über das Licht und die Luft, die sein Metabolismus für ein optimales Wachstum benötigte. Deshalb ist seine Wachstumsgeschwindigkeit gebremst worden, aber er hat sehr viele Jahre, nämlich die ganze äußerst lange Jugend eines Groalterris über Zeit gehabt, um zur gegenwärtigen Größe heranzuwachsen.«

Als Lioren zu Ende gesprochen hatte, hätte die Station bis auf das langsame und fast lautlose Schlagen von Priliclas Flügeln ein Standbild sein können. Conway reagierte als erster.

»Eine geniale Theorie, Lioren«, lobte der Diagnostiker den Tarlaner. »Und während Sie sich diese Information von Hellishomar beschafft und mit ihm darüber diskutiert haben, ist es Ihnen auch noch gelungen, unseren Patienten zu beruhigen. Das war eine reife Leistung. Doch ob Ihre Theorie nun zutreffend ist oder nicht – und ich glaube durchaus, daß sie richtig ist –, müssen wir die Operation wie ursprünglich geplant fortsetzen.«

Als Conway fortfuhr, wechselte sein Tonfall unmerklich von dem eines persönlichen Gesprächs zum Stil eines Vortragenden, der Auszubildende oder Schüler unterrichtet. »Das fremde Gewebe, das wir vorläufig als einen weit über das normale Maß hinaus angewachsenen groalterrischen Hautstecher identifiziert haben, wird in ganz kleinen Stücken herausgeschnitten werden, deren Umfang sich nach dem maximalen Mündungsdurchmesser des Absauggeräts richtet. Um das zu bewerkstelligen, werden viele Stunden geduldiger, sorgfältiger Arbeit notwendig sein, insbesondere in den späteren Phasen, falls Teile der Wucherung an gesundem Gehirngewebe haften. Außerdem werden wir hin und wieder Ruhepausen einlegen oder uns von anderen Chirurgen ablösen lassen müssen. Da sich bei dem Patienten seit seiner Ankunft im Hospital jedoch keine Beeinträchtigung oder Verschlechterung der Denkvorgänge gezeigt hat und die Wucherung schon seit sehr langer Zeit vorhanden ist, kann ihre Entfernung zwar als notwendig, aber auch als keineswegs dringlich erachtet werden. Wir werden also in der Lage sein, uns all die Zeit zu nehmen, die wir brauchen, um sicherzustellen, daß die ...«

»Nein!« widersprach Lioren in barschem Ton.

»Nein?« Conway klang zu verblüfft, um verärgert zu sein, doch Lioren wußte, daß der Zorn nicht lange auf sich warten lassen würde. »Wieso nicht, verdammt noch mal?«

»Bei allem Respekt«, antwortete Lioren, »wie auf dem Schirm zu sehen ist, wird Ihr erster Schnitt immer breiter und länger. Ich möchte Sie daran erinnern, daß der Hautstecher bei Licht und Luft mit hoher Geschwindigkeit wächst und jetzt nach so vielen Jahren in der luftleeren Dunkelheit beides wieder vorhanden ist.«

Einige Augenblicke lang schimpfte Conway verärgert mit sich selbst; dann wurde der Hauptbildschirm plötzlich schwarz, als der Diagnostiker den Helmscheinwerfer ausschaltete. »Das wird die Wachstumsgeschwindigkeit ein bißchen verlangsamen«, meinte er. »Ich brauche Zeit zum Nachdenken ...«

»Sie brauchen zusätzliche Hilfe beim Operieren«, stellte Thornnastor fest. »Ich werde ...«

»Nein!« schnitt ihm Seldal das Wort ab. »Noch mehr unbeholfene Riesenfüße können wir hier drinnen nun wirklich nicht gebrauchen. Es ist so schon nicht genügend Platz vorhanden, um …«

»So groß sind meine Füße nun auch wieder nicht …«, begann Conway.

»Ihre Füße meine ich auch gar nicht«, stellte Seldal klar. »Tut mir leid, einen Moment lang hatte ich die Befürchtung, daß …«

»Meine Herren Doktoren!« unterbrach ihn Thornnastor, der plötzlich mit der Stimme und der Autorität des leitenden Diagnostikers des Hospitals sprach. »Jetzt ist nicht der Moment, um sich über die relative Größe der verschiedenen Fortbewegungsgliedmaßen zu streiten. Bitte unterlassen Sie das! Ich wollte gerade sagen, daß der nidianische Chefarzt Lesk-Murog zur Verfügung steht und Ihnen unbedingt assistieren möchte. Seine chirurgische Erfahrung ist ebenso groß, wie seine Füße klein sind. Conway, wie lauten Ihre Anweisungen?«

Als Conway den Helmscheinwerfer einschaltete, wurde der Hauptbildschirm wieder hell.

»Wir brauchen ein Absauggerät mit einer viel größeren Öffnung und einen Schlauch von fünfzehn Zentimetern Durchmesser – oder zumindest von einer solchen Dicke, wie sie Lesk-Murog noch bewältigen kann –, der an eine der Luftzirkulationspumpen angeschlossen ist, damit von der Wucherung große Stücke abgehobelt und rasch abgesaugt werden können. Ohne Licht können wir zwar nicht arbeiten, aber die Luft, die an den Rändern unserer Atemmasken ausgetreten ist, müßten wir entfernen können, indem wir sie zusammen mit den bei der Operation anfallenden Abfallstoffen absaugen und durch ein Edelgas ersetzen, das wir durch den bereits vorhandenen Absaugschlauch hereinpumpen. Das Edelgas dürfte die Wachstumsgeschwindigkeit des Hautstechers genauso wirksam verlangsamen wie das gänzliche Fehlen von Luft, auch wenn das eher zu hoffen als zu erwarten ist.«

»Ich verstehe, Doktor«, sagte Thornnastor. »Wartungstechniker, Sie wissen also, was benötigt wird. Lesk-Murog, machen Sie sich fertig. Aber schnell, alle Mann!«

Subjektiv schien eine Ewigkeit zu vergehen, bis die Ausrüstung bereitstand und der kleine Lesk-Murog, der wie ein in Plastik gehülltes Nagetier mit langem Schwanz aussah, mit am Rucksack befestigtem neuen Absaugschlauch kopfüber im Zugangseinschnitt verschwand. Conway und Seldal hatten bereits die Außenmembran des Hautstechers durchschnitten, hobelten kleine Stücke ab und steckten sie in den ursprünglichen Absaugschlauch, obwohl es offensichtlich war, daß die schwarze Wucherung trotz ihrer Bemühungen anwuchs, da der Schnitt weiterhin breiter wurde und in beiden Richtungen aufriß. Doch mit dem Eintreffen des nidianischen Chefarztes änderte sich die Lage schlagartig.

»So ist es schon sehr viel besser«, meldete Conway. »Wir kommen jetzt allmählich voran und schneiden die Stücke tief aus der Wucherung heraus. Sobald wir sie genügend ausgehöhlt haben, werden Seldal und Lesk-Murog hineinsteigen und mir die von ihnen herausgeschnittenen Stücke geben, damit ich sie in den Absaugschlauch stecken kann. Seldal und Lesk-Murog, schneiden Sie bitte nicht so große Stücke ab. Wenn das Absauggerät verstopft ist, geraten wir in echte Schwierigkeiten. Und passen Sie gefälligst auf, wo Sie mit dem Messer hinschlagen, Lesk-Murog, ich habe nämlich keine Lust, amputiert zu werden. Wie geht es dem Patienten?«

»Seiner emotionalen Ausstrahlung nach ist er besorgt, Freund Conway. Hinzu kommt eine unterschwellige, aber dennoch große Aufregung«, antwortete Prilicla prompt. »Aber keins dieser Gefühle ist so stark, daß es ihm wirklich zu schaffen macht.«

Da eine weitere Antwort überflüssig war, sagten Hellishomar und Lioren nichts.

Auf dem Hauptbildschirm waren flüchtige Blicke von sich rasch bewegenden terrestrischen und nidianischen Händen und von einem wild pickenden nallajimischen

Schnabel zu erhaschen. Die drei dazugehörigen Wesen hantierten mit Instrumenten, die vor der lichtabsorbierenden Schwärze der Wucherung gleißend hell funkelten. Conway unterbrach die Beschreibung des Eingriffs, um anzumerken, daß sie sich derzeit weniger wie Chirurgen vorkämen, die mit einer Operation beschäftigt seien, sondern vielmehr wie Bergarbeiter, die nach fossilen Brennstoffen graben würden. Zwar war die Äußerung des Diagnostikers dem Wortlaut nach eine Klage, doch seine Stimme klang zufrieden, da das Edelgas rings um die drei Ärzte ein weiteres Wachstum des Hautstechers stark hemmte und die Arbeit gut voranging.

»Die Höhlung haben wir soweit vergrößert, daß wir jetzt alle drei imstande sind, in der Wucherung zu arbeiten und unabhängig voneinander gegen sie vorzugehen«, berichtete Conway. »Die Doktoren Seldal und Lesk-Murog können aufrecht stehen, während ich gezwungen bin zu knien. Allmählich wird es hier drinnen sehr warm. Wir wären Ihnen sehr verbunden, wenn Sie die Temperatur des Edelgases, das Sie hereinpumpen, senken könnten, um das Risiko eines Hitzschlags zu vermeiden. Die Innenfläche der Membran, die die Wucherung umhüllt, haben wir an mehreren Stellen über weite Bereiche freigelegt, und jetzt sackt sie langsam unter dem Gewicht des umliegenden Gehirngewebes zusammen. Bitte erhöhen Sie hier drinnen sofort den Gasdruck, und hindern Sie die Membran daran, über uns zusammenzustürzen. Wie geht es dem Patienten?«

»Keine Veränderung festzustellen, mein Freund«, antwortete Prilicla.

Eine Zeitlang wurde die Operation wortlos fortgesetzt. Was die Chirurgen taten, war klar, und daß es für Conways nichts Neues zu beschreiben gab, leuchtete ebenfalls ein, bis er auf einmal meldete: »Wir haben die Lage des Saugrüssels entdeckt und leeren jetzt seinen flüssigen Inhalt aus. Der Rüssel ist auf die Hälfte seines ursprünglichen Umfangs zusammengeschrumpft und wird nun unter geringfügigem Widerstand herausgezogen. Er ist sehr lang, scheint aber trotzdem vollständig zu sein. Seldal nimmt eine Tiefenuntersuchung vor, um sicherzustellen, daß nichts vom Rüssel im Einstich zurückgeblieben ist. Weitere Rüssel haben wir nicht entdeckt und auch nichts, das irgendwelche Ähnlichkeiten mit Verbindungswegen zu Tochtergeschwülsten aufweist.

Jetzt haben wir die Innenfläche der Membran vollständig freigelegt«, fuhr der Diagnostiker fort. »Wir zerschneiden sie in schmale Streifen, die vom Absauggerät aufgenommen werden können. In dieser Phase wird die Operation zwangsläufig langsam und sorgfältig durchgeführt, weil wir die Membran vom darunter liegenden Gehirngewebe ablösen und es vermeiden müssen, weitere Schäden zu verursachen. Es ist äußerst wichtig, daß der Patient weiterhin vollkommen reglos bleibt.«

Seit beinahe drei Stunden meldete sich Hellishomar erstmals wieder zu Wort. »Ich werde mich nicht bewegen«, versprach er.

»Danke«, entgegnete Conway.

Weitere Zeit verstrich – für das Operationsteam schlich sie dahin, und für die Zuschauer schien sie geradezu endlos zu sein –, bis schließlich jegliche Aktivität auf dem Hauptbildschirm zum Erliegen kam und sich der Diagnostiker wieder meldete.

»Wir haben jetzt die letzten Reste des Hautstechers entfernt«, berichtete Conway. »Wie Sie sehen können, sind die Gehirnwindungen, die von der Wucherung gegeneinander gepreßt worden sind, einem starken Druck ausgesetzt gewesen, doch wir haben keinerlei Anzeichen für Wundbrand gefunden, der auf eine Beeinträchtigung der örtlichen Blutzirkulation zurückzuführen wäre, die genaugenommen nun langsam wieder zunimmt. Zwar ist es gefährlich, eindeutige Erklärungen zum Gesundheitszustand einer bislang unbekannten Lebensform abzugeben oder eine Prognose zu stellen, die auf unvollständigen Werten beruht, doch meiner Ansicht nach ist das Gehirn nur in ganz geringem Maße geschädigt worden. Zudem müßte sich dieser Zustand – vorausgesetzt, er ist nicht auf Erbfaktoren zurückzuführen – von selbst korrigieren, wenn der Druck, der diese Operationshöhlung künstlich aufrechterhält, allmählich auf Null reduziert wird. Hier gibt es für uns nichts mehr zu tun. Sie gehen als erster, Lesk-Murog«, schloß Conway in forschem Ton. »Seldal, hüpfen Sie wieder in den Rucksack. Wir werden uns zurückziehen und hinter uns alles verschließen.«

Lioren verfolgte auf dem Hauptbildschirm, wie die Ärzte langsam denselben Weg zurückgingen, und machte sich Sorgen. Die Operation war erfolgreich abgeschlossen worden, und die große Menge fremden Gewebes im Gehirn des Groalterris hatte man entfernt, aber war das wirklich der einzige Grund für Hellishomars Probleme gewesen? Schließlich hatte der Groalterri diesen bösartigen Hautstecher den größten Teil seines Lebens im Gehirn sitzen gehabt und hätte nie ein äußerst angesehener Messerheiler werden können, wenn es zu einer Beeinträchtigung der Muskelkoordination gekommen wäre. War es nicht, wie Conway es bereits angedeutet hatte, sehr viel wahrscheinlicher, daß die fehlenden telepathischen Fähigkeiten und die daraus resultierende seelische Anspannung einem nicht zu behandelnden genetischen Defekt zuzuschreiben und somit unheilbar waren? Lioren blickte sich nach Prilicla um, weil er ihn fragen wollte, wie es dem Patienten ging, erinnerte sich dann jedoch, daß der für Emotionen empfängliche Cinrussker gezwungen gewesen war, die Station zu verlassen. Der gesamten cinrusskischen Spezies mangelte es an Durchhaltevermögen, und ihre Mitglieder mußten häufig Ruhepausen einlegen.

Lioren hatte das Gefühl, Hellishomar die Frage lieber selbst zu stellen, anstatt darauf zu warten, bis der Patient ihm seine Seelenqualen kundtat, indem dieser seinen Namen rief. Doch auf einmal hatte er vor der möglichen

Antwort zuviel Angst. Conway und Seldal hatten mittlerweile wieder den massiven Knochenpfropfen eingesetzt, den Hautlappen auf dem Schädel vernäht und zogen sich bereits die Operationsanzüge aus, doch Lioren konnte sich immer noch nicht dazu durchringen, Hellishomar die bewußte Frage zu stellen.

»Ich danke Ihnen, Seldal und Lesk-Murog, und natürlich auch allen anderen Mitarbeitern«, sagte Conway, wobei er sich nach allen Richtungen umblickte, um das gesamte Operations- und technische Hilfspersonal mit einzubeziehen. »Sie haben sehr gute Arbeit geleistet. Und insbesondere Sie, Lioren, indem Sie dafür gesorgt haben, daß sich der Patient nicht bewegt hat, als es am notwendigsten war, und weil Sie die Wachstumseigenschaften des Hautstechers herausgefunden haben und uns rechtzeitig vor den Auswirkungen von Licht und Luft gewarnt haben. Das war eine hervorragende Leistung. Ich persönlich halte Ihre Begabungen in der psychologischen Abteilung für vergeudet.«

»Ich nicht«, widersprach O'Mara heftig. Dann fuhr der Chefpsychologe, als schämte er sich des Kompliments, das er Lioren gemacht hatte, fort: »Der Auszubildende ist aufsässig, hat einen Hang zur Heimlichtuerei und besitzt die ärgerliche Neigung, selbst ...«

Lioren.

Alle lauschten O'Mara, und niemand schien etwas gehört zu haben. Unwillkürlich streckte Lioren die Hand nach seinem Kommunikator aus, um auf den vertraulichen Kanal zu schalten, wobei er sich verzweifelt fragte, welche tröstenden Worte er um alles in der Welt für dieses riesige Wesen finden könnte, das abermals alle Hoffnung verloren haben mußte. Dann hielt er plötzlich mit dem Finger auf dem Schalter inne, als ihm eine großartige und erfreuliche Erkenntnis kam.

Sein Name war zwar gerufen, aber nicht ausgesprochen worden.

26. Kapitel

Wieder handelte es sich um ein vertrauliches Gespräch, doch diesmal ohne das Jucken tief im Gehirn, das dem telepathischen Kontakt mit dem Beschützer des Ungeborenen vorausgegangen war. Die Antworten wurden schon gegeben, noch bevor die Fragen geäußert werden konnten, Hellishomars beruhigende Versicherungen vertrieben Liorens Sorgen, sobald sie in ihm aufstiegen, und die Nervenverbindungen zwischen Liorens Gehirn und den Zungenmuskeln wurden vollkommen überflüssig. Es war, als wäre ein System zum Austausch von Nachrichten, die bislang mühsam in Steintafeln gemeißelt worden waren, durch die gesprochene Sprache ersetzt worden, nur ging der Gedankenaustausch mit Hellishomar noch sehr viel schneller vonstatten.

Hellishomar, der Messerheiler, ehemals der Fehlerhafte, der Schwachsinnige, der telepathisch Taube, gehörte nicht mehr zu den Kleinen und war geheilt.

Eine klare, warme Woge der Dankbarkeit erfüllte ihn, die nur Lioren sehen und spüren konnte, und mit ihr erhielt der Tarlaner Kenntnisse, die unvollständig und vereinfacht waren, um seiner relativ primitiven Denkungsart keinen Schaden zuzufügen, und die er mit niemandem teilen durfte. Diejenigen, die zu der einzigartigen und wunderbaren Heilung des geistig behinderten Groalterris beigetragen hatten, sollten nicht mit Wissen belohnt werden, das ihre eigenen jungen Gehirne lahmlegen würde. Hellishomar war mit dem Verstand jedes denkenden Wesens im Orbit Hospital und auf den Schiffen, die es umkreisten, in Verbindung getreten und wußte, daß es so war.

Bei denjenigen, die zum Gelingen der Operation beigetragen hatten, wollte er sich einzeln und in mündlicher Form bedanken. Er würde ihnen mitteilen, daß es ihm gutging, in seinen Denkvorgängen bereits eine Wendung zum Besseren eingetreten war und er es kaum erwarten konnte, auf Groalter zurückzukehren, wo seine Genesung durch die größere körperliche Bewegungsfreiheit, die ihm das Orbit Hospital nicht bieten konnte, gefördert werden dürfte.

All das traf zwar zu, war aber nicht die ganze Wahrheit. Sie durften nicht erfahren, daß Hellishomar das Hospital schnell verlassen mußte, weil die Verlockung dortzubleiben und die Gedanken, das Verhalten und die Philosophien der abertausend Wesen zu erforschen, die zur Arbeit, zu Besuch oder zur Behandlung in dieses gewaltige Hospital kamen, fast unwiderstehlich war. Denn Lioren hatte recht gehabt, als er O'Mara erklärt hatte, daß das Universum hinter der Atmosphäre für die plumpen und an ihren Planeten geketteten Groalterri das Jenseits darstellte, für dessen Erkundung sie die gesamte Ewigkeit benötigen würden. Und das Orbit Hospital war für sie ein besonders faszinierender kleiner Teil des Himmels, der sie erwartete.

Damals war Liorens Besorgnis wegen der möglichen Auswirkungen von Hellishomars außerplanetarischen Erlebnissen auf die Zivilisation der übrigen Groalterri berechtigt gewesen. Doch jetzt kehrte Hellishomar nicht als ein Kleiner auf seinen Heimatplaneten zurück, dem es beschieden war, für den Rest seines Lebens ein telepathischer Taubstummer zu bleiben und durch ein ständig beeinträchtigtes Gehirn ein Krüppel zu sein. Statt dessen kam er im Vollbesitz seiner wiederhergestellten Kräfte zurück, als ein fast erwachsener Groalterri, der einzig und allein den Eltern von seinem wundersamen Erlebnis erzählen wollte. Wie diese auf die neuen Kenntnisse reagieren würden, über die er nunmehr verfügte, wußte er zwar nicht, doch waren die Eltern alt und sehr weise, und der Beweis, daß der Himmel tatsächlich so wunderbar war und sämtliche Vorstellungen gänzlich übertraf, und auch die Tatsache, daß ein kleiner Teil des Universums von kurzlebigen Wesen mit primitivem Verstand und fortschrittlicher Moral bevölkert war, dürfte den Glauben der Eltern wahrscheinlich stärken und sie veranlassen, sich noch angestrengter um die Vollkommenheit von Geist und Seele zu bemühen, die vor dem Sterben unbedingt erforderlich war.

Dem Monitorkorps und dem Personal des Hospitals, das ihn wieder gesund gemacht hatte, schuldete Hellishomar großen Dank, genau wie dem Tarlaner, der geredet und argumentiert und seinen Verstand eingesetzt hatte, um die Einwilligung des Patienten zur Operation zu bekommen. Noch größeren Dank schuldeten ihnen die übrigen Groalterri, doch revanchieren konnte sich weder Hellishomar noch seine Spezies. Der Föderation würde der vollständige Kontakt mit den Groalterri nicht gestattet werden, und auch Lioren konnte keine Antworten auf die beiden Fragen erhalten, die ihm am meisten auf der Zunge brannten.

Bei all seinen Kontakten zu Patienten hatte es sich Lioren nie gestattet, ihre Überzeugungen in nichtmateriellen Fragen zu beeinflussen, wie eigenartig oder albern sie ihm im Licht seiner eigenen größeren Kenntnisse und Erfahrungen auch vorgekommen sein mochten. Er hatte sich stets geweigert, ihnen in ihre Überzeugungen hineinzureden, obwohl er selbst nicht glaubte, an irgend etwas zu glauben. Unter diesen Umständen war Liorens Verhalten moralisch einwandfrei gewesen, und Hellishomar konnte ihm diesbezüglich nur nacheifern. Er durfte seinen tarlanischen Freund nicht in den Genuß des fortschrittlichen groalterrischen philosophischen und theologischen Denkens kommen lassen, indem er ihm sagte, was er glauben sollte. Und eine Antwort auf Liorens zweite Frage war überflüssig, weil der Tarlaner im Begriff stand, die Entscheidung ganz allein zu treffen und etwas zu tun, das seinem Wesen vollkommen fremd war.

Durch die stark gedrängte Methode des Gedankenaustauschs und durch Antworten, die erfolgten, bevor die Fragen vollständig formuliert waren, wurde Lioren immer verwirrter.

Ich schäme mich, Sie an die Schuld zu erinnern, in der Sie bei mir stehen, und Sie zu bitten, einen kleinen Teil davon zu begleichen, dachte Lioren. *Immer wenn Sie mit meinem Verstand in Berührung treten, ahne ich ein unermeßliches Wissen, einen riesigen Bereich der Klarheit, den Sie vor mir verbergen. Wenn Sie mich unterweisen könnten, würde ich zum Glauben finden. Warum wollen Sie mir nicht aufgrund Ihrer umfangreicheren Kenntnisse die Wahrheit über Gott mitteilen?*

Sie haben sich durch eigene Anstrengungen ein großes Wissen erworben, antwortete Hellishomar. *Das haben Sie eingesetzt, um die inneren Schmerzen vieler Lebewesen zu lindern, mein früheres, zurückgebliebenes Selbst eingeschlossen, doch Sie sind noch nicht bereit zu glauben. Die Frage ist bereits beantwortet worden.*

Dann wiederhole ich die zweite Frage, fuhr Lioren fort. *Gibt es für mich irgendeine Hoffnung, Erleichterung oder Erlösung von der ständigen Erinnerung an Cromsag und meiner Schuld zu finden? Die Entscheidung, mit der ich so lange gerungen habe, bringt ein Verhalten mit sich, das für einen Tarlaner, der einst eine solche gesellschaftliche Position wie ich eingenommen hat, schmachvoll ist, aber das hat nichts zu sagen. Es könnte auch zu meinem Tod führen. Ich frage nur, ob die Entscheidung, die ich getroffen habe, die richtige ist.*

Macht Ihnen die Erinnerung an Cromsag denn ständig derart zu schaffen, daß Sie Ihren eigenen Tod als Erlösung empfinden würden? erkundigte sich Hellishomar.

Nein, antwortete Lioren, den die Heftigkeit seiner Gefühle überraschte. *Aber das liegt daran, daß meine Gedanken in letzter Zeit mit so vielen anderen Dingen beschäftigt gewesen sind. Den Tod würde ich nicht begrüßen, besonders dann nicht, wenn ich ihm zufällig oder durch eine eigene dumme Entscheidung zum Opfer fallen würde.*

Trotzdem glauben Sie, daß Ihre Entscheidung die ernste Gefahr einer schweren Verletzung oder des Todes birgt, und ich kann keinerlei Anzeichen dafür entdecken, daß Sie Ihre Ansicht ändern werden, entgegnete Hellishomar. *Jedenfalls werde ich Ihnen nicht sagen, ob Ihre Entscheidung richtig oder falsch oder gar dumm ist, oder Sie über die möglichen Folgen aufklären, sondern möchte Sie nur daran erinnern, daß in diesem Daseinszustand nichts zufällig passiert.*

Folgendes werde ich für Sie tun, fuhr Hellishomar fort. *Die Maßnahme, die Sie demnächst ergreifen werden, wird in keiner Weise von irgend jemandem behindert werden. Da Sie Ihre Entscheidung inzwischen getroffen haben, schlage ich Ihnen vor, Ihre Qual und Ungewißheit nicht weiter in die Länge zu ziehen und sofort aufzubrechen.*

Als Lioren in eine Arbeitsumgebung zurückkehrte, in der Gespräche in träger sprachlicher Form geführt wurden und die Bedeutungen getrübt waren, geriet sein Verstand einen Moment lang in Verwirrung. Offenbar war O'Mara gerade damit fertig geworden, die Fehler des Auszubildenden aufzuzählen. Conway entblößte die Zähne und erinnerte den Chefpsychologen daran, daß er seinen ernstlichen Unwillen schon über jeden Mitarbeiter des Orbit Hospitals zum Ausdruck gebracht habe, und insbesondere über diejenigen, die es gewagt hätten, Diagnostiker zu werden, und es hatte ganz den Anschein, daß alle Anwesenden auf der Station Lioren erwartungsvoll anblickten und sich ihm zu nähern versuchten.

»Dem Patienten geht es gut«, berichtete Lioren. »Er hat keine sensorischen Beschwerden und berichtet von einer ständigen merklichen Verbesserung seiner Denkfähigkeit. Er möchte den allgemeinen Kanal benutzen, um sich bei Ihnen allen einzeln zu bedanken.«

Die Anwesenden waren alle viel zu aufgeregt und zu erfreut, um zu bemerken, wie Lioren die Station verließ. Er überlegte sich den schnellsten Weg zur Station, auf der die Cromsaggi lagen, und versuchte, den Kopf von allen anderen Gedanken frei zu machen.

Da er die Dienstpläne bereits überprüft hatte, wußte er, daß sich zur Zeit nur zwei Schwestern auf der Station befanden. Wenn die Patienten nicht in Behandlung waren oder auf ihre Entlassung warteten, sondern sich auf dem Weg der Besserung befanden und nur unter Beobachtung standen, war dies das übliche Verfahren; doch einen bewaffneten Angehörigen des Monitorkorps am Eingang zur Station aufzustellen war nicht normal.

Bei dem Wächter handelte es sich um einen terrestrischen DBDG, der nur zwei Arme und zwei Beine besaß, über weniger als die Hälfte von Liorens Körpermasse verfügte und eine Lähmungswaffe trug. Mit ihr konnte er Liorens willkürliche Muskulatur – abhängig von der Einstellung der Stärke – beeinträchtigen oder vollständig lähmen, ihn aber keinesfalls töten.

»Lioren, psychologische Abteilung«, stellte sich der Tarlaner in forschem Ton vor. »Ich bin hier, um die Patienten zu befragen.«

»Und ich bin hier, um Sie davon abzuhalten«, entgegnete der Wächter trocken. »Major O'Mara hat gesagt, Sie würden vielleicht versuchen, sich unter die cromsaggischen Patienten zu mischen, und der Zutritt sollte Ihnen zu Ihrer eigenen Sicherheit verwehrt werden. Bitte ziehen Sie sich sofort zurück, Sir.«

Der Wächter bewies zwar die Achtung und den Respekt, die Liorens früherem Rang als Oberstabsarzt gebührten, doch Wohlwollen und Mitleid, wie stark auch immer, konnten ihn bestimmt nicht dazu veranlassen, seine Befehle zu mißachten. Zweifellos war O'Mara genügend über tarlanische Psychologie bekannt, um zu wissen, daß Lioren nicht versuchen wollte, einer gerechten Strafe zu entgehen, indem er sich absichtlich das Leben nahm. Vielleicht hatte der Chefpsychologe geglaubt, selbst dieser Tarlaner könnte seine Meinung und seinen starren Verhaltenscodex ändern und sich dazu zwingen, etwas zu tun, das von ihm vorher als unehrenhaft angesehen worden war, und hatte einfach Vorsichtsmaßnahmen getroffen.

Damit hatte ich nicht gerechnet, dachte Lioren hilflos. *Oder vielleicht doch?*

»Ich bin froh, daß Sie meine Lage verstehen, Sir«, sagte der Wächter plötzlich. »Auf Wiedersehen, Sir.«

Einige Sekunden später stampfte er mit den Füßen auf und schritt langsam den Korridor entlang, als ob er seine Langeweile vertreiben oder den steifen Beinmuskeln Bewegung verschaffen wollte. Wäre Lioren nicht schnell zur Seite getreten, wäre der Wächter direkt in ihn hineingelaufen.

Danke, Hellishomar, dachte Lioren erleichtert und betrat die Station.

Es handelte sich um einen langen Saal mit hoher Decke, in dem sich vierzig Betten in zwei Reihen gegenüberstanden. In der Mitte erhob sich das Schwesternzimmer wie eine mit Glaswänden versehene Insel aus dem Boden. Die Techniker für Umweltbedingungssysteme hatten das sandfarbene gelbe Licht der Sonne von Cromsag reproduziert und die baulich bedingten Ecken und Winkel mit einheimischen Pflanzen und Wandbehängen entschärft, so daß die Umgebung völlig realistisch aussah. Die Patienten saßen oder standen in kleinen Gruppen um vier der Betten und unterhielten sich leise, während eine weitere Gruppe einen Bildschirm betrachtete, auf dem ein Kontaktspezialist vom Monitorkorps die langfristigen Pläne der Föderation zur Wiederherstellung der cromsaggischen technischen Zivilisation und zur Rehabilitation der Cromsaggi erklärte. Eine der diensthabenden orligianischen Schwestern benutzte gerade den Kommunikator, und der behaarte Kopf der zweiten drehte sich langsam von der einen Seite zur anderen, während sie die Station der Länge nach mit den Augen absuchte. Es war klar, daß die beiden Lioren nicht sahen und Hellishomar – wie schon zuvor bei dem vor der Station postierten Wächter – mit ihrem Verstand in Berührung getreten war, um sie partiell erblinden zu lassen.

Ob Liorens Entscheidung nun richtig war oder nicht, Hellishomar hatte ihm versprochen, er könne sie ungestört in die Tat umsetzen.

Indem er versuchte, weder Eile noch Unschlüssigkeit an den Tag zu legen, schritt Lioren in gefaßtem Schweigen die Station hinab. Kurz blickte er die sitzenden oder liegenden Patienten an, als er an ihnen vorbeikam, und sie starrten zurück. Cromsaggische Gesichtsausdrücke zu lesen, hatte er nie gelernt, so daß er nicht die geringste Ahnung hatte, was sie gerade von ihm dachten. Als er die größte Patientengruppe erreichte, blieb er stehen.

»Ich bin Lioren«, stellte er sich vor.

Ganz offensichtlich wußte bereits alle, wer und was er war. Die Patienten, die auf den Betten in der Nähe gesessen oder gelegen hatten, sprangen auf die Beine und scharten sich um ihn, und diejenigen, die sich weiter hinten auf der Station befanden, eilten zu den anderen herüber, bis Lioren ganz und gar von schweigenden, reglosen Cromsaggi eingekreist war.

Plötzlich erinnerte er sich klar und deutlich an seine erste Begegnung mit einem dieser Wesen, nämlich mit einer weiblichen Cromsaggi. Sie hatte ihn angegriffen, weil sie ihre schlafenden Kinder verteidigen wollte, die sie in einem anderen Teil ihres Hauses bedroht sah, und obwohl an ihrem Körper die auf Krankheit und Unterernährung zurückzuführende Verfärbung und der Muskelschwund festzustellen gewesen waren, hätte sie ihm beinahe lebensgefährliche Verletzungen beigebracht. Jetzt war er von mehr als dreißig Cromsaggi umgeben, deren Körper und Gliedmaßen sehr muskulös und kerngesund waren. Die Wunden, die diese hornigen Füße mit den langen Nägeln und die harten mittleren Hände reißen konnten, kannte er sehr gut, weil er die Cromsaggi fast bis auf den Tod gegeneinander hatte kämpfen sehen.

Auf Cromsag hatten diese Wesen zwar wild, aber mit totaler Selbstkontrolle und mit dem einzigen Ziel gegeneinander gekämpft, dem Gegner größtmöglichen Schaden zuzufügen, ohne ihn zu töten. Der Kampf diente einzig und allein dem Zweck, das fast verkümmerte innere Sekretionssystem zu einer ausreichenden Tätigkeit anzuregen, damit es den Cromsaggi möglich war, sich fortzupflanzen und als Spezies zu überleben. Doch war Lioren weder ein Cromsaggi, noch verspürte er das Verlangen, Partner bei einem Geschlechtsakt zu sein; bei ihm handelte es sich um jenes Wesen, das für unzählige Tausende von Todesfällen unter den Cromsaggi und fast für die Vernichtung der gesamten Spezies verantwortlich war. Möglicherweise wollten die Cromsaggi den Haß, den sie auf ihn haben mußten, oder den Drang, ihn in Stücke zu reißen, nicht unter Kontrolle bringen.

Lioren fragte sich, ob der sich in der Ferne aufhaltende Hellishomar immer noch den Verstand des Wächters und der beiden Schwestern beeinflußte, denn normalerweise hätten sie die Menge, die sich um ihn zusammenzog, gar nicht übersehen können und einen Rettungsversuch gestartet. Er hoffte, daß die Kontrolle des Groalterris über den Verstand der Schwestern und des Wärters nicht so meisterhaft war, denn auf einmal wollte er sein Leben weder auf diese noch auf eine andere Weise beenden lassen. Und dann wurde ihm bewußt, daß Hellishomar in seinen Gedanken wie in einem offenen Buch lesen konnte, und da schämte er sich noch mehr.

Das, was er jetzt sagen und tun wollte, war bereits schmachvoll genug, ohne auch noch die Schande persönlicher Feigheit hinzufügen zu müssen. Langsam blickte er jedem einzelnen Cromsaggi, die rings um ihn standen, ins Gesicht und begann zu sprechen.

»Ich bin Lioren«, sagte er. »Wie Sie wissen, bin ich derjenige, der für den Tod vieler Tausende Ihrer Mitwesen verantwortlich ist. Das war ein Verbrechen, das zu schwer ist, um es zu sühnen, und es ist nur gerecht, wenn die Bestrafung in Ihren Händen liegt. Doch bevor Sie die Strafe vollziehen, möchte ich Ihnen noch sagen, daß mir das, was ich getan habe, wirklich leid tut, und ich bitte Sie demütig um Verzeihung.«

Die Scham über das, was er gerade getan hatte, war nicht so heftig, wie er erwartet hatte, dachte Lioren, während er auf den Angriff der Cromsaggi wartete. Im Grunde fühlte er sich sogar sehr erleichtert und ausgesprochen wohl.

27. Kapitel

Der Wächter vom Monitorkorps behauptet beharrlich, nicht gesehen zu haben, wie Sie in die Station hineingegangen sind, und die Schwestern haben nicht gewußt, daß Sie da waren, bis die Cromsaggi auf einmal um sie herumgestanden und Sie angebrüllt haben«, sagte der Chefpsychologe mit leiser, aber äußerst zorniger Stimme. »Als der Wächter hineingegangen ist, um nachzusehen, haben Sie ihm gesagt, er brauche sich keine Sorgen zu machen, die Cromsaggi führten nur ein religiöses Streitgespräch, an dem er sich gerne beteiligen könne, obwohl er behauptet, leisere Tumulte gehört zu haben. Da Tarlaner weder für ihren Sarkasmus noch für ihren Humor bekannt sind, muß ich annehmen, daß Sie die Wahrheit gesagt haben. Was ist auf der Station passiert, verdammt noch mal? Oder haben Sie sich einen erneuten Eid zur Geheimhaltung auferlegt?«

»Nein, Sir«, antwortete Lioren. »Die Gespräche sind öffentlich gewesen, und um Vertraulichkeit hat niemand gebeten oder etwas Derartiges durchblicken lassen. Als Sie mich rufen ließen, war ich gerade dabei, für Sie einen ausführlichen Bericht über die ganze ...«

»Fassen Sie ihn kurz zusammen«, forderte ihn O'Mara in scharfem Ton auf.

»Ja, Sir«, sagte Lioren und versuchte, einen Mittelweg zwischen Genauigkeit und Kürze zu finden, als er fortfuhr: »Nachdem ich mich vorgestellt, entschuldigt und um Verzeihung für das große Unrecht gebeten hatte, das den Cromsaggi von mir angetan worden war ...«

»Sie haben sich *entschuldigt?*« unterbrach ihn O'Mara ungläubig. »Damit ... damit habe ich allerdings nicht gerechnet.«

»Dasselbe kann man vom Verhalten der Cromsaggi behaupten«, stellte Lioren trocken fest. »Angesichts meines Verbrechens hatte ich nämlich eine gewalttätige Reaktion von ihnen erwartet, doch statt dessen haben sie ...«

»Hatten Sie gehofft, von den Cromsaggi umgebracht zu werden?« fiel ihm O'Mara abermals ins Wort. »Ist das etwa der Grund für Ihren Besuch gewesen?«

»Keineswegs!« widersprach Lioren heftig. »Ich bin dort hingegangen, weil ich mich entschuldigen wollte. Eine solche Maßnahme zu ergreifen ist für einen Tarlaner schon schmachvoll genug, weil es als ein feiger und unehrenhafter Versuch betrachtet wird, die persönliche Schuld zu mindern und der gerechten Strafe zu entgehen. Aber dieses Verhalten gilt als weniger schändlich, wie sich der Strafe zu entziehen, indem man sich vorsätzlich das Leben nimmt. Die Schande hat mehrere Abstufungen, und durch meine jüngsten Kontakte mit Patienten habe ich herausgefunden, daß es Schamgefühle gibt, die unangebracht oder überflüssig sein können.«

»Fahren Sie fort«, warf O'Mara ein.

»Zwar verstehe ich bisher die psychologischen Mechanismen, die dabei eine Rolle spielen, nicht ganz, aber ich habe festgestellt, daß unter gewissen Umständen eine persönliche Entschuldigung, auch wenn sie für denjenigen, der sie vorbringt, beschämend ist, manchmal mehr dazu beitragen kann, den Schmerz eines Opfers zu lindern, als das bloße Wissen, daß der Übeltäter seine gerechte Strafe erhält. Anscheinend stellt Rache das Opfer nicht voll und ganz zufrieden, selbst wenn sie gerecht ist, und wenn der Täter aufrichtig beteuert, das begangene Unrecht zu bereuen, kann das den Schmerz oder den Verlust mehr erleichtern als das bloße Wissen, daß Gerechtigkeit geübt wird. Wenn der Entschuldigung die Vergebung durch denjenigen folgt, dem das Unrecht zugefügt worden ist, hat das sowohl für das Opfer als auch für den Täter viel heilsamere und dauerhaftere Folgen.

Als ich mich den Cromsaggi auf der Station vorgestellt habe, ist es höchst wahrscheinlich gewesen, daß es zu

Gewalttätigkeiten mit tödlichem Ausgang kommt«, fuhr Lioren fort. »Ich habe nicht mehr den Wunsch gehabt zu sterben, weil die Arbeit in dieser Abteilung sehr interessant ist und es vielleicht noch mehr gibt, was ich hier tun kann, aber ich bin restlos davon überzeugt gewesen, daß ich versuchen sollte, den Schmerz der Cromsaggi durch eine Entschuldigung zu lindern, und das habe ich getan. Was dann geschehen ist, hatte ich nicht erwartet.«

Mit sehr leiser Stimme fragte O'Mara: »Sie bleiben immer noch dabei, daß Sie, ein Träger des Blauen Umhangs von Tarla mit allem, was damit zusammenhängt, sich entschuldigt haben?«

Da die Frage bereits beantwortet worden war, fuhr Lioren fort. »Ich hatte vergessen, daß es sich bei den Cromsaggi um eine zivilisierte Spezies handelt, die durch eine Krankheit dazu gezwungen worden ist, Krieg zu führen. Sie haben mit großer Grausamkeit gegeneinander gekämpft, weil sie alles in ihren Kräften Stehende versuchen mußten, um bei sich gegenseitig die Angst vor dem drohenden Tod hervorzurufen, wenn ihr ehemals beeinträchtigtes, für das Geschlechtsleben unerläßliches inneres Sekretionssystem bis zu dem Punkt angeregt werden sollte, an dem sie kurzzeitig die Fähigkeit erlangten, Kinder zu empfangen. Doch beim Kämpfen haben sie gelernt, Geist und Gefühle streng unter Kontrolle zu halten und sich nicht Wut oder Haß zu überlassen, weil sie den Gegner, den sie fast bis auf den Tod zu verletzen versuchten, geliebt und respektiert haben. Sie mußten kämpfen, um das ständige Überleben ihrer Spezies zu sichern, doch die Wunden, die sie anderen zugefügt und selbst erhalten haben, sind eine persönliche Angelegenheit gewesen. Sie hätten nicht weiterhin kämpfen und sich gegenseitig lieben und respektieren können, wenn sie nicht außerdem gelernt hätten, sich für die furchtbaren Schmerzen, die sie einander zufügten, zu entschuldigen und sich gegenseitig zu vergeben.

Auf Cromsag ist die Fähigkeit zu verzeihen das, was es

der Gesellschaft überhaupt erst ermöglicht hat, derart lange zu überleben.«

Plötzlich sah und hörte Lioren wieder die cromsaggischen Patienten, die sich um ihn herum zusammengedrängt hatten, und einen Augenblick konnte er nicht sprechen, weil ihn seine Gefühle auf eine Weise überwältigten, die jeder Tarlaner mit einem Rest an Selbstachtung als schändliche Schwäche betrachtet hätte. Doch er wußte, daß diese Aufwallung nur eins von den geringfügigeren Schamgefühlen war, mit denen er sich gerade abzufinden lernte. »Sie haben mich wie einen Cromsaggi behandelt, wie einen Freund, der ein sehr schweres Unrecht begangen hat und von dem viel Leid verursacht wurde, als er versuchte, ihre Spezies zu retten«, setzte Lioren seinen Bericht fort. »Und anders als die Cromsaggi selbst hatte ich damit Erfolg.

Sie ... sie haben mir verziehen und sind mir dankbar gewesen.

Aber sie haben auch Angst vor der Rückkehr auf Cromsag gehabt«, fuhr er schnell fort. »Sie haben das Rehabilitationsprogramm, das das Monitorkorps für sie geplant hat, verstanden und sind dafür dankbar und werden nach eigener Aussage vorbehaltlos mitarbeiten. Es handelt sich um ein psychologisches Problem, das mit dem tiefen Zweifel an der eigenen Fähigkeit verbunden ist, ohne ständigen, starken Stress existieren zu können, wozu sich noch der Glaube gesellt, daß das Schicksal – oder eine nichtmaterielle Macht, deren genaues Wesen Gegenstand vieler Auseinandersetzungen gewesen ist – nicht beabsichtigt, sie in der materiellen Welt ein zufriedenes Leben führen zu lassen. Im Grunde handelt es sich dabei um eine religiöse Angelegenheit. Ich habe den Cromsaggi von der gemeinsamen Erinnerung der Gogleskaner berichtet, von dem dunklen Teufel, der sie zur Selbstvernichtung zu treiben versucht, und davon, wie ihn Khone zum besten hält. Und von den Problemen der Beschützer der Ungeborenen habe ich ihnen auch erzählt, sowie von anderen Dingen, mit denen ich sie beruhigen konnte. Mein Bericht wird alles enthalten, was bei dem Gespräch im einzelnen gesagt worden ist. Für die Psychologen des Monitorkorps sehe ich bei dem Problem keine ernsthaften Schwierigkeiten voraus. Eine sich anschließende religiöse Diskussion, an der sich die Cromsaggi mit großer Begeisterung beteiligt haben, wurde durch das Eintreffen des Wächters unterbrochen.«

O'Mara lehnte sich im Stuhl zurück. »Abgesehen davon, dieses irrsinnige Risiko eingegangen zu haben, haben Sie gute Arbeit geleistet, aber das Glück begünstigt ja oft den Dummen. Zudem sind Sie in ganz kurzer Zeit so etwas wie eine Kapazität auf dem Gebiet der religiösen Überzeugungen anderer Spezies geworden, und zwar in erster Linie dadurch, daß Sie, wie mir zu Ohren gekommen ist, in Ihrer Freizeit die verfügbaren Unterlagen studiert haben. Das ist ein äußerst heikles Thema, das die Abteilung normalerweise lieber unangetastet läßt, aber bisher haben Sie ja damit kaum Probleme gehabt. Und zwar so wenige, daß Sie sich jetzt nicht mehr als Auszubildender, sondern als uneingeschränkter Mitarbeiter der Abteilung betrachten können. Das wird mein Verhalten Ihnen gegenüber in keiner Weise verbessern, weil Sie das zweitaufsässigste und in bestimmten Dingen verschwiegenste Wesen geworden sind, das ich jemals gekannt habe. Warum wollen Sie mir eigentlich nicht verraten, was sich zwischen Ihnen und dem ehemaligen Diagnostiker Mannon abgespielt hat?«

Lioren entschloß sich, das Ganze als rhetorische Frage zu behandeln, weil er sich schon geweigert hatte, sie zu beantworten, als sie ihm zum erstenmal gestellt worden war. Statt dessen fragte er zurück: »Haben Sie denn schon irgendwelche neuen Aufgaben für mich, Sir?«

Der Chefpsychologe atmete mit einem ungewöhnlich lauten Zischen aus und antwortete dann: »Ja. Chefarzt Edanelt will, daß Sie sich mit einem seiner postoperativen Patienten unterhalten, Cresk-Sar hat einen Dwerlaner unter seinen Auszubildenden, der vor einem nicht näher angeführten moralischen Problem steht, und die Patienten von Cromsag möchten von Ihnen so häufig besucht werden, wie es Ihnen in den Kram paßt. Khone sagt, sie sei bereit, meinen Vorschlag auszuprobieren, die durchsichtige Wand, die ihre Unterkunft trennt, nach und nach niedriger zu machen und schließlich durch einen weißen, auf den Boden gemalten Strich zu ersetzen, und sie möchte Sie ebenfalls sprechen. Außerdem gibt es nach wie vor den ursprünglichen Auftrag bezüglich Seldal, den Sie anscheinend vollkommen vergessen haben.«

»Nein, Sir, den Fall habe ich abgeschlossen«, sagte Lioren und fuhr schnell fort: »Aus den Informationen, die Sie mir selbst gegeben haben, und aus meinen anschließenden Gesprächen mit und über Chefarzt Seldal war klar ersichtlich, daß es eine deutliche Veränderung in der Persönlichkeit und im Verhalten Seldals gegeben hatte, wenn auch nicht zum Schlechten hin. Als erstes ist die Veränderung an der verringerten Zahl der Paarungen mit nallajimischen Mitarbeiterinnen und an Seldals Verhalten gegenüber Kollegen und Untergebenen offenbar geworden. Normalerweise sind die Mitglieder der nallajimischen Spezies körperlich und emotional äußerst aktiv, ungeduldig, unhöflich und rücksichtslos. Zudem unterliegen sie raschen Stimmungsschwankungen, was sie als leitende Chirurgen höchst unbeliebt macht. Nicht so Seldal. Sein Operations- und Stationspersonal würde ihm sämtliche Bitten erfüllen und wird nicht ein einziges kritisches Wort über seinen Vorgesetzten, weder in seiner Rolle als Chirurg noch als Privatperson, gelten lassen, und ich pflichte dem Personal voll und ganz bei. Der Grund für seine Veränderung, dessen bin ich mir sicher, ist der, daß eine der Persönlichkeiten von den Schulungsbändern, die Seldal momentan im Kopf gespeichert hat, teilweise die Kontrolle über den Verstand des Chefarzts erlangt hat oder zumindest einen beachtlichen Einfluß auf ihn ausübt.

Daß für das Band ein tralthanischer Arzt verantwortlich war, ist mir bis zum Zwischenfall bei Hellishomars Operation nicht klar gewesen, als die Wucherung außer Kontrolle zu geraten drohte und Conway Hilfe gebraucht hat«, fuhr Lioren fort. »In dem Moment hat Seldal einen Augenblick äußerster Belastung und Unschlüssigkeit durchlebt, in dessen Verlauf er vergessen haben muß, wer er eigentlich ist. Die Bemerkung, keine weiteren Riesenfüße im Operationsfeld haben zu wollen, war auf Thornnastor gemünzt, der seine Hilfe angeboten hatte, und hat sich auf die sechs übermäßig großen Füße des Tralthaners bezogen und nicht auf Conways, denn in dem Moment hatte gerade der Urheber des tralthanischen Schulungsbands Seldals Gedanken beherrscht.

Dabei handelt es sich um eine ungewöhnliche und vielleicht einzigartige Situation, denn gewisse Anzeichen, die sich auf Beobachtungen gründen, erhärten meine Theorie, daß Seldal die teilweise Kontrolle über seinen Verstand bereitwillig zugelassen hat«, setzte Lioren seine Ausführungen fort. »Ich möchte behaupten, Seldal hat den tralthanischen Chirurgen in seinem Kopf nicht unter strenger Kontrolle gehalten, sondern sich mit ihm angefreundet. Vielleicht gehen die Gefühle sogar noch über Freundschaft hinaus. Seldal begegnet dem Tralthaner in beruflicher Hinsicht mit Respekt und bewundert eine Persönlichkeit, die über solche tralthanischen Eigenschaften wie innere Gemütsruhe und Selbstsicherheit verfügt, die sich so sehr von Seldals eigenen unterscheiden. Wahrscheinlich hat sich zwischen dem Chefarzt und diesem immateriellen Tralthaner eine starke emotionale Beziehung entwickelt, die von nichtkörperlicher Liebe nicht mehr zu unterscheiden ist. Folglich haben wir es mit einem nallajimischen Chefarzt zu tun, der bereitwillig die Charakterzüge eines Tralthaners angenommen hat, wodurch er ein besserer Arzt und ein zufriedeneres Individuum geworden ist. Da das so ist, würde ich empfehlen, in diesem Fall nicht das geringste zu unternehmen.«

»Einverstanden«, stimmte O'Mara leise zu, und einen Augenblick lang starrte er Lioren in einer Weise an, durch die sich dem Tarlaner die Frage aufdrängte, ob der Chefpsychologe über telepathische Fähigkeiten verfügte. »Sie haben noch etwas zu sagen?«

»Ich möchte keineswegs einen Vorgesetzten in Verlegenheit bringen oder vielleicht sogar erzürnen, indem ich das Folgende als Frage formuliere«, sagte Lioren vorsichtig, »aber mir ist der Verdacht gekommen, daß Sie, da Ihnen bekannt gewesen ist, welche Schulungsbänder der Chefarzt im Kopf gespeichert hatte, geahnt oder bereits gewußt haben, wie es sich mit Seldal verhält, und daß es sich bei dem Auftrag nur um einen Eignungstest für mich gehandelt hat. Dabei hat die Nebenabsicht – oder vielleicht auch der Hauptzweck – darin bestanden zu versuchen, mich dazu zu bringen, hinauszugehen und andere Lebewesen zu treffen, damit ich mich in Gedanken nicht ausschließlich mit meiner eigenen furchtbaren Schuld beschäftigte. Ich habe die Vorfälle auf Cromsag nicht vergessen und werde dazu auch niemals imstande sein. Aber Ihr Plan hat funktioniert, und dafür bin ich Ihnen wirklich dankbar. Insbesondere möchte ich Ihnen danken, daß Sie mir klargemacht haben, daß es außer mir noch andere gegeben hat, die Kummer gehabt haben, Wesen wie Khone, Hellishomar und Mannon, der ...«

»Mannon ist ein Freund von mir«, unterbrach ihn O'Mara. »Sein Gesundheitszustand hat sich nicht geändert, er könnte jeden Augenblick sterben, und trotzdem läuft er mit diesem G-Gürtel herum wie ein ... Verdammt, das ist wirklich und wahrhaftig ein Wunder! Ich würde gern wissen, worüber Sie miteinander gesprochen haben. Was Sie mir auch verraten, es wird kein einziges Wort davon in diese psychologische Akte kommen, und ich werde mit niemandem darüber sprechen, aber ich will es wissen. Der Tod ereilt alle, und einige von uns haben unglücklicherweise zuviel Zeit, um darüber nachzudenken. Ich werde Mannons Vertrauen nicht brechen. Schließlich ist er ein alter Freund von mir.«

Erneut stellte ihm der Chefpsychologe die bewußte Frage, doch Liorens augenblickliche Verärgerung wich rasch einem Gefühl des Mitleids, als er merkte, daß der Chefpsychologe bei dem Gedanken an Mannons Tod und den Verfall von Geist und Körper, der ihm vorausging, tief bekümmert war. Seine Antwort mußte genauso lauten wie vorher, doch diesmal glaubte Lioren, sie hoffnungsvoller klingen lassen zu können.

»Der ehemalige Diagnostiker ist nicht mehr beunruhigt«, sagte er behutsam. »Ich bin mir sicher, wenn Sie als ein alter Freund Mannons ihm die Fragen selbst stellen, würde er Ihnen alles sagen, was Sie wissen wollen. Aber ich kann das nicht.«

Der Chefpsychologe blickte nach unten auf den Schreibtisch, als schämte er sich der vorübergehenden Schwäche, die er gezeigt hatte, und sah dann wieder auf.

»Also gut«, sagte er in forschem Ton. »Wenn Sie nicht reden wollen, dann wollen Sie eben nicht. In der Zwischenzeit wird sich die Abteilung mit einem zweiten – vorsichtig ausgedrückt – aufsässigen Carmody herumschlagen müssen. Wegen Ihres Besuchs auf der Station der Cromsaggi werde ich keine disziplinarischen Maßnahmen ergreifen. Schließen Sie beim Hinausgehen die Tür hinter sich. Aber leise.«

Lioren kehrte erleichtert, aber äußerst verwirrt an seinen Schreibtisch zurück und kam zu dem Schluß, daß er die Verwirrung verringern mußte; ansonsten würde die Qualität seines Berichts darunter leiden. Doch allen Suchens in den Computerdateien zum Trotz blieb die Information, die er haben wollte, unauffindbar, und er fing an, auf die Tastatur einzuhämmern, als wäre sie ein Todfeind.

Am anderen Ende des Vorzimmers machte sich

Braithwaite die Atemwege mit einem Geräusch frei, das, wie Lioren wußte, Mitgefühl bedeutete. »Was ist los? Probleme?«

»Ich bin mir nicht ganz sicher«, antwortete Lioren. »O'Mara hat zwar gesagt, er werde keine disziplinarischen Maßnahmen ergreifen, aber er hat mich mit einem Ausdruck bezeichnet... Wer oder was ist ein Carmody, und wo kann ich die entsprechende Auskunft finden?«

Braithwaite fuhr herum, sah ihn an und antwortete: »Dort werden Sie die nicht finden. Lieutenant Carmodys Akte ist nach seinem Unfall gelöscht worden. Er ist zwar vor meiner Zeit in dieser Abteilung gewesen, aber ein bißchen weiß ich trotzdem über ihn. Er ist auf eigenen Wunsch vom Stützpunkt des Monitorkorps auf Orligia ans Orbit Hospital gekommen und hat es geschafft, sich zwölf Jahre lang in dieser Abteilung zu halten, obwohl er sich ständig mit O'Mara gestritten hat. Als ein schwerverletzter Pilot beim Anflug aufs Hospital die Kontrolle über sein Schiff verloren hat und mit ihm durch die Außenhaut gekracht ist, hat Carmody die Rettungsmannschaft begleitet und versucht, einen Überlebenden zu beruhigen, den er für ein Besatzungsmitglied hielt. Dieser Überlebende hat sich dann jedoch als ein riesengroßes, vor Angst rasend gewordenes und nichtintelligentes Schiffstier herausgestellt, von dem Carmody sofort angegriffen wurde. Da der Lieutenant sehr alt, schwach und gebrechlich war, hat er seine Verletzungen nicht überlebt.

In seiner Zeit am Hospital hat sich Lieutenant Carmody beim gesamten Personal und bei allen Langzeitpatienten sehr beliebt gemacht und sich große Achtung erworben«, schloß Braithwaite. »Seine Stelle ist nicht wieder besetzt worden, bis heute nicht.«

Noch verwirrter sagte Lioren: »Mir ist völlig unklar, was Ihre Ausführungen bedeuten sollen. Ich bin weder alt noch schwach oder besonders gebrechlich. Außerdem bin ich meines Rangs im Monitorkorps enthoben worden, und meine Streitgespräche mit O'Mara drehen sich nur darum, nicht das Vertrauen von Patienten zu brechen …«

»Ich weiß«, fiel ihm Braithwaite ins Wort und entblößte die Zähne. »Ihr Vorgänger hat das als ›Beichtgeheimnis‹ bezeichnet. Und der Rang spielt überhaupt keine Rolle. Carmody hat seinen nie ausgenutzt, und die meisten Leute hier haben nicht einmal seinen Namen in den Mund genommen. Sie haben ihn einfach ›Padre‹ genannt.«

HEYNE BÜCHER

JAMES WHITE

Orbit Hospital

Ob Sie Methan atmen oder Sauerstoff, sich bei 200 Grad plus oder bei 200 Grad minus wohl fühlen: Das Orbit Hospital ist für alle Geschöpfe der Galaxis da und bietet die optimale medizinische Versorgung.

Hospital Station
06/4974

Star Chirurg
06/4975

Großoperation
06/4976

Ambulanzschiff
06/4977

Sector General
06/4978

Notfall Code Blau
06/4979

Weitere Bände in Vorbereitung

Wilhelm Heyne Verlag
München

HEYNE BÜCHER

DAVID WINGROVE

Die Chronik des Chung Kuo
Nach dem Untergang der westlichen Zivilisation der Aufstieg Chinas zur Weltherrschaft

Im 22. Jahrhundert ist die Welt der Hung Mao, der »Westmenschen«, vergangen. Das große Reich der Han, der Chinesen, ist wiedererstanden. Chung Kuo, das Reich der Mitte, umspannt die ganze Erde. Sieben gewaltige Städte, Hunderte von Ebenen hoch, überwölben die Kontinente, um die riesigen Bevölkerungsmassen zu beherbergen. Sieben T'ang, Kaiser von gottgleicher Macht, herrschen über sie.

Das Reich der Mitte
06/5251

Die Domäne
06/5252

Die Kunst des Krieges
06/5253

Schutt und Asche
06/5254

Wilhelm Heyne Verlag
München